बन्दूक़ द्वीप

अमिताभ घोष का जन्म 1956 में कलकत्ता में हुआ। आप भारत, बांग्लादेश, और श्रीलंका में पले-बढ़े; आपने दिल्ली, ऑक्सफ़ोर्ड और एलेक्ज़ेन्ड्रिया में शिक्षा प्राप्त की। आपकी रचनाओं का तीस से ज़्यादा भाषाओं में अनुवाद हो चुका है। आपके निबन्ध *द न्यू यॉर्कर, द न्यू रिपब्लिक* और *द न्यू यॉर्क टाइम्स* में प्रकाशित हो चुके हैं। अपने लेखन के लिए आपको विश्व में पुरस्कृत और सम्मानित किया गया है। 2019 में *फॉरेन पॉलिसी* मैगज़ीन ने आपका नाम बीते दशक के महत्वपूर्ण विचारकों में से एक के तौर पर शामिल किया। इस वर्ष आपको भारत का सर्वश्रेष्ठ साहित्यिक सम्मान, ज्ञानपीठ, भी मिला; इस सम्मान को प्राप्त करने वाले आप पहले अंग्रेज़ी लेखक रहे।

जवाहरलाल नेहरू यूनिवर्सिटी से स्पेनिश में डॉक्ट्रेट करके मनीषा तनेजा दिल्ली यूनिवर्सिटी में स्पेनी भाषा, साहित्य और अनुवाद कला पढ़ाती हैं। आपने गार्सिआ मार्क्वेज़ के उपन्यास *वन हंड्रेड इयर्स ऑफ़ सॉलिट्यूड* और पाब्लो नेरुदा के संस्मरण का स्पेनी से हिंदी में अनुवाद किया है। इनके अलावा आपने नादीन गॉर्डिमर, तुर्की लेखक हाकान गुंडे, अनुजा चौहान, अद्वैता काला, मेर्से रुदोरेडा इत्यादि के उपन्यासों का भी हिन्दी में अनुवाद किया है। आपको सफर, सिनेमा और साहित्य पसन्द हैं।

बन्दूक़ द्वीप

अमिताभ घोष

अनुवाद

मनीषा तनेजा

ekadā

ekadā

First published in English as *Gun Island* in Great Britain in 2019 by John Murray (Publishers), An Hachette UK company

First published in Hindi as *Bandook Dweep* in 2020 by Eka, an imprint of Westland Publications Private Limited

Published in 2025 by Ekadā, an imprint of Westland Books, a division of Nasadiya Technologies Private Limited

No. 269/2B, First Floor, 'Irai Arul', Vimalraj Street, Nethaji Nagar, Alapakkam Main Road, Maduravoyal, Chennai 600095

Westland, the Westland logo, Ekadā and the Ekadā logo are the trademarks of Nasadiya Technologies Private Limited, or its affiliates.

ISBN: 9789371975377

10 9 8 7 6 5 4 3 2 1

This is a work of fiction. Names, characters, organisations, places, events and incidents are either products of the author's imagination or used fictitiously.

Typeset by Neo Software Consultants, Prayagraj
Printed at Manipal Technologies Limited, Manipal

आना नदौती

और

इरेने बिनयार्दी

के लिये

भाग - 1

बन्दूकी सौदागर

कलकत्ता

इस अजीब यात्रा की सबसे अजीब बात यह थी कि इसकी शुरुआत एक शब्द से हुई थी—और ये कोई ख़ास शब्द नहीं था, बल्कि एक आम साधारण-सा शब्द था जो काहिरा से कलकत्ता तक प्रचलित है। यह शब्द है *बन्दूक़*, कई भाषाओं में इसे 'गन' भी कहा जाता है, मेरी मातृभाषा बंगाली में भी। और अंग्रेज़ी में भी इस शब्द ने अंग्रेज़ उपनिवेशकों की बदौलत ऑक्सफ़ोर्ड अंग्रेज़ी शब्दकोश में जगह बना ली और 'राइफल' के साथ जम गया।

लेकिन जिस दिन यात्रा शुरू हुई उस दिन तक कोई गन या राइफल आस-पास भी नहीं थी; और इस शब्द का इस्तेमाल किसी हथियार का ज़िक्र करने के लिए भी नहीं किया गया था। और शायद इसी वजह से इसने मेरा ध्यान अपनी ओर खींचा था; क्योंकि जिस बन्दूक़ की बात कर रहा हूँ, वो एक नाम का हिस्सा है—'बन्दूक़ी सौदागर'।

बन्दूक़ी सौदागर मेरी ज़िन्दगी में ब्रुकलिन में नहीं आया, जहाँ मैं रहता और काम करता हूँ, बल्कि कलकत्ता (या फिर कोलकाता, जैसा कि अब वो जाना जाता है) में आया, जहाँ मैं पैदा हुआ और पला-बढ़ा था। उस साल, पिछले कई सालों की तरह मैं पूरे जाड़े काम के सिलसिले में कलकत्ता में था। पुरानी दुर्लभ किताबों और एशिया की प्राचीन काल की वस्तुओं के व्यापारी के नाते मुझे काम के सिलसिले में कई जगह जाना पड़ता है और चूँकि कलकत्ता में मेरा छोटा-सा एक घर है (मेरे माता-पिता का पुश्तैनी मकान, जो मुझे और मेरी बहनों को उत्तराधिकार में मिला है) इसलिए यह शहर मेरे लिए एक दूसरा दफ्तर-सा बन गया था।

लेकिन सिर्फ काम की वजह से ही मैं यहाँ हर साल नहीं आता था। कोलकाता मेरे लिए ब्रुकलिन की तकलीफदेह ठंड से बचने का एक आशियाना भर नहीं था, बल्कि पेशेवर ज़िन्दगी में मेरी बेहतरी के बावजूद बीते समय के साथ निजी ज़िन्दगी में बढ़ते एकाकीपन का सहारा भी था। मेरी ज़िन्दगी में तन्हाई और मायूसी उस साल कुछ ज़्यादा ही बढ़ गई थी, जब मेरा एक अच्छा ख़ासा रिश्ता अचानक ख़त्म हो गया: जिस महिला के साथ मेरा काफी समय से रिश्ता था, उसने अचानक मुझे छोड़ दिया; बातचीत का हर ज़रिया बन्द कर दिया। बिना कुछ कहे। 'घोस्टिंग' का यह मेरा पहला अनुभव था, एक ऐसा अनुभव जो जितना दर्दनाक होता है, उतना ही अपमानजनक भी।

मैं बहुत जल्द साठ साल का होने वाला था, पर मैं पहले से कहीं ज़्यादा तनहा था। इसलिए उस साल मैं समय से काफी पहले कोलकाता चला गया था और मैंने वो वक़्त चुना जब लोग उत्तर में ठंड शुरू होते ही दूसरे इलाकों में जाने लगते हैं और मेरे जैसे विदेश में बसे कोलकातावासी पंख लगाकर वहाँ उड़ जाते हैं और ठंड पार होते ही शहर वापस आ जाते हैं। मैं जानता था कि कई दोस्त और रिश्तेदार मिलेंगे; कि खाने-पीने और शादियों में हफ्ते छूमन्तर हो जायेंगे। उस औरत से मिलने की उम्मीद, जिसके साथ मैं ज़िन्दगी गुज़ार सकूँ, यह ख्याल भी मेरे दिमाग के किसी कोने में ज़रूर था (क्योंकि मेरी उम्र के आदमियों के साथ ऐसा वाक़ई हुआ था)।

लेकिन ज़ाहिर है ऐसा कुछ हुआ तो नहीं, हालाँकि मैंने लोगों से मिलने का कोई मौक़ा नहीं छोड़ा और पता नहीं कितनी तलाक़शुदा, विधवाओं और अधेड़ उम्र की कुंवारी महिलाओं से मिला। एक-दो बार ऐसा हुआ भी कि उम्मीद की कुछ किरण जागी...लेकिन जैसा कि मैं कई बार देख चुका था और भुगत चुका था कि औरतें 'पुरानी किताबों के व्यापारी' की ओर शायद ही आकर्षित होती हैं।

मायूसी के झरने में महीने निकल गये और मैं ब्रुकलिन लौटने को था कि मुझे अपने आख़री सामाजिक कार्यक्रम में जाना पड़ा—एक कज़िन की बेटी की शादी का रिसेप्शन।

मैं अभी अंग्रेज़ों के ज़माने के उस क्लब में पहुँचा ही था कि एक दूर के रिश्तेदार, कनाई दत्त ने मुझे धर लिया।

कनाई को मैं सालों से नहीं मिला था और इस बात का मुझे कोई ख़ास अफ़सोस भी नहीं था: वह हमेशा से ही एक घमंडी, चिकनी चुपड़ी बातें करने वाला, सर्वज्ञानी किस्म का इंसान था जो अपनी मीठी ज़ुबान और सुन्दर चेहरे का इस्तेमाल औरतों को फुसलाने और दुनिया में आगे बढ़ने के लिए करता था। वह ज़्यादातर नयी दिल्ली में रहता था और वहाँ के गर्मजोशी से भरे माहौल में फल-फूल रहा था। वह मीडिया का चहेता था। टीवी पर अक्सर उसे किसी बहस में चिल्लाते देखना कोई बड़ी बात नहीं थी। और जैसा कि कहते हैं, वह

सब को जानता था और उसके बारे में अक्सर अख़बारों, पत्रिकाओं और किताबों तक में ज़िक्र होता था।

लेकिन कनाई से मुझे सबसे ज़्यादा चिढ़ इस बात की होती कि वो मुझे हमेशा नीचा दिखाने की कोशिश करता। इस बार भी वही हुआ; उसने मेरे बचपन का नाम 'दीनू' लेकर मेरी तरफ गूगली फेंकी (जिस नाम को मैं कब का छोड़कर उसका अमेरिकीकरण कर चुका था—'दीन')।

'अच्छा यह बताओ, दीनू,' उसने मेरा हाथ पकड़ते ही कहा, 'क्या यह सच है कि तुम अपने आप को बंगाली लोकसाहित्य के किसी तरह के विशेषज्ञ के रूप में प्रस्तुत कर रहे हो?'

उसकी आवाज़ में अवहेलना झलक रही थी और मैं झनझना गया। मैं बड़बड़ाया, "ऐसा है, बहुत समय पहले मैंने इस पर शोध किया था। लेकिन जब मैंने पढ़ाई छोड़ी और बुक डीलर बन गया, तो सब छोड़ दिया।'

'लेकिन तुमने पीएचडी तो की थी, है ना?' उसके शब्दों में उपहास साफ था। 'तो इसका मतलब तकनीकी तौर पर तो तुम विशेषज्ञ हो ही।'

'मैं अपने को विशेषज्ञ तो नहीं कहूँगा...'

बेहिचक उसने मुझे बीच में ही टोका। 'तो फिर यह बतायें श्रीमान विशेषज्ञ कि क्या आपने कभी बन्दूक़ी सौदागर के बारे में सुना है?'

उसका मक़सद मुझे चौंकाना था और उसने मुझे चौंका दिया। यह नाम, 'बन्दूक़ी सौदागर' मेरे लिए इतना नया था कि पल भर के लिए तो मुझे लगा कि कनाई ने उसे अपने मन में तो नहीं गढ़ा था।

'क्या किसी लोककथा का नायक है?'

'हाँ—जैसे दोक्खिन राय, या चाँद सागर...'

उसने बंगाली लोकसाहित्य से कई नाम लिए: सत्य पीर, लखिन्थर इत्यादि। यह पात्र न तो भगवान हैं और न ही इंसानी पुण्यात्मा। वह तो बंगाल के डेल्टा की खिसकती दलदली ज़मीन जैसे हैं, जो कई धाराओं के संयोग से निकलती है। कभी-कभी उनकी याद को ज़िन्दा रखने के लिए मन्दिर बना दिए जाते हैं; और हमेशा ही उनके नाम किसी पौराणिक कथा से जुड़े होते हैं। और चूँकि बंगाल समुद्री ज़मीन है, तो समुद्र और जहाज़ इन कहानियों का बहुत बढ़ा हिस्सा होते हैं।

इन सब कहानियों में एक व्यापारी, 'चाँद सागर' की दन्तकथा सबसे मशहूर है—कहा जाता है कि मनसा देवी के प्रकोप से बचने के लिए वह विदेश भाग गया था। मनसा देवी—साँपों और अन्य ज़हरीले जीवों की देवी।

बचपन का एक वो समय था जब व्यापारी चाँद और उससे प्रतिशोध लेती मनसा देवी की कहानी मेरी ज़िन्दगी का उतना ही अहम हिस्सा थी, जितना कि

अंग्रेज़ी सीखने और कॉमिक्स पढ़ने के बाद बैटमैन और सुपरमैन होने वाले थे। उस ज़माने में भारत में टीवी नहीं था और बच्चों के मनोरंजन के लिए कहानी सुनने के अलावा और कोई ज़रिया नहीं था। और अगर कहानीकार बंगाली हो तो देर-सवेर वो उस कहानी पर पहुँच ही जाता था—एक व्यापारी और उसे अपना भक्त बनाने की इच्छा रखने वाली देवी की।

इस कहानी का आकर्षण ओडिसी की कहानी जैसा ही है, अपने से कहीं ज़्यादा ताक़तवर शक्ति, भवसागर और दिव्यता का सामना करता एक चतुर इंसान। लेकिन उस यूनानी महाकाव्य और व्यापारी चाँद की कहानी में एक अन्तर था—व्यापारी चाँद की कहानी के अन्त में नायक को उसका परिवार वापस नहीं मिलता। व्यापारी चाँद के बेटे को उसकी शादी की रात नाग डंस लेता है और उस लड़के की सती-सावित्री दुल्हन, बेहुला, उसकी आत्मा को पाताल लोक से बचा कर लाती है और मनसा देवी और व्यापारी की लड़ाई को ख़त्म करती है।

मुझे याद नहीं कि मैंने यह कहानी पहली बार कब और किससे सुनी थी, लेकिन इतनी बार सुनी थी कि ज़ेहन में बैठ गई, इतनी गहरी कि मुझे अहसास भी नहीं हुआ कि यह वहाँ थी। लेकिन कुछ जीवों की तरह कुछ कहानियों में एक ख़ास किस्म की जीवन शक्ति होती है जिसके चलते वह दूसरों से ज़्यादा समय तक जीवित रहती हैं—और चूँकि व्यापारी और मनसा देवी की कहानी इतनी पुरानी है, तो मेरे ख्याल से इसमें यह विशेषता पर्याप्त मात्रा में होगी जिससे वो निष्क्रियता की लम्बी अवधि के बावजूद जीवित है। ख़ैर जो भी हो, जब मैं बीस एक साल का विद्यार्थी नया-नया अमेरिका पहुँचा और रिसर्च के लिए विषय तलाश रहा था, तो मेरी याददाश्त के स्थाई आवास से व्यापारी की कहानी ने मुझे आवाज़ दी।

जब मैंने व्यापारी की कहानी पर लिखे गये महाकाव्य पढ़ने शुरू किये (कई सारे हैं) तो मैंने पाया कि पूर्वी भारत की संस्कृति में उस दन्तकथा का स्वरूप वही था, जो मेरे दिमाग में था। यह कहानी बंगाल की स्मृति का एक सशक्त हिस्सा है और बहुत शुरुआत से है। इसका जन्म ज़रूर उस राज्य के मूल स्थानीय लोगों के बीच हुआ होगा और शायद ऐतिहासिक घटनाओं और पात्रों द्वारा सींचा गया होगा (आज तक असम, पश्चिम बंगाल और बांग्लादेश में कई पुरातात्विक स्थल हैं जो जन स्मृति में व्यापारी और उसके परिवार से जुड़े हुए हैं)। और जन स्मृति में ही इस दन्तकथा ने कई उतार-चढ़ाव देखे हैं, शताब्दियों तक निष्क्रिय रहने के बाद फिर एक नए दौर की दास्तानगोई से जीवित हो उठना, एक नए ढंग से, जिसमें परिचित पात्र नए नामों से सामने आते हैं; और कहानी में थोड़े-बहुत बदलाव के साथ।

इनमें से कुछ महाकाव्य बंगाली साहित्य में क्लासिक्स माने जाते हैं और उनमें से एक मेरे रिसर्च का विषय बना: प्राचीन बांग्ला में लिखी छह सौ पृष्ठों की कविता। परंपरागत तौर पर माना जाता था कि यह चौदहवीं शताब्दी में लिखी गई थी—और एक महत्वाकांक्षी शोध छात्र को परंपरागत सोच से ज़्यादा चुनौतीपूर्ण कुछ नहीं लगता, अत: अपने थीसिस में मैंने कविता के आन्तरिक साक्ष्यों (जैसे आलू का आलेख) को ही स्रोत बनाकर, नए तथ्यों के आधार पर कहना चाहा कि इसकी संरचना काफी बाद में हुई थी। मेरा कहना था कि इसे और लोगों ने पूरा किया, सत्रहवीं सदी में, पुर्तगालियों द्वारा एशिया में नयी दुनिया के पौधों को लाये जाने के काफी समय बाद।

और फिर मेरी दलील थी कि कहानी का जीवन चक्र—लम्बे अरसे की निष्क्रियंता के बाद इसका समय-समय पर फिर जीवित होना—हंगामे और उथल-पुथल के उस दौर से जुड़ा था, जो सत्रहवीं शताब्दी में भारत के उस हिस्से में काफी था, जहाँ यूरोपियों ने पहले उपनिवेश स्थापित किये थे।

मेरे ख्याल से थीसिस का यह आख़री हिस्सा ही था, जिसने परीक्षकों को प्रभावित किया (और उस मुख्य जर्नल को भी जिसने मेरा लेख छापा था, जिसमें मैंने अपना निष्कर्ष लिखा था)। आज मुझे जिस पर हैरानी होती है, वो जवानी का दम्भ नहीं था जिसके चलते मैंने अपने तर्कों को गढ़ा था, बल्कि वो दिमाग का फितूर था जिसके चलते मैं समझ नहीं पाया कि जो निष्कर्ष मैंने निकाले थे, उस दन्तकथा के सन्दर्भ में, वो मेरी स्मृति में उस कथा के अस्तित्व के इतिहास पर भी लागू हो सकते थे। मैंने कभी अपने आप से नहीं पूछा कि यह कहानी मेरे दिमाग में क्या इसलिए आयी थी कि मैं उस समय अपनी ज़िन्दगी के सबसे अशान्त दौर से गुज़र रहा था। इस दौरान मैं दोहरे सदमे से जूझ रहा था: अपनी प्रेमिका की मौत और उसके बाद एक सम्भावित वज़ीफ़े की कृपा से, मेरी जवानी के कलह भरे कलकत्ता से मध्यपश्चिमी अमेरिका के एक देहाती, यूनिवर्सिटी शहर में मेरा स्थानान्तरण। आख़िरकार जब वो समय बीता तो मैंने तय किया कि मैं दोबारा इस तरह का कष्ट कभी नहीं झेलूँगा। मैंने अपनी ज़िन्दगी को शान्त, सादगीपूर्ण, और सरल बनाने में कोई कसर नहीं छोड़ी—और सफल भी रहा, पर उस दिन रिसेप्शन में सौदागर जब एक बार फिर मेरी ज़िन्दगी में लौटा, बन्दूक़ी सौदागर के वेश में, तो मुझे पल भर के लिए भी ये अहसास नहीं हुआ कि इतनी सावधानी से बनायी मेरी ज़िन्दगी की सौम्यता का एक बार फिर अन्त हो सकता था।

'तुम्हें विश्वास है कि यह सही नाम है?' मैंने कनाई से बेहद शुष्क अन्दाज़ में पूछा। 'हो सकता है तुमने ग़लत सुन लिया हो?'

लेकिन कनाई तो अड़ा रहा और उसने कहा कि उसने जानबूझकर 'बन्दूक़ी सौदागर' शब्द का इस्तेमाल किया था। उसने बेहद शानदार तरीके से

कहा, 'तुम्हें तो पता ही होगा कि हमारी लोककथाओं में व्यापारी का किरदार अलग-अलग नामों से सामने आता रहता है। कभी-कभी यह कहानियाँ किसी जगह से जुड़ी होती हैं—और मुझे लगता है कि बन्दूक़ी सौदागर की कहानी भी इनमें से एक है, एक स्थानीय कहानी।'

'क्यों?'

'क्योंकि उसका मिथक सुन्दरबन के एक मन्दिर—एक धाम—से जुड़ा हुआ है।'

'सुन्दरबन!' बाघों से भरे मैन्ग्रोव जंगलों में एक गुप्त मन्दिर होने का ख्याल इतना अविश्वसनीय था कि मेरी हँसी छूट गई। 'दलदल में कोई धाम क्यों बनायेगा?'

'क्योंकि,' कनाई ने शान्ति से कहा, 'बंगाल से समुद्री यात्रा पर जाने वाले हर व्यापारी को सुन्दरबन से गुज़रना पड़ता है। समुद्र तक पहुँचने का और कोई रास्ता नहीं है। सुन्दरबन ही वह सीमा है, जहाँ व्यापार और बीहड़ आमने-सामने होते हैं और वहीं मुनाफा और सृष्टि के बीच का युद्ध लड़ा जाता है। साँपों से भरे जंगल से बेहतर कौन-सी जगह होगी मनसा देवी का मन्दिर बनाने के लिए?'

'लेकिन किसी ने कभी यह मन्दिर देखा है?' मैंने पूछा।

'मैं ख़ुद तो नहीं गया हूँ,' कनाई ने कहा, 'लेकिन नीलिमा माशी गई हैं।'

'तुम्हारी माशी? तुम्हारा मतलब नीलिमा बोस?'

'हाँ, वही,' कनाई ने कहा। 'उन्होंने ही मुझे बन्दूक़ी सौदागर और धाम के बारे में बताया। उन्हें पता लगा कि तुम कलकत्ता में हो, तो मुझसे कहा कि मैं तुमसे कहूँ कि अगर तुम मिल सको तो उन्हें ख़ुशी होगी। अस्सी से ज़्यादा की उम्र हो गई है उनकी और उन्होंने बिस्तर पकड़ लिया है, लेकिन दिमाग अभी भी बहुत तेज़ है; वो तुमसे उस धाम के बारे में बात करना चाहती हैं। उन्हें लगता है कि तुम्हें दिलचस्पी होगी।'

मैं थोड़ा हिचकिचाया। 'पता नहीं मैं जा पाऊँगा कि नहीं,' मैंने कहा। 'मैं जल्द ही न्यूयॉर्क लौट रहा हूँ।'

उसने अपने कन्धे उचकाये। 'तुम्हारी मर्ज़ी।' उसने पेन निकाला और एक कार्ड पर नाम और नंबर लिखकर मेरी तरफ बढ़ा दिया।

मैंने कार्ड पर नज़र डाली, यह सोच कर कि उसकी मौसी का नाम और नंबर लिखा होगा। लेकिन उसने कुछ और लिखा था।

'पिया रॉय?' मैंने पूछा। 'ये कौन है?'

'एक दोस्त है। अमेरिकी बंगाली। ओरेगॉन में पढ़ाती है। तुम्हारी तरह सर्दी में यहाँ आती है और आमतौर पर माशी के साथ रहती है। आजकल यहीं है और

अगर तुम जाना चाहो तो वह इन्तज़ाम कर देगी। फोन कर लेना उसे: मुझे लगता है तुम्हारा फायदा होगा। पिया काफी दिलचस्प महिला है।'

अभी तक की जो बातचीत नीरस और उबाऊ लग रही थी, कनाई की मौसी का नाम जुड़ते ही महत्वपूर्ण लगने लगी थी। नीलिमा बोस के बहाने कहानी में जो मोड़ आया था उसे हल्के में नहीं लिया जा सकता था। उन्हें राजनेता चाहते थे, परोपकारी सम्मान करते थे, दानी उन्हें अपना मानते थे और प्रेस उनका गुणगान करते नहीं थकती थी—उनकी विश्वसनीयता पर कोई सन्देह हो ही नहीं सकता था।

कलकत्ता के जाने-माने वकील परिवार में पैदा हुई नीलिमा ने परिवार के खिलाफ जाकर एक ग़रीब स्कूल टीचर से शादी की थी। यह 1950 के दशक की बात होगी। शादी के बाद नीलिमा अपने पति के साथ सुन्दरबन के किनारे बसे छोटे से गाँव लुसिबाड़ी में बस गई थीं। कुछ साल बाद उन्होंने महिलाओं की एक टोली बनाई, जो आगे चलकर बड़ाबोन ट्रस्ट बन गयी, भारत की सम्मानित और विश्वसनीय धर्मार्थ संस्थाओं में से एक। ट्रस्ट मुफ्त में अस्पताल, स्कूल, क्लिनिक और वर्कशॉप चलाता था।

कुछ सालों से मुझे नीलिमा के काम के बारे में जानकारी परिवार के चैट ग्रुप से ही मिली थी: उनसे मेरी मुलाक़ात किशोरावस्था में हुई थी, हम कुछ पारिवारिक कार्यक्रमों में मिले थे। आख़री मुलाक़ात इतने साल पहले हुई थी कि मैं ख़ुद हैरान था—और थोड़ा ख़ुश भी—यह जानकर कि नीलिमा को मैं याद था। उन परिस्थितियों में, मैंने ख़ुद से कहा, कनाई द्वारा दिए गये नंबर पर फोन न करना ठीक नहीं होगा।

अगली सुबह मैंने नंबर मिलाया और दूसरी तरफ से निस्सन्देह एक अमेरिकी आवाज़ कानों में पड़ी। साफ था कि पिया को अन्दाज़ा था कि मेरा फोन आयेगा क्योंकि उसने कहा, 'हैलो, क्या मिस्टर दत्ता बोल रहे हैं?'

'जी, पर कृपया मुझे "दीन" कहें—दीनानाथ का छोटा रूप।'

'और मैं पिया हूँ, जो पियाली का छोटा रूप है।' उसकी आवाज़ दोस्ताना भी थी और मुख़्तसर भी। कनाई ने कहा था कि शायद आप फोन करें। नीलिमा दी आपके बारे में लगातार पूछ रही हैं। क्या आपको लगता है कि आप उनसे मिलने आ पायेंगे?'

उसकी आवाज़ में कुछ तो था—एक स्पष्टवादिता और गम्भीरता भी—और मैं उसमें उलझ गया। मुझे कनाई का कहा याद आया, 'पिया एक दिलचस्प महिला है।' और अचानक मुझे उसके बारे में जानने को लेकर बहुत उत्सुकता हुई। मैंने जितने बहाने सोचे हुए थे, सब दिमाग से निकल गये और मैंने कहा,

'मैं ज़रूर आना चाहूँगा। लेकिन जल्दी ही आना होगा क्योंकि कुछ ही दिनों में मैं अमेरिका वापस जा रहा हूँ।'

'तो फिर होल्ड कीजिये,' उसने कहा। 'मैं नीलिमा दी से पूछती हूँ।'

कुछ ही मिनटों में वह फोन पर लौटी। 'आप आज सुबह आ सकते हैं?'

मैंने सुबह के कुछ प्लान बनाये हुए थे, लेकिन अब वे महत्वपूर्ण नहीं रह गये थे। 'हाँ,' मैंने कहा। 'अगर आपको परेशानी न हो तो मैं एक घंटे में आ सकता हूँ।'

पिया ने मुझे जो पता दिया वो नीलिमा के पुश्तैनी घर का था, बालीगंज में, कलकत्ता के सबसे आलीशान इलाकों में से एक। हालाँकि मैं वहाँ सालों से नहीं गया था, लेकिन बचपन में माता-पिता के साथ ज़रूर गया था और मुझे वो याद भी था।

वहाँ पहुँचकर ओला कैब से उतरते ही मैंने पाया कि पुराना घर अब नहीं था और कलकत्ता की कई पुरानी हवेलियों की तरह उसे गिराकर उसकी जगह नए ज़माने का अपार्टमेंट बना दिया गया था, ताकि खानदानी ज़मीन पर हक जमाने वाले हर इंसान को जगह मिल जाये।

नयी बिल्डिंग बहुत ही फैशनेबल थी। नीलिमा के फ्लैट तक जाने वाली लिफ्ट की सजावट में डिज़ाइनर रंग दिख रहे थे और गुज़रती मंज़िलों के आगे के दरवाज़ों पर भी डिज़ाइनर छाप दिख रही थी। नीलिमा का दरवाज़ा अकेला ऐसा दरवाज़ा था जिस पर कोई सजावट नहीं थी। उस पर सिर्फ एक बोर्ड था जिस पर लिखा था—नीलिमा बोस, बड़ाबोन ट्रस्ट।

मैंने घंटी बजायी और एक छोटी दुबली महिला ने दरवाज़ा खोला। उसके छोटे-छोटे बालों पर कुछ सफेदी नज़र आ रही थी। उसने जीन्स और टी शर्ट पहनी थी और उसके चलते कम उम्र की दिख रही थी। उसके व्यक्तित्व में सादगी थी और शरीर सुडोल था सिवाय उसकी आँखों के जो बड़ी-बड़ी थीं, और शायद इसलिए उसकी आँखों की सफेदी उसके चेहरे के गाढ़े, रेशमी रंग में ज़्यादा चमक रही थी। उसके चेहरे पर कोई मेकअप नहीं था और न ही उसने किसी प्रकार का गहना पहना हुआ था। लेकिन नाक पर एक छेद था जिससे पता लगता था की उसने कभी लौंग पहनी होगी।

'हैलो, दीन,' उसने हाथ मिलते हुए कहा। 'मैं पिया हूँ। आइये, अन्दर आइये। नीलिमा दी आपका इन्तज़ार कर रही हैं।'

अन्दर घुसा तो मैंने पाया कि अपार्टमेंट के दो हिस्से थे: बाहरी हिस्से में ट्रस्ट का दफ्तर था, जहाँ कंप्यूटर्स की स्क्रीन चमक रही थीं। क़रीब एक दर्जन गम्भीर दिखते जवान लड़के और लड़कियाँ वहाँ काम पर लगे थे; उन्होंने शायद

ही नज़र उठाकर हमारी तरफ देखा, जब हम पीछे के हिस्से की तरफ बढ़े जहाँ नीलिमा का घर था।

पिया ने दरवाज़ा खोला और हम धूप से रोशन एक सुव्यवस्थित कमरे में दाखिल हुए। नीलिमा एक आरामदेह पलंग पर चादर ओढ़े, कुछ तकियों के सहारे आधी लेटी हुई थीं। वह कद-काठी में छोटी थीं और पिछली मुलाक़ात के मुकाबले वह कुछ सिकुड़ी हुई भी लग रही थीं। लेकिन उनका चेहरा ठीक वैसा ही था जैसा मुझे याद था—गोल और डिंपल वाला, स्टील के फ्रेम के चश्मे पहने और आँखों में वही चमक।

पिया ने एक कुर्सी पलंग के पास सरका दी। 'मैं आप दोनों को अकेला छोड़ देती हूँ,' उसने नीलिमा के हाथ को प्यार से दबाते हुए कहा। 'आप ज़्यादा थका मत लेना ख़ुद को, नीलिमा दी।'

'आई वोंट, डियर,' नीलिमा ने अंग्रेज़ी में कहा। 'आई प्रॉमिस।'

पिया को कमरे से जाता देख उनके चेहरे पर प्यार भरी मुस्कान उभर आयी। 'इतनी प्यारी लड़की है,' उन्होंने बांग्ला में कहा। 'और हिम्मत वाली भी। पता नहीं मैं पिया के बिना क्या करती।'

मैंने महसूस किया कि नीलिमा की बांग्ला में खड़ी बोली का पुट आ गया था, शायद सुन्दरबन का होगा। लेकिन इसके उलट उनकी अंग्रेज़ी अभी भी उच्च वर्गीय परिवार की तरह साफ थी।

'आजकल पिया ही ट्रस्ट का काम देखती है,' नीलिमा ने आगे कहा। 'हमारे लिए बहुत शुभ दिन था जब वो सुन्दरबन आयी थी।'

'क्या वो वहाँ काफी समय बिताती है?' मैंने कहा।

'हाँ। जब भारत में होती है तो ज़्यादातर सुन्दरबन में ही रहती है।'

नीलिमा ने बताया कि पिया मरीन बायोलॉजी में अपनी रिसर्च के चलते सुन्दरबन आयी थी। नीलिमा ने उसे रहने की जगह दी और उसके काम में मदद की थी, और आने वाले सालों में पिया का ट्रस्ट के साथ रिश्ता गहरा होता गया।

'वह हर छुट्टी हमारे साथ बिताती है,' नीलिमा ने कहा। 'गर्मी और सर्दी, जब आ सकती है, आ जाती है।'

'अच्छा?' मैंने ज़्यादा जिज्ञासा न दिखाने की कोशिश की। 'तो उसका अपना परिवार नहीं है?'

मेरी तरफ तीक्ष्ण नज़र डालते हुए नीलिमा ने कहा, 'उसकी शादी नहीं हुई है, अगर तुम यह जानना चाहते हो—' और इस पर मैंने नज़रें झुका लीं और बेपरवाह दिखने की कोशिश की।

'लेकिन एक तरह से पिया का परिवार है भी,' नीलिमा ने आगे कहा। 'उसकी रिसर्च के दौरान उसकी मदद करनेवाले एक गाँव वाले की मौत हो

गई थी। पिया ने उसकी पत्नी और बेटे को गोद ले लिया है। उसने उसकी पत्नी मोयना और उसके बच्चे की परवरिश के लिए जो भी सम्भव था किया। कम से कम कोशिश तो पूरी की है...'

फिर उन्होंने सिर हिलाया मानो याद कर रही हों कि मुझे क्यों बुलाया था। 'मुझे मुद्दे से भटकना नहीं चाहिए,' उन्होंने कहा। 'मैं जानती हूँ कि तुम्हारे पास समय की कमी है।'

सच कहूँ तो मैं पिया के बारे में जानने के लिए इतना उत्सुक था कि मुझे कोई दिक्कत नहीं थी कि वह मुद्दे से भटक जायें। पर चूँकि मैं यह कह नहीं सकता था इसलिए मैंने जेब से एक रिकॉर्डर निकाला जिसे मैं प्राचीन कालीन वस्तुएँ ढूँढ़ते हुए साथ में रखता था।

'तुम रिकॉर्ड करने वाले हो?' नीलिमा ने चौंकते हुए पूछा।

'बस आदत है,' मैंने कहा। 'नोट्स लेने और रिकॉर्ड करने की मेरी पुरानी आदत है। इसकी तरफ ध्यान मत दीजिये। यह बस ऐसे ही है।'

नीलिमा को वो तारीख़ बहुत अच्छे से याद थी जब उन्होंने पहली बार बन्दूक़ी सौदागर के बारे में सुना था। उन्होंने उसे 'चक्रवात राहत खाता, 1970' वाले बहीखाते में उसी दिन दर्ज़ किया था। हाल में वो किताब उनके लिए बड़ाबोन ट्रस्ट के अभिलेखागार से निकाली गई थी। उसे खोलते हुए उन्होंने मुझे वो एंट्री दिखाई: पन्ने के सबसे ऊपर, बंगाली में लिखा था—'बोन्दूक़ी शौदागोरेर धाम'—'बन्दूक़ी सौदागर धाम'। नीचे तारीख़ लिखी थी, '20 नवंबर, 1970'।

आठ दिन पहले—मतलब 12 नवंबर 1970 को कैटेगरी चार का चक्रवात बंगाल डेल्टा को चीरता हुआ निकला था, भारत के पश्चिम बंगाल राज्य और दूसरी तरफ पूर्वी पाकिस्तान (एक साल बाद यह एक नया देश बांग्लादेश बन जायेगा) में तबाही फैलाते हुए। उस ज़माने में तूफ़ान और चक्रवातों के नाम नहीं होते थे लेकिन 1970 के चक्रवात को आगे चलकर चक्रवात 'भोला' के नाम से जाना जाने लगा था।

यदि इस दुर्घटना का शिकार हुए लोगों को देखा जाये तो, बीसवीं सदी की यह सबसे बड़ी प्राकृतिक आपदा थी; सरकारी आकलन में तो तीन लाख जानें गई थीं, लेकिन असल में यह गिनती पांच लाख हो सकती है। ज़्यादातर मृतक पूर्वी पाकिस्तान के थे, जहाँ लम्बे समय से राजनैतिक उथल-पुथल चल रही थी। विपदा के समय, पश्चिम पाकिस्तान का अनमना और सुस्त रवैया भी आज़ादी की लड़ाई की शुरुआत का एक बड़ा कारण था और इसी के चलते आगे चलकर बांग्लादेश बना।

पश्चिम बंगाल में चक्रवात का प्रकोप सुन्दरबन ने झेला। लुसिबाड़ी में, जहाँ नीलिमा और उनके पति रहते थे, बहुत नुक़सान हुआ। तूफ़ान में द्वीप का एक बड़ा हिस्सा तहस-नहस हो गया, मकान और बाकी सब कुछ बर्बाद हो गये थे।

फिर भी दक्षिण के द्वीपों की तुलना में लुसिबाड़ी में कम नुक़सान हुआ था। लेकिन नीलिमा को इसका पता बहुत दिनों बाद चला। उनकी पहचान के एक मछुआरे होरेन नस्कर ने उन्हें बताया कि वो समुद्र में मछली पकड़ रहा था और उसने वो बर्बादी ख़ुद अपनी आँखों से देखी थी।

होरेन की बात सुनकर नीलिमा ने ज़रूरी चीज़ें इकट्ठा करने और उन्हें बाँटने के लिए स्वयंसेवकों की एक टीम बनाई और होरेन द्वारा चलाई जा रही किराये की एक नाव पर नीलिमा और उनकी टीम ने तट के कुछ गाँवों तक सामान पहुँचाया था।

हर यात्रा पर उन्हें भीषण मंज़र दिखता: तूफ़ान की तबाही से विलुप्त गाँव; ऐसे टापू जहाँ पेड़ों का एक पत्ता तक नहीं बचा था; जानवरों द्वारा अधखायी, पानी में तैरती लाशें; वीरान गाँव, जहाँ शायद ही कोई बचा हो। पूर्वी पाकिस्तान से आने वाले शरणार्थियों के चलते स्थिति और भी गम्भीर होती जा रही थी। राजनैतिक उथल-पुथल से बचने के लिए कई महीनों से लोग सीमा पार कर भारत में घुस रहे थे; और बांग्लादेश से आने वालों की भीड़ सैलाब बन गई। जहाँ पहले ही खाने की बेहिसाब कमी थी, वहाँ और भी भूखे पेट आ गये थे।

एक सुबह होरेन ने नाव को सुन्दरबन के उस हिस्से की तरफ मोड़ा जहाँ सीमा के पास राईमंगल नदी बहती थी, जिसके दो तटों पर दो देश थे। नीलिमा आमतौर पर इस हिस्से से बचा करती थीं; यह इलाका तस्करों के लिए कुख्यात था और यहाँ नदी का बहाव इतना तेज़ था कि नावें अक्सर दूसरे देश के तट की ओर बह जाती थीं।

काफी मुश्किल से होरेन ने नाव को भारत की सीमा के क़रीब ही रखा और जल्द ही वे बालू के एक टीले पर पहुँचे जहाँ पहले गाँव हुआ करता था: कुछ खम्भों को छोड़कर वहाँ गाँव का कुछ भी नहीं बचा था; तूफ़ान के बाद उठने वाली समुद्री लहरों में एक-एक घर बह गया था।

नदी किनारे कुछ लोगों को देख नीलिमा ने होरेन को नाव वहाँ ले जाने को कहा। उस जगह को देखकर नीलिमा ने अन्दाज़ा लगाया था कि उस गाँव के लोग या तो मर गये होंगे या ज़ख़्मी होंगे, लेकिन पूछने पर उसे अप्रत्याशित जवाब मिला। उसे मालूम पड़ा कि उस गाँव में किसी को कोई चोट नहीं आयी थी; गाँववासियों ने तो अपना सामान और खाने के भंडार भी बचा लिए थे।

इस गाँव की ख़ुशक़िस्मती का राज़ क्या था?

जवाब ने नीलिमा को चौंका दिया। उन लोगों ने उन्हें बताया कि यह मनसा देवी—साँपों की देवी की कृपा थी, जिसका मन्दिर वहाँ पास में था।

तूफ़ान आने के थोड़ा पहले, जब आसमान लाल हो रहा था, मन्दिर की घंटियाँ बजने लगीं। गाँववालों ने अपना सामान और अन्न उठाया और वहाँ पहुँच गये। मन्दिर की दीवारों और छत ने ना केवल उन्हें तूफ़ान से बचाया, बल्कि बाद में उन्हें शरण भी दी थी; यहाँ तक कि अपने कुएँ से उन्हें साफ पानी भी दिया था—सुन्दरबन में यह एक दुर्लभ चीज़ थी।

नीलिमा ने मन्दिर देखने की इच्छा जतायी और गाँववाले उन्हें वहाँ ले गये। रेत के टीले से अच्छा ख़ासा दूर, वह मन्दिर कुछ ऊँचाई पर था और घने पेड़ों के बीच रेतीले मैदान में बना हुआ था।

उस मन्दिर की धुँधली-सी तस्वीर उनके ज़ेहन में थी—वहाँ कई सौ लोग जमा थे और चारों तरफ उनका सामान बिखरा हुआ था। उनको सिर्फ कुछ ऊँची दीवारें और उलटी नाव जैसी घुमावदार छत याद थी: मन्दिर को देख उन्हें बिष्णुपुर के मन्दिरों का ध्यान हो आया था।

नीलिमा ने पूछा कि क्या कोई संरक्षक या रखवाला था जिससे वो बात कर सकती हों। कुछ देर में एक अधेड़ उम्र का सफेद दाढ़ी और गोल टोपी पहने एक मुसलमान व्यक्ति अन्दर से निकला। वह मांझी था—एक नाविक और वह राईमंगल नदी के दूसरी तरफ का रहने वाला था। बचपन में उसने कभी-कभार उन लोगों के लिए काम किया था जो मन्दिर की देख-रेख करते थे: *गायनों* (गाथा गायक) का एक हिन्दू परिवार। उन्होंने पांचाली का महाकाव्य संभालकर रखा था। यह महाकाव्य इस मन्दिर के मिथक की कहानी थी। कई पुश्तों से ये महाकाव्य मुँहज़बानी ही आगे बढ़ रहा था। लेकिन समय के साथ परिवार ख़त्म होता गया। अब परिवार का एक ही सदस्य बचा था और उसने मांझी से कहा था कि उसके गुज़र जाने के बाद, मांझी ही उस मन्दिर की देखभाल करे। यह बहुत पुरानी बात थी; 1947 में भारत के बंटवारे से दस साल पहले की बात; नाविक तब से उस धाम की देखभाल कर रहा था। अब यह उसका घर था और वह अपनी पत्नी और बेटे के साथ वहाँ रहता था। नीलिमा ने उससे पूछा कि क्या उसके लिए यह अजीब नहीं था—एक मुसलमान होते हुए हिन्दू देवी के धाम से जुड़ना। नाविक ने कहा कि धाम को सब धर्मों के लोग मानते थे। हिन्दुओं का मानना था कि मनसा देवी उस मन्दिर की रक्षा करती थीं और मुसलमान मानते थे कि वहाँ जिन्न थे, इल्यास नाम के एक मुसलमान पीर के संरक्षण में।

लेकिन मन्दिर किसने और कब बनाया?

नाविक इसका जवाब देने में हिचकिचा रहा था। उसने कहा कि उसे मिथक ठीक से याद नहीं, और इस महाकाव्य की कुछ ही पंक्तियाँ उसे याद थीं।

क्या उस कविता का लिखित रूप नहीं था? नीलिमा ने पूछा। नहीं, नाविक ने कहा; बन्दूक़ी सौदागर की ख़्वाहिश थी कि गीत कभी लिखा नहीं जाये। वह मुँहज़बानी ही आगे बढ़े। बदक़िस्मती से नाविक ने पूरा गीत कभी याद ही नहीं किया था और उसकी कुछ पंक्तियाँ ही उसे आती थीं।

नीलिमा के आग्रह पर उसने वो चन्द पंक्तियाँ सुनायीं और वे शब्द नीलिमा की याददाश्त में बस गये, शायद इसलिए कि उन छन्दों का कोई अर्थ नहीं था। (उन्हें ऐसी अर्थहीन शैली बहुत पसन्द थी)।

कोलकाताये तोखोन ना छीलो लोक ना मकान
बांग्लार पाटानी तोखोन नागर-ए-जहान

कलकत्ता में तब न घर थे और न ही इंसान
बंगाल का बन्दरगाह नगर-ए-जहाँ था।

नीलिमा ने मेरी तरफ देखा और हँस दीं, थोड़े अटपटे ढंग से, मानो मुझे यह बेवकूफी भरी बात बताकर उन्हें शर्म आ रही हो।

'इसका कोई मतलब नहीं निकलता ना?' उन्होंने पूछा।

'अभी तो नहीं,' मैंने कहा। 'लेकिन आगे बताइये।'

नीलिमा ने नाविक से कई सवाल पूछे, पर वह जवाब नहीं दे रहा था। एक तरफ कहता कि उसको मालूम नहीं और दूसरी तरफ कहता कि लोगों के लिए उस मिथक को समझना नामुमकिन था। लेकिन नीलिमा ने काफी मशक्कत कर उससे कहानी का सारांश उगलवा लिया था। कहानी चाँद व्यापारी की कहानी से काफी मिलती थी।

चाँद की तरह बन्दूक़ी सौदागर भी एक अमीर व्यापारी था जिसने मनसा देवी को नाराज़ कर दिया था क्योंकि वह उनका भक्त बनने को तैयार नहीं था। साँप, सूखा, अकाल और तूफ़ान; और कई आपदाओं से परेशान हो जाने के बाद वह देवी के प्रकोप से बचने के लिए विदेश भाग गया और ऐसी जगह शरण ली जहाँ साँप नहीं थे—उस जगह का नाम था *बोन्दूक़ द्वीप*।

नीलिमा ने यहाँ बात रोकी और मुझसे पूछा, क्या मैंने ऐसी किसी जगह का नाम सुना था?

मैंने सिर हिलाकर कहा, 'नहीं, कभी नहीं। लोक कथाओं का कोई परी देश होगा।'

नीलिमा ने सिर हिलाकर हामी भरी। कहानी में ऐसी बहुत-सी जगहें थीं, उन्होंने कहा, लेकिन उन्हें उनके नाम याद नहीं थे।

लेकिन बन्दूक़ द्वीप पर भी सौदागर मनसा देवी से छिप नहीं सका। एक दिन वह उसके सामने किताब के पन्ने से प्रकट हुईं और उसे आगाह किया कि उनकी नज़रें सब तरफ थीं। उस रात सौदागर ने लोहे की दीवारों वाले कमरे में छुपने की कोशिश की, लेकिन वहाँ भी देवी ने उसे ढूँढ़ लिया; एक छोटा-सा ज़हरीला जीव एक दरार में से घुस आया और उसने उसे डंस लिया। उस दंश से किसी तरह ज़िन्दा बचकर सौदागर बन्दूक़ द्वीप से एक समुद्री जहाज़ में भाग निकला। पर वहाँ समुद्री डाकुओं से नहीं बच पाया। उन्होंने उसे पकड़ लिया और तहखाने में डाल दिया। बेचने के इरादे से वे उसे शिकोल द्वीप नामक जगह पर ले जा रहे थे जब एक बार फिर मनसा देवी उसके सामने प्रकट हुईं। उन्होंने वचन दिया कि अगर वह उनका भक्त बन जाये और उनके लिए बंगाल में एक मन्दिर बनाये तो वह उसे आज़ाद करवा देंगी और मालामाल भी कर देंगी।

आख़िरकार सौदागर ने हार मान ली और वचन दिया कि अगर वो उसे उसके घर का रास्ता दिखा दें तो वह देवी के लिए मन्दिर बनायेगा। उन्होंने सौदागर को आज़ाद किया और चमत्कार किया: जहाज़ पर तरह-तरह के जीवों ने हमला कर दिया, आसमान और समुद्र दोनों ओर से, और जब डाकू उनसे जूझ रहे थे, तब सब बन्दी भाग निकले और डाकुओं का ख़ज़ाना भी लूट लिया। अपने हिस्से की लूट की बदौलत सौदागर अपने देश वापस आ सका और रास्ते में उसने काफी फायदेमन्द सौदे भी किये। जब वह बंगाल लौटा तो उसके पास इतना पैसा था और इतनी शानदार कहानियाँ थीं कि उसका नाम बन्दूक़ी सौदागर पड़ गया। और इस तरह उस मन्दिर का भी नाम उसी के नाम पर पड़ गया।

'और बस इतनी ही है ये कहानी,' नीलिमा ने कन्धे उचकाते हुए कहा। 'मैंने नाविक से कहा कि इसकी कोई तुक नहीं बनती। उसे कोई आश्चर्य नहीं हुआ था। उसने कहा, "मैंने तो आपसे कहा था। इस मिथक में कई राज़ हैं और अगर आपको उनका मतलब नहीं पता, तो समझना नामुमकिन है।" फिर उसने कहा, "लेकिन एक दिन, जब सही समय होगा, किसी को सब समझ में आ जायेगा। और क्या पता, उसके लिए वो दुनिया प्रकट हो जाये जो हमें दिखाई नहीं देती।"'

नीलिमा अपने आप पर मुस्करायीं। 'पता नहीं क्या था, लेकिन इस कहानी में कुछ ऐसा था कि मेरे दिमाग में बैठ गई: मुझे परेशान करती रही और मैं इसके बारे में और जानना चाहती थी। लेकिन हमेशा ही इतना कुछ था करने को कि दिमाग से निकल गया—और हाल ही में कुछ दिन पहले जब मैं 1970 के चक्रवात के बारे में कुछ पढ़ रही थी, तो अचानक सब याद आ गया।'

'लेकिन आप उस मन्दिर में एक ही बार गईं?' मैंने पूछा।

'हाँ,' उन्होंने कहा। 'बस तभी गई थी। एक बार और मैंने देखा था, लेकिन दूर से क्योंकि रुकने का समय नहीं था। ये बात क़रीब दस साल पहले की है। मेरे ख्याल से वो धाम वहाँ अभी भी है, लेकिन कौन जाने कब तक रहेगा? समुद्र लगातार सुन्दरबन के द्वीपों को निगल रहा है; हमारी आँखों के सामने गायब हो रहे हैं। इसलिए मुझे लगता है कि उनका कुछ रिकॉर्ड होना चाहिए; क्या पता यह मन्दिर एक महत्वपूर्ण ऐतिहासिक स्मारक हो।'

'आपने भारतीय पुरातत्व सर्वेक्षण से सम्पर्क करने की कोशिश की?' मैंने सहायता करने के उद्देश्य से पूछा।

'मैंने उन्हें एक बार ख़त लिखा था, लेकिन उन्होंने कोई दिलचस्पी नहीं दिखाई।'

फिर उन्होंने मेरी तरफ देखा और उनके चेहरे पर मुस्कान आ गई, गालों के गड्ढे गहरे हो गये। 'फिर मुझे तुम्हारा ख्याल आया।'

'मेरा? मैं क्यों?' मैंने चौंकते हुए पूछा।

'क्यों, तुम्हें तो पुरातन और प्राचीन चीज़ों में ख़ास दिलचस्पी है न?'

'हाँ, लेकिन इस तरह की चीजें नहीं,' मैंने कहा। 'मेरा काम तो ज़्यादातर पुरानी किताबों और पांडुलिपियों का है। मैं अक्सर पुस्तकालय, संग्रहालय और पुराने महलों में घूमता हूँ—पर ऐसी जगह तो मैं कभी नहीं गया।'

'लेकिन क्या तुम वो जगह देखना नहीं चाहोगे?'

एक ही वजह थी कि मैं उसी समय न नहीं कह पाया, क्योंकि वो काफी अशिष्ट लगता। उस समय तो वहाँ जाना वैसे भी नामुमकिन लग रहा था क्योंकि उसी हफ्ते के अन्त तक मैं न्यूयॉर्क जाने वाला था; और जाने से पहले मेरे पास बहुत काम था। और सबसे बड़ी बात तो यह थी कि मुझे दलदल और मैन्ग्रोव कतई पसन्द नहीं थे।

मैंने कुछ बहाना बनाने की कोशिश की, 'पता नहीं वक्त निकलेगा कि नहीं; मुझे वापसी की फ्लाइट भी लेनी है...'

लेकिन नीलिमा जल्दी हार मानने वालों में से नहीं थीं।

'ज़्यादा समय नहीं लगेगा,' उन्होंने ज़ोर दिया। 'तुम वहाँ जाकर एक दिन में लौट सकते हो। मैं इन्तज़ाम कर दूँगी।'

मैं मना करने का कोई अच्छा बहाना ढूँढ़ ही रहा था कि पिया वहाँ आ गई।

नीलिमा ने तुरन्त उसकी मदद ली। 'इसे बताओ पिया कि मन्दिर जाने में ज़्यादा समय नहीं लगेगा। इसे डर है कि इसकी अमेरिका की फ्लाइट छूट जायेगी।'

पिया मेरी तरफ मुड़ी और उसने पूछा मैं कब जाने वाला था। मैंने उसे बताया और उसने मुझे आश्वासन दिया, 'चिन्ता मत करिये। आप आराम से लौट आयेंगे और फ्लाइट पकड़ सकेंगे।'

'पक्का?'

'हाँ, बिल्कुल।' उसने कहा। 'मैं भी चलती आपके साथ, लेकिन बदक़िस्मती से नहीं चल पाऊँगी क्योंकि मैं एक कॉन्फ्रेंस के लिए भुवनेश्वर जा रही हूँ और अगले हफ्ते तक ही लौटूँगी। लेकिन अगर आप जाने का फैसला करें तो मैं बन्दोबस्त कर दूँगी, और ये सुनिश्चित करूँगी कि आपका पूरा ख्याल रखा जाये।'

उसकी मुस्कराहट ने मुझे दोबारा सोचने पर मजबूर कर दिया। 'देखता हूँ,' मैंने कहा।

मैंने अपना सामान उठाया और नीलिमा से विदा ली। फिर पिया मुझे साथ वाले कमरे में ले गई और एक प्रौढ़ महिला से मिलवाया जिसने नर्स के कपड़े पहने हुए थे—नीली सफेद साड़ी।

'ये मोयना मंडल हैं,' पिया ने कहा। 'नीलिमा की चहेती नर्स।' उसने नर्स के कन्धों को हाथ से घेरा और गले से लगा लिया। 'मोयना और मैं एक-दूसरे के लिए परिवार जैसे हैं। इतने सालों में हम बहनें बन गई हैं। अगर आप जाने का फैसला करें तो यह सारा इन्तज़ाम कर देगी। आपको कोई चिन्ता नहीं करनी पड़ेगी। सब कुछ फटाफट और आसानी से हो जायेगा।'

पिया की आवाज़ में उत्साह था और मुझे हाँ कहने का मन हुआ। लेकिन कुछ था जिसने मुझे रोक लिया।

'मुझे पहले कुछ चीज़ें देखनी होंगी,' मैंने कहा। 'कल सुबह तक बताऊँ तो ठीक रहेगा?'

'बिल्कुल। आप देख लीजिये।'

चीनता

नीलिमा के घर से निकला तो मेरा दिमाग घूम रहा था। मेरे दिमाग का तर्कसंगत, व्यवहारिक और एहतियाती हिस्सा जाने को बिल्कुल तैयार नहीं था। मुझे यात्रा करने से हमेशा ही परेशानी हुई है और फ्लाइट छूटने का डर मेरी जान ले रहा था। ना ही मुझे लग रहा था कि काम की दृष्टि से मुझे कुछ अनोखा मिलने वाला था। यक़ीनन अगर उस मन्दिर में कुछ मूल्यवान था भी तो अब तक गायब हो चुका होगा।

लेकिन फिर पिया भी तो थी। उसमें कुछ ऐसा था जो मुझे दुर्गा की याद दिला रहा था; दुर्गा, मेरा बीता हुआ कल, पहला प्यार। दिखने में तो वैसी नहीं थी लेकिन हाव-भाव मेल खाते थे, ख़ास कर आँखें। पिया की एकनिष्ठता में एक आदर्शवाद था जो दुर्गा की याद दिलाता था।

मैं जानता था कि अगर पिया मेरे साथ जा रही होती तो मैं जाने के लिए तुरन्त तैयार हो जाता। यह बात मुझे डरा रही थी और मेरी व्याकुलता भी बढ़ा रही थी। कुछ महीने पहले, ब्रुकलिन में मेरी थेरेपिस्ट ने कहा था कि मेरी मनोदशा कुछ ज़्यादा ही असुरक्षित और कमज़ोर थी और मुमकिन था कि मैं ऐसे किसी रिश्ते में उलझ जाऊँ जिसे असफल होना ही था। उसने मुझे उन महिलाओं के प्रति ख़ासतौर से आगाह किया था जो मुझे मिल नहीं सकती थीं, या मेरे लिए ठीक नहीं रहेंगी। 'इस बार बचकर रहना।'

घर के रास्ते में वो शब्द मेरे कानों में गूँज रहे थे।

देर शाम तक मैं न जाने का फैसला कर चुका था। लेकिन उस रात मुझे खाने पर अपनी एक बहन के यहाँ जाना था और जब उसके घर पहुँचा तो

मैंने उसको और उसके घर के अलग-अलग उम्र के लोगों को टीवी के आगे बैठे देखा। और वो क्या देख रहे थे? मनसा देवी और सौदागर की कहानी का आधुनिक रूपान्तर। मुझे बताया गया कि सरकारी टीवी पर यह सबसे ज़्यादा लोकप्रिय शो था: ज़ाहिर था कि सौदागर के मिथक का पुनः प्रचलन का दौर चल रहा था, केवल मेरे दिमाग में ही नहीं, बल्कि लोक संस्कृति में भी।

इस ख्याल ने मुझे विचलित कर दिया।

बाद में, अपने घर लौटने पर जब मैं अपनी चीज़ें संभाल रहा था, तो मेरी नज़र मेरे टेप रिकॉर्डर पर पड़ी। नीलिमा के साथ हुई बातचीत को डिलीट करने के इरादे से मैंने उसे उठाया। ग़लती से दूसरा बटन दब गया और वो रिकॉर्डिंग बजने लगी। मैं बेमन से सुन रहा था, जब नीलिमा की यह पंक्तियाँ सुनाई दीं:

> कलकत्ता में तब न लोग थे और न ही मकान
> बंगाल का शानदार बन्दरगाह नगर-ए-जहाँ था।

यहाँ मैं ठिठक गया। मैंने पॉज़ का बटन दबाया और इन पंक्तियों को बार-बार सुना।

पहले तो ये पंक्तियाँ अर्थहीन लगीं, लेकिन बार-बार सुनने के बाद मुझे अहसास हुआ कि इनका छन्द और लय बंगाल की ख़ास किस्म की लोक कविता से मेल खाता था। एक ऐसी लोक कविता जो इतिहास की बेशक़ीमती जानकारी समेटे हुए थी। मुझे ये काफी दिलचस्प लगा कि मन्दिर निर्माण के समय के विषय में पूछे गये नीलिमा के सवाल के जवाब में नाविक ने दोहा कहा था। क्या वह किसी तारीख़ या किसी ख़ास वक़्त की तरफ इशारा कर रहा था?

ज़ाहिर है इस तरह की कविताएँ जान-बूझकर रहस्यमयी होती हैं। लेकिन गौर करने वाली बात यह है कि पहली पंक्ति बहुत ज़्यादा रहस्यमयी नहीं थी: इशारा इस ओर था कि सौदागर वाला मन्दिर तब बना था जब कलकत्ता का अस्तित्व नहीं था—मतलब 1690 में कलकत्ता की स्थापना से पहले।

लेकिन दूसरी रहस्यमयी पंक्ति का क्या मतलब था?

'बंगाल का शानदार बन्दरगाह' इस ओर इशारा कर रहा था कि कलकत्ता से पहले वहाँ कोई महत्वपूर्ण शहरी केन्द्र था। और इस केन्द्र के नाम के बारे में कोई सन्देह नहीं हो सकता था—यह केन्द्र था, ढाका (अब बांग्लादेश की राजधानी)।

लेकिन दूसरी ओर, 'नगर-ए-जहाँ' यहाँ किस सन्दर्भ में कहा गया था: मैंने फ़ारसी या उर्दू में ढाका के लिए 'नगर-ए-जहाँ' वाक्यांश का इस्तेमाल कभी नहीं सुना था। फिर ये इस दोहे में कैसे आ गया था?

अचानक मुझे ख्याल आया कि यह पंक्ति भी, पहली वाली की तरह ही किसी तारीख़ की तरफ इशारा हो सकती थी।

इत्तेफ़ाक़ से मेरा परिवार बंगाल के दहाने के उस हिस्से से आता है जो अब बांग्लादेश है। मेरे माता-पिता और दादा-दादी विभाजन के समय भारत आ गये थे। लेकिन उसके पहले उन्होंने ढाका में काफी समय गुज़ारा था—और अब, जब मैं अपने बुज़ुर्ग रिश्तेदारों की ढाका की कहानियाँ याद करने की कोशिश कर रहा था, अचानक मुझे कुछ याद आया। मैंने लैपटॉप खोला और ढूँढ़ना शुरू कर दिया।

और कुछ पलों में जवाब भी मिल गया।

मैंने पाया कि मुग़ल साम्राज्य में ढाका बंगाल की राजधानी थी। चौथा मुग़ल शासक बादशाह जहाँगीर ('दुनिया जीतने वाला') था, उसके शासनकाल और उसके कुछ वर्षों बाद तक उसके सम्मान में ढाका का नाम जहाँगीर नगर था।

क्या 'नगर-ए-जहाँ' उसका ही रूप था? क्या यह सत्रहवीं शताब्दी के ढाका की तरफ इशारा था?

अगर ऐसा था तो फिर यह मन्दिर 1605, जब बादशाह जहाँगीर गद्दी पर बैठे थे और 1690, जब अंग्रेज़ों ने कलकत्ता की स्थापना की, के बीच बनाया गया था।

जैसे ही यह बात मेरे दिमाग में आयी, तो बाक़ी चीज़ें साफ होने लगीं। जैसे उस दोहे में साफ दिखने वाला फ़ारसी असर: सत्रहवीं शताब्दी में बंगाली भाषा में फ़ारसी और अरबी के बहुत से शब्द और कहावतें शामिल हो गये थे। और इतना ही नहीं, पुर्तगाली और डच भाषा के शब्द भी घुलमिल गये थे।

1605-1690 का समय नीलिमा की कहानी के एक और तथ्य से ठीक बैठ रहा था: कि मन्दिर से उसे बिष्णुपुर के मन्दिरों की याद आयी थी। क्योंकि यही वह समय था जब बिष्णुपुर शैली की वास्तुकला (जिसमें हिन्दू और इस्लाम के तत्वों का शानदार मिश्रण था) पूरे बंगाल में लोकप्रिय थी।

उतना ही दिलचस्प था बन्दूक़ का निरन्तर ज़िक्र—यह शब्द फ़ारसी और अरबी से बंगाली में आया था। इसमें कोई शक नहीं कि मुग़ल साम्राज्य को 'बारूदी साम्राज्य' के नाम से जाना जाता था। अपने समकालीन, तुर्की के उस्मान राजवंश और फ़ारसी सफ़ाविद की तरह उनकी ताक़त भी ज़्यादातर बन्दूक़ों पर टिकी थी। क्या ऐसा हो सकता है कि बन्दूक़ी सौदागर का मन्दिर इस प्रक्रिया का किसी तरह का लोक कीर्तिगान है?

सम्भावना तो बहुत दिलचस्प थी, लेकिन मैंने तय किया कि इतनी भी नहीं कि सुन्दरबन की यात्रा की परेशानी और ख़तरा उठाया जाये।

यह तय करने के बाद मैं अपनी ज़िन्दगी के दूसरे हिस्से, ब्रुकलिन के बारे में सोचने लगा। और मुझे ख्याल आया कि एक बार देख लूँ कि मेरा अमेरिकी फोन चार्ज है या नहीं। भारत में मैं हमेशा यहाँ का सिम कार्ड और एक दूसरा सेलफोन इस्तेमाल करता हूँ और इसलिए मेरा अमेरिकी फोन कई हफ्तों से एक तरफ पड़ा हुआ था।

फोन ऑन किया तो पाया कि वाक़ई उसे चार्ज करने की ज़रूरत थी। थोड़ा ढूँढ़ने पर चार्जर मिला और मैंने फोन चार्जिंग पर लगा दिया। फिर फोन खोलकर देखा तो अहसास हुआ कि किसी ने, या किसी भी सजीव इंसान ने (मशीनी बॉट्स को छोड़कर) मुझे न तो फोन करने और न ही मैसेज भेजने का प्रयास किया था।

अभी मैं इस दर्द भरे अहसास से उबर भी नहीं पाया था कि अचानक फोन में जान आ गई और उसकी स्क्रीन जगमगा उठी। पल भर बाद फोन से इतनी तेज़ आवाज़ निकली कि मेरी खिड़की के बाहर चिल्लाती बिल्ली भी भाग खड़ी हुई।

मैं इतना चौंक गया था कि फोन बजता रहा और मैं बुत-सा उसे देखता रहा। मेरी हैरानी और बढ़ गई, जब मैंने देखा कि फोन इटली से एक बहुत पुरानी दोस्त, या फिर, गुरु प्रोफेसर जाचीनता सकीअवॉन का था। मुझे याद आया कि चीनता (जैसा कि उसके दोस्त उसे बुलाते थे) पिछले साल काफी बीमार थी। तब से उसकी कोई ख़बर नहीं मिली थी और मैं सोच रहा था कि कहीं तबियत ज़्यादा ख़राब तो नहीं हो गई।

लेकिन हमेशा की तरह चीनता की आवाज़ जोश और उमंग से भरी थी। 'दोस्त! कैसे हो?'

'मैं तो ठीक हूँ चीनता। तुम कैसी हो? तुम्हारी तबियत कैसी है?'

'मैं बिल्कुल ठीक हूँ। सब फर्स्ट क्लास!'

'बढ़िया है। और कहाँ पर हो?'

'वेनिस में,' उसने कहा। 'एयरपोर्ट पर।'

'कहाँ जा रही हो?'

'एक कॉन्फ्रेंस के लिए हेइडेलबर्ग।' उसने आगे कहा, 'पता है, मैं कीनोट अड्रेस दे रही हूँ।'

उसे यह बताने की ज़रूरत ही नहीं थी। चीनता जिस भी कॉन्फ्रेंस में जाती वही आकर्षण का केन्द्र हो जाती। अपने क्षेत्र में उसका कोई मुकाबला नहीं था और उसका विषय था 'वेनिस का इतिहास'। अपने समय में उसने फेर्नान्द ब्राउदेल और एस. डी. गोइटें जैसे प्रतिष्ठित लोगों के साथ पढ़ाई की थी और मेडिटरेनियन की सभी प्रमुख भाषाओं पर उसका समान अधिकार था। बहुत कम

विद्वान उसकी बराबरी कर सकते थे, या तो जानकारी में या शोहरत में। शायद इसलिए अच्छा लगा देखकर कि शोहरत ने उसकी महत्वाकांक्षा की मामूली, लेकिन हास्यास्पद मौजूदगी को नहीं मिटाया था जो उसके व्यक्तित्व का अहम हिस्सा थी।

'और तुम?' उसने कहा। 'तुम कहाँ हो?'

'कलकत्ता में,' मैंने कहा। 'अपने कमरे में। तुम्हें याद है मेरा कमरा?'

'बिल्कुल, डियर!' उसकी आवाज़ में प्यार था। 'मैं कैसे भूल सकती हूँ? और तुम्हारे पास अब भी है वो—क्या कहते हैं? "डचवुमेन"?'

'"डच वाइफ"।'

मुझे याद आया वो कैसे मुस्करायी थी जब मैंने उसे बताया था कि यह बड़े-बड़े मसनदों, जो बंगालियों को अपने बिस्तर पर रखना बहुत अच्छा लगता था, का अंग्रेज़ी नाम है। 'नहीं। उन्हें फेंकना पड़ा क्योंकि कीड़े लग गये थे। अब मैं बिल्कुल अकेला हूँ।'

'लेकिन तुम ठीक तो हो ना?'

उसकी आवाज़ में चिन्ता झलक रही थी और मुझे सुनकर हैरानी हुई।

'हाँ, मैं ठीक हूँ। तुम ऐसे क्यों पूछ रही हो?'

'पता नहीं डियर, बस एक सपना देखा था।'

'एयरपोर्ट पर?' मैंने आश्चर्य से पूछा

'उफ़! लेकिन हो सकता है...मैं एक अच्छे लाउन्ज में हूँ, आराम कुर्सी में। मेरी फ्लाइट लेट है क्योंकि कहीं पर बाढ़ आ गई है। और यहाँ मैं बैठी इन्तज़ार कर रही हूँ और सुन्दर जवान वेटर मेरे लिए प्रोसेचो (वाइन) ला रहे हैं। समझे?'

'हाँ।'

मैं चीनता के लाउन्ज में घुसने के दृश्य की साफ-साफ कल्पना कर सकता था—हर नज़र घूमी होगी उस लम्बी चौड़ी महिला की ओर जिसकी चमकती काली आँखें थीं और उसके ज़माने के फिल्म स्टार के स्टाइल में उसके झूलते सफेद बाल। जो चीनता को जानते थे उन्हें पता था कि इस वक़्त हर वेटर उसके इर्द-गिर्द मंडरा रहा होगा, उसके लिए प्रोसेचो का गिलास लाने की होड़ में।

'मैं यहाँ बैठी थी, डियर,' वो बता रही थी, 'कि झपकी लग गई और मेरी आँखों के सामने एक तस्वीर उभरी। पता नहीं सपना था या कोई स्मृति। ऐसा होता है, उम्र के साथ—स्मृति और सपने मिल जाते हैं।'

'तुमने आख़िर देखा क्या सपने में?'

'मैंने तुम्हें एक टेंट के सामने खड़ा देखा—एक बहुत बड़ा टेंट, सर्कस की तरह। अन्दर बहुत सारे लोग थे, कुछ देख रहे थे, शायद कोई तमाशा—ठीक से नहीं बता सकती क्या था। तुम्हें पता है यह क्या हो सकता है?'

मैंने सिर खुजलाया। 'हाँ, कुछ धुँधला-सा याद है। शायद ये तब हुआ था जब तुम पहली बार कलकत्ता आयी थीं। कब आयी थीं?'

'बीस साल? पचीस साल?'

'ख़ैर, बहुत पुरानी बात है,' मैंने कहा। 'हम भारतीय संग्रहालय गये थे, चौरंगी में और उसके बाद तुम मैदान में टहलने जाना चाहती थीं। तुम्हें याद है? शहर के बीचोबीच बड़ा-सा हरा मैदान है। तुमने एक बड़ा-सा टेंट देखा था जहाँ एक जात्रा चल रही थी—एक लोक संगीत का कार्यक्रम। तुम देखना चाहती थीं कि अन्दर क्या हो रहा है, तो हम वहाँ रुके और तुमने अन्दर झाँका था।'

'ओह, हाँ! याद आया!'

मुझे अजीब लगा कि वेनिस के एयरपोर्ट में उसको इतना गैर ज़रूरी और क्षणिक पल कैसे याद हो आया था। 'हम वहाँ कुछ ही पल थे,' मैंने कहा। 'तुम्हें वो ही क्यों याद आया, इतने सालों बाद?'

'वो तो सच है,' उसने कहा। वो भी थोड़ी उलझन में मालूम पड़ रही थी। 'पता नहीं क्यों यह महत्वपूर्ण लगा। ख़ैर, उम्मीद है मैंने तुम्हें जगाया नहीं?'

'नहीं। बिल्कुल नहीं। तुम्हारी आवाज़ सुनकर अच्छा लगा।'

'हाँ, तुम्हारी भी।' उसकी आवाज़ में हड़बड़ी थी। मैं समझ गया कि उसे भी नहीं समझ आ रहा था कि क्या हुआ था और वह बात ख़त्म करना चाहती थी। 'चलो, ठीक है! जल्दी बात करेंगे। ढेर सारा प्यार!'

इस फोन के इस तरह अचानक, बेवजह आने से मैं थोड़ा हिल गया था। मैं बिस्तर पर लेट गया और उस दिन को याद करने की कोशिश की जब चीनता और मैं मैदान में टहलने गये थे। लेकिन बहुत कोशिशों के बावजूद मुझे कुछ ख़ास याद नहीं आया; कुछ ऐसा जो अपने निशान छोड़ दे।

फिर मेरे मन में एक विचार आया। चूँकि मैं नियमित रूप से सब कुछ नोट करता हूँ, ऐसे में मुझे अहसास हुआ कि मैंने निश्चित तौर पर उस दिन के बारे में भी लिखा होगा। और अगर ऐसा है तो ढूँढ़ना मुश्किल नहीं था। डायरी वहीं थी, पास में, एक स्टील के ट्रंक में जहाँ मेरे कागज़, डायरियाँ और ऐसी ही दूसरी चीज़ें रहती थीं।

मैंने पलंग के नीचे से धूल भरे ट्रंक को निकाला। ट्रंक खोला तो उससे चिरचिराने की आवाज़ आयी और छोटे-छोटे कीड़े इधर-उधर भागने लगे। धूल की परत के नीचे ट्रंक में सब कुछ वैसा ही था जैसा मैं छोड़ गया था। वर्गीकृत और लेबल लगा हुआ।

और मुझे वो डायरी मिल गई! पतली-सी बिस्कुटी रंग की पॉकेट डायरी। चीनता के कलकत्ता पहुँचने के पहले दिन वाले पन्ने पर उसकी फ्लाइट की विस्तृत जानकारी लिखी थी (मैं उसे लेने एयरपोर्ट गया था)। अगले दिन का ब्यौरा कुछ ऐसे था—'चीनता के साथ पुराने शहर की सैर और फिर इंडियन म्यूज़ियम। मुझे लगा था कि उसे पार्क स्ट्रीट की चमक-दमक देखने में दिलचस्पी होगी, लेकिन नहीं। वह मैदान में टहलना चाहती थी। वहाँ एक जात्रा चल रही थी और एक बड़ा-सा बोर्ड लगा था और चीनता की जिज्ञासा जग उठी—साँपों से लिपटी एक महिला की आकृति—मनसा देवी।'

और फिर मुझे सब याद आने लगा।

चीनता से मैं उससे पिछले साल अमेरिका में मिला था। मैं तब तीस एक साल का था और वह मुझसे कुछ दस एक साल बड़ी थी। मुझे हाल में ही मिडवेस्टर्न यूनिवर्सिटी में लाइब्रेरियन की नौकरी मिली थी जहाँ से मैंने पीएचडी की थी (वाजिब है कि मैंने हर तरह की शिक्षण सम्बन्धी नौकरी के लिए आवेदन दिये थे, पर सफलता नहीं मिली थी। ऐसा लग रहा था कि अमेरिका में बंगाली लोकसाहित्य विशेषज्ञ की कोई ख़ास माँग नहीं थी)।

चीनता तब तक काफी नाम कमा चुकी थी। वह आकर्षक भी थी और मेधावी भी और इतिहासकार के तौर पर अपने आप को साबित कर चुकी थी साथ ही वेनिस में इन्क्विज़िशन (न्यायाधिकरण) पर एक महत्वपूर्ण शोध पत्र छाप चुकी थी। सिर्फ किताब की वजह से ही उसका नाम इतना जाना-माना नहीं था: उसकी ख्याति (या कुख्याति) सार्वजानिक रूप से घटी एक निजी त्रासदी की वजह से थी।

बीस-पच्चीस साल की उम्र में चीनता को एक इतालवी अख़बार के सम्पादक से प्रेम हो गया। वह आदमी उम्र में उससे काफी बड़ा था। उसने चीनता के लिए अपनी पत्नी को छोड़ दिया था, और अब दोनों की एक बेटी थी। जहाँ तक कहा जा सकता था, वे ख़ुश थे और चीनता ने अपनी पहली किताब अपनी बेटी लूचीआ की परवरिश करते हुए लिखी थी।

चीनता की किताब तब छपी थी जब उसकी बेटी बारह साल की थी और चीनता को साल्ज़बुर्ग में एक कॉन्फ्रेंस के लिए आमन्त्रित किया गया था। उसने और उसके पति ने तय किया कि इस मौक़े को पारिवारिक छुट्टी में तब्दील कर लेंगे। चीनता पहले ही हवाई जहाज़ से निकल गई। तेज़ कारों का शौक़ीन उसका पति कुछ दिन बाद बेटी के साथ निकला। लेकिन रास्ते में डोलोमाइट्स पहाड़ पार करते समय उनकी मासेराती कार की ब्रेक फेल हो गई। वो और लूचीआ गहरी खाई में मौत की आगोश में चले गये।

जिन हालातों में यह दुर्घटना हुई और वह भी एक पत्रकार के साथ, वो इटली में ध्यान अपनी ओर खींचने के लिए काफी था। लेकिन उनकी मौत से जुड़े रहस्य और दुर्घटना के पीछे किसी षड्यन्त्र के शक ने ख़बर को दुनिया के अख़बारों के पहले पन्ने पर पहुँचा दिया।

उस साल चीनता के पति ने माफिया के बारे में कुछ खुलासे प्रकाशित किये थे। उनकी मौत के बाद अफवाहों का बाजार गर्म था कि शायद उनकी मौत एक योजनाबद्ध हत्या थी। मामला आख़िरकार इटली की संसद में पहुँचा और इसकी जाँच के लिए एक जज की नियुक्ति की गई। ज़ाहिर है, चीनता ने ख़ुद को पब्लिसिटी के बवंडर में फँसा पाया और अन्ततः उसे पापारात्ज़ी से बचने के लिए छुट्टी लेकर अमेरिका जाना पड़ा।

मैंने और लाइब्रेरी के मेरे सहकर्मियों ने भी इस कहानी को अख़बारों और पत्रिकाओं में काफी दिलचस्पी से पढ़ा था। लेकिन चीनता कहाँ थी, ये किसी को ठीक से नहीं पता था और इसलिए हम सब चौंक गये, जब पता लगा कि वह आस-पास ही थी, मिडवेस्ट में, और हमारी लाइब्रेरी के डायरेक्टर को पत्र लिखकर उसने हमारे "रेयर बुक्स रूम" (दुर्लभ किताबों का कमरा, जहाँ महत्वपूर्ण ऐतिहासिक दस्तावेज़ रखे गये थे, जो युद्ध से ठीक पहले एक इतालवी विद्वान ने वसीयत में लाइब्रेरी को दिए थे) को इस्तेमाल करने की अनुमति मांगी थी।

अनुमति तुरन्त ही दे दी गई थी और जिस दिन चीनता पहली बार लाइब्रेरी आयी, मेरे ख्याल से शायद ही कोई ऐसा कर्मचारी होगा जो रेयर बुक्स रूम में न गया हो उसकी एक झलक पाने को। वह वहाँ एक बड़े से बुकस्टैंड के पीछे बैठी थी।

लाइब्रेरी में रेयर बुक्स एंड स्पेशल कलेक्शंस रूम को वैसा ही समझा जाता था जैसे कि अस्पतालों में मुर्दाघरों को समझा जाता है (असल में, दोनों जगह दस्ताने पहनने पड़ते हैं, इस बात पर तो कई चुटकुले भी बने हैं)। किसी कब्रिस्तान-सा खामोश, यह कमरा ज़्यादातर खाली रहता था सिवाय एक आध भूले-बिसरे विद्यार्थी के। जहाँ तक स्टाफ की बात थी, तो वहाँ बैठे लोगों के लिए किताबें लाने के काम से ज़्यादा अनचाहा काम कोई नहीं था और चूँकि मैं नया था, स्वाभाविक रूप से, रेयर बुक्स एंड स्पेशल कलेक्शंस के कैटलॉग असिस्टेंट का काम मेरे हिस्से आया था।

तो इस तरह, चीनता ने जो दो हफ्ते लाइब्रेरी में गुज़ारे, उस दौरान मैं उसका सहायक बना रहा; जो किताबें या दस्तावेज़ वो माँगती, मैं ही उस तक ख़ुशी-ख़ुशी पहुँचाता, चाहे ऐसा उसकी गहरी और भारी आवाज़ में कहा गया *ग्रात्ज़ी मील* (बहुत शुक्रिया) सुनने के आनन्द के लिए ही क्यों न हो। उसका स्वभाव बहुत अनौपचारिक था और एक-दो दिन में ही उसने मेरे लिए नाम भी

चुन लिया था—'दीनो' ('इतालवी में दीन') लेकिन उस कमरे की चार दीवारी में हम लोगों ने आपस में कभी दो-चार शब्दों से ज़्यादा बात नहीं की थी। उसकी और मेरी पहचान का श्रेय जाता है, मेरी सिगरेट पीने की आदत को। तब मैं सिगरेट पीता था और वो भी।

उस साल का वसन्त बहुत ज़्यादा ठंडा था और हम सिगरेट पीने वालों को लाइब्रेरी के दरवाज़े के पास एक गुफा नुमा जगह में गुट बनाकर खड़ा होना पड़ता था। एक बार वहाँ सिर्फ हम दोनों ही थे और बस बात शुरू करने के लिए मैंने पूछा था कि क्या उसे मिडवेस्ट की कठोर ठंड में दिक्कत हो रही थी।

'बिल्कुल नहीं!' धुआँ उड़ाते हुए उसने कहा। 'जानते हो, मैं आधी मिडवेस्टर्न हूँ। मेरी माँ लेक्सिंग्टन से हैं।'

'लेक्सिंग्टन, केंटकी?' मैंने पूछा।

उसने सिर हिलाकर हामी भरी और मुस्करायी। 'हाँ। ऐलिस—मेरी माँ, लेक्सिंग्टन से हैं।'

चीनता ने बताया कि ऐलिस केंटकी के एक मशहूर ब्रूइंग (बीयर बनाने वाले) परिवार से थीं, जिनके नाम से मैं वाकिफ था क्योंकि उनकी बनायी बूरबॉन मुझे ख़ास पसन्द थी। जवानी में ऐलिस यूरोप घूमना चाहती थीं, ख़ासकर इटली। दूसरे विश्व युद्ध के छिड़ जाने से उन्हें अपना यह सपना कुछ समय के लिए छोड़ना पड़ा था, लेकिन युद्ध ख़त्म होने के बाद वह वहाँ गईं और उन्हें वेनिस से प्यार हो गया।

यह वो समय था जब सिर्फ अमेरिकी होने भर से ही आपको इटली में प्रतिष्ठा और लोकप्रियता हासिल होती थी; सब लोग अंग्रेज़ी बोलना चाहते थे। वेनिस की ख़ास नाव, वापोरेत्तो में ग्रैंड कैनाल में सफर करते समय उसका ड्राइवर—एक अत्यन्त सुन्दर नौजवान—समझ गया कि ऐलिस अमेरिकी हैं। उसने कहा, 'क्या मैं आपसे थोड़ी मदद माँग सकता हूँ? मैं अंग्रेज़ी सीख रहा हूँ...'

'*सी, चेर्तो!* हाँ, बिल्कुल!' उन्होंने इतालवी में जवाब दिया। इस पर उस नौजवान ने अपने बस्ते से एक किताब निकाली और एक वाक्य का मतलब जानना चाहा जिसे उसने रेखांकित किया हुआ था। पढ़ने की शौक़ीन ऐलिस को देखकर ख़ुशी हुई कि यह हेनरी जेम्स का वेनिसी लघु उपन्यास द *ऐस्पर्न पेपर्स* था। उसके बाद वह उसी वापोरेत्तो और उसी ड्राइवर का इन्तज़ार करतीं। कुछ ही महीनों में उनकी शादी हो गई।

'वह हमेशा से ही रोमांटिक रही हैं, मेरी माँ।' चीनता ने कहा। 'और अपनी बेटी को जाचीनता जैसा नाम कोई रोमांटिक ही दे सकता है!'

'और आपके पिता?'

वह हँसी। 'वो तो पूरी तरह से वेनिसी हैं। वहीं पैदा हुए हैं और वहीं पले-बढ़े हैं। उन्हें चीज़ें ख़रीदना और बेचना बहुत पसन्द है और उसमें महारत भी है। दोनों बहुत ख़ुश हैं एक साथ।'

'वेनिस में रहते हैं?'

'हाँ। हमेशा वहीं रहे हैं। मैं वहीं पैदा हुई और वहीं बड़ी हुई। मैं भी वेनिसी हूँ...चन्द बचे हुए वेनिसियों में एक।' उसने मुस्करा कर धुआँ उड़ाया, 'अच्छा, मेरे बारे में बहुत हो गया। तुम अपने बारे में बताओ। तुम यहाँ कैसे, मिडवेस्ट के इस हिस्से में?'

'स्कॉलरशिप,' मैंने कहा। 'पीएचडी करने के लिए।'

'ओह, तो तुम शोध-छात्र हो? यहाँ सिर्फ पढ़ने आये थे?'

पता नहीं उस समय मुझे क्या हुआ, क्योंकि जिन परिस्थितियों में मैं कलकत्ता से बाहर निकला था उसके बारे में शायद ही बात करता था, लेकिन चीनता ने अपने बारे में इतना खुल के बात की थी कि मैं भी अपने आप को रोक नहीं पाया और कह पड़ा, 'नहीं, इतना ही नहीं था।'

'तो और भी कोई वजह थी?'

मैंने हाँ में सिर हिलाया।

उसने मेरी तरफ अपनी काली आँखों से देखा, मानो मेरी आत्मा में झाँक रही हो।

'कोई लड़की थी?'

'हाँ।'

'तुम उसे ढूँढ़ने निकले थे या उससे भाग रहे थे?'

'दोनों में से कुछ नहीं,' मैंने कहा। 'उसकी मृत्यु हो गई, अचानक, और फिर मैं वहाँ रह नहीं सका।' मैंने गहरी साँस ली। 'बहुत लम्बी कहानी है।'

उसने मुझे देखा, लेकिन कोई ज़ोर नहीं दिया। 'तो तुम्हारी परवरिश कहाँ की है?'

'कलकत्ता, भारत में,' मैंने कहा।

'*कालकूता?*' उसने अपने ख़ास ढंग से कहा। 'इंडियन नेशनल लाइब्रेरी वहीं है न?'

उस समय मुझे पता चला कि अपनी छुट्टी के अन्त में वह एशिया से होती हुई इटली जानेवाली थी और एक हफ्ता इंडियन नेशनल लाइब्रेरी में बिताने का इरादा था। क्यों? क्योंकि उसका शोध का विषय था मध्यकालीन स्पाइस रूट में वेनिस की भूमिका।

मैंने पहली बार सुना था कि स्पाइस रूट में वेनिस की भी कोई भूमिका थी। लेकिन चीनता ने मुझे विश्वास दिलाया कि यह सच था। 'वेनिस की अर्थव्यवस्था में मसालों की अहम भूमिका थी। सदियों तक इस शहर का पूरे यूरोप में स्पाइस ट्रेड (मसालों का व्यापार) पर एकाधिकार था।' उसने गर्दन पीछे करके धुआँ हवा में उड़ाया। 'उनका मुनाफ़ा इतना ज़्यादा था कि बाक़ी लोग जलने लगे। और इसीलिए स्पेन और पुर्तगाल के यात्री उन खोजी यात्राओं पर निकले—वे इस व्यापार पर वेनिस का एकाधिकार ख़त्म करना चाहते थे।'

पता नहीं वो उसकी बात थी या बात कहने का तरीका कि मैं मन्त्रमुग्ध हो गया। मैं इस बात से बहुत प्रभावित हुआ कि कोई वेनिस का इतिहास पढ़ने के लिए भारत जा रहा था। और चूँकि चीनता थी, मुझे लगा कि वो शानोशौकत के साथ यात्रा करेगी और सारे इन्तज़ाम हो चुके होंगे। मैंने तो सोचा भी नहीं था कि वो मुझसे—मात्र एक कैटलॉग असिस्टेंट से!—पूछेगी कि रहने के लिए कोई जगह बता दूँ। लेकिन उसने पूछा और कुछ सोचने के बाद मैंने कहा, 'आप ग्रैंड होटल के बारे में सोच सकती हैं।'

'बहुत *ग्रैंड* है क्या?'

'कलकत्ता का सबसे शानदार होटल है,' मैंने कहा (और उस समय यह सच भी था)।

उसने सिर हिलाया, 'फिर वो मेरे लिए नहीं है। मुझे कोई शान्त जगह चाहिए, साफ-सुथरी, ठीक-ठाक। ऐसी जगह जहाँ पढ़ने-लिखने वाले लोग रहते हों।'

उसने धुएँ के छल्ले बनाकर उड़ाये। 'क्योंकि, मैं अज्ञात रहना चाहती हूँ। तुम समझ रहे हो ना मैं क्या कहना चाहती हूँ? मैं चुपचाप अपना काम करना चाहती हूँ और शहर देखना चाहती हूँ। मैं नहीं चाहती कि लोगों को—ख़ास तौर पर अख़बारों को—पता लगे कि मैं वहाँ हूँ।'

इन दो हफ्तों में उसने पहली बार अपने परिवार की त्रासदी और उस पर मचे मीडिया के बवाल की तरफ इशारा किया था।

'हाँ, बिल्कुल, मैं समझ सकता हूँ,' मैंने कहा। 'बिल्कुल ऐसी ही एक बेहतरीन जगह मुझे पता है—साफ, शान्त गेस्ट हाउस, मेरे घर के ही पास। मैं भी सर्दियों में कलकत्ता जाऊँगा तो अगर आप चाहें, मैं आपको शहर दिखा सकता हूँ।'

उसके चेहरे पर उसकी हसीन मुस्कान आ गई और मेरी तरफ देखते हुए उसने कहा, 'हाँ—मुझे अच्छा लगेगा... *ग्रात्ज़ी,* शुक्रिया!'

चीनता की कलकत्ता यात्रा के दूसरे दिन हम मैदान में टहलने गये थे। शहर में

यही सबसे बड़ा खुला मैदान था और अक्सर सर्कस और तमाशा करनेवाले यहाँ तम्बू गाड़ लेते थे। जैसा मुझे याद पड़ता है, उस दिन एक तम्बू कुछ ख़ास लोकप्रिय प्रतीत हो रहा था: चारों तरफ से लोगों की भीड़ उसकी ओर जा रही थी।

तम्बू के प्रवेश द्वार पर एक बहुत बड़ा बोर्ड टंगा था (मेरे हिसाब से काफी वीभत्स) जिस पर साँपों से लिपटी हुई एक महिला का चित्र बना था। चीनता का ध्यान उस तस्वीर पर टिकना स्वाभाविक था। जब उसने मुझसे इसके बारे में पूछा तो मैंने बताया कि साँपों की देवी के लोकप्रिय मिथक पर आधारित एक प्रदर्शन है।

मैंने यह सब बिना किसी उत्साह के कहा, ताकि बात वहीं ख़त्म हो जाये। लेकिन मेरे जवाब से उसकी उत्सुकता और बढ़ गई।

'क्या मैं देख सकती हूँ?' उसने तम्बू की तरफ इशारा करते हुए पूछा।

मेरा दिल बैठ गया। मुझे जात्रा बिल्कुल पसन्द नहीं थीं—ये अक्सर घंटों चलती हैं और अजीबोग़रीब कपड़े पहनकर लोग चीखते-चिल्लाते हैं। मेरे हिसाब से इस तरह के प्रदर्शन एक शास्त्रीय ग्रन्थ को सिर्फ पैरोडी बना देते हैं।

लेकिन चीनता को यह सब समझाने में बहुत समय लगता इसलिए मैं उसके पीछे तम्बू की तरफ बढ़ गया, हालाँकि मैंने कटाक्ष करने का मौक़ा नहीं छोड़ा। 'मुझे लगता है आपने भारत में इस सब की ही उम्मीद की होगी, नहीं?'

उसने मुझे उलझन भरी नज़रों से देखा। 'तुम ऐसा क्यों कह रहे हो?'

'अनोखा है, है न?' मैंने कहा। 'ख़ासतौर से अगर आप भारत को सपेरों का देश मानते हों तो, जैसा की ज़्यादातर विदेशी सोचते हैं।'

उसने एक भौंह चढ़ाई। 'और अन्दर इतने सारे लोग?' उसने भीड़ से भरे तम्बू की तरफ इशारा किया। 'क्या ये विदेशी हैं? क्या तुम्हें लगता है कि इनके लिए भी यह इतना अनोखा होगा?'

मैंने कन्धे उचकाये। 'ये बस साधारण लोग हैं, जिनके पास बर्बाद करने को काफी समय है।'

वह मुस्कराई। 'तो फिर, मेरे ख्याल से मेरे पास भी कुछ फालतू समय है। तो उम्मीद है, तुम बुरा नहीं मानोगे अगर मैं थोड़ी देर के लिए अन्दर जाऊँ?'

'बिल्कुल नहीं,' मैंने कहा। 'और उम्मीद है कि *आप* बुरा नहीं मानेंगी अगर मैं आपको यहाँ छोड़कर थोड़ा टहल लूँ? मैं वापस आ जाऊँगा, पन्द्रह मिनट ठीक रहेंगे?'

'बहुत बढ़िया।'

मैं उसे वहाँ छोड़कर चला गया। थोड़ी देर बाद जब लौटा तो देखा कि वह प्रवेशद्वार पर खड़ी थी।

'शो अच्छा लगा?'

उसने हामी भरते हुए ज़ोर-ज़ोर से सिर हिलाया। 'हाँ। बहुत। हालाँकि मुझे एक भी शब्द समझ नहीं आया, लेकिन दर्शकों को देखने में मज़ा आया। मैंने दर्शकों को इस तरह मन्त्रमुग्ध कभी नहीं देखा है। ऐसा लग रहा था जैसे वो सम्मोहित हों।'

'बिल्कुल होंगे,' मैंने कहा। 'इस तरह के लोग कुछ भी मान लेते हैं, है ना?'

उसने मेरी तरफ आश्चर्य से देखा। 'तुम्हें यह कहानी वाक़ई पसन्द नहीं है? शायद तुम्हारे लिए यह भद्दी और साधारण है?'

यह बात काफी हद तक सच थी और मुझे चुभ गई। 'शायद आप मुझे ग़लत समझ रही हैं। मैं इस कहानी के साथ बड़ा हुआ हूँ। और असल में यह मेरे पीएचडी के शोध का विषय भी थी। जिस महाकाव्य पर यह आधारित है, उस पर मेरा एक लेख भी छपा है।'

अचानक मुझे सूझा कि करियर के हिसाब से मेरे लिए बड़ी उपलब्धि होगी अगर जाचीनता सकीअवॉन मेरा लेख पढ़े (और उससे भी ज़्यादा उस पर टिप्पणी करे)।

'आप चाहें तो मैं आपको वो लेख दिखा सकता हूँ,' मैंने कहा। 'बहुत लम्बा नहीं है, यही कोई दस एक पन्नों का है।'

'बेशक,' उसने कहा। 'ज़रूर देना। मैं ख़ुशी से पढ़ूँगी।'

आज पलट कर देखता हूँ तो मैंने इस मौक़े का जिस तरह से फायदा उठाने की कोशिश की थी, वो बेहद शर्मनाक था (लेकिन अपनी सफाई में मैं बस इतना ही कह सकता हूँ कि एक पश्चिमी घमंडी साबित होने के बाद मैं चीनता की नज़रों में अपनी छवि सुधारने के लिए उतावला था)। अगली ही सुबह मैं रामकृष्ण मिशन के गेस्ट हाउस गया, जहाँ वह ठहरी थी और अपना लेख छोड़ दिया—'*ए नोट ऑन द डेटिंग ऑफ़ ए बेंगॉली एपिक*'।

उस शाम गेस्ट हाउस से क़रीब बीस मिनट पैदल की दूरी पर एक रेस्तरां में हमें खाना खाने जाना था। जब मैं उसे लेने पहुँचा, तो वह मेरा इन्तज़ार कर रही थी। कुछ ही पलों में, जैसे ही हम लोग सदर्न ऐवेन्यू के शान्त फुटपाथ पर पहुँचे उसने कहा, 'मैंने तुम्हारा लेख पढ़ा। अभी, तुम्हारे आने से ठीक पहले।'

'ओह? और कैसा लगा?'

'*ब्रावो!* बहुत दिलचस्प। मुझे यकीन है कि तुम आलू के बारे में सही कह रहे हो।'

उसकी आवाज़ में झलक रहे उपहास ने मुझे आगाह कर दिया कि अभी उसे बहुत कुछ कहना है। मैं सुनता रहा।

'तुम जिस तरह इस काव्य के बारे में लिखते हो, मुझे दिलचस्प लगा। तुम मिट्टी के बर्तन के टुकड़े को जाँचने वाले पुरातत्त्वविद की तरह हो। तुम्हारी भाषा इतनी प्रभावशाली है, इतनी सूक्ष्म!'

'शुक्रिया,' मैंने कहा। 'मेरे लिए तो आपके शब्द बहुत बड़ी तारीफ हैं।'

हम स्ट्रीट लाइट के नीचे से गुज़र रहे थे, उसने मुझे उलझन भरी तिरछी नज़रों से देखा।

'तो तुम्हारे लिए यह काव्य बस इतना ही है? एक निर्जीव अंश जिसमें तुम्हारी दिलचस्पी बस इसलिए है कि तुम उसकी तिथि निर्धारित कर सकते हो?'

'हाँ, ऐसा ही लगता है,' मैंने कहा। 'आख़िर मैं कोई साहित्यिक आलोचक तो हूँ नहीं।'

'*पेरो*, लेकिन...कल वहाँ जो लोग थे, वो भी तो आलोचक नहीं थे। लेकिन कैसे सुन रहे थे! उनको देखने मात्र से ही आप कह सकते हैं कि उनके लिए यह कहानी मरी नहीं है।'

'मतलब?'

'तुम्हें देखना चाहिए था, वे कितनी तन्मयता से उस कहानी में खो गये थे!' उसने कहा। 'और इतने सारे लोग! आजकल यूरोप में इस तरह की भीड़ दिखाई ही नहीं देगी ऐसे कार्यक्रम के लिए। अगर कोई इतालवी महाकाव्य *ओलांदो फ़ुरिओसो* को रंगमंच पर पेश करे, तो आलोचक और प्रोफेसरों के अलावा कोई नहीं आयेगा देखने। इस तरह का हुजूम तो कतई नहीं—साधारण लोग, बच्चे, बूढ़े, आदमी और औरतें। इस तरह की भीड़ तो सिर्फ फुटबॉल के लिए दिखती है। लेकिन वो भी इस तरह नहीं क्योंकि फुटबॉल के मैच में ज़्यादा औरतें नहीं दिखाई देतीं। नहीं, कल जो लोग थे, उनके लिए यह काव्य ज़िन्दा है! उनकी ज़िन्दगी का हिस्सा है! असली ज़िन्दगी से ज़्यादा असली है।'

'आप उम्मीद भी क्या कर सकते हैं?' मैंने जवाब दिया। 'जैसा आपने कहा, ये लोग देहाती हैं, अनपढ़ हैं। मार्क्स ने नहीं कहा था कि देहाती लोग आलू के बोरे सरीखे होते हैं? तो इसमें आश्चर्य क्यों कि उनकी दुनिया, उनकी ज़िन्दगी देवी, देवता और असुरों से भरी है?'

उसने एक बार फिर मेरी तरफ देखा। 'तुम्हारे मन में साधारण लोगों के लिए कोई जगह नहीं है ना?'

अभिजात्यवादी का आरोप मुझे चुभ गया। 'नहीं, आप ग़लत कह रही हैं। मैं तो ख़ुद को वामपन्थी मानता हूँ। जब विद्यार्थी था, तो माओ का समर्थक था। मैं हमेशा किसानों और मज़दूरों के साथ खड़ा रहा हूँ।'

'बिल्कुल!' वह अपनी हँसी रोकने की कोशिश कर रही थी। 'मैं इटली में कई माओवादियों को जानती हूँ। वह ग़रीब आदमी के पेट और शरीर की इज़्ज़त करते हैं, लेकिन, शायद उनके दिमाग की नहीं।'

'हाँ, अगर वो बेतुकी बात हो तो,' मैंने कहा। 'मुझे गर्व है कि मैं एक धर्मनिरपेक्ष, तर्कसंगत और वैज्ञानिक सोच का आदमी हूँ। माफ़ करना अगर यह आपके भारतीय होने की कल्पना में नहीं बैठता हो—लेकिन मैं धार्मिक नहीं हूँ और अलौकिक शक्तियों में मेरा कोई विश्वास नहीं है। मैं किसी भी हाल में इस अंधविश्वासी बकवास का साथ नहीं दूँगा।'

कुछ क़दम तक वह एकदम ख़ामोश रही। 'अगर यह सच है,' उसने नर्म लहजे में कहा, 'तो तुम इतने धार्मिक शब्द इस्तेमाल क्यों करते हो?'

'कौन से धार्मिक शब्द?'

'जैसे "अंधविश्वास" और "अलौकिक"? क्या तुम्हें पता नहीं कि कैथोलिक इन्क्विज़िशन (ईसाई धर्म न्यायाधिकरण) से यह शब्द चलन में आया? इन्क्विज़िटर (धर्म न्यायाधीश) का काम था तथाकथित "अंधविश्वास" को हटाकर सही धर्म को स्थापित करना। और इन्क्विज़िटर ही तय करता था कि "प्राकृतिक और सहज" क्या है और "पारलौकिक" क्या। इसलिए यह कहना कि तुम पारलौकिकता में विश्वास नहीं रखते, अपने आप में अन्तर्विरोध है—क्योंकि इसका मतलब है कि तुम जो सहज है, स्वाभाविक है, प्राकृतिक है, उसे भी नहीं मानते। एक के बिना दूसरे का अस्तित्व सम्भव नहीं है।'

'अरे, यह तो सिर्फ शब्दों का खेल है,' मैंने कहा।

'हाँ, तुम ठीक कह रहे हो,' उसने कहा। 'लेकिन दुनिया ही शब्दों से बनी है और तुम्हारे शब्द तो सत्रहवीं शताब्दी के हैं। हालाँकि तुमको लगता है कि तुम बहुत आधुनिक हो।'

यह बात मुझे कुछ ज़्यादा ही चुभ गई और मैंने भी करारा जवाब दिया।

'मुझे लगता है, तुम्हारे लिए कोई भारतीय आधुनिक या तर्कसंगत नहीं हो सकता। हमें तो केवल देवी, चुड़ैल और राक्षसों में विश्वास करना चाहिए, है ना?'

'हे भगवान!' वह अचानक रुक गई और उसने अविश्वास में अपने हाथ हवा में झटके। 'क्यों? क्या तुम्हें लगता है कि दुनिया में दूसरी जगह लोग ऐसी चीज़ों में विश्वास नहीं करते? तुम बहुत ग़लत हो! मैं आज तुम्हें बता सकती हूँ कि फ्रांस और इटली में आज भी ऐसे लोग हैं जिनके लिए चुड़ैल और प्रेतात्माओं का वशीकरण ज़िन्दगी का स्वाभाविक हिस्सा हैं।'

'नामुमकिन!'

यह शब्द मेरी ज़ुबान से एकाएक निकल गया। जो वह कह रही थी, मैं उससे यूरोप की अपनी धारणा की ताल नहीं बैठा पा रहा था; मेरे लिए यूरोप हमेशा वैज्ञानिक तर्क का स्रोत रहा है।

'मैं नहीं मानता।'

'लेकिन यह सच है। क्या तुमने कभी *तारान्तिज़्म* के बारे में नहीं सुना है?' उसने कहा।

'नहीं। वो क्या है?'

'यह शब्द *तारानतोला* से आया है; एक विषैली मकड़ी जो दक्षिण इटली में होती है। उसके काटने से लोगों पर अजीब असर होता है। दक्षिण इटली के कुछ हिस्सों में लोगों का मानना है कि तारानतोला के काटने से आप में प्रेतात्मा का प्रवेश हो जाता है। और फिर पीड़ितों पर झाड़ फूँक करनी पड़ती है—संगीत और ख़ासकर नृत्य से। *तारानतेल्ला* शब्द यहीं से आया है।'

'लेकिन चीनता,' मैंने कहा, 'तारानतेल्ला तो संगीत की एक शैली भर है, है ना? और जहाँ तक मुझे याद है, बहुत पुरानी शैली, सत्रहवीं शताब्दी की? ऐसी चीज़ें तो काफी पहले ही ख़त्म हो चुकी होंगी?'

'बिल्कुल नहीं!' चीनता ने कहा। 'तारान्तिज़्म आज भी मौजूद है। मेरे एक जानकार ने इस पर कुछ ही समय पहले एक शोध कार्य प्रकाशित किया था—अर्नेस्तो दे मार्तिनो। तुमने उसके बारे में सुना है?'

'नहीं,' मैंने कहा। 'यह नाम तो कभी नहीं सुना।'

'मैं हैरान नहीं हूँ। इटली के बाहर दे मार्तिनो को कम ही लोग जानते हैं, हालाँकि मेरे हिसाब से वे बीसवीं शताब्दी के सबसे महत्वपूर्ण बुद्धिजीवियों में से हैं। वे एक इतिहासकार, लोक कथा जानकार और नृवंशविज्ञानशास्त्री थे, अंग्रेज़ी में जिसे एथ्नोग्राफर कहते हैं, वे साम्यवादी भी थे और ग्राम्स्की के शिष्य। लेकिन वे जाने जाते हैं तारान्तिज़्म पर किये गये शोध के लिए, जो उन्होंने साठ के दशक में किया था, जब माना जाता था कि यह सब बहुत पहले ख़त्म हो चुका था। इसीलिए उनका काम इतना दिलचस्प है। उन्होंने दिखाया कि इटली के कुछ हिस्सों में—इटली, जहाँ तर्कसंगत नवचेतना का जन्म हुआ था—तारान्तिज़्म फल-फूल रहा था! दूसरे शोधकर्ताओं से अलग उन्होंने इस विषय को एक खुले दिमाग से देखा। वे यह मानकर नहीं चल रहे थे कि ये बेचारी महिलाएँ—ज़्यादातर महिलाएँ ही थीं—पागल या सिरफिरी हैं। वे इस बात से इनकार नहीं करते कि उन्होंने कुछ ऐसा अनुभव किया जो सामान्य समझ और व्याख्या से परे था।'

'तुम्हारा मतलब कि उनका मानना था कि प्रेतात्मा और भूत पिशाच वाक़ई होते हैं? और वो मकड़ी के काटने के ज़रिये लोगों से सम्पर्क स्थापित करते हैं?' मैंने कहा।

'नहीं, नहीं!' चीनता ने कहा। 'उनका तर्क था कि हम "पारलौकिक" से बात शुरू नहीं कर सकते जैसा कि बाक़ी तर्कवादी करते हैं। वह तो मान कर चलते हैं कि किसी भी कार्योत्पादन उद्‌भावन, यानी कॉज़ेशन के अस्पष्ट रूप हो ही नहीं सकते। लेकिन, जैसा दे मार्तिनो ने दिखाया ऐसी कई चीज़ें हैं जिन्हें "स्वाभाविक या प्राकृतिक" ढंग से नहीं समझाया जा सकता।'

'जैसे कि?'

'हम्म्म...' वह सोचने लगी। 'जैसे कि, पूर्वाभास—जिसे आजकल पूर्व-बोध कहते हैं। किसी घटना के पहले से ही उसके घटने का आभास।'

'मतलब ज्योतिष और आकाशवाणी?' मैंने कटाक्ष-सा किया। 'तुम वाक़ई इनको मानती हो?'

'अच्छा?' उसने कहा। 'तो जो एज़्टेक सभ्यता के साथ हुआ उसको तुम कैसे समझोगे?'

'क्या? मैं समझा नहीं।'

'क्या तुमने एज़्टेक भविष्यवाणियों के बारे में नहीं सुना है? स्पेनी लोगों के आने से बहुत पहले एज़्टेक लोगों को पता था कि समुद्र पार से आक्रमणकारी आयेंगे। उन्हें पता था कि उनके पास "आग की डंडियाँ" होंगी और उन्हें तो उनके हेलमेट के आकार के बारे में भी पता था। और क्योंकि उन्हें इन चीज़ों की पहले से जानकारी थी, वह आक्रमण के सामने असहाय थे। लोगों को लगता है कि भविष्य की जानकारी आने वाले समय के लिए आपको तैयार रहने में सहायता करती है, पर अक्सर वह आपको असहाय ही बनाती है।'

अब मेरी हँसी छूटने ही वाली थी, लेकिन क़िस्मत से तब तक हम रेस्तरां पहुँच गये थे। लैंसडाउन रोड पर एक चीनी रेस्तरां। वहाँ का गोल, लाल दरवाज़ा खोलते हुए मैंने माहौल हल्का करने के लिए कहा, 'अगर मुझे किसी एक चीज़ का पूर्वाभास है, तो वो इस बात का कि इस रेस्तरां में खाना चाइनीज़ से ज़्यादा भारतीय होगा।'

सच कहूँ तो इस तर्क से मैं थोड़ा हिल गया था; इसलिए नहीं कि चीनता ने कुछ अजीबोग़रीब कहा था—बहुत से लोग अजीबोग़रीब बातें करते हैं—लेकिन इसलिए कि उसने अपनी बात की सफाई देने की कोशिश की थी। उसकी बात अनुचित, अतार्किक और कुछ हद तक फूहड़ भी लगी थी। एक बच्चे को रात में परियों की कहानी सुनाना एक बात होती है और किसी बड़े को वही कहानी संजीदगी से सुनाना दूसरी चीज़ होती है।

लेकिन तब भी, मुझे चीनता पसन्द थी। मैं उसकी दोस्ती खोना नहीं चाहता था और मैंने तय किया कि बात को वहीं ख़त्म कर दूँगा। और शायद चीनता

ने भी ऐसा ही कुछ तय किया था, इसलिए खाना हम लोगों ने मज़े में खाया। लेकिन हमारा मतभेद न तो ख़त्म हुआ था, ना ही कोई फैसला हुआ था और गेस्ट हाउस लौटते वक़्त हम एक-दूसरे से खिंचे-खिंचे से थे। विदा लेते वक़्त मुझे अजनबीयत का अहसास हुआ फिर भी मैंने उसे अपना फोन नंबर दे दिया और कहा कि ज़रूरत पड़ने पर फोन कर ले।

लेकिन मुझे नहीं लगा था कि वह जल्दी मुझसे मिलना चाहेगी और मुझे आश्चर्य नहीं हुआ जब अगले कुछ दिन उसकी कोई ख़बर नहीं आयी। मैं जानता था कि वह इस हफ्ते इसी शहर में रहने वाली थी, इसलिए मैंने तय किया कि दो-तीन दिन बाद उससे मिल लूँगा, शायद नेशनल लाइब्रेरी में।

पर सम्पर्क चीनता ने किया। एक शाम, मैं खाना ख़त्म कर ही रहा था कि मेरा फोन बजा (पुराने ज़माने वाला, जिसमें गोल नंबर थे और नंबर मिलाने के लिए एक छेद)। मुझे आश्चर्य हुआ, वह चीनता थी, '*चाओ कारो!* हैलो डियर।'

उसकी आवाज़ में तनाव था। 'कैसी हो, चीनता?' मैंने पूछा। 'सब ठीक तो है ना?'

'नहीं,' उसने कहा। 'मुझे इटली लौटना होगा। कुछ ख़बर मिली है। मैं कल ही निकल रही हूँ।'

मैं कुरेदना नहीं चाहता था, लेकिन यह भी नहीं चाहता था कि उसे लगे कि मुझे परवाह ही नहीं। 'कोई गम्भीर बात तो नहीं है ना?' मैंने पूछा।

वह पल भर के लिए हिचकिचाई और धीरे से कहा, 'शायद तुम जानते होगे मेरे पति और बेटी के बारे में...क्या हुआ था?'

'हाँ, बिल्कुल जानता हूँ।'

मुझे अहसास हो रहा था कि वह ख़ुद से लड़ रही थी, बात तो करना चाह रही थी, लेकिन फोन पर नहीं।

'चीनता,' मैंने कहा, 'क्या तुम चाहती हो मैं मिलने आऊँ?'

'हाँ, प्लीज़।'

'मैं दस मिनट में पहुँचता हूँ।'

वह गेस्ट हाउस के दरवाज़े पर मेरा इन्तज़ार कर रही थी। 'कहीं चल सकते हैं क्या?' उसने कहा। 'टहलने?'

उस शाम मौसम ख़राब था। जैसा कि अक्सर ही जनवरी के महीने में कलकत्ता में होता है, सब तरफ एक भारी सा, बदबूदार कोहरा छाया हुआ था।

'टहलने जाना शायद आज ठीक नहीं रहेगा,' मैंने कहा। 'मेरे घर जा सकते हैं। ज़्यादा दूर नहीं हैं।'

'*वा बैने*। चलो।'

आमतौर पर भरी सड़कें लगभग खाली थीं। घर पहुँचने तक हम दोनों ने एक शब्द भी नहीं बोला।

मेरा घर बड़ा नहीं है, लेकिन काफी आरामदेह है। चीनता दीवान पर बैठ गई और मैंने हम दोनों के लिए गिलास में ब्रांडी डाली, जिसे मैंने ड्यूटी फ्री से खरीदा था।

उसने एक घूँट लिया और गिलास को एकटक देखती बैठी रही। और फिर मेरे बिना कुछ कहे उसने उस फोन के बारे में बताना शुरू किया जो उस दिन दिल्ली से इटली के राजदूत का आया था।

जिस दुर्घटना में उसके पति और बेटी की मृत्यु हुई थी, उसकी जाँच के लिए नियुक्त जज का अनुरोध—दूसरे शब्दों में बुलावा—आया था।

एक नया सुबूत, एक पुलिस रिपोर्ट सामने आयी थी और इसी सिलसिले में वह चीनता से पूछताछ करना चाहता था।

'तुम्हें कुछ अन्दाज़ा है कि क्या हो रहा है?' मैंने पूछा।

उसने सिर हिलाकर हामी भरी। 'हाँ...' पल भर रुककर उसने कहा, 'यह साल्ज़बुर्ग में जो उस दिन हुआ, उसके बारे में है; मैं तब होटल में अपनी बेटी और अपने पति का इन्तज़ार कर रही थी। वो लोग मिलान से कार में आ रहे थे। जाकोमो को गाड़ी चलाना बहुत पसन्द था...'

उस रात साल्ज़बुर्ग के होटल में चीनता की बीच रात नींद टूट गई थी और उसे बहुत बेचैनी हो रही थी। यह नई बात नहीं थी, क्योंकि जब से उसके पति को अज्ञात लोगों से धमकियाँ मिलने लगी थीं तब से चीनता का जी घबराता रहता था। लेकिन उस सुबह वह कुछ ज़्यादा ही बेचैन थी, यहाँ तक कि उसने दो बार उलटी भी की।

उसने पौ फटने का इन्तज़ार किया और जाकोमो को मिलान फोन करके यात्रा रद्द करने की गुज़ारिश की।

उसने सन्देह में पूछा, 'लेकिन क्यों?'

वह समझ नहीं पा रही थी कि क्या कहे, सिर्फ इतना ही कह पायी, 'बस एक अहसास है, एक पूर्वाभास—तुम्हें यह धमकियाँ भी तो मिल रही हैं।'

जाकोमो ने उसकी बात पर ज़्यादा गौर नहीं किया। वह एक अत्यन्त आत्मविश्वासी, ज़िद्दी आदमी था और वो धमकियों की परवाह नहीं करता था। उसने कहा कि वह चिन्ता ना करे और वो किसी ऐरे गैर नत्थू खैरे से डरने वाला नहीं है। उसने कहा कि उनकी बेटी लूचीआ इस छुट्टी का बेसब्री से इन्तज़ार कर रही थी और रद्द करने से उसका दिल टूट जायेगा।

और फिर उसने एक सरप्राइज़ दिया। उसने बताया कि उसके अख़बार ने उसे एक सैटेलाइट फोन दिया था और मिलान से लेकर साल्ज़बुर्ग तक वो जब चाहे उसे फोन कर सकती थी: उसने चीनता को नंबर लिखवा दिया।

इस ख़बर से चीनता को अपने ही पूर्वाभास पर शक हुआ और उसने दोबारा ज़ोर नहीं डाला; कुछ इसलिए कि वह जानती थी कि उसका पति सुनेगा नहीं और इसलिए भी कि वह मूर्ख नहीं दिखना चाहती थी। और फिर, जाकोमो के आत्मविश्वास ने उसकी चिन्ता को मिटा दिया था। बात ख़त्म होते-होते चीनता सामान्य हो गई थी और उसने जाकोमो को कहा कि वह उसे और लूचीआ को बहुत मिस कर रही थी और बेसब्री से उनका इन्तज़ार कर रही थी।

लेकिन दिन में, कॉन्फ्रेंस के दौरान उसका डर फिर लौट आया और उसका ध्यान भटकता रहा। वह पीसीओ गई और जाकोमो के दिए नंबर पर फोन किया। जाकोमो ने कुछ घंटी बजने के बाद फोन उठाया। वह हँस रहा था। 'देखा! यह सैटेलाइट फोन काम करता है। यहाँ हम हाईवे पर हैं और मैं तुमसे बात कर रहा हूँ।'

'कहाँ हो तुम?'

'ब्रेस्सानों और इन्सब्रुक के बीच कहीं। हम दो-एक घंटे में साल्ज़बुर्ग पहुँच जायेंगे।'

उसने लूचीआ को फोन पकड़ा दिया।

'मम्मा!' लूचीआ ने कहा। 'कितना सुन्दर नज़ारा है। काश तुम भी हमारे साथ होतीं!'

'काश ऐसा होता, *तेज़ोरो*!'

उन्होंने थोड़ी देर और बात की, फिर चीनता ने फोन रख दिया। लेकिन सब कुछ ठीक होने के बावजूद उसका मन शान्त नहीं था। कॉन्फ्रेंस में लौटने के बजाय वह होटल में अपने कमरे में चली गई। वह कुर्सी पर बैठी खिड़की के बाहर अनमनी-सी देख रही थी कि उसे लूचीआ की आवाज़ सुनाई दी, 'मम्मा! मम्मा! मैं तुमको बहुत प्यार करती हूँ...आई लव यू!'

आवाज़ इतनी साफ थी कि वह चौंककर दरवाज़े की तरफ मुड़ी, यह सोचते हुए कि शायद वो लोग जल्दी पहुँच गये और किसी तरह कमरे में आ गये। जब कोई नहीं दिखा तो उसे लगा शायद लूचीआ लुका-छुपी खेल रही है। उसने पूरे कमरे में ढूँढ़ा, अलमारियों में और पलंग के नीचे। जब वह निश्चित हो गई कि कमरे में कोई नहीं है तो उसने फोन उठाया और जाकोमो के सैटेलाइट फोन का नंबर मिलाया।

उसे सिर्फ खड़-खड़ की आवाज़ सुनाई दी। उसके हाथ काँप रहे थे। उसने दोबारा नंबर मिलाया, लेकिन जब जवाब नहीं मिला तो उसने होटल के

ऑपरेटर का नंबर लगाया। उसे लगा कि वो शायद कोड लगाने में कोई ग़लती कर रही होगी। उसने ऑपरेटर को नंबर दिया और फोन पर नज़रें गढ़ाए इन्तज़ार में बैठ गई। कुछ मिनट बीते तो वह विचलित होने लगी।

जब और इन्तज़ार नहीं हो पाया तो उसने होटल के रिसेप्शन पर फोन किया और होटल के क्लर्क से कहा कि ऑपरेटर से बात करे। उसे लगा एक आध मिनट में फोन आ जायेगा, लेकिन जब ऐसा नहीं हुआ तो वह कमरे से निकली और दौड़कर रिसेप्शन पर पहुँच गई।

रिसेप्शनिस्ट और टेलीफोन ऑपरेटर एक ऑफिस में साथ बैठे थे। चीनता सीधा अन्दर चली गई और जानना चाहा कि आख़िर हो क्या रहा था। उन्होंने बताया कि कई बार सैटेलाइट फोन का नंबर मिलाया, लेकिन बात नहीं हो पायी।

रिसेप्शनिस्ट ने पूछा कि आख़री बार चीनता की उसके पति से कब बात हुई थी और तब वो कहाँ थे। 'ब्रेस्सानों और इन्सब्रुक के बीच,' चीनता ने बताया। उसने चीनता को शान्त होकर कमरे में जाने के लिए कहा: कि वह पता लगायेगा वहाँ गश्त कौन देता है और फिर उनसे सम्पर्क करेगा।

चीनता धीमे से अपने कमरे में गई और कुछ ही देर में फोन बजा। उसने लपककर उठाया: दूसरी तरफ कोई इतालवी पुलिस वाला था। चीनता ने उसे जाकोमो की कार का नंबर दिया और कहा कि वह बहुत परेशान है और उसे डर है कि कहीं कुछ हो न गया हो क्योंकि वह सैटेलाइट फोन उठा नहीं रहा था। पुलिसकर्मी ने कहा कि वह चिन्ता न करे क्योंकि कुछ हिस्सों में सिग्नल नहीं आता था। लेकिन फिर भी वह पता करेगा।

एक घंटे बाद चीनता का फोन बजा। वही पुलिसकर्मी था। उसने बताने के लिए फोन किया था कि एक हेलीकॉप्टर ने जाकोमो की कार को एक गहरी खाई में देखा था; यात्रियों में कोई ज़िन्दा नहीं बचा।

'तो इसलिए,' चीनता ने कहा, 'मैं जानती थी कि कहीं न कहीं मेरी कॉल का रिकॉर्ड है कि किस वक़्त मैंने फोन किया था। मुझे मालूम था कि अगर कोई ध्यान से इन रिपोर्ट्स को देखेगा तो जान जायेगा कि मैंने एक्सीडेंट रिपोर्ट होने के एक घंटे पहले पुलिस को फोन किया था। वह सोचेंगे कि पुलिस से पहले मुझे कैसे पता चला कि कुछ गड़बड़ है। मेरे ख्याल से यही हुआ है।'

'और क्या बताओगी तुम उन्हें?'

'बहुत आसान है। मैं कहूँगी कि मैंने यूँ ही जाकोमो का सैटेलाइट फोन लगाया था और जब जवाब नहीं मिला तो मुझे चिन्ता हुई।'

'और बाक़ी? तुम्हारी बेटी की आवाज़?'

उसने मेरी तरफ ऐसे देखा जैसे मैं पागल हूँ। 'ज़ाहिर है मैं उसके बारे में कुछ नहीं कहूँगी। तुम तो अच्छे से जानते हो कि इसका ज़िक्र नहीं किया जा सकता। वह मुझे पागल समझेंगे...'

यह सब बताते हुए चीनता सीधी बैठी थी, एकदम शान्त। लेकिन अब उसके कन्धे हिलने लगे और उसने हाथों में मुँह छिपा लिया।

उसकी सिसकियाँ दिल तोड़ने वाली थीं। कुछ समय बाद मैं दीवान के पास गया और उसके कन्धों पर हाथ रखा। वह मेरी तरफ झुकी और रोने लगी; मैंने इतना दुख पहले नहीं देखा था। इतना दर्द किसी के मन में देखना मुश्किल होता है, लेकिन उसको इस हाल में देखना और भी मुश्किल था क्योंकि आमतौर पर वह अपने में ही रहती थी। उसके कहे बिना ही मैं समझ गया कि साल्ज़बुर्ग के होटल के अनुभव का ज़िक्र उसने पहले कभी नहीं किया था।

पता नहीं हम कितनी देर उसी तरह बैठे रहे, लेकिन मुझे याद है कि मैंने कुछ समय बाद कहा था कि वह गेस्ट हाउस वापस जाने की स्थिति में नहीं थी: मैं अपना बिस्तर उसके लिए ठीक कर दूँगा और मैं दीवान पर सो जाऊँगा।

वह मान गई और जब बिस्तर तैयार हो गया, तो वह सोने चली गई और मैं दीवान पर पसर गया।

मुझे पूरी रात ठीक से नींद नहीं आयी और जब सवेरे उठा तो चीनता को हॉल के दूसरे छोर पर खिड़की के बाहर देखते हुए पाया। वह सिगरेट पी रही थी और नीचे नींद से जागती सड़कों को देख रही थी।

जब उसने देखा कि मैं जाग गया, तो वो मेरे पास आकर बैठ गई। उसने मेरे कन्धों पर हाथ रखा और गाल को हल्के से चूमा।

'*ग्रात्ज़ी!* शुक्रिया!'

'अरे, ऐसा कुछ नहीं है चीनता, तुम्हें मेरा शुक्रिया अदा करने की ज़रूरत नहीं है।'

'क्यों नहीं! तुमने कितनी हमदर्दी के साथ मेरी बात सुनी। वो भी तब, जब तुम इतने बड़े तर्कवादी हो। उसके लिए मैं एहसानमन्द हूँ।'

'इसकी वाक़ई कोई ज़रूरत नहीं।'

वह मुस्कराई और मुझे देखा। 'और अब तुम मेरे बारे में इतना कुछ जानते हो। लेकिन मैं तुम्हारे बारे में कुछ नहीं जानती।'

'बताने को कुछ ख़ास है ही नहीं,' मैंने कहा। 'क्या तुम्हें पता नहीं वो क्या कहते हैं? भारतीय पुरुषों का कोई राज़ होता ही नहीं है। उन्हें अगर किसी चीज़ की चिन्ता है, तो वह है उनका हाज़मा।'

'यह सच है क्या?' वह गम्भीरता से सोचने लगी। 'नहीं दीनो, ऐसा नहीं हो सकता। मुझे याद है, तुमने मुझे कुछ दिलचस्प बताया था, कि तुम अमेरिका क्यों गये...'

'ओह वह। तुम सच में जानना चाहती हो?'

'हाँ, बताओ ना।'

मैं उठा और गैस पर केतली चढ़ाई।

'मैंने बताया था ना कि अपने विद्यार्थी जीवन में मैं माओवादी था। उस ज़माने में ये संगठन बहुत ताक़तवर हुआ करते थे। सभी तेज़-तर्रार विद्यार्थी उनसे जुड़ते थे।'

'हाँ, इटली में भी ऐसा ही था जब मैं पढ़ रही थी।'

'क्या तुम भी...?'

उसने सिर हिलाकर मना किया। 'नहीं। मुझे यह विचार हमेशा बहुत सरल लगे। लेकिन शायद तुम्हें ऐसा नहीं लगा होगा?'

'पता नहीं विचारों का इससे कितना लेना-देना था।'

'तो फिर, लड़की?'

'हाँ। उसका नाम दुर्गा था, हमारी योद्धा देवी के नाम पर, और मेरे लिए वह दुर्गा का ही रूप थी। मैं तो किताबी कीड़ा था, कल्पनालोक में जीने वाला; मैं तो सपने देखता था उन जगहों पर जाने के जिनके बारे में पढ़ता था। और फिर दुर्गा मेरी ज़िन्दगी में आयी—वह तो पहले से ही जानी-मानी हस्ती थी, अपने दुस्साहस के लिए प्रसिद्ध। बहुत जोखिम उठाती थी, ग्रामीण क्षेत्रों में सशस्त्र विद्रोहियों को सन्देश पहुँचाती थी। मैं तो उससे अभिभूत था—वह मुझे फ़िज़ूल, स्वार्थी और निम्न मध्यवर्ग का व्यक्ति होने का अहसास कराती थी।'

'तो तुम्हें उससे प्यार हो गया?'

'हाँ।'

'और उसे? क्या उसे भी तुमसे प्यार था?'

'मेरे ख्याल से: मैं भी उसके लिए शायद उतना ही बड़ा रहस्य था, जितना वह मेरे लिए थी। ख़ैर, जो भी हो हम साथ थे जोकि उसके लिए बहुत बड़ा जोखिम था क्योंकि मैं उसका माओवादी साथी नहीं था, बस एक राहगीर था। वे लोग किसी पन्थ की तरह थे—वो, उसकी पार्टी के लोग और कामरेड साथी—जो भी उनके "अन्दर" का नहीं था, वो शक के घेरे में होता था। और मेरे लिए तो और भी ज़्यादा रहा होगा क्योंकि उन्हें मालूम था कि मेरे एक काका पुलिस में बड़े अफसर थे। शायद उन्हें लगा कि मैं दुर्गा से कुछ राज़ उगलवाना चाहता हूँ, पता नहीं। ख़ैर, जो भी हो, एक दिन दुर्गा मुझे कुछ भी बताये बिना शहर से बाहर गई। यह कोई असाधारण बात नहीं थी, सिवाय इसके कि इस

बार वह वापस नहीं आयी। कुछ दिनों बाद मुझे पता चला कि वह एक "पुलिस एन्काउंटर" में मारी गई।'

'तुम्हें किसने बताया?'

'मेरे पुलिस अफसर काका ने, उन्होंने बताया कि उसके साथियों ने उसे धोखा दिया।'

'क्यों?'

'शायद उसके और मेरे रिश्ते के चलते। या फिर उसके साथी मेरे काका के लिए दिक्कत खड़ी करना चाहते थे। जो भी हो, किसी ने मेरा नाम और पता उसके पास रख दिया था।'

'अविश्वसनीय!'

'हाँ। काका ने कहा कि वह बात को दबा देंगे, लेकिन मुझे तुरन्त शहर छोड़ना होगा। मुझे तुरन्त दिल्ली अपने रिश्तेदारों के पास भेज दिया गया। तब मैंने अमेरिकी विश्वविद्यालयों में आवेदन भेजना शुरू किया—और शायद क़िस्मत थी, मुझे लगता है...'

चीनता खड़ी हुई और मेरे बगल में आ गई। 'तुम्हारी ग़लती नहीं थी, जानते हो ना? अपने आप को दोष मत दो।'

इस सबके बारे में सोचे हुए मुझे बहुत समय हो गया था और मुझे लगा कि मेरा संयम टूट रहा है। मैं रोना नहीं चाहता था, कम से कम उस वक़्त तो नहीं, तो मैंने घड़ी की तरफ देखा।

'चीनता, हमें निकलना चाहिए। मैं नहीं चाहता कि तुम्हारी दिल्ली की फ्लाइट छूटे।'

एयरपोर्ट के रास्ते में चीनता ने पूछा कि क्या मैं मिडवेस्ट में ख़ुश था, उस लाइब्रेरी में काम करके। मैंने उसे बताया कि काम की मुझे ख़ास परवाह नहीं थी, लेकिन और कोई चारा भी नहीं दिख रहा था।

'तो फिर हमें कुछ करना होगा,' उसने कहा। 'हमें तुम्हारे लिए कुछ बेहतर ढूँढ़ना होगा।'

और वाक़ई में, छह महीने बाद जब मैं मिडवेस्ट वापस लौटा, तो मुझे दुर्लभ किताबों और प्राचीन वस्तुओं का व्यापार करने वाली न्यूयॉर्क की एक कंपनी से ख़त आया। वह अपने एशियाई प्रभाग के लिए किसी की तलाश में थे और मुझे इसलिए सम्पर्क किया था क्योंकि प्रोफेसर जाचीनता सकीअवॉन, जोकि उनके डायरेक्टर की अज़ीज़ दोस्त थीं, ने मेरी सिफारिश की थी।

प्रस्ताव आकर्षक था, लेकिन मैं हिचकिचाया: न्यूयॉर्क जाने का ख्याल डरावना था। मेरे सभी जाननेवालों ने कहा कि मैं उस शहर को काफी पसन्द करूँगा।

मैं सोच ही रहा था कि अचानक चीनता का फोन आया और उसने मुझे कहा कि मुझे डर के आगे झुकना नहीं चाहिए। उसने कहा, सिर्फ आदत के चलते आसान चीज़ चुनना बहुत बड़ी ग़लती होती है।

उस फोन ने मेरा फैसला तय कर दिया। मैंने नौकरी ले ली और वो मेरी उम्मीदों पर खरी उतरी। मैं काफी सफल रहा और पन्द्रह साल में मैंने ब्रुकलिन में अपना काम शुरू कर लिया।

इसी दौरान चीनता का तारा भी चमक रहा था। वह काफी यात्रा करने लगी और जब भी न्यूयॉर्क से गुज़रती तो हम लोग मिलते, ज़्यादातर आराम से खाना खाते। कभी-कभार हमारे रास्ते किसी कॉन्फ्रेंस, मीटिंग या नीलामी में मिलते। हालाँकि हम अलग-अलग महाद्वीपों पर रहते थे, पर किसी न किसी वजह से साल में कई बार मुलाक़ात हो ही जाती। वह मेरे पास कई ग्राहक भेजती, ज़्यादातर इतालवी और इसी वजह से मैं वो भाषा भी थोड़ी बहुत सीख गया।

मेरे लिए हमेशा ही रहस्य रहा कि चीनता ने मुझमें क्या देखा, लेकिन मैं उसकी दोस्ती के लिए हमेशा शुक्रगुज़ार रहा: मैं कभी नहीं भूल सकता कि वह न होती तो शायद मैं उस लाइब्रेरी में हमेशा के लिए दफ्न रहता। मेरी ज़िन्दगी में उसकी अहमियत इतनी थी कि मैं उसकी कोई बात हल्के में नहीं ले सकता था, चाहे वो बिन वजह का कॉल ही क्यों न हो, जो उसने कलकत्ता में उस दिन किया था। ऐसा लग रहा था मानो मुझे कह रही हो कि आदत से मजबूर मैं, एक बार फिर आसान रास्ता चुनने की तरफ न झुकूँ।

मैंने घड़ी देखी तो पाया कि पिया को फोन करने के लिए बहुत देर नहीं हुई थी। मैंने नंबर मिलाया और कुछ घंटियों के बाद उसने फोन उठाया।

'हैलो पिया,' मैंने कहा। 'देखो, उस मन्दिर तक जाने का मैंने फैसला कर लिया है।'

'गुड!'

'क्या कल के लिए अभी इन्तज़ाम हो सकता है? या फिर बहुत देर हो गई है?'

'नहीं, कल ठीक रहेगा। मोयना ट्रस्ट की मिनी बस से कल सुबह निकल रही है—वह आपके साथ बसन्ती तक चली जायेगी—यह सुन्दरबन के लिए सबसे महत्वपूर्ण नदी का बन्दरगाह है। वहाँ आपको होरेन नस्कर नाम का आदमी मिलेगा; वह आपको नाव से मन्दिर तक ले जायेगा और रात से पहले

बसन्ती वापस ले आयेगा। वहाँ से कलकत्ता के लिए हम टैक्सी का बन्दोबस्त कर देंगे। क़िस्मत ने साथ दिया तो रात का खाना आप घर पर ही खाओगे।'

'बढ़िया है।'

'क्या आप गोल पार्क के गोलचक्कर पर सुबह 5:00 बजे पहुँच सकते हैं? आपको वहीं बस मिल जायेगी।'

'बिल्कुल। नो प्रॉब्लम।'

'हाँ, एक और चीज़,' पिया ने कहा। 'इतनी सुबह नाव पर हवा भी लगेगी और ठंड भी होगी तो उस हिसाब से ही तैयार होइयेगा। और एक जोड़ी कपड़े भी रख लीजियेगा।'

'क्यों?'

वह हँस दी। 'क्योंकि सुन्दरबन में बहुत कीचड़ है और पानी भी।'

'समझ गया। और तुम? तुम भुवनेश्वर कब जा रही हो?'

'कल सुबह। जब मैं लौटूँगी तो आप तो जा चुके होंगे?'

'शायद। पर हम लोग अगले साल तो मिल ही सकते हैं?'

'हाँ, बिल्कुल। बाय। अपना ख्याल रखियेगा।'

'तुम भी। अपना ख्याल रखना।'

टीपू

अगले दिन एक हल्के स्वेटर और विंडब्रेकर जैकेट में लिपटा हुआ मैं गोल पार्क के गोलचक्कर पर सुबह 5:00 बजे से थोड़ा पहले पहुँच गया। मेरे कन्धे पर कैनवास का बैकपैक था। मैंने पिया की चेतावनी को इतनी गम्भीरता से लिया था कि एक नहीं बल्कि दो जोड़ी कपड़े लाया था; साथ में कैमरा, रिकॉर्डर और ई-रीडर भी रख लिया था।

आसमान में अभी अंधेरा था और गोलचक्कर जाड़े की महकती धुंध से घिरा हुआ था। उस धुंध के अंधेरे में चमकती स्ट्रीट लाइट डरावनी लग रही थीं। 5:00 बजने के कुछ मिनट बाद मुझे दूर से गुस्से भरी कुछ आवाज़ों का शोर सुनाई पड़ा। आवाज़ें तेज़ होती गईं और धुंध में से हेडलाइट नज़र आयी। कुछ ही पलों में पीले रंग की एक मिनी बस मेरे पास आकर रुकी। उस पर बड़ाबोन ट्रस्ट का नाम लिखा था। उसके दरवाज़े और खिड़कियों से झगड़े की आवाज़ बाहर आ रही थी।

मैं बस में घुसा तो बहस बन्द हो गई। मोयना आगे बैठी थी और मेरे लिए अपने बगल में उसने सीट बचाकर रखी थी।

चुप्पी सिर्फ मेरे बैठने तक कायम रही। जैसे ही बस चली, आवाज़ फिर तेज़ हो गई।

मैंने मुड़कर देखा तो बस में मैं ही अकेला आदमी था। अन्य सभी यात्री या तो महिलाएँ थीं, या बच्चे। आगे की सीटों पर ट्रस्ट की कर्मचारी बैठी थीं, मोयना की तरह सभी कड़क, कलफ लगी सूती साड़ी पहने थीं। पीछे की महिलाएँ

अपनी चमकदार पॉलियेस्टर साड़ियों में बैठी थीं। कुछ के साथ बच्चे थे और कुछ साड़ी के पल्ले में छिपाकर बच्चों को दूध पिला रही थीं।

शोर-शराबे के बीच मोयना मेरे कान में फुसफुसाकर समझाने लगी कि पीछे बैठी औरतें "सेक्स वर्कर" थीं (उसने अंग्रेज़ी के शब्दों का ही इस्तेमाल किया) और पुलिस ने उन्हें कोलकाता और दूसरी जगहों के रेड लाइट एरिया से पकड़ा था। उसने बताया कि सब मूल रूप से सुन्दरबन की थीं, इसलिए पुलिस ने ट्रस्ट को सम्पर्क किया, ताकि ट्रस्ट की वर्कशॉप और रोज़गार योजनाओं के तहत उनका पुनर्वासन हो सके।

लेकिन ट्रस्ट कुछ ख़ास पैसे नहीं दे सकता था और बहस इसी बात पर हो रही थी। पीछे बैठी औरतें कह रही थीं कि इतने कम पैसे में उनका गुज़ारा नहीं हो पायेगा और ट्रस्ट के कर्मचारी उनकी बात काट रहे थे।

बदक़िस्मती से यह एक हारी हुई जंग थी, मोयना ने मुझसे कहा। ट्रस्ट के अनुभव में अगर सब नहीं तो इनमें से ज़्यादातर औरतें, वापस उसी ज़िन्दगी में लौट जायेंगी।

'तुम इतने विश्वास से कैसे कह सकती हो?'

मोयना ने गहरी साँस ली।

'हम इस समस्या से सालों से जूझ रहे हैं। आइला के समय से,' उसने कहा।

इस तरह मेरी मुलाक़ात हुई चक्रवात, आइला से, जो 2009 में सुन्दरबन से टकराया था।

मोयना ने मुझे बताया कि इस बार की विपदा पिछले चक्रवातों से अलग थी। नब्बे के दशक के अन्त तक उस हिस्से में तूफ़ान के लिए चेतावनी प्रणाली स्थापित कर दी गई थी, इसलिए तैयारी का समय मिल जाता था। भारत और बांग्लादेश में पहले से ही कई लाख लोगों को वहाँ से निकालकर सुरक्षित स्थान पर ले जाया गया था। इसके चलते मरने वालों की संख्या कम से कम 1970 के चक्रवाती तूफ़ान के मुकाबले काफी कम थी।

फिर भी आइला के दीर्घकालिक असर पिछले चक्रवातों के मुकाबले बहुत खौफनाक थे। कई सौ मील के तटबंध बह गये और समुद्र का पानी वहाँ तक घुस गया था जहाँ पहले कभी नहीं गया था; उपजाऊ भूमि के बड़े टुकड़े नमकीन पानी में डूबने की वजह से अगर हमेशा के लिए नहीं, तो कम से कम एक पीढ़ी के लिए तो जोतने योग्य नहीं बचे थे।

निर्वासन का असर तो किसी ने नहीं देखा-सोचा था। अपने गाँवों से निर्वासित होने के बाद बहुत से लोगों ने वापस न जाने का फैसला किया क्योंकि

वे जानते थे कि उनकी मुश्किल ज़िन्दगी अब और भी मुश्किल हो जायेगी। समुदाय ख़त्म हो गये, परिवार बिखर गये; जवान लोग शहरों की तरफ निकल गये और वहाँ भरी हुई झुग्गी-झोपड़ियाँ और ज़्यादा भर गईं और जहाँ तक बुज़ुर्गों का सवाल था, उनमें से ज़्यादातर लोगों ने काम छोड़कर सड़क पर भीख माँगना शुरू कर दिया।

वहाँ की गरीबी के चलते दलाल हमेशा ही सुन्दरबन की तरफ आकर्षित होते रहे थे, लेकिन आइला के बाद तो दलाल बेहिसाब आने लगे थे। झुंड के झुंड आकर औरतों को दूर-दराज़ के कोठों पर ले गये और हट्टे-कट्टे आदमियों को दूर शहर या विदेश में काम के लिए भेज दिया। जो लोग गये उनमें से ज़्यादातर की तो दोबारा कोई ख़बर नहीं मिली।

मोयना ने कहा कि कई बार तो ऐसा लगता था मानो ज़मीन और पानी दोनों ही सुन्दरबन में रहने वालों के खिलाफ हो गये हों। जब लोग कुआँ खोदने की कोशिश करते तो ज़मीन से संखिया (आर्सेनिक) युक्त पानी निकलता; जब तट पर बाँध बनाते तो समुद्र की लहरें उन्हें बहा ले जातीं। मछुआरों के लिए भी बहुत मुश्किलें थीं; जहाँ एक वक़्त ऐसा था जब उनकी नावें मछलियों से लदी होती थीं, वहीं अब वो ख़ुद को ख़ुशक़िस्मत समझते अगर अपने खाने भर के लिए मछली पकड़ लेते।

ऐसे में युवक क्या करते?

सुन्दरबन में ज़िन्दगी इतनी मुश्किल हो गई थी कि युवकों का पलायन साल दर साल बढ़ता जा रहा था। जवान लड़के और लड़कियाँ चोरी कर रहे थे, ताकि कहीं नौकरी ढूँढ़ने के लिए वह दलालों को पैसा दे सकें। कई तो चुपके से बांग्लादेश में घुस रहे थे, ताकि वहाँ के मज़दूर गैंग के साथ खाड़ी देश जा सकें। और अगर वो सफल न रहा तो वह दलालों को नाव के ज़रिये मलेशिया या इंडोनेशिया ले जाने के लिए पैसा देते।

इससे बचने का एक ही तरीका था और वो था, शिक्षा। युवकों के लिए शिक्षा। लेकिन मैन्ग्रोव के राज्य में मोमबत्ती में पढ़ने और किताबों के अभाव से जूझते युवक शहर के उन बच्चों से कैसे बराबरी कर सकते थे जिनके पास ट्यूशन सेंटर और इंटरनेट की सहूलियत थी?

मोयना की आवाज़ काँप रही थी। वह साड़ी के पल्लू से आँखें पोंछ रही थी।

और जल्द ही उसके मुँह से शब्दों का एक और प्रवाह निकल पड़ा।

मोयना ने उसे बताया कि जब उसका बेटा पैदा हुआ था तो उसने उसके लिए बहुत सपने संजोये थे—कि परिवार में कॉलेज की पढ़ाई पूरी करने वाला वह पहला शख़्स होगा, कि वह या तो डॉक्टर बनेगा या इंजीनियर। लेकिन

उसकी ज़िन्दगी कभी भी आसान नहीं रही। बचपन से ही दुर्भाग्य ने उसका पीछा नहीं छोड़ा। पहले उसके पिता की मौत हुई। उस वक़्त वह पिया के लिए काम करते थे।

हाँ, सब ने बहुत ध्यान रखा था—नीलिमा, उनका ट्रस्ट, पड़ोसी, और सबसे ज़्यादा पिया ने। उन्हें पिया से कभी कुछ माँगने की ज़रूरत नहीं पड़ी थी: दुर्घटना से वह इतनी विचलित हो गई थी कि उसने उनकी उम्मीद से कहीं ज़्यादा दिया था उन्हें। उसने मोयना और उसके बेटे के लिये लुसिबाड़ी में एक घर खरीदा, उनके लिए बैंक में खाते खोले, एक रोज़मर्रा की ज़रूरतों के लिए और दूसरा उसके बेटे की पढ़ाई के लिए। वह उसके बेटे को घंटों अंग्रेज़ी सिखाती; जब अमेरिका में होती तो फोन और इंटरनेट पर सिखाती। उसने लैपटॉप, टैबलेट, कंप्यूटर गेम्स, म्यूज़िक सिस्टम, सब कुछ दिया; जब लड़के ने शिकायत की कि बिजली न होने की वजह से इस्तेमाल ही नहीं कर सकता, तो पिया ने उनके घर को सौर ऊर्जा मुहैया कराने का खर्चा भी उठाया।

'क्या आप सोच सकते हैं,' मोयना ने कहा। 'सुन्दरबन में इन सब चीज़ों को पाने का क्या मतलब हुआ होगा उसके लिए, जहाँ लोगों ने ऐसी चीज़ें देखी भी नहीं हैं...?'

मोयना ने पिया की उदारता का वर्णन करने के लिए जो बातें बतायी थीं वो पिया की शख़्सियत का बखान तो था ही, साथ ही इस बात का भी प्रमाण था कि लगातार साधनहीन बनते क्षेत्र में पिया की उदारता ने इन दोनों को सम्पन्नता के बुलबुले में कैद कर दिया था।

'उनका इरादा तो नेक था,' मोयना ने कहा, लेकिन हुआ यह कि उसका बेटा उस माहौल में ख़ुद को अलग-थलग पाने लगा। वह बहुत छोटी उम्र से ही कहने लगा कि वह अमेरिका जाना चाहता है। जब वह तेरह साल का हुआ और हाई स्कूल जाने लायक हुआ तो पिया उसे अपने साथ छोटे से यूनिवर्सिटी शहर ओरेगॉन ले गई, जहाँ वह अकेले रहती थी और काम करती थी। और जैसा कि होना था, इस प्रयोग का अन्त बुरा ही हुआ: पिया एक छोटे से घर में अकेले रहती थी, बाहर का खाना खाती थी और काम के सिलसिले में अक्सर बाहर जाना पड़ता था; न कोई परिवार था, ना ही उसे बच्चे पालने के बारे में कुछ पता था। अपने हाल पर छोड़ा गया लड़का बुरी संगत में पड़ गया और पुलिस तक की नौबत आ गई। दो साल बाद पिया उसे भारत वापस ले आयी, इस डर से कि कहीं ऐसा न हो कि वहाँ रहकर वह अमेरिकी जुवेनाइल डिटेंशन सिस्टम में पहुँच जाये।

मोयना अपने बेटे में बदलाव देखकर चौंक गई थी। उसके कपड़े, उसके तौर-तरीके, उसके बाल—सब कुछ बदल गया था। उसका नाम तक बदल गया था: उसने कहा कि उसका अपना नाम, टुटुल, अमेरिकियों के लिए मुश्किल था

इसलिए उसने बदल कर टीपू रख लिया था। उसकी ज़िद्द थी कि सब उसको उसी नाम से बुलाएँ और दूसरे किसी नाम को वो तवज्जो नहीं देगा।

टीपू के लिए लुसिबाड़ी में स्कूल जाना असम्भव था इसलिए पिया ने उसे कोलकाता में एक महँगे बोर्डिंग स्कूल में दाखिला दिलवा दिया। लेकिन वो भी निष्फल रहा। उसकी अमेरिकी अकड़ सहपाठियों को रास नहीं आयी और न ही टीचरों को भायी। जब साथियों को पता लगा कि वह सुन्दरबन का एक दलित है तो स्थिति और भी ख़राब हो गई। एक दिन क्लास के एक बच्चे ने कह दिया कि सुन्दरबन से तो सिर्फ नौकर या तवायफें आती हैं। टीपू आपे से बाहर हो गया और उस बच्चे की धुनाई कर डाली। वह बच्चा प्रभावशाली परिवार से था और उन्होंने टीपू को स्कूल से निकलवा दिया।

सुन्दरबन लौटने पर टीपू ने आगे पढ़ने से इनकार कर दिया और न तो मोयना, न पिया और ना ही कोई और उसका फैसला बदलवा पाया। अगर वह ज़ोर देते तो टीपू कहता, 'जो यह टीचर सिखायेंगे उससे कहीं ज़्यादा मैं नेट पर सीख लूँगा।'

और सच में वह कंप्यूटर के काम में बहुत तेज़ था। और चूँकि वह अमेरिकी लोगों की तरह अंग्रेज़ी बोलता था, उसके पास काफी मौक़े थे। उस समय वह सिर्फ पन्द्रह-सोलह साल का रहा होगा, लेकिन आसपास के सभी लोग उससे मदद लेने आते थे। जल्द ही वह पैसे कमाने लगा और बीच-बीच में कुछ दिनों के लिए गायब हो जाता था—कहाँ जाता था और पैसा कहाँ से आता था, मोयना को नहीं पता था; अगर वह पूछती तो कहता कि किसी कॉल सेंटर के लिए काम कर रहा था। उसकी उम्र कॉलेज जाने की थी और मोयना का तो कहना मानने का कोई मतलब ही नहीं था—जो जी में आता करता और जहाँ मन करता जाता। वह मोयना के लिए अजनबी हो गया था।

मोयना ने एक बार फिर आँखें पोंछीं और चुपचाप खिड़की से गुज़रते चावल के खेतों और मछली के तालाबों को देखने लगी।

मैंने सोचा भी नहीं था कि टीपू से मेरी मुलाक़ात होगी। लेकिन बसन्ती में जब हम तटबंध पर चल रहे थे, मोयना अचानक बोल उठी, 'अरे वो वहाँ क्यों है! टीपू!'

'कहाँ?'

मोयना ने सामने से हमारी तरफ आ रहे दुबले से लड़के की तरफ इशारा किया। उसकी चाल में अजीब-सी लापरवाही थी। उसके हाथ सरकती जीन्स की जेब में धंसे हुए थे।

'मुझे लगा नहीं था कि वह यहाँ होगा,' मोयना ने कहा। 'नीलिमा दी ने उसे कहा होगा कि आप आ रहे हैं। ये सिर्फ उनकी ही बात सुनता है।'

मोयना की बातों से मैंने उसके बेटे की कल्पना एक दीन-हीन और उदास इंसान के रूप में की थी। लेकिन एक नज़र में ही साफ हो गया कि वह कुछ अलग ही था; सब कुछ देख परख रही उसकी आँखें भूखी बैराकुडा मछली की तरह थीं। वह कान में चाँदी के बुन्दे और बालों में चमकते हाइलाइट्स की वजह से बैराकुडा जैसा चमक भी रहा था; उसके बाल बीच में से ऊपर की ओर खड़े थे और दोनों तरफ से चपटे थे। और कपड़े—नेट्स टीम की टी-शर्ट और ढीली जीन्स, जो लगातार नीचे सरक रही थी उसके लाल जांघिये की नुमाइश करते हुए—उसके कपड़े ब्रुकलिन के हिसाब से बिल्कुल सही थे।

जल्द ही हम जान गये कि वाक़ई में नीलिमा ने उसे हमसे बसन्ती में मिलने को कहा था। 'उन्होंने कहा कि मैं साथ जाकर मन्दिर के जीपीएस निर्देशांक (को-ऑर्डिनेट्स) ले लूँ,' टीपू ने कहा। 'वह चाहती हैं कि मैं लोकेशन रिकॉर्ड करूँ।'

अभी तक वह फुसफुसाती बेजान आवाज़ में बांग्ला में बोल रहा था, पर मेरी तरफ मुड़ते ही उसकी आवाज़ तेज़ हो गई और उसने हाथ आगे बढ़ाया।

'हे देयर,' हाथ आगे बढ़ाते हुए उसने अंग्रेज़ी में कहा। 'हाउ यू डूइंग?'

हाथ मिलाते हुए मैंने कहा, 'हाय, मैं...'

'मैं जानता हूँ आप कौन हैं, पॉप्स,' टीपू ने मुस्कराते हुए कहा। 'मैं आपके बारे में सब कुछ जानता हूँ।'

'कैसे?' मैं हैरान था।

'मैंने नेट पर देख लिया।'

पता नहीं मुझे किस बात पर ज़्यादा गुस्सा आ रहा था: उसकी आवाज़ में झलकती बदतमीज़ी पर या फिर मुझे पॉप्स बुलाने पर, मानो मैं किसी अमेरिकी कॉमिक का पात्र हूँ। लेकिन चूँकि मेरे पास कोई जवाब नहीं था, लिहाज़ा मैंने उसके "आक्रमण" को नज़रअन्दाज़ करने का फैसला किया।

'नाव कहाँ है?'

'वहाँ।' उसने नदी के किनारे की ओर इशारा किया जो हर प्रकार की नावों से भरा पड़ा था।

'हमारी कौन-सी है?'

'वो वाली।'

मैंने सोचा था कि मैं मन्दिर तक एक शानदार मोटर बोट में जाऊँगा जो पानी पर सफेद झाग बनाती हुई दौड़ेगी। लेकिन जो नाव मेरा इन्तज़ार कर रही थी वो तो एक बेढंगे टब जैसी थी, कोलकाता से दिन भर के लिए आये यात्रियों के लिए, जिसके चारों तरफ चीतों और मगरमच्छ के भद्दे चित्र बने हुए थे। न तो उसके चमकीले रंग और ना ही उस पर टंगा बैनर (सनी सुन्दरबन टूर्स,

मालिक: होरेन नस्कर) इस बात को छिपा सकते थे कि यह एक पुराने ज़माने के स्टीमर का छोटा रूप था, जिसे बांग्ला में *भोटभोटी* कहते हैं।

मोयना वहीं सुस्त-सी खड़ी रही, मुझे लग रहा था कि वह भी हमारे साथ जाना चाहती थी, शायद अपने बेटे के साथ कुछ समय बिताने के लिए। लेकिन टीपू ऐसा कुछ नहीं चाहता था। उसने माँ की तरफ हाथ भर हिलाया और मुझे नाव पर चढ़ने के लिए लगे तख्ते की तरफ धकेला। 'चलो पॉप्स,' उसने कहा। 'अभी गपशप का टाइम नहीं है। कप्तान उतावला हो रहा है। वो भाटे का फायदा उठाना चाहता है। इसलिए नाव पर अपनी तशरीफ़ का टोकरा जल्दी रखो।'

तख्ता मेरे लिए कुछ ज़्यादा ही संकरा था, पर मैं किसी तरह नाव तक पहुँच गया। मैं नाव पर पाँव रख ही रहा था कि पीछे से ज़ोर की हँसी गूँजी।

'क्या बात है, पॉप्स!' फुर्ती से तख्ते पर चलकर नाव पर आते हुए टीपू ने कहा। 'आप पहुँच गये। एक पल के लिए तो मुझे लगा था कि आप लुढ़क जाओगे।'

उसने तख्ता खींचा और नाव का लंगर हटाने चला गया। नीचे, नाव के भीतर एक इंजन धड़-धड़ाने लगा और ऊपर काले धुएँ का गुबार उठा। पल भर में हम अपने रास्ते पर थे, इंजन की नियमित *भोट-भोट-भोट* की धुन पर बढ़ते हुए।

अचानक टीपू मेरे बगल में खड़ा हो गया। 'तो आप रात को रुकोगे पॉप्स?'

'नहीं,' मैंने कहा। 'मुझे वापस शहर लौटना है।'

'ओह! मैं आपके लिए मस्त इन्तज़ाम कर सकता था।' उसने आँख मारी और सीने पर इस तरह हाथ रखे मानो औरत के स्तनों को सहला रहा हो। 'समझ रहे हो ना मेरा क्या मतलब है?' उसने कोहनी और कमर हिलाते हुए कहा। 'मैं आपके लिए कुछ मस्ती का इन्तज़ाम कर देता; यहाँ बहुत है अगर आपको पता हो कि कहाँ देखना है।'

मैं उसे निःशब्द देख रहा था। कोई जवाब नहीं सूझ रहा था।

'या फिर आपको शायद ये पसन्द हो?' उसने गांजा निकाला। 'पहला वाला आपको मुफ्त दे दूँगा, आप बुज़ुर्ग जो हो।'

मैं समझ गया था कि वह मुझे उकसा रहा था। बिना एक शब्द कहे मैं मुड़ा और चाकघर की तरफ चल दिया।

होरेन नस्कर की उम्र साठ के क़रीब मालूम पड़ रही थी। छोटा और मोटा, उसके कन्धे चौड़े थे और सफेद कमीज़ और लुंगी को धकेलती तोंद। चेहरे का ऊपरी हिस्सा बड़े काले चश्मे से ढंका था और नीचे का हिस्सा एक घिसे हुए पुराने

टायर जैसा था, धूप से जली त्वचा पर गहरी झुर्रियों वाला।

मैं पतवारिया की बेंच पर उसके बगल में बैठ गया और अपनी कॉपी निकाली। 'तो यह मन्दिर, जहाँ हम जा रहे हैं—क्या तुम्हें याद है तुम नीलिमा दी के साथ वहाँ कब गये थे?'

'हाँ, बिल्कुल। 1970 की बात है, उस बड़े तूफ़ान के कुछ समय बाद की। बहुत ही भयानक तूफ़ान था, आइला से भी बदतर...'

मैं जल्दी ही जान गया कि होरेन के लिए तूफ़ान घड़ी का काम करते थे। वह समय को तूफ़ानों से मापता था। जैसे चीनी चानलॉन्ग या जीआजिन्ग सम्राटों की या फिर अमेरिकी कैनेडी या रीगन के समय की बात करते हैं, ठीक वैसे ही होरेन समय को अंकित करने के लिए भोला और आइला चक्रवातों की बात करता था।

आइला ने उसकी ज़िन्दगी पर ख़ासतौर से बहुत असर डाला था। पहले वह मछली पकड़ने का काम करता था और उसकी कई नावें थीं। लेकिन 2009 के तूफ़ान में उसके दो जालदार जहाज़ और कई दूसरी नावें डूब गई थीं। आख़िरकार उसने वह काम ही छोड़ दिया: मुनाफा सालों से लगातार कम हो रहा था और अब ज़ाहिर था कि हालात बदतर ही होंगे। उसने बीमा राशि को पर्यटन उद्योग में लगाने का फैसला किया। उसका फैसला सही था—ठीक तब जब सुन्दरबन पर्यटकों में लोकप्रिय होना शुरू हो रहा था।

1970 का चक्रवात तो होरेन को दूसरे कारण से याद था—क्योंकि उसमें उसकी जान जाते-जाते बची थी। जब तूफ़ान आया तो वह अपने काका के साथ समुद्र में था। उनकी नाव किनारे से जा टकराई, लेकिन सीमा के पार। नाव तो नहीं बची, लेकिन वे दोनों एक पेड़ पर चढ़ गये। दो दिन बाद उन्हें भारत में उनके गाँव के कुछ मछुआरे नज़र आये। वे लोग एक नाव में सवार थे। बड़ी हैरानी की बात थी कि नाव टूटी नहीं थी और वे होरेन और उसके काका को वापस ले जाने के लिए राज़ी हो गये। वापसी के रास्ते पर उन्होंने वो दृश्य देखे जिसकी कल्पना तक नहीं की थी: विपदा में फँसी भीड़ से उन्हें निपटना पड़ा, उन्हें चोर और नदी के डाकुओं से बचना पड़ा, जो लोगों की मजबूरी का फायदा उठाने गिद्धों की तरह आ धमके थे।

इस सब को एक हफ्ता ही हुआ था, जब होरेन ने नीलिमा की नाव को बन्दूक़ी सौदागर के मन्दिर तक पहुँचाया था। उस तूफ़ान के अपने अनुभव की वजह से मिथक को लेकर उसकी कहानी नीलिमा से अलग थी। जो आपदाएँ इसमें चित्रित की गई थीं वो नीलिमा की बनिस्बत उसकी याददाश्त में ज़्यादा बड़ी थीं। उदाहरण के लिए उसे स्पष्ट रूप से याद थी वो आपदा जिसने बन्दूक़ी सौदागर को अपनी मातृभूमि से भागने के लिए मजबूर किया था: एक भयंकर सूखा, जब धाराएँ, नदियाँ और तालाब सूख गये थे और हवा में चारों ओर मरी

हुई मछलियों और मरे मवेशियों की सड़ान्ध फैली थी। आधे लोग भुखमरी से मर गये थे; माता-पिता ने अपने बच्चों को बेच दिया था और लोग जानवरों और इसानों के शवों को खाने को मजबूर हो गये थे।

जब मैं होरेन की कहानी सुन रहा था तो मुझे उसकी और नीलिमा की कहानी में एक और अन्तर दिखाई दिया। नीलिमा की कहानी में सौदागर पीड़ित था। होरेन की कथा में बन्दूक़ी सौदागर के दुःख और विपदा उसके अहंकार की वजह से थे; वह ख़ुद को इतना अमीर और समझदार मानता था कि उसे लगता था कि साँपों की देवी की ताक़त के आगे झुकने की उसे ज़रूरत नहीं थी।

होरेन की कहानी में बन्दूक़ी सौदागर अपना परिवार और दौलत लेकर नदी के स्रोत से भाग गया था क्योंकि उसे लगा था कि वह देवी की ताक़त से बच जायेगा। लेकिन एक असाधारण लहर (सही मायने में एक *बान*, ज्वारभित्ति—बंगाल की नदियों में एक आम घटना) उसकी नाव से टकराई और उसने अपनी काफी दौलत उसमें गँवा दी। हालाँकि, उसका परिवार बच गया था और उन्होंने नदी किनारे एक गाँव में शरण ली। यहाँ, अपनी बची-खुची धन राशि से सौदागर ने उनके लिए ये सोचकर एक मज़बूत घर का इन्तज़ाम किया कि उसमें वे सुरक्षित रहेंगे। फिर वह व्यापार के लिए सौदा ख़रीदने शहर चला गया—लेकिन लौटने पर उसे पता चला कि उसके जाने के बाद वहाँ बाढ़ आयी थी और घर में साँप और बिच्छू भर गये थे। उन्होंने उसकी पत्नी और सात बच्चों को मार डाला था।

लेकिन तब भी बन्दूक़ी सौदागर मनसा देवी को झांसा देने में लगा रहा: एक समुद्री जहाज़ में वह दूर देश के लिए निकल पड़ा। आधे रास्ते में ही समुद्री डाकुओं ने जहाज़ पर हमला कर दिया और सौदागर को बन्दी बनाकर अपने ठिकाने ले गये। वहाँ बन्दूक़ी सौदागर की क़िस्मत अच्छी थी कि जहाज़ के दयालु कप्तान ने उसे ख़रीद लिया (होरेन ने यहाँ नाखुडा शब्द का प्रयोग किया जो हिन्द महासागर के व्यापार जगत में बहुत इस्तेमाल होता है। उसके दो मतलब होते हैं—जहाज़ का मालिक और जहाज़ का कप्तान)।

यहाँ रुककर होरेन ने अपना सिर खुजलाया। 'उस नाखुडा का मुस्लिम नाम था,' उसने कहा। 'इल से शुरू होता था...मुझे बस इतना याद है।'

'"इल्यास" था क्या?' मैंने उसकी मदद की।

होरेन ने चक्के पर ज़ोर से हाथ मारा। 'हाँ,' उसने कहा। 'उसका नाम था नाखुडा इल्यास! सौदागर उसी के साथ एक देश से दूसरे देश गया और तब आख़िरकार वह बन्दूक़ द्वीप पहुँचा।'

'तुम्हें उन दूसरे देशों के नाम याद हैं क्या?'

होरेन ने दोबारा अपना सिर खुजाया।

'मुझे याद पड़ता है कि एक चीनी का देश था, जहाँ सब कुछ मीठा था; और कपड़े का बना एक देश और जंजीरों का देश।'

उसने खेद जताते हुए कन्धे उचकाये।

'माफ़ *कोरबेन,*' उसने कहा। 'माफ़ कीजिये—ये लम्बी कहानी थी और मुझे ज़्यादा समझ में भी नहीं आयी।'

'और कहानी सुनाने वाले मुसलमान नाविक का क्या हुआ? उसका परिवार था ना?'

'बूढ़े के मरने तक वे धाम में रहे। अब उसके परिवार का एक ही लड़का बचा है। उसका पोता। सुना है उस बच्चे की माँ हाल ही में गुज़री है।'

'तुम जानते हो उस लड़के को?'

होरेन ने सिर हिलाकर हामी भरी। 'थोड़ा बहुत; कभी-कभार पानी में दिख जाता है। उसका नाम रफ़ी है; छोटा है—सत्रह या अठारह साल का।'

'क्या करता है वो?'

'मछुआरा है। जैसे-तैसे चला रहा है।'

'तुम्हें लगता है कि मैं इस रफ़ी से मिल पाऊँगा?' मैंने पूछा। 'उसे उस धाम के बारे में ज़रूर कुछ पता होगा।'

होरेन ने अपने होंठ भींचे। 'अगर आप रुक रहे होते तो मिलवाना आसान होता,' उसने कहा। 'लेकिन आप तो एक ही दिन के लिए आये हैं ना?'

'हाँ।'

'तब मुश्किल है।'

मेरी निराशा उसने महसूस कर ली होगी। होरेन ने आगे कहा, 'क्या पता आज धाम पर ही मिल जाये, रफ़ी। कहते हैं कि जब मछली पकड़ने जाता है तो अक्सर वहाँ आ जाता है।'

स्टीमर तेज़ी से मुड़ा और चौड़ी नदी छोड़कर संकरी खाड़ी में घुस गया; खाड़ी इतनी संकरी थी कि लग रहा था हम जंगल की एक सुरंग में से गुज़र रहे हों। अवपाती ज्वार के चलते स्टीमर नीचे हो गया था और मैन्ग्रोव ऊपर उठ गये थे और रास्ते के दोनों तरफ कीचड़ और उलझी हुई पत्तियों की अभेद्य चारदीवारी नज़र आ रही थी। बमुश्किल कोई जीव-जन्तु नज़र आ रहा था, लेकिन जहाँ तक नज़र जा रही थी प्रकृति का हर तत्व जीवन की अनुभूति करा रहा था।

होरेन का पूरा ध्यान आगे घुमावदार रास्ते पर लगा था; अब तक खुलकर बहते उसके शब्द सूख गये थे। मैं उसका ध्यान भटकाना नहीं चाहता था इसलिए चक्काघर से निकलकर बाहर आ गया।

मैं नाव के गलियारे में खड़ा मैन्ग्रोव को निहार रहा था, जब टीपू मेरे बगल में आकर खड़ा हो गया। जिस नशे का ज़िक्र उसने मुझसे शुरू में किया था, अब वो उसके कान के पीछे लगा था। उसके दाहिने हाथ में दूरबीन थी।

'आप देखना चाहोगे, पॉप्स?' दूरबीन मेरी तरफ बढ़ाते हुए उसने कहा। 'आपसे पैसे नहीं लूँगा क्योंकि आप पर्यटक नहीं हो ना।'

मैंने उसकी तरफ ध्यान नहीं दिया जिससे वह हँस दिया।

'आप अब भी मुझसे नाराज़ हो, पॉप्स?' मेरे हाथ में दूरबीन थमाते हुए वह बोला। 'अरे मैं तो सिर्फ आपको छेड़ रहा था।'

उसको टालना मेरे लिए मुश्किल था, इसलिए मैंने दूरबीन ले ली। मैं दूरबीन आँख पर लगाकर देखने की कोशिश कर ही रहा था कि स्टीमर मुड़ा और एकाएक उस नदी का आख़री सिरा दिखाई देने लगा। सामने क्षितिज तक फैला पानी था।

'वो, वहाँ राईमंगल नदी है,' टीपू ने कहा। 'वहाँ दूर छोर पर बांग्लादेश है।'

'हाँ दिख तो रहा है, लेकिन थोड़ा धुँधला है।'

'वहाँ गये हो, पॉप्स?'

मैंने लाइटर के जलाये जाने की आवाज़ सुनी और गांजे के धुएँ की महक आयी।

'मैं दो-चार बार ढाका गया हूँ,' मैंने कहा। 'मेरा परिवार पूर्वी बंगाल का है। बंटवारे के वक़्त इस तरफ आये थे।'

'हाँ, जानता हूँ,' टीपू ने कहा। 'आपका परिवार मदारीपुर ज़िले से था ना?'

मैंने दूरबीन नीचे की और उसकी तरफ देखा। 'ये तुम्हें कैसे पता?'

'मैंने देखा था, आपके परिवार के चैट ग्रुप पर।' उसने गांजे के धुएँ में आँखें छोटी करते हुए कहा।

'क्या?' मैंने गुस्से से बोला। 'लेकिन वह तो सिर्फ गिने चुने लोगों के लिए है। हर किसी के लिये नहीं। तुम उसमें कैसे घुसे?'

'वो तो मेरे अपने तरीके हैं,' वह मुस्करा रहा था और अपने बैराकुडा जैसे दांत दिखा रहा था।

मैं उसे गुस्से से देखता रहा। निःशब्द। समझ नहीं आ रहा था क्या कहूँ।

वह हँसने लगा।

'अरे, इतनी बड़ी बात नहीं है पॉप्स। मैं नीलिमा का कुछ सोशल मीडिया अकाउंट्स संभालता हूँ। वो आपके फैमिली ग्रुप में हैं, है ना?'

'हाँ।'

'हाँ—ख़ैर, इसलिए मैंने पढ़ा कि आपके दादा-दादी मदारीपुर से हैं। मैं उस इलाके को अच्छे से जानता हूँ।'

यह भी एक आश्चर्य था। 'तुम बांग्लादेश गये हो? मदारीपुर?'

मेरी हैरानी और भोलेपन को देख वह एक बार फिर हँस दिया। 'बिल्कुल! कई बार गया हूँ। नदी ही तो पार करनी है। और अगर पता हो कैसे, तो बहुत आसान है। जाना चाहते हो?'

'नहीं,' मैंने कहा। 'गैर-कानूनी ढंग से तो बिल्कुल नहीं।'

उसने कन्धे उचकाये; सिगरेट उसके होंठों के बीच लटकी थी। 'तो आप पासपोर्ट, वीज़ा और उस सब बकवास में विश्वास करते हो?'

'*विश्वास?*' मैंने पलटकर कहा। 'पासपोर्ट विश्वास की चीज़ नहीं है।'

'तो आपको इतना आश्चर्य क्यों हो रहा है?'

'वो...'

तब मुझे अहसास हुआ कि वह ठीक कह रहा था। मैं पासपोर्ट, वीज़ा, परमिट, ग्रीन कार्ड इत्यादि में विश्वास रखता था। मेरे लिए यह महज़ कागज़ या प्लास्टिक के टुकड़े नहीं थे; इनमें एक ख़ास तरह की पवित्रता थी जो इन्हें जारी करने वाले संस्थानों तक जाती थी। मेरा ध्यान उन ढेरों घंटों पर गया जो मैंने पासपोर्ट और वीज़ा काउंटरों पर गुज़ारे थे और उस दहशत पर भी जो एक इमीग्रेशन अफसर की चढ़ती त्योरी मुझमें पैदा करती थी। मैं इनकार नहीं करूँगा, इस ज़िन्दादिल अवहेलना से मुझे ईर्ष्या की टीस तो हुई, और थोड़ा रोष भी।

'लेकिन तुम्हारे पास पासपोर्ट तो है?' मैंने कहा। 'तुम अमेरिका नहीं गये थे?'

'हाँ, गया था। और हाँ, तब मेरे पास पासपोर्ट था। लेकिन वो ख़त्म हो गया और मैंने दोबारा जारी नहीं करवाया। सरकारी दफ्तरों में इतना समय कौन बर्बाद करे? पासपोर्ट पाने के और आसान तरीके हैं और अगर पैसा है तो जैसा चाहो वैसा ले लो—बांग्लादेशी, भारतीय, मलेशियाई, श्रीलंकाई—जो बोलो, वही। लेकिन अगर दो-चार दिन के लिए ही जाना है तो उस सब की ज़रूरत नहीं। बस नदी पार करनी है और आप बांग्लादेश में।'

'लेकिन तुम्हें बांग्लादेश जाने की ज़रूरत ही क्या है? मुझे लगा था कि तुम किसी कॉल सेंटर के लिए काम करते हो।'

'कॉल सेंटर?' मानो मैंने उसका अपमान कर दिया हो। 'आपको क्यों लगा कि मैं कॉल सेंटर में काम करता हूँ?'

'तुम्हारी माँ ने कहा।'

'उन्हें क्या पता?' उसने उपहासपूर्ण ढंग से कहा। 'कॉल सेंटर तो असफल लोगों के लिए हैं—मैं वहाँ कभी काम नहीं करूँगा।'

मैं समझ गया कि वह चिढ़ रहा है, तो उसको और छेड़ने से ख़ुद को नहीं रोक पाया। 'तो तुम किसके लिए काम करते हो? किसी ड्रग सरगना के लिए, ताकि मुफ्त का गांजा पी सको?'

वह बेतुके ढंग से हँसा। 'ड्रग्स? अरे पॉप्स, यह भी कोई काम है? घटता मुनाफा और बढ़ता ख़तरा। नहीं, ये मेरे लिए नहीं है। मुझे तो बढ़ते उद्योग पसन्द हैं। जिस काम में मैं हूँ, वैसे।'

'और वो क्या है?'

'इंसानी-स्थानान्तरण उद्योग, पॉप्स,' उसने मुस्कुराते हुए कहा। 'दुनिया का सबसे बड़ा उद्योग है ये, और बढ़ता चला जा रहा है। पिछले साल अरबों का व्यवसाय हुआ। लेकिन मुझे नहीं लगता आपको इसके बारे में कुछ पता है, है ना?'

'बिल्कुल ठीक कहा तुमने। मुझे नहीं पता तुम किस बारे में बात कर रहे हो।'

'मैं समझाता हूँ आपको,' टीपू ने कहा। 'मेरे ग्राहक वो लोग हैं जिन्हें बेहतर ज़िन्दगी पाने के लिए मदद चाहिए।'

आख़िरकार मुझे समझ में आने लगा कि वह क्या कहना चाह रहा था। 'तुम्हारा मतलब प्रवासी?'

'हाँ। आप जैसे लोग। या फिर कह सकते हैं आप जब मेरी उम्र के रहे होंगे उस जैसे।'

'लेकिन मैं तो कानूनी तरीके से विदेश गया था,' मैंने कहा। 'तुम जो कह रहे हो वो तो मानव तस्करी जैसा लग रहा है।'

वह फिर से हँसा। 'एक मिनट पॉप्स—आपको बड़े-बड़े शब्द बहुत पसन्द हैं! मैं तो सिर्फ आवश्यक सेवाएँ दे रहा हूँ। इस इलाके में ढेरों अत्यन्त ग़रीब, अनपढ़ लोग हैं जो मछली पकड़कर या खेती करके या फिर जंगल से बांस और शहद इकट्ठा करके रोज़ी-रोटी कमाते हैं। या फिर पहले तो वो यही करते थे। लेकिन अब मछलियाँ बहुत कम हो गई हैं, ज़मीन खारी हो गई है और फ़ॉरेस्ट गार्ड को घूस दिए बिना जंगल में जा नहीं सकते। और उसके ऊपर आप हर दूसरे साल एक तूफ़ान से जूझते हो, जो सब कुछ उड़ा देता है। तो लोग क्या

करें? कोई क्या करेगा? अगर आप जवान हैं तो पिछवाड़े पर बैठकर भूखे तो नहीं मरेंगे। जानवर तक जा रहे हैं। पिया से पूछ लो। अगर थोड़ी भी अक्ल होगी तो आप निकल जायेंगे और उसके लिए आपको किसी की ज़रूरत होगी जो निकलने में मदद कर सके।'

'तुम्हारा मतलब तुम्हारे जैसा कोई?' मुझे विश्वास नहीं हो रहा था। 'सुन्दरबन के छोटे से कस्बे में बैठा एक बच्चा?'

'कुछ काम बच्चे अच्छा कर लेते हैं पॉप्स! और उनमें से एक है इंटरनेट। आप जानते हैं ना कि वो क्या है?'

'इससे इंटरनेट का क्या लेना-देना?'

'सब कुछ पॉप्स, सब कुछ।' वह रुक-रुककर बोल रहा था मानो किसी मन्दबुद्धि व्यक्ति से बात कर रहा हो। 'इंटरनेट प्रवासियों का जादुई कारपेट है; उनका कन्वेयर बेल्ट। कोई फर्क नहीं पड़ता कि बस, ट्रेन या हवाई जहाज़ से सफर कर रहे हैं; असली काम तो इंटरनेट करता है—बस इतनी-सी बात है पॉप्स।'

'एक मिनट रुको,' मैंने जवाब दिया। 'अभी तुमने कहा ना कि ये लोग अत्यन्त ग़रीब और अनपढ़ हैं? तो ये इंटरनेट पर कैसे काम करते हैं?'

'पॉप्स! ये बीसवीं सदी नहीं है। इंटरनेट के लिए कंप्यूटर की ज़रूरत नहीं। फोन ही काफी है और सबके पास होता है। अब तो फोन से कुछ भी कर सकते हो, बस बोलने भर से—बाक़ी काम तो वर्चुअल असिस्टेंट कर देता है। आपको आश्चर्य होगा कि लोग कितनी जल्दी और कितना अच्छे से सीखते हैं। और इसी तरह यात्रा की शुरुआत होती है, टिकट ख़रीदकर या पासपोर्ट बनवाकर नहीं। शुरुआत होती है एक फोन और वॉइस रिकग्निशन टेक्नोलॉजी से।'

'मतलब वो किसी को फोन करते हैं?'

'नहीं। उससे भी ज़्यादा गहरी है ये बात। आपको क्या लगता है कि उन्हें बेहतर ज़िन्दगी का आईडिया कहाँ से लगता है? अरे, उन्हें पता कैसे लगता है कि बेहतर ज़िन्दगी *क्या* है? अपने फोन से, और कहाँ से! वहीं तो वे दूसरे देशों की तस्वीरें देखते हैं; फोन पर ही तो विज्ञापन देखते हैं जिनमें सब कुछ इतना सुन्दर दिखता है; सोशल मीडिया पर वो उन पड़ोसियों की पोस्ट देखते हैं जो जा चुके हैं। और उसके बाद आपको क्या लगता है, वे क्या करेंगे? जाकर चावल बोयेंगे? आपने कभी चावल बोया है पॉप्स? आपको पूरा दिन, तेज़ धूप में झुके हुए, कीड़े और साँपों के बीच रहना होता है। आपको लगता है कोई यह करना चाहेगा, अपने दोस्त की बर्लिन के कैफ़े में कैरामेल लात्ते पीते हुए तस्वीरें देखने के बाद? और वही फोन जो ये तस्वीरें दिखाता है, उन्हें कनेक्शन मैन से भी जोड़ता है।'

'कनेक्शन मैन क्या होता है?'

'बांग्ला में इन्हें दलाल कहते हैं। प्रवासियों के लिए यही लोग सारे कनेक्शन बनाते हैं, उन्हें एक से दूसरे और फिर तीसरे फोन से जोड़ते हैं। और वहाँ से फोन उनकी ज़िन्दगी बन जाता है, उनकी यात्रा। यात्रा के हर पड़ाव पर पैसे का भुगतान फोन से होता है; उनका फोन उन्हें बताता है कि कौन-सा रास्ता खुला है और कौन-सा नहीं; उनका फोन उन्हें शरण दिलवाता है; उनका फोन उन्हें रिश्तेदारों और दोस्तों से जोड़कर रखता है, चाहे वो जहाँ भी हों। और जब अपनी मंज़िल पर पहुँच जाते हैं, तो फोन ही उनकी कहानियों की गवाही देता है।'

'कहानियाँ? मतलब?'

'अरे, वही तो मेरे काम का सबसे अच्छा हिस्सा है, पॉप्स—अपने ग्राहकों के लिए कहानियाँ बनाना! उसी के लिए तो जाना जाता हूँ मैं, अपनी कहानियों के लिए।'

'मैं समझा नहीं...'

'देखो, ये इस तरह से है...'

इस समय टीपू सिर्फ बोल नहीं रहा था, वह नाच रहा था, एक रैपर की तरह, अपनी आवाज़ की धुन पर, हाथ दोनों तरफ हिलाते हुए और हवा में अपनी सिगरेट ठोंकते हुए।

'मान लो कोई स्वीडन में शरण माँग रहा है। उसे अपने लिए कोई कहानी तो चाहिए होगी, और ये कोई पुरानी घिसी-पिटी कहानी तो हो नहीं सकती। कहानी ऐसी होनी चाहिए जो वहाँ वे लोग सुनना चाहें। मान लो कोई भूखा मर रहा था क्योंकि बाढ़ आ गई थी; या पूरा का पूरा गाँव ज़मीनी पानी में संखिया होने की वजह से बीमार पड़ गया हो; या मान लो कि क़र्ज़ न चुका पाने के कारण ज़मींदार उसे बुरी तरह मार रहा हो—स्वीडन के लोगों को इन सब चीज़ों से कोई फर्क नहीं पड़ता। उनकी दिलचस्पी है सिर्फ राजनीति, धर्म और सेक्स में। अगर आप चाहते हैं कि वह आपकी बात पर गौर करें तो आपके पास अत्याचार और उत्पीड़न की कहानी होनी चाहिए। और मैं अपने ग्राहकों को इसी में मदद करता हूँ। मैं उस तरह की कहानियाँ देता हूँ।'

मैं नहीं समझ पा रहा था कि वह सच बोल रहा था या सिर्फ रौब जमाने की कोशिश कर रहा था। लेकिन जो भी हो, मैं मन्त्रमुग्ध भी था और भयभीत भी। 'इन कहानियों के बारे में मुझे और बताओ; कोई उदाहरण दो।'

'जैसे अगर कोई बांग्लादेश से हो तो मैं उन्हें कहता हूँ कि वह कहें कि वे हिन्दू या बौद्ध हैं और मुसलमान उनका उत्पीड़न कर रहे हैं। और अगर भारत से हैं तो मैं इसका उल्टा कहने को कहता हूँ—उसका भी अच्छा असर

पड़ता है। हाँ, और फिर लैंगिक-रुझान है और जेंडर आइडेंटिटी—इस तरह की कहानियाँ बहुत पसन्द हैं उन लोगों को वहाँ पर। और तब यहाँ कला काम आती है पॉप्स—आपको देखना पड़ता है कि कौन किस कहानी को निभा पायेगा। आपको अपने ग्राहकों को जानना पड़ता है, समझना होता है कि कौन-सी कहानी किसके लिये ठीक बैठेगी। आप कह सकते हैं कि मैं पॉइंट-टू-पॉइंट सर्विस देता हूँ।'

'लेकिन तुम्हारे ग्राहकों को तुम्हारे बारे में पता कैसे चलता है?' मैंने पूछा। 'तुम इश्तेहार देते हो क्या?'

'नहीं। सब कुछ ज़बानी है, जो सोशल मीडिया के जरिये होता है। सोशल मीडिया पर कोई किसी की पोस्ट देखकर तय करता है कि उसको वही रास्ता पसन्द है। या फिर वह और उसका दोस्त उत्सुक हो जायें। वो आकर मिलते हैं, बात करते हैं और अगर जाना चाहते हैं और पैसे का जुगाड़ कर सकते हैं, तो मैं दलालों से जोड़ देता हूँ।'

उसने हाथ फैलाया और शरीर को घुमाया, जैसे नृत्य कर रहा हो। दूर तट की तरफ इशारा करके उसने कहा, 'और ज़्यादातर दलाल वहाँ हैं, बांग्लादेश में—और काफी सारे मदारीपुर में हैं, इसलिए मैं बीच-बीच में जाता रहता हूँ।'

'तुम्हारा मतलब ये सेवाएँ भारत में उपलब्ध नहीं हैं?'

'बिल्कुल हैं। लेकिन बांग्लादेश में व्यवस्था बेहतर है—वह ज़्यादा समय से कर रहे हैं और बेहतर करते हैं। शायद आप जैसे परिवारों से कुछ लेना-देना हो पॉप्स—एक बार निकल पड़े तो रुके नहीं। और अब यह मत कहना कि आपके दादा-दादी के पास पासपोर्ट और वीज़ा था, जब उन्होंने नदी पार की थी। नहीं था ना?'

'यह तो सच है,' मैंने कहा। 'लेकिन तब हालात अलग थे। अब तो सीमा पर गश्त लगती होगी। तुम्हें पकड़े जाने का डर नहीं लगता? इस क्षेत्र में बॉर्डर गार्ड्स काफी संख्या में होंगे?'

'तो?' उसने सिगरेट का कश लेते हुए कहा। 'आपको लगता है कि ऐसा बॉर्डर बन्द करना आसान है—आधी ज़मीन और आधा पानी और बीच में जंगल? यहाँ के रास्ते जानने वाला आराम से गार्ड को धोखा दे सकता है। और अगर क़िस्मत ख़राब हो और पकड़े जाओ तो वह भी समझता है—बस कुछ पैसों की बात है—और इस काम में तो बहुत पैसा है।'

अचानक वह मेरी तरफ मुड़ा। उसकी आँखें चमक रही थीं। 'सुनो पॉप्स,' उसने सिगरेट को पानी में फेंकते हुए कहा। 'आप पिया या मेरी माँ से इस बारे में कुछ कहने तो नहीं वाले ना?'

'अगर तुम नहीं चाहते, तो नहीं।'

'तो नहीं। मैं नहीं चाहता कि आप इसके बारे में किसी से कुछ भी कहें, ठीक है?'

'ठीक है। मैं नहीं कहूँगा।'

'बेहतर होगा कि न कहो, पॉप्स। नहीं तो कुछ बुरा हो सकता है।' मुस्कराहट के बावजूद उसके चेहरे पर धमकी साफ झलक रही थी।

'क्या बुरा?'

उसने दांत दिखाये। 'जैसे कि मैं आपके कंप्यूटर में घुस जाऊँ—और क्या पता वहाँ से क्या-क्या हो जाये?'

धाम

पानी का स्तर इतना कम हो गया था कि हमारे आगे नदी का तट दूर तक फैली, चमड़े जैसी पत्तियों और मकड़जाल जैसी जड़ों से ढंकी, मिट्टी की विशाल दीवार जैसा लग रहा था।

मेरी अपरिचित आँखों को इस ज़मीन के भूरे और हरे रंग एकदम साधारण और मामूली लग रहे थे। लेकिन जिस तरह होरेन की आँखें हर चीज़ पर दौड़ रही थीं, मैं समझ गया कि जो जानते हों कि उन्हें क्या देखना है, उनके लिए जंगल उन तमाम संकेतों से भरा था, जो पढ़े और समझे जा सकते थे, किसी प्राक्कालीन लिपि जैसे।

लेकिन कुछ ही पलों में होरेन भी हैरान दिखने लगा।

'जहाँ तक मुझे याद है, धाम वहाँ कहीं होना चाहिए,' उसने आगे की ओर इशारा करते हुए कहा। 'लेकिन मैं जब आख़री बार आया था, तब से नदी ने अपना रास्ता काफी बदल लिया है।'

और आख़िरकार टीपू ने अपनी दूरबीन से मन्दिर ढूँढ़ निकाला।

'*ओईजे!*' आगे की ओर इशारा करते हुए वह चिल्लाया। 'वो रहा!'

अपने काले चशमे ऊपर करते हुए होरेन ने दूर एक धब्बे की तरफ देखा।

'ठीक कह रहा है लड़का,' उसने कहा। 'मैंने जहाँ सोचा था, वहाँ नहीं है।'

'ऐसा कैसे हो सकता है? मन्दिर तो हिला नहीं होगा, है ना?'

'नदी हिल गई है,' उसका जवाब था। 'जब मैंने आख़री बार देखा था तो किनारे से काफी अन्दर को था। अब किनारे पर है।'

स्टीमर मन्दिर के पास पहुँचा तो साफ हो गया कि वहाँ पहुँचने के लिए हमें सौ-दो सौ गज कीचड़ से होकर जाना होगा; कीचड़ जिसमें मैन्ग्रोव के भाले जैसे बीजाणु भरे पड़े थे। जब मैं स्टीमर के निचले पटाव पर गया तो पाया कि टीपू तैयारी में लगा था। उसने अपनी कमीज़ और जूते उतार दिए थे और जीन्स को घुटनों तक मोड़ रहा था। मैंने देखा कि उसने एक और ठूँठदार जॉइंट जला लिया था और कश भर रहा था।

उसने मुझे देखा और आँख मारी। 'क्यों पॉप्स?' उसने जॉइंट आगे बढ़ाया। 'एक कश? अच्छा लगेगा।'

मैंने रुखाई से सिर हिलाया और दूसरी तरफ मुड़ गया।

लेकिन टीपू की बात ख़त्म नहीं हुई थी।

'और *आप* कैसे करोगे, पॉप्स?' मेरी पैंट और जैकेट को देखकर टीपू ने शरारत से हँसते हुए कहा। 'अगर इस कीचड़ में ऐसे उतरोगे तो ऐसे निकलोगे...' उसने ज़ौम्बी की नक़ल की। 'मैं आपकी जगह होता तो कपड़ों का थोड़ा वज़न कम कर लेता।'

वह ठीक कह रहा था। अन्त में मुझे सब कपड़े उतारने पड़े और सिर्फ जांघिया पहने रहा। फिर मैंने होरेन की एक लुंगी लेकर लंगोट बाँधी। जहाँ तक मेरे फोन, पर्स और दूसरी चीज़ों का सवाल था, होरेन ने उन्हें लॉकर में रख दिया।

'अगर कीचड़ में गिर जाओगे तो इनका कोई फायदा नहीं होगा। अगर ज़रूरत हुई तो बाद में ले जायेंगे,' उसने कहा।

नाव से उतरने के लिए तख्ते पर चढ़ते समय होरेन ने मुझे कीचड़ में चलने की हिदायतें दीं। 'पैर के अंगूठे को पंजे की तरह इस्तेमाल करना और गढ़ा लेना—देखो, ऐसे...'

और फिर कमर पर खोंसी हुई लुंगी में वह तख्ते से उस नर्म, चमचमाते कीचड़ में घुस गया। कुछ पल के लिए उसके पैर ज़मीन में अन्दर धंसते रहे, वह एकदम स्थिर खड़ा रहा; जब कीचड़ जांघों तक आ गया तभी उसने बगुले की तरह एक पैर बाहर निकाला और क़दम आगे बढ़ाया।

'सब्र रखना!' उसने चिल्लाते हुए मुझसे कहा। 'एकदम धीरे चलना।'

लेकिन सब व्यर्थ था।

मैंने कल्पना भी नहीं की थी कि गिलगिली, रेंगती चीज़ें उस कीचड़ में धंसते मेरे पैरों को छूएँगी। मैं घबरा गया और पैर पूरी तरह बाहर निकाले बिना

ही मैंने आगे बढ़ने की कोशिश की। और अगले ही पल मैं उस चिकने, पिघलते कीचड़ में मुँह के बल गिर पड़ा और टीपू की हँसी मेरे कानों में सुनाई दी।

और मैं बस एक बार ही नहीं गिरा, मैं हर दूसरे क़दम पर गिरा, टीपू और होरेन दोनों के मुझे थामने के बावजूद। कीचड़ मेरे मुँह, कान, आँख में घुस गया था: ऐसा लग रहा था मानो आदिकालीन कीचड़ मेरे शरीर को पुनर्निर्मित कर रहा हो।

ऐसे में मुझे अपने चश्मे सभ्यता से जुड़ाव की आख़री कड़ी लग रहे थे और हालाँकि वे कीचड़ से सने हुए थे, मैंने उन्हें कसकर पकड़ रखा था। मुझे इस कदर दिखाई देना बन्द हो चुका था कि जब कीचड़ कुछ ही इंच तक बचा था, तब भी होरेन और टीपू को मुझे रास्ता दिखाना पड़ा था। एक समय पर मुझे समझ आया कि मैं ढलान पर चढ़ रहा हूँ और फिर एक चौखट पार करके पथरीली ज़मीन पर पहुँच गया हूँ।

मेरी कोहनी को खींचकर होरेन ने कहा, 'यहीं रुको! हिलना नहीं!'

जैसा कहा गया, मैंने वैसा ही किया। जनवरी की उस ठंड में मैं काँप रहा था और पास में कुछ बजने की आवाज़ का थोड़ा बहुत अहसास हो रहा था। अचानक बर्फ की बारिश जैसे मेरे सिर पर पानी की बाल्टी उड़ेल दी गई; पानी इतना ठंडा था कि मैं तुरन्त सुन्न हो गया—न हिल पाया न कुछ बोल पाया। अगले ही पल कुछ—एक उँगली—मेरे कान में घुसी और कीचड़ निकला।

'देखा पॉप्स,' टीपू ने हँसते हुए कहा। 'एक कश ले लेते तो सफर इतना बुरा नहीं होता।'

जब होरेन ने धुला और सूखा चश्मा मेरी आँखों पर लगाया, तो ऐसा लगा मानो मैं किसी बुरे सपने से जागा था। मैंने देखा कि मैं एक कुएँ के बगल में खड़ा था जिसपर अल्यूमीनियम की आधी भरी बाल्टी रखी थी। हम एक पथरीले आँगन में खड़े थे और सामने घर जैसी जगह थी जिसकी छत टूटी हुई थी। एक हिस्से पर नीला तिरपाल पड़ा था और लगता था कि उस हिस्से में कोई रहता है। उसके सामने कुछ बर्तन थे और खाना बनाने की आग सुलग रही थी।

होरेन ने कहा कि यहाँ देखकर तो लग रहा है कि सुबह ही रफ़ी यहाँ आया होगा। उसने बाहर मछली पकड़ने के जाल टाँगे हुए थे और बांस इकट्ठा किया था। वह ज़रूर आसपास होगा और जल्द ही लौटेगा।

'तुम्हें क्या लगता है, कहाँ गया होगा?'

होरेन ने सिर खुजाया।

'वहाँ नदी की तरफ कुछ जगह हैं जहाँ मछुआरे इस मौसम में जाते हैं। अगर आप चाहें तो टीपू और मैं भोटभोटी में जाकर उसे ढूँढ़ सकते हैं।'

मुझे यह सुझाव पसन्द आया।

'हाँ, तुम दोनों को जाना चाहिए।'

'और आप?' होरेन ने पूछा।

'मैं यहीं रुकता हूँ। मुझे यहाँ देखने के लिए कुछ समय चाहिए।'

'ठीक है, हम जल्द लौटते हैं,' होरेन ने सिर हिलाते हुए कहा।

उनके जाने के बाद मैं जगह का ठीक से मुआयना करने लगा। फिर अचानक मानो वहाँ पहुँचने के दौरान रास्ते में हर तरह की मुसीबत—कीचड़, अपमान, वो ठंडा पानी—झेलने का फल अच्छा था।

मैंने पाया कि मैं आयताकार आँगन के बीच में खड़ा था, मन्दिर की तरफ पीठ किये, जो उस चारदीवारी के दूसरे छोर पर था: मुड़ते ही मैंने उसे अपने सामने पाया।

वह भवन बहुत बड़ा नहीं था—बंगाल के गाँवों की किसी झोपड़ी से बड़ा नहीं—और समय ने उसका साथ नहीं दिया था। लेकिन तब भी वह ढांचा इतना अनापेक्षित था—और इतना सुन्दर—कि मैं अवाक् रह गया।

छत उलटी नाव की तरह थी और शायद इसलिए नीलिमा को बिष्णुपुर के मन्दिरों का ख्याल आया था। लेकिन यह आश्चर्य की बात नहीं थी क्योंकि उस संरचना की हर चीज़—उसका गेरुआ रंग, छत का आकार और सामने लगे पट्टे—सब कुछ बंगाल के प्रसिद्ध वास्तुशिल्प शैली का नमूना थे; वह शैली जो सत्रहवीं शताब्दी में बिष्णुपुर के राज्य से निकली थी।

इस शैली पर अपने जन्म स्थान की पूरी छाप दिखाई पड़ रही थी, मतलब वह ढांचा बंगाल के ग्रामीण इलाकों की बनावट और प्रकार दोनों को प्रतिध्वनित कर रहा था। और तो और राज्य में मिलने वाले सामान का काफी बढ़िया इस्तेमाल भी स्पष्ट था। पत्थर की भव्यता के मोहपाश में फँसने की जगह (बंगाल में बहुत कम पत्थर की इमारतें हैं) इस शैली में नदी द्वारा थोक में दी गई मिट्टी और कीचड़ से बनी ईंटों का इस्तेमाल होता है। इन पतली सख्त ईंटों का रंग, मेरे हिसाब से बिष्णुपुर शैली की खूबियों में से एक है।

लेकिन, ईंट से बने मन्दिर दक्षिण और मध्य भारत के पत्थर के मन्दिरों की तरह भव्य तो नहीं हो सकते (या फिर कंबोडिया और जावा के मन्दिरों जैसे), इसलिए बिष्णुपुर के मन्दिर कहानियाँ कहते हैं (ऐसे सब ढांचों के लिए अनिवार्य), टेराकोटा की चित्रवल्लरी और उभरी हुई चित्रकारी के ज़रिये। और यह दीवार में पटिया की तरह लगाये जाते हैं।

मेरे सामने का मन्दिर बिष्णुपुर शैली का बहुत छोटा-सा उदाहरण था—लेकिन मुझे देखकर ख़ुशी हुई कि सामने की दीवार काफी चित्रवल्लरियों से सजी

थी। मुझे अहसास हुआ कि यदि यह इमारत वाक़ई में बन्दूक़ी सौदागर के मिथक से जुड़ी थी, तो इन पट्टियों में ज़रूर बन्दूक़ों का चित्रण होगा।

मेरे दिमाग की बेचैनी और गीले कपड़ों से होने वाली असहजता, दोनों ही गायब हो गईं: मुझे तो सिर्फ जिज्ञासा की सिहरन का अहसास हो रहा था। मैंने लुंगी उठायी और दीवार के और क़रीब पहुँच गया।

मुझे डर था कि समय के साथ ईंटों की चित्रकारी मिट गई होगी और यह डर सही भी निकला क्योंकि समय के साथ चित्रकारी वाक़ई मिट गई थी। लेकिन मेरी ख़ुशी का ठिकाना नहीं रहा जब मैंने देखा कि मूल चित्रकारी (या जैसा कि मैंने अनुमान लगाया था) को संरक्षित किया गया था और वो भी बहुत ही आश्चर्यजनक तरीके से। किसी ने उन पट्टियों के चित्रों के चारों ओर बड़ी सावधानी से लाल मिट्टी के बर्तन के टुकड़े से रेखाएँ खींच दी थीं। मैंने अनुमान लगाया कि यह कुल्हड़ के टुकड़ों से किया गया था जो भारत में चाय की दुकान पर इस्तेमाल होते थे और नीचे देखा तो पाया कि दीवार के सहारे कुल्हड़ के कई टुकड़े पड़े थे।

यह अनुरेखण सादी और टेढ़ी-मेढ़ी बनी चित्रलिपि जैसे थे। हालाँकि कुछ लकीरें मिटने लगी थीं, लेकिन फिर भी पढ़ी जा सकती थीं। चित्रलिपि की तरह कुछ चिह्न और रूपांकन अलग-अलग संयोजनों के साथ कई बार दोहराये गये थे। इनमें सबसे विशिष्ट पगड़ी पहने दो-तीन आकृतियाँ थीं जिनमें हर एक के साथ एक ख़ास चिह्न था। इन चिह्नों में सबसे आसान एक था—नाग के फण से ढंकी हथेली का चित्र। मैंने अन्दाज़ा लगाया कि यह चिह्न नाग देवी मनसा देवी के लिए था, तो इसके साथ का चित्र मेरे हिसाब से बन्दूक़ी सौदागर का होगा। अगर मेरा अनुमान सही था तो फिर दूसरा चित्र कप्तान इल्यास का होगा। मुझे यकीन था कि मेरा अनुमान सही था, लेकिन नाविक के साथ बना चिह्न मैं समझ नहीं पा रहा था।

मैंने यह चिह्न पहले कभी नहीं देखा था और मैं सोच भी नहीं पा रहा था कि यह क्या है।

कुछ चित्र समझना बहुत आसान था। वहाँ ढेर सारी पट्टियाँ थीं, जैसे एक में सौदागर और नाविक नाव में बैठे थे: ज़ाहिर है यह उनकी यात्राओं का चित्रण था। एक पट्टी में उनके पास बहुत सारे शंख थे—उन्होंने अपनी यात्रा के दौरान

इकट्ठा किये होंगे। एक पट्टी पर एक किताब थी—सुसज्जित ताड़ के पत्ते जैसी पाण्डुलिपि। अन्तिम पट्टी से पहले वाली पट्टी में सौदागर बँधा हुआ था, इसे भी समझना आसान था—यह उस समय का चित्रण था जब सौदागर को गुलाम के तौर पर बेचने के लिए बेड़ियों के द्वीप ले जाया जा रहा था।

लेकिन कई सारे चिह्नों और आकृतियों को समझना असम्भव था। जैसे, दो ताड़ के पेड़ों के संरक्षण में एक टीला; और दूसरी में लहराते झंडे भरे हुए थे। लेकिन सबसे अजीब चिह्न था, एक के अन्दर एक गोलों वाला चित्र।

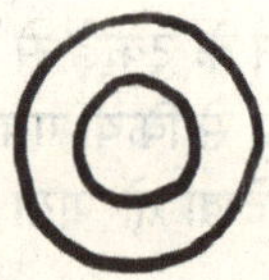

क्या मतलब हो सकता था इसका? और शायद इतना ही काफी नहीं था, एक पट्टी में इन गोलों पर एक दूसरे को काटती हुई रेखाएँ खिंची हुई थीं।

उतना ही हैरान करने वाली थी उन चीज़ों की अनुपस्थिती, जिनकी मुझे उम्मीद थी—बन्दूकें और राइफलें। एक पट्टी पर हथियार के प्रतीक के तौर पर हेलमेट पहने एक आकृति के पास एक लम्बी वस्तु थी, जो शायद बन्दूक़ भी हो सकती थी या फिर एक भाला। मेरे अन्दाज़े से यह यूरोपीय जल दस्यु का चित्र था (या हर्माद, जैसे उन्हें बांग्ला में कहते थे)। उस चित्र में हथियार तो ज़रूर दिखाई पड़ रहा था, लेकिन मैं विश्वास के साथ नहीं कह सकता था कि वह बन्दूक़ ही थी।

मैंने हर पट्टी को बहुत गौर से देखा, अपने दिमाग में उनकी छवि उतारने की कोशिश की। पहले कभी मुझे अपने फोन की कमी इतनी नहीं खली थी: काश मेरे पास मेरा फ़ोन होता तो यह चित्र मैं हमेशा के लिए कैद कर सकता था। फोन तो छोड़ो मेरे पास तो कागज़ और कलम भी नहीं थे, चित्र बनाने के लिए...

मैंने तय किया कि जैसे ही स्टीमर लौटेगा, मैं होरेन से अपना फोन और कैमरा लाने को कहूँगा।

मैं मन्दिर के बाहर की दीवार में इतना खो गया था कि अन्दर जाना तो मैं लगभग भूल ही गया था और बेख्याली में ही दरवाज़े के अन्दर घुसा।

अन्दर अंधेरा था। ये अंधेरा अन्दर और भी गहरा प्रतीत हो रहा था क्योंकि बाहर तेज़ धूप थी। लेकिन जैसे ही मैं दरवाज़े से आगे बढ़ा, अपने नंगे पैरों की पदचाप से समझ गया कि मैं एक गुफानुमा, गुम्बददार गलियारे में पहुँच गया हूँ जो इस वास्तुशिल्प शैली की खासियत है: बिष्णुपुर के मन्दिर भीतर से अक्सर खुले होते हैं, एक तरह से सामुदायिक जगह के जैसे, शायद इस्लामी या ईसाई कला के प्रभाव के कारण। लेकिन मैं अन्दाज़ा नहीं लगा पा रहा था कि यह जगह कितनी ऊँची या चौड़ी थी क्योंकि मुझे सिर्फ इतना अहसास था कि पैरों के नीचे फिसलन भरी काई थी और चारों तरफ ठंडी, बदबूदार सीलन।

मैं चारों ओर देख रहा था कि मुझे पीछे से एक धीमी गुर्राहट सुनाई दी। मैं तेज़ी से मुड़ा, ये सोचकर कि शायद कोई कुत्ता मेरे पीछे अन्दर आ गया है। लेकिन नहीं! दरवाज़े पर बिखरे बालों वाले लड़के का चेहरा दिखाई दिया जो मुझे अचम्भित-सा देख रहा था।

यह रफ़ी के अलावा और कौन हो सकता था, जिसका मुझे इतना इन्तज़ार था? मैं उसे देखकर इतना ख़ुश हो गया कि मैं जोर से चिल्लाते हुए तेज़ी से दरवाज़े की ओर बढ़ा, *'एई तो!* तुम आ गये! मैं तुम्हारा इन्तज़ार कर रहा था।'

मुझे आगे आता देख वह डर के मारे पीछे हटने लगा; इस बात से मुझे बहुत आश्चर्य नहीं हुआ: आख़िरकार मैं था तो एक अजनबी, सम्भवत: एक घुसपैठिया। पर फिर भी उसका इस कदर चौंकना हास्यास्पद लग रहा था; उसके बौखलाये चेहरे पर डर साफ था मानो मैं कोई भयावह राक्षस हूँ।

'मैं बस एक पर्यटक हूँ,' मैंने शान्त आवाज़ में कहा। 'कोलकाता से आया हूँ...'

लेकिन लड़के ने पीछे हटना बन्द नहीं किया; वह मुझसे दूर जाता जा रहा था जब तक कि कुएँ की दीवार से टकरा नहीं गया। फिर वह रुक गया। आँखें झुकाकर वह गहरी साँसें लेने लगा मानो किसी मुश्किल से बचने के बाद चैन मिला हो।

उसकी उम्र पन्द्रह से बीस साल के बीच रही होगी। होंठों के ऊपर हल्के बाल थे और लम्बे, लचीले हाथ-पैर थे। उसका चेहरा पतला था, घनी पलकों वाली बड़ी-बड़ी आँखें थीं और दोनों तरफ नीचे झुके हुए गहरे होंठ। वह नंगे पैर था और पैर कीचड़ से सने थे। उसने एक घिसी हुई कमीज़ और बदरंग सूती लुंगी पहन रखी थी जो घुटनों तक मोड़ी हुई थी। बिखरे हुए बाल और चमकती, चौकस आँखों से वह जंगली और आकर्षक, दोनों ही लग रहा था। किसी जंगली, चौकन्ने जानवर जैसा जो किसी भी पल भाग सकता था।

'मैंने शायद तुम्हें डरा दिया,' मैंने कहा। 'तुम रफ़ी हो ना?'

उसने हामी भरते हुए सिर हिलाया और सीधा खड़ा हो गया। 'और आप कौन हैं?' उसने पूछा। उसकी बांग्ला में सुन्दरबन के लहजे की लय थी। 'आप यहाँ अकेले क्या कर रहे हैं?'

'मैं दीनानाथ दत्ता हूँ,' मैंने कहा। मैं कोशिश कर रहा था कि मेरी आवाज़ जितना सम्भव हो सके नर्म रहे। 'मैं सिर्फ मन्दिर देखने आया था। मुझे होरेन नस्कर लाया था...'

'अच्छा?' रफ़ी ने कहा। 'लेकिन वह है कहाँ? मुझे उसकी नाव नहीं दिखी।'

'वह तुम्हें ढूँढ़ने गया है,' मैंने कहा।'उसको लगा कि तुम आसपास कहीं होगे। मैंने उसे तुम्हें ढूँढ़ने को कहा था।'

उसकी सहमी आँखें और बड़ी हो गईं। '*कैनो? की चाई?*' उसने पूछा। 'क्यों? आपको मुझसे क्या चाहिए?'

'मैं तो सिर्फ मन्दिर के बारे में कुछ सवाल पूछना चाहता हूँ।'

'मुझे नहीं लगता कि मैं आपको कुछ बता पाऊँगा,' उसने रूखेपन से कहा। 'मेरा धाम से कुछ लेना-देना नहीं है।'

'तो फिर दीवारों पर चित्रों का रेखांकन किसने किया?'

'वो मेरी माँ का काम था। वह पिछले साल गुज़र गईं।' उसने कहा।

'सुनकर दुख हुआ,' मैंने कहा। 'क्या वो धाम के बारे में अक्सर बात करती थीं?'

'थोड़ा बहुत,' उसने पैर घसीटते हुए कहा।

मैं समझ नहीं पा रहा था कि वह सच कह रहा था या बात को टाल रहा था।

'लेकिन तुम्हारे दादा और तुम्हारी माँ ने इस जगह के बारे में कहानियाँ तो ज़रूर सुनाई होंगी,' मैंने उसका हौसला बढ़ाने की कोशिश की। 'तुम्हें कुछ तो याद होगा।'

'बहुत थोड़ा,' उसने अनिच्छा से कहा।

'ठीक है,' मैंने कहा। 'चलो, बाहर एक साथ चित्र देखते हैं। तुम बताना तुम्हें क्या याद है।'

शायद रफ़ी की याददाश्त उसकी उम्मीद से ज़्यादा अच्छी थी या फिर बचपन की कहानियाँ इतनी आसानी से भूलती नहीं हैं। ख़ैर जो भी हो जब हम लोगों ने पट्टियों पर बने चित्र देखने शुरू किये तो उसने कई चित्रों को पहचाना और कई चीज़ों की पुष्टि की।

मैंने बन्दूक़ी सौदागर और उसके साथ बने चिह्नों को सही पहचाना था, और पगड़ी वाले दूसरे चित्र, सौदागर के साथी कप्तान इल्यास को भी मैंने सही पहचाना था, लेकिन जहाँ तक उसके साथ बने चिह्न का सवाल था, रफ़ी को भी उतना ही पता था जितना मुझे।

हाँ, लेकिन उसने हेलमेट वाले चित्र की मेरी पहचान को सही बताया कि वह वाक़ई में जल दस्यु था, हर्मादों का सरगना जिसने मनसा देवी के प्रकोप से बच कर विदेश भाग रहे बन्दूक़ी सौदागर को बन्दी बनाया था।

लेकिन कई जगह मैं ग़लत भी साबित हुआ, ख़ासकर शंख वाले चित्रों को लेकर। वह शंख नहीं बल्कि कौड़ियाँ थीं—और इस बात की पुष्टि करते हुए रफ़ी ने उस मिथकीय कहानी की एक महत्वपूर्ण कड़ी साफ़ कर दी।

कहानी में जल दस्युओं द्वारा बन्दी बनाये जाने के बाद बन्दूक़ी सौदागर को ग़ुलाम के तौर पर बेचने के लिए ले जाया गया। और तब उसकी ज़िन्दगी में कप्तान इल्यास का प्रवेश हुआ था। कप्तान ने पहचान लिया कि सौदागर समझदार और अनुभवी व्यक्ति था। कप्तान ने उसे हर्मादों से खरीदा और आज़ाद कर दिया। इसके बदले सौदागर कप्तान को उस द्वीप पर ले गया जहाँ कौड़ियों की बहुतायत थी। यहीं से दोनों ने धन सम्पति बनाई।

रफ़ी द्वारा कौड़ियों के ज़िक्र ने मुझे सोच में डाल दिया। मुझे याद आया कि मैंने कहीं पढ़ा था कि कई शताब्दियों तक हिन्द महासागर के इलाके में कौड़ियाँ ही मुद्रा का काम करती थीं। मुझे यह भी याद था कि ज़्यादातर कौड़ियाँ एक ही द्वीप से थीं, लेकिन उस द्वीप का नाम मुझे याद नहीं आ रहा था—और याद करने का समय भी नहीं था क्योंकि रफ़ी अगली पट्टी पर पहुँच गया था।

रफ़ी ने कहा, कौड़ियों का खज़ाना लेकर बन्दूक़ी सौदागर और कप्तान इल्यास एक अन्य देश गये—और यहाँ रफ़ी ने ताड़ के दो पेड़ों से ढंके टीले की तरफ इशारा किया। उसने बताया कि यह *ताल मिसरीर देश* था। वे लोग वहाँ पहुँचे ही थे कि ज़हर उगलते राक्षसों ने उन पर हमला कर दिया और उन्हें वहाँ से दूसरे देश भागना पड़ा—और अब रफ़ी ने झंडों से भरी पट्टी की तरफ इशारा किया। यह *रूमाली देश* था, लेकिन यहाँ भी बन्दूक़ी सौदागर और कप्तान बदक़िस्मती का शिकार रहे। मनसा देवी ने उनके खिलाफ चिलचिलाती गर्म

हवाएँ भेजीं और ज़मीन इतनी सूख गई कि एक दिन गर्म हवा से उनके घर में आग लग गई और आस पास का सब कुछ जल गया। दोष इन दोनों बदक़िस्मत यात्रियों पर लगा और सब पड़ोसी इनके खिलाफ हो गये और इन्हें वहाँ से भागना पड़ा। और तब कप्तान इल्यास ने तय किया कि वे ऐसी जगह जायेंगे जहाँ मनसा देवी के प्रकोप से बचा जा सकता था, ऐसी जगह जहाँ साँप नहीं थे—यह जगह कोई और नहीं, बल्कि बन्दूक़ द्वीप था। रफ़ी ने बताया कि यही वह जगह थी जो एक के अन्दर एक दो गोलों से अंकित थी। चूँकि बन्दूक़ द्वीप केवल एक द्वीप ही नहीं था, बल्कि द्वीप के अन्दर द्वीप था, इसलिए चित्रण में एक गोले के अन्दर दूसरा था।

और वो गोले जिन पर एक दूसरे को काटती रेखाएँ खिंची थीं?

रफ़ी ने अपना सिर खुजाया। 'मेरे दादा ने बताया तो था एक बार। लेकिन अब मुझे याद नहीं।'

उसकी आवाज़ से साफ था कि वह मेरे प्रश्नों से ऊब चुका था। मन्दिर की तरफ पीठ करके उसने उपेक्षा भाव से हाथ हिलाया।

'ज़ाहिर है यह सब बकवास है,' उसने कहा। अपने बालों को उसने पीछे झटका मानो वह उसका अयाल था। 'न तो कोई ताल मिसरीर देश है और न ही बन्दूक़ द्वीप। यह सब परिकथा हैं। नागों पर कोई राज नहीं कर सकता।'

यह बात उसने काफी उद्विग्न होकर कही, लेकिन उसकी आवाज़ में छिपे स्वर से मुझे लगा कि इस मिथक को नकारने के पीछे शायद बहुत पहले की कोई निराशा काम कर रही थी जैसे बच्चों में अक्सर होता है जब उन्हें मालूम पड़ता है कि सांता क्लॉस और उत्तरी ध्रुव की टॉय फैक्टरी काल्पनिक हैं।

'तुम ठीक कह रहे हो,' मैंने उसकी हाँ में हाँ मिलायी। 'और ज़ाहिर है कि इस धाम का मनसा देवी से कोई लेना-देना नहीं है।'

कुछ उधेड़ बुन करती उसकी आँखें चमक उठीं। 'क्यों?' उसने पूछा। 'आप ऐसा क्यों कह रहे हैं?'

'क्योंकि अगर मनसा देवी का इस जगह से कोई लेना-देना होता तो यहाँ नाग तो ज़रूर होता, है ना? एक कोबरा?' मैंने कहा।

मैंने उसकी तरफ देखा तो मुझे आश्चर्य हुआ कि उसका चेहरा सख्त हो गया था। वह मुझे एकटक देख रहा था और उसने मुँह पर हाथ रखा हुआ था।

'क्या हुआ?' मैंने पूछा। '*की होएछे?*'

धीरे से उसका हाथ मुँह से हटा।

'लेकिन वो है।' उसने फुसफुसाते हुए कहा।

'क्या है?'

'एक नाग है—धाम के अन्दर। कई सालों से है यहाँ।'

अब उसे घूरने की बारी मेरी थी।

'नामुमकिन,' मैंने कहा। 'मैं गया था धाम के अन्दर—मुझे तो कुछ नहीं दिखा।'

'आपके ठीक पीछे था,' उसने कहा। 'जब आप धाम से निकले तो आपके पीछे देखा था मैंने। उसका फन उठा हुआ था और सिर आपके कन्धे से ऊपर था। मैंने उसे पहले कभी इस तरह नहीं देखा; जब मैं यहाँ आता हूँ तो वो कभी नहीं निकलता और मैं भी उसे नहीं छेड़ता—उसकी वजह से दूसरे साँप और जानवर दूर रहते हैं। मैं अन्दर कभी नहीं जाता—आप गये तो आपने उसे अशान्त कर दिया होगा।'

'नहीं,' मैंने सिर हिलाते हुए कहा। 'नहीं—ये हो ही नहीं सकता...'

उस पल तो मुझे पूरा यकीन था कि या तो वह मज़ाक कर रहा है या सपने देख रहा है। मैं तो कल्पना भी नहीं कर सकता था कि मैं काले नाग की माँद में घुसा था; ऐसी चीज़ें मेरे जैसे लोगों के साथ नहीं घटती थीं—एक वैरागी, पुरानी किताबों का सौदागर जो अपना ज़्यादातर समय पुरानी किताबों और स्क्रीन को देखते हुए बिताता हो।

इस समय हम धाम के दूर कोने पर थे जहाँ मन्दिर की बाहरी दीवार कंपाउंड की दीवार से मिलती थी; इधर से मन्दिर के अन्दर का कुछ भी दिखाई नहीं देता था, उसके दरवाज़े और अन्दर के अंधेरे के अलावा।

मेरा अविश्वास इस कदर का था कि मेरे पैर ख़ुद-ब-ख़ुद चलने लगे। और इससे पहले कि मैं जान पाता कि क्या हो रहा है, मैं दरवाज़े की चौखट पर खड़ा था ताकि अपनी आँखों से देखकर पुष्टि कर सकूँ कि सब कुछ वैसा ही था जैसा मैंने सोचा था।

अचानक चाबुक की तरह अंधेरे से निकला नाग मानो मेरा ही इन्तज़ार कर रहा हो, इस घुसपैठिये के वापस आने का इन्तज़ार।

कुछ ही फुट की दूरी से देखा तो मुझे अहसास हुआ कि यह नाग नहीं बल्कि नागराज था। इतना बड़ा कि उसका उठा हुआ सिर मेरे बराबर था।

उसकी जीभ फड़फड़ायी और मैंने उसकी चमकीली काली आँखों में देखा तो मुझे घरघराने की आवाज़ का अहसास हुआ (बाद में मुझे पता लगेगा कि यह प्रजाति फुफकारती नहीं है, बल्कि अलग तरह की ध्वनि निकालती है)।

मैं जमा-सा खड़ा रहा, मानो ज़मीन से चिपक गया था—हालाँकि मैं उसकी पहुँच में था, फिर भी मुझे आज तक विश्वास है कि वह नाग किसी का बुरा नहीं करता अगर वो न होता जो आगे हुआ।

मुझे मालूम नहीं था, पर टीपू कंपाउंड के गेट पर कुछ ही पल पहले पहुँचा था और सारा नज़ारा उसने देखा था। यह सोचकर कि नाग मुझे डंस लेगा, उसने मछली पकड़ने वाला जाल उठाया और हल्के क़दमों से आँगन में दाखिल हो गया। जैसे ही जाल नाग के ऊपर पड़ा तभी मुझे टीपू की उपस्थिति का अहसास हुआ—और तभी उस जीव ने विस्मयकारी गति और शक्ति से हमला किया। अभी जाल उसपर गिर ही रहा था कि वह टीपू की ओर लपका और उसे कोहनी के ऊपर डंस लिया।

और फिर जिस तरह अचानक नाग प्रकट हुआ था उसी तरह वह जा चुका था और खाली जाल ज़मीन पर पड़ा था। टीपू घुटने के बल था, कोहनी पकड़े अपने घाव को देख रहा था। फिर वह धीमे से ज़मीन पर ढह गया और सीधा मेरी आँखों में देखने लगा।

'क्या...अब मैं क्या करूँ पॉप्स?' वह फुसफुसाया।

मैं सदमे में था और सिर्फ अचम्भित-सा उसे घूरता रहा।

'आप हमें यहाँ क्यों लाये पॉप्स?'

मैंने होरेन की तरफ नज़र डाली तो वह बुत बना खड़ा था; उसके चेहरे पर दहशत थी।

'क्या हो रहा है, पॉप्स?' टीपू ने अपनी बाँह पकड़े हुए पूछा। उसकी आँखों की पुतलियाँ चढ़ रही थीं और केवल नीचे का सफेद हिस्सा नज़र आ रहा था।

फिर मुझे क़दमों की आहट सुनाई दी, देखा तो रफ़ी हमारी तरफ दौड़ता आ रहा था। शुक्र है उसे पता था कि क्या करना चाहिए। लुंगी ऊपर करके वह ज़मीन पर बैठा और टीपू के तेज़ी से सूजते हाथ को अपने मुँह तक लाया। फिर उसने, नाग ने जहाँ डंसा था, उस घाव को चूसना शुरू किया। वह इतनी ताक़त से चूस रहा था कि उसका चेहरा लाल पड़ गया था।

जब मुँह भर गया तो उसने सिर उठाया और थूकने के लिए मुड़ा। लेकिन वह थूक पाता उससे पहले साँस अटकने की आवाज़ निकली और उसने अपना सीना पकड़ा।

'क्या तुम निगल गये?' होरेन ने पूछा।

उसने सिर हिलाकर हामी भरी।

'चिन्ता मत करो,' होरेन ने कहा। 'अगर सिर्फ तुम्हारे पेट में रहता है और खून में नहीं मिलता तो नुक़सान नहीं करेगा।'

रफ़ी बुरी तरह खांस और थूक रहा था। एक मिनट बाद उसने हाथ से अपना मुँह पोंछा और होरेन की तरफ देखा। 'अगर नाग तुम्हारे अन्दर कुछ डाले, तो तुम कभी उससे छुटकारा नहीं पा सकते। मेरे दादा ऐसा कहते थे।' उसने कहा।

फिर टीपू की तरफ मुड़कर उसने अपना हाथ उसकी बाँह पर जकड़ा और दबाने लगा।

'मुझे रस्सी चाहिए।'

होरेन ने उसी जाल से रस्सी निकाली जो टीपू ने फेंका था और रफ़ी को दे दी। रफ़ी ने टीपू के हाथ पर लकड़ी के टुकड़े के साथ रस्सी बाँधी।

इस बीच होरेन ने जाल से झूला बना लिया था। 'हम टीपू को इसमें स्टीमर तक ले जा सकते हैं,' उसने कहा। 'क़िस्मत ने साथ दिया तो कुछ ही घंटों में हम इसे लुसिबाड़ी के अस्पताल पहुँचा देंगे।'

जब रफ़ी ने हाथ को अच्छे से बाँध दिया, तब उसने टीपू को जाल में धकेला। फिर उसने और होरेन ने एक-एक छोर उठाया और स्टीमर की तरफ चल दिए। मैं उनके पीछे चल दिया।

जब तट के क़रीब पहुँचे तो होरेन ने मुझसे कहा, 'ध्यान से—अब कीचड़ में मत गिरना। हमारे पास बर्बाद करने के लिए समय नहीं है।'

पूर्वाभास

स्टीमर के मुख्य केबिन की छाँव में एक गद्दे पर लिटाये जाने तक टीपू की आँखें बन्द थीं और न ही उसने कोई आवाज़ निकाली। जब इंजन ज़ोरदार शोर के साथ चालू हुआ और स्टीमर चल पड़ा, तब भी वह मरणासन्न अवस्था में पड़ा रहा। कुछ समय के लिए तो लगा कि वह बेहोश है। लेकिन फिर उसकी आँखें अचानक खुलीं और उसने सिर घुमाकर अपनी बाज़ू को देखा जो अब सूज गई थी और ठंडी पड़ गई थी। *टूनिकेट*—घाव के ऊपर बँधी पट्टी—और घाव को देखकर वह चौंक गया। उसका घाव सूजे हुए मांस के टीले पर बैठे ज्वालामुखी जैसा था।

'*एटा की?*' उसने बच्चों-सी रोने वाली आवाज़ में पूछा। 'यह क्या है? मेरे अन्दर कुछ है। वह मुझे जकड़ रहा है। क्या है?'

'अपने हाथ को मत देखो,' रफ़ी ने कहा। 'कोशिश करो कि उसके बारे में न सोचो।'

अपने लम्बे दुबले शरीर के साथ रफ़ी गद्दे पर पालती मारकर बैठ गया और प्यार से टीपू का सिर अपनी गोद में रख लिया। फिर उसने टीपू के पसीने से भीगे माथे पर हाथ फेरा। 'डरो मत। जिस नाग ने तुम्हें डंसा है वह आम नाग नहीं है—मेरे दादा कहते थे कि वह हमारी रक्षा के लिए भेजा गया था।'

टीपू की आँखें बेजान-सी थीं और उसे रफ़ी की बात समझ नहीं आयी थी। 'तुम कौन हो?' उसने कहा। 'मुझे लगता है कि मैं तुम्हें जानता हूँ।'

'सही कहा,' रफ़ी बोला। '*आमादेर कोनो पोरिचोइ नेई*। हम आज से पहले नहीं मिले हैं, लेकिन मुझे भी लगता है कि मैं तुम्हें जानता हूँ।'

'क्यों? कैसे?'

'क्या फर्क पड़ता है,' रफ़ी ने कहा। 'ज़रूरी तो यह है कि तुम शान्त रहो।'

'शान्त रहूँ?' टीपू ने कहा। 'शान्त कैसे रह सकता हूँ जब मेरे शरीर के अन्दर अंगारे जल रहे हों?'

मैं पानी की एक बोतल लाया और रफ़ी ने बोतल सावधानी से टीपू के होंठों से लगायी। उसने गटगट पानी पिया; पानी उसके गले से उतरता गया और उसका टेंटुआ ऊपर नीचे होता गया। फिर उसने बोतल को एक तरफ किया और कहा, 'लेकिन वो अब भी है, मेरे अन्दर, आग।'

'थोड़ा पानी और पियो,' रफ़ी ने कहा।

टीपू का सिर रफ़ी की गोद में फिर लुढ़क गया। उसकी आँखें पूरी खुली थीं। फिर उसके भाव बदलने लगे: आँखों की पुतलियाँ धीरे-धीरे ऊपर तैरने लगीं और सिर्फ आँखों का सफेद हिस्सा दिखने लगा। उसका मुँह खुल गया और किनारों से लार बहने लगी। अचानक उसका बदन अनियमित हरकत के साथ अकड़कर काँपने लगा, जैसे कोई सपना देख रहा जानवर हिलता है। और इस दौरान उसका सिर एकदम स्थिर था, उस अजीब दशा में पीछे लटका हुआ, आँखें सफेद और मुँह ढीला और खुला था।

लम्बे समय, मानो एक अरसे, के बाद सिहरन धीरे-धीरे बन्द हुई और टीपू की पुतलियाँ आँखों के बीच वापस लौट आयीं—लेकिन अभी भी कहना मुश्किल था कि वह जाग रहा था। ऐसा लग रहा था उसे होश आ रहा है, लेकिन अभी भी बेहोश होने से पहले वाली अवस्था थी: वह अवस्था जो चेतन अवस्था तो नहीं थी क्योंकि उसे इस बात की कोई सुध नहीं थी कि वह कहाँ है।

'मैं कहाँ हूँ? मैं कहाँ हूँ?' जब उसकी आँखें धीरे-धीरे केन्द्रित हुईं तो उसने पूछा।

'तुम होरेन नस्कर के स्टीमर में हो,' मैंने कहा। 'और हम लोग हैं तुम्हारे साथ, यहीं हैं।'

टीपू का दाहिना हाथ उठा मानो मुझे धक्का देना चाहता हो। 'नहीं! नहीं! मैं पानी में हूँ और वो मेरे लिए आ रहे हैं।'

'*के?* कौन?' रफ़ी ने टीपू के पसीने से भीगे माथे पर प्यार से हाथ फेरते हुए कहा। 'कौन आ रहा है तुम्हें लेने?'

'मैं उन्हें देख नहीं सकता। मुझे सिर्फ उनकी परछाइयाँ दिख रही हैं और वो क़रीब आते जा रहे हैं। लेकिन मुझ तक पहुँच नहीं सकते।'

'क्यों?'

'उनकी वजह से।'

'किनकी?'

'साँपों की वजह से।'

'कौन से साँप?'

'तुम्हें दिखाई नहीं दे रहे? सब जगह हैं।' उसका दाहिना हाथ उठा और उसने उँगली से इशारा किया। 'देखो—यहाँ, वहाँ और वहाँ। सब जगह हैं। दिख नहीं रहे तुम्हें?' उसे वाक़ई में आश्चर्य हो रहा था कि जो कुछ वह देख रहा था, वो हमारे लिए अदृश्य था।

मेरी बेचैनी बढ़ती जा रही थी और मेरी आवाज़ ऊँची हो रही थी। 'न!' मैंने कहा, 'नहीं! यहाँ हम लोगों के अलावा और कोई नहीं है...'

इस पर रफ़ी ने मुझे डांट दिया, 'आपको कैसे पता कि हमारे सिवाय यहाँ कोई नहीं है? *चुप कोरुन!* चुप रहिये! इसको बोलने दीजिये जो यह कहना चाहता है। और अगर आपसे बर्दाश्त नहीं होता तो चले जाइये।'

उसकी आवाज़ की रक्षात्मक गुर्राहट से मैं चौंक गया। रफ़ी अपने बच्चों की रक्षा कर रहे जंगली जानवर जैसा लग रहा था।

और वहीं टीपू के शब्द निकलते जा रहे थे।

'...मेरे पूरे बदन पर हैं, मेरे हाथों से लिपटे हुए हैं, मेरे पैरों के नीचे हैं... लेकिन मुझे उनसे डर नहीं लगता; वो मेरी मदद करने की कोशिश कर रहे हैं... नहीं तो अब तक तो मुझे पकड़ चुके होते...'

'कौन?' रफ़ी ने पूछा। 'कौन पकड़ लेता तुम्हें?'

'वो। परछाइयाँ।'

'और कौन हैं वो?'

'दिख नहीं रहे...बस हिलते हुए हैं...और वो बस आपको अन्दर खींचना चाहते हैं, अपने साथ...'

उसकी आवाज़ बन्द हो गई और सिर पीछे ढलक गया पर उसकी आँखें खुली थीं; एक बार फिर उसकी पुतलियाँ चढ़ने लगीं। सिहरन दोबारा शुरू हो गई और मैं समझ गया कि वह पहले वाली दशा में लौट गया था।

इस दौरान रफ़ी टीपू के सिर और चेहरे को हाथ से सहलाता रहा। दोनों एकदम अलग थे—टीपू अपने कान के बुंदे और बालों में हाइलाइट्स के साथ, जबकि बेतरतीब बालों वाला रफ़ी जंगली जानवरों जैसा चौकन्ना था। लेकिन दोनों में एक अजीब-सा रिश्ता कायम हो गया था। मानो टीपू के शरीर से रफ़ी के मुँह में जाने वाले ज़हर ने उनके बीच शारीरिक नाता जोड़ दिया हो।

टीपू को पड़ते दौरे मैं और नहीं देख पा रहा था। मैं बाहर निकला और चक्काघर तक गया।

मैं दरवाज़े पर खड़ा था जब होरेन ने मुझे देखा। 'मुझे टीपू की आवाज़ सुनाई दी,' उसने कहा। 'लगता है अरबर बोल रहा है—*बाजे बोक्छे*, अनाप-शनाप बोल रहा है।'

बांग्ला के शब्दों की सरलता से मेरा दिल हल्का हो गया। हाँ, मैंने ख़ुद को समझाया; वही होगा—भ्रम—जो अक्सर सदमे के बाद हो जाता है।

'हाँ,' मैंने होरेन से कहा। 'काफी अनाप-शनाप बोल रहा है।'

'यह बुरी बात नहीं है,' होरेन ने कहा। 'अगर बड़बड़ा रहा है तो मतलब ज़िन्दगी के लिए लड़ रहा है।'

'लेकिन अस्पताल पहुँचने में अभी और कितना समय लगेगा?'

होरेन ने सामने रखे सेलफोन की तरफ देखा।

'कम से कम डेढ़ घंटा।'

उसने इशारे से मुझे अन्दर बुलाया। 'क्या आप थोड़ी देर चक्का संभाल सकते हैं? फोन में अभी सिग्नल आया है, मैं मोयना को फोन करना चाहता हूँ। वो अस्पताल में सब तैयार रखेगी।'

होरेन ने बाहर जाकर नंबर मिलाया और मैंने हल्के से चक्का थामा। हम पानी के चौड़े, खाली हिस्से में थे और मुझे कुछ करने की ज़रूरत नहीं थी। वहाँ, तेज़ धूप में खुली बहती नदी के आगे ताज़गी का अहसास हो रहा था। जब होरेन ने पूछा क्या वह नीचे जाकर टीपू को देख आये, तो मैं बिल्कुल नहीं हिचकिचाया।

'हाँ, जाओ,' मैंने कहा। 'मैं कुछ मिनट और संभाल सकता हूँ।'

होरेन मेरी उम्मीद से ज़्यादा समय के लिए नीचे रहा, पांच या दस मिनट। वह वापस आया तो हैरान परेशान लग रहा था।

'कुछ हुआ क्या नीचे?' उसे चक्का वापस थमाते हुए मैंने पूछा।

'टीपू फिर शुरू हो गया था,' होरेन ने भारी आवाज़ में कहा। 'वह बार-बार रफ़ी से उसका नाम पूछ रहा था और रफ़ी बार-बार बता रहा था। लेकिन जितनी बार रफ़ी नाम बताता, टीपू सिर हिला देता और कहता "नहीं-नहीं, यह नहीं है।" मैंने रफ़ी से कहा है कि वह जवाब न दे, कि टीपू अनाप-शनाप बोल रहा है और उसे अपना होश नहीं है। लेकिन अचानक रफ़ी ने कहा कि टीपू ठीक कह रहा था। "रफ़ी" नाम से तो सिर्फ प्यार से बुलाते थे। उसका असली नाम, जो उसके दादा ने रखा था वो था इल्यास—मिथक गाथा वाले पात्र की तरह। और सिर्फ यह नाम सुनने के बाद ही टीपू ने बड़बड़ाना बन्द किया। वह थोड़ी देर चुप रहा और कहा, "हाँ, यह सही है: अब मैं इसे पहचानता हूँ"।'

होरेन ने मेरी तरफ भौंहें उठा कर देखा। 'रफ़ी का कहना है कि सिर्फ उसके दादा यह नाम इस्तेमाल करते थे।'

उसने मुँह बनाया। 'अजीब है ना? टीपू को इस नाम के बारे में कैसे पता होगा? वह तो रफ़ी से पहले कभी मिला ही नहीं।'

'कुछ अजीब नहीं है,' मैंने रुखाई से कहा। 'आज सुबह जब हम इस कहानी के बारे में बात कर रहे थे तो टीपू ने सुन लिया होगा। उसने 'इल्यास' नाम भी सुना होगा जो उसके ज़ेहन में रह गया। और इसमें भी आश्चर्य की बात नहीं कि रफ़ी के दादा ने उसे यह नाम दिया, है ना, वह इस मन्दिर के रखवाले थे।'

'हाँ, यही होगा,' होरेन ने कहा। उसकी आवाज़ से लग रहा था कि वह मेरी बात से सन्तुष्ट था। उसने फोन पर नज़र डाली।

'हम काफी तेज़ चल रहे हैं—जल्दी ही पहुँच जायेंगे। आप नीचे जाकर लड़के पर नज़र रखो।'

मैं केबिन में घुसने ही वाला था कि टीपू की आवाज़ सुनकर रुक गया।

'वह बहुत क़रीब हैं अब, बहुत क़रीब; मुझे परछाइयों की ठंडक महसूस हो रही है। मुझे ठंड लग रही है—मुझे पकड़ लो, मुझे पकड़ लो।'

रफ़ी ने अपनी हथेलियाँ टीपू के सीने पर रख दीं। 'मैं यहीं हूँ। मैंने तुम्हें पकड़ा हुआ है। तुम सुरक्षित हो।'

उसके शब्दों से टीपू संभल गया। उसने गहरी साँस ली। 'वे वापस मुड़ रहे हैं। *फिर जाछे*। वे पार नहीं कर पा रहे...'

'क्या पार नहीं कर पा रहे?'

टीपू ने सीधा जवाब नहीं दिया। बल्कि उसका हाथ हवा में लहराया, उसके शरीर से कुछ इंच ऊपर, मानो अपने चारों तरफ लिपटी किसी चीज़ को सहला रहा हो। पल भर के लिए वह शान्त हुआ और फिर अचानक चीखने लगा। 'नहीं! नहीं! वो किसी और चीज़ के पीछे जा रहे हैं। मुझे दिख नहीं रहा कि वो क्या है।'

उसके लार टपकाते खुले मुँह से कराह निकली और उसका बदन ऐंठकर धनुष की तरह ऊपर उठा और रफ़ी के हाथ से लगभग छूट गया। वह दोबारा कराहया और कुछ बोला जो मुझे सुनाई नहीं दिया।

'क्या कह रहा है?' मैंने रफ़ी से पूछा। 'तुम्हें समझ में आया?'

'नाम ले रहा है, किसी औरत का नाम—"रानी"।'

अब अचानक टीपू का शरीर ढीला पड़ गया; उसका सिर नीचे गिर गया और पुतलियाँ एक बार फिर आँखों में लौट आयीं। वह काफी थका हुआ लग रहा था, बेहद कमज़ोर, वह कुछ बुदबुदाता जा रहा था।

पैर सीधे करके रफ़ी टीपू के बगल में लेट गया और उसे अपनी बाँहों के घेरे में ले लिया, मानो उसे ले जाने से रोक रहा हो।

टीपू की कंपकंपी एकाएक बन्द हो गई और उसका शरीर ढीला पड़ गया।

'वह साँस ले रहा है ना?' मैंने घबराकर पूछा।

'हाँ,' रफ़ी ने जवाब दिया। 'बस बेहोश हो गया है। शायद यही ठीक है।'

'तुमने सुना उसने बेहोश होने से पहले क्या कहा?'

रफ़ी ने सिर हिलाया। 'उसने कहा कि हमें किसी को फोन करना चाहिए— पिया नाम की किसी महिला को। आप जानते हैं वह कौन है?'

'हाँ। लेकिन उसने पिया को फोन करने को क्यों कहा?'

'उसने कहा कि हमें उसे आगाह कर देना चाहिए।'

'किस बारे में?'

'रानी के बारे में।'

'लेकिन रानी कौन है?'

'मुझे नहीं मालूम,' रफ़ी ने थोड़ा चिढ़कर कहा। 'लेकिन आप पिया को तो फोन कर दीजिये।'

तब मुझे भी अहसास हुआ कि पिया टीपू की हालत के बारे में जानना चाहेगी।

'ठीक है। मैं अभी करता हूँ।' मैंने कहा।

मैं स्टीमर के अगले हिस्से में गया और पिया को फोन लगाया, लेकिन सिर्फ बीप ही सुनाई दी। स्क्रीन पर देखा तो समझ आया कि सिग्नल गायब था; हम फिर रेंज से बाहर थे।

मैं फोन की स्क्रीन को निराशा से देख रहा था और उम्मीद कर रहा था कि सिग्नल जल्दी लौट आए, तभी रफ़ी मेरे बगल में आकर खड़ा हो गया। केबिन की तरफ उसने सिर हिलाकर इशारा किया और कहा, 'टीपू थककर चूर हो गया है। सो रहा है।'

फोन से नज़रें हटाये बिना मैंने कहा, 'अच्छा है।'

रफ़ी ने पल भर के लिए मुझे देखा और फिर सिर हिलाया। 'कोई फायदा नहीं,' उसने अपने देहाती लहजे में कहा। 'आपको थोड़ा इन्तज़ार करना पड़ेगा।'

बिन मांगी सलाह से मुझे चिढ़ हुई। 'किस चीज़ के लिए इन्तज़ार?'

'वही, जो आप ढूँढ़ रहे हैं।' रफ़ी की आवाज़ में आत्मविश्वास झलक रहा था।

मैंने उसे ऊपर से नीचे तक देखा। बेतरतीब बाल, कीचड़ से सने पैर—जंगली जानवर जैसा। मेरे हिसाब से उसके जैसे, जंगल में रहने वाले मछुआरे को सेलफोन के बारे में क्या पता होगा।

'तुम्हें कैसे पता, मैं क्या ढूँढ़ रहा हूँ?'

रफ़ी मुझे एकटक देखता रहा; उसकी लम्बी पलकों वाली आँखों में असमंजस था। फिर उसने अपनी पुरानी लुंगी की कमर के मोड़ से प्लास्टिक में लिपटा कुछ निकाला। जब प्लास्टिक हटा तो मैं दंग रह गया कि उसके हाथ में सेलफोन था, वो भी मेरे जैसा। उसने फोन चालू किया और दो चार मिनट में मुझे स्क्रीन दिखायी।

'देखो,' उसने कहा। 'सिग्नल नहीं है। जब तक वहाँ, उस नदी तक नहीं पहुँच जाते, तब तक सिग्नल नहीं मिलेगा,' उसने हाथ से आगे की तरफ़ इशारा किया। 'और वहाँ भी दो डंडी ही आयेंगी। तीन के लिए और आगे तक पहुँचने का इन्तज़ार करना पड़ेगा।' उसने और दूर इशारा किया।

फिर उसने गर्दन आगे कर मेरे फोन को देखा। 'लेकिन आपका फोन तो पुराने मॉडल का है, इसलिए हो सकता है कि आपको और ज़्यादा इन्तज़ार करना पड़े।'

उसके चेहरे पर आयी मुस्कराहट वाजिब थी। उसे भी अहसास था कि पासा पलट गया था। अब अनाड़ी मैं साबित हुआ था।

मुझे अपनी इस सोच पर शर्म आयी कि मैंने मान लिया था कि रफ़ी को सेलफोन के बारे में कुछ नहीं पता होगा सिर्फ इसलिए कि वह सुन्दरबन का मछुआरा था। कुछ हद तक मैं जानता था कि मेरे जैसे भारतीय इस सोच के साथ बड़े हुए कि आधुनिक मशीनों के इस्तेमाल के मामले में देहात में रहने वाले लोग "पिछड़े" होते हैं, पर अब ये सच नहीं रह गया था, यदि कभी ये सच भी रहा हो तो; मैंने ख़ुद देखा था कि नौजवान भारतीय, ग़रीब हों या अमीर, पढ़े-लिखे हों या नहीं, मुझसे कहीं ज़्यादा निपुणता से फोन और कंप्यूटर इस्तेमाल करते हैं। और मैं इतना भी बेख़बर नहीं था कि यह न मालूम हो कि भारत में, कई और ग़रीब देशों की तरह, ऐसे बहुत से लोग थे जिनकी डिजिटल प्रतिभा उनकी आर्थिक कमज़ोरी और औपचारिक शिक्षा की तुलना में कहीं ज़्यादा थी। हक़ीक़त में दोनों में कोई सम्बन्ध ही नहीं था। यह सब जानते हुए भी मैंने ख़ुद को शर्मिंदा किया था, यह सोचकर कि रफ़ी जैसे इंसान को सेलफोन जैसी साधारण चीज़ के बारे में नहीं पता होगा।

रफ़ी मुझे आधी-सी मुस्कराहट से देख रहा था: उसकी चमकती आँखें और नीचे को मुड़े होंठ उसके चेहरे को एक विशेष अभिव्यक्ति देते थे, जिससे कोई शक नहीं रह गया था कि वह मेरे मन की बात और स्थिति अच्छे से जान रहा था।

'पर्यटक अक्सर हैरान हो जाते हैं ये देखकर कि यहाँ भी सेलफोन हैं,' उसने कहा। 'हालाँकि क्यों, ये बात मैं समझ नहीं पाया हूँ क्योंकि शहरी लोगों से ज़्यादा तो हमें फोन की ज़रूरत होती है। हमारे लिए तो यह ज़िन्दगी और मौत का सवाल हो सकता है।'

'कैसे?'

'मौसम की जानकारी के चलते। अगर आप चेतावनियों पर ध्यान न दें तो तूफ़ान में फँस सकते हैं। और जीपीएस भी बहुत मददगार हो सकता है, अगर सिग्नल हो तो। लेकिन वहाँ, पीछे—' उसने पीछे नदी की तरफ इशारा किया, जहाँ से हम आये थे, 'वहाँ अब भी रास्ता याद रखना पड़ता है, जैसे मेरे दादा रखते थे। उन्हें कभी जीपीएस की ज़रूरत नहीं पड़ी। सब उनके दिमाग में था।'

'क्या तुमने उनसे बहुत कुछ सीखा?'

'कुछ चीज़ें। लेकिन बहुत कुछ ऐसा था जो वह मुझे सिखाना नहीं चाहते थे।'

'जैसे?'

उसने कन्धे उचकाये। 'जानवर, और मछली, और पानी के बारे में। वे कहते थे कि मुझे यह सब सीखने की ज़रूरत नहीं क्योंकि नदी, जंगल और जानवर अब पहले जैसे नहीं हैं। वे कहते थे कि चीज़ें इतनी तेज़ी से बदल रही हैं कि यहाँ मेरा गुज़ारा नहीं हो पायेगा—उन्होंने कहा था कि एक दिन मेरे पास यहाँ से जाने के अलावा और कोई चारा नहीं होगा।'

'और जाओगे कहाँ?'

'पता नहीं। जहाँ भी लोग जाते हैं। बम्बई, दिल्ली—पता नहीं।'

'तो तुम जाने की सोच रहे हो?'

'शायद। जब तक माँ ज़िन्दा थीं, मैं नहीं जा सका। लेकिन अब...'

वाक्य पूरा किये बिना ही वह मुड़ा और केबिन की तरफ वापस चल दिया।

मैंने फोन देखा तो पाया कि सिग्नल लौट आया था। मैंने पिया का नंबर लगाया तो एक टेप की हुई आवाज़ ने हिन्दी में बताया कि वह दूसरी कॉल पर थी। मैंने थोड़ी देर में फोन किया तो वही सन्देश मिला। काफी लम्बे समय तक यही चलता रहा और मैं हार मानने ही वाला था कि पिया के फोन की घंटी बजी। उसने कई बार बजने के बाद उठाया। वो परेशान लग रही थी।

'दीन, आप हैं ना?'

'हाँ।'

'सॉरी, लेकिन मैं अभी बात नहीं कर सकती। बाद में फोन करूँगी।'

'बहुत ज़रूरी है। टीपू के बारे में है।'

'अच्छा? क्या?'

'वह मेरे साथ नाव में था आज—नीलिमा ने शायद उसे मन्दिर जाने के लिए कहा था?'

'हाँ, हाँ, आगे बोलिये।'

'मुझे खेद है कि दुर्घटना हो गई है।'

'दुर्घटना, मतलब?'

'टीपू को साँप ने डंस लिया। वह बेहोशी की हालत में है, लेकिन हम अस्पताल जा रहे हैं। रास्ते में ही हैं।'

पिया साँस लेने को रुकी। 'किसी ने देखा साँप को? क्या आप जानते हैं कि वो किस प्रजाति का था?'

'हाँ,' मैंने कहा। 'एक बड़ा कोबरा था। मुझे पक्का विश्वास है कि किंग कोबरा था।'

वह धक् रह गई। 'हे भगवान! किंग कोबरा के काटने से तो हाथी भी मर जाता है।'

मैं हकलाने लगा। 'लेकिन पक्का...पक्का...अस्पताल में ज़रूर...?'

'नहीं! उनके पास सही विषनाशक नहीं होगा। यह दुर्लभ होता है और बहुत महँगा भी—' वह बीच में ही रुक गई। 'ठहरिये!'

उसकी आवाज़ धीमी हो गई, लेकिन मुझे फोन पर बातें सुनाई दे रही थीं। मुझे समझ आ रहा था कि वह किसी भरे हुए कमरे में गई और किसी से फुसफुसा कर बात करने लगी। कुछ ही पलों में वह वापस फोन पर आयी, अच्छी ख़बर लेकर: उसने अपने एक हर्पेटोलॉजिस्ट (सरीसृप विज्ञानवेत्ता) दोस्त से बात की थी जो उसी कॉन्फ्रेंस में था। वह कॉन्फ्रेंस के बाद जंगल में फील्ड ट्रिप पर जाने वाला था इसलिए उसके पास कई सारे विषनाशक थे, किंग कोबरा के लिए भी। उसने कहा कि वह उसमें से कुछ पिया को दे देगा।

'लेकिन हम तक पहुँचाओगी कैसे?' मैंने पूछा। 'हमें तो जल्द से जल्द चाहिए होगा ना?'

'मैं ख़ुद लेकर आऊँगी,' उसने कहा। 'मैं कुछ ही घंटों में कोलकाता के लिए फ्लाइट लेने वाली हूँ। आधी रात से पहले ही लुसिबाड़ी अस्पताल पहुँच जाऊँगी।'

'लेकिन तुम्हारी कॉन्फ्रेंस? तुम आज ही तो भुवनेश्वर पहुँची होगी?'

'हाँ। लेकिन एक इमर्जेन्सी है और मुझे प्लान बदलना पड़ा। बल्कि आपके फोन से पहले मैं ट्रेवल एजेंट से ही बात कर रही थी। उसने मुझे एक फ्लाइट की टिकट दिला दी है जो जल्द ही यहाँ से निकलेगी।'

मैं महसूस कर सकता था कि वह बेचैन हो रही थी। मैं फोन काटने ही वाला था कि रफ़ी मेरे बगल में आ खड़ा हुआ। वह मेरे कान में फुसफुसाया, 'रानी के बारे में बताया?'

मैं एक तरफ को मुड़ा और कहा, 'पिया, सुनो, मैं तुम्हें और कुछ भी बताना चाहता हूँ।'

'बोलिये—लेकिन जल्दी, प्लीज़।'

'तुम्हें याद है मैंने कहा था कि टीपू अर्धमूर्छित अवस्था में है?'

'हाँ, जल्दी आगे बोलिये।'

'उस हालत में उसने कहा कि तुमको फोन करके आगाह कर दूँ।'

'किस बारे में?'

'किसी रानी के बारे में।'

उसने तेज़ साँस ली। जब वह बोली तो उसकी आवाज़ काँप रही थी। 'कितनी देर पहले उसने यह कहा?'

'क़रीब पैंतालीस मिनट पहले।'

'नामुमकिन!' उसने कहा। 'आप पूरे विश्वास से कह सकते हैं?'

'नहीं, पक्के तौर पर तो नहीं। लेकिन हाँ, क़रीब पैंतालीस मिनट ही हुए होंगे। क्यों?'

'क्योंकि तभी मुझे ख़तरे की सूचना मिली।'

'कैसी सूचना?'

'रानी के बारे में।'

'रानी है कौन?'

'रानी...'

उसने अपना मन बदल लिया। 'बताने में बहुत समय लगेगा। मिलकर बात करेंगे।'

'ठीक है।'

'लेकिन,' उसने कहा। 'मुझे लगता है आप तो मिलेंगे नहीं?'

'क्यों नहीं?'

'आप तो शहर वापस जा रहे हैं ना? आपको फ्लाइट नहीं पकड़नी?'

'ओह, वो!' मैं अपनी फ्लाइट के बारे में बिल्कुल ही भूल गया था। 'उसके बारे में बाद में देखेंगे। मैं टीपू को इस हाल में तो नहीं छोड़ सकता। आख़िरकार, उसके साथ यह इसलिए हुआ क्योंकि वह मेरी रक्षा कर रहा था।'

रानी

लुसिबाड़ी में अस्पताल पहुँचने तक पूरी तरह से बेहोश हो चुके टीपू को तुरन्त स्ट्रेचर पर डाल कर सीधे इंटेंसिव केयर यूनिट ले जाया गया।

आधे घंटे बाद ही हम डॉक्टर से बात कर सके। उसने पिया की बात की पुष्टि की—उनके पास वाक़ई यह विषनाशक दवा नहीं थी क्योंकि यह दवा दुर्लभ भी थी और महँगी भी। लेकिन उम्मीद अभी टूटी नहीं थी: क़िस्मत से टीपू में ज़हर बहुत काम मात्रा में पहुँचा था क्योंकि उसे एक ही दंश लगा था (बाद में पिया मुझे समझायेगी कि इस तरह का हमला किंग कोबरा, *ऑफिओफगस हन्नाह*, के लिए अत्यन्त असामान्य था क्योंकि वह इंसानों को बहुत कम डंसता है और जब डंसता है तो फिर छोड़ता नहीं है)।

डॉक्टर ने कहा अब सब विषनाशक दवा पर निर्भर है, जितनी जल्दी दे सकें उतना ही बेहतर होगा। और तब तक इन्तज़ार करने के अलावा हमारे पास कोई चारा नहीं था।

समय के साथ इन्तज़ार मुश्किल होता गया। एक बार जब नर्स बताने आयी कि टीपू की साँस उखड़ने लगी है, तो मुझे लगा कि वह बुरी ख़बर के लिए हमें तैयार कर रही थी।

लेकिन पिया उम्मीद से पहले पहुँच गई, आधी रात से क़रीब एक घंटा पहले। साफ दिख रहा था कि वह बहुत तनाव में है: उसकी आँखों में अजीब-सा डर था और चेहरा खिंचा हुआ था। लेकिन तब भी वह न तो हाँफ रही थी और न

ही घबराई हुई थी। जब उसने डॉक्टर को डिब्बा दिया तो वह पूरी तरह से शान्त थी। जब मोयना उससे लिपट कर फूट पड़ी तब भी वह शान्त रही।

क़रीब एक घंटे बाद डॉक्टर आया और उसने हमें बताया कि विषनाशक दवा का असर होने लगा है और टीपू की हालत सुधर रही है। उसने कहा कि हमें अब अस्पताल में रुकने की ज़रूरत नहीं थी और अच्छा होगा अगर हम थोड़ा सो लें।

शहर जाने के लिए बहुत देर हो चुकी थी और चूँकि लुसिबाड़ी में कोई होटल नहीं था, पिया ने बड़ाबोन ट्रस्ट के गेस्ट हाउस में मेरे रुकने का इन्तज़ाम कर दिया। यह गेस्ट हाउस नीलिमा के लुसिबाड़ी स्थित घर की दूसरी मंज़िल पर था। जगह साफ-सुथरी थी और कमरे आरामदायक थे और हर तरह की सुविधा थी, यहाँ तक कि तेज़ चलने वाला इंटरनेट भी था। मुझे जानकर आश्चर्य नहीं हुआ कि पिया जब सुन्दरबन में होती तो यहीं रहती थी और उसी ने गेस्ट हाउस को ठीक-ठाक किया था और इंटरनेट लगवाया था।

किचन में दो बड़े फ्रिज थे। उस इमारत में हर चीज़ की तरह वो भी सोलर पावर से चलते थे। एक फ्रिज तो ख़ासतौर पर पिया के सामान से भरा था। मैं जल्द ही जान गया कि वह काफी अजीब चीज़ों पर ज़िन्दा थी—एनर्जी बार, पीनट बटर और जैम सैंडविच। हमें कुछ भी खाये काफी समय हो गया था और जब उसने सैंडविच बनाने की पेशकश की तो मैं फ़ौरन मान गया।

अनपेक्षित रूप से स्वादिष्ट सैंडविच को खाते हुए मैंने उस नाम की कहानी जानी जो टीपू ने अपनी अर्धमूर्छित अवस्था में लिया था: रानी। पिया ने बताया कि यह नदी में पाई जाने वाली एक विशेष डॉल्फिन थी। एक ऐसी प्रजाति जिस पर उसने अपनी पूरी जिन्दगी शोध किया था—इरावदी डॉल्फिन जिसका वैज्ञानिक नाम था *ऑरकेला ब्रेविरोस्ट्रिस*। रानी ऑरकेला समूह का हिस्सा थी और पिया के शोध के लिए ख़ासतौर से अहम। पिया ने उस समूह की हर डॉल्फिन का रिकॉर्ड रखा था और वह हर एक को अच्छी तरह जानती थी, ख़ासतौर पर मादाओं को जिन्हें उसने प्रजनन के दौरान से ट्रैक किया था। उसने कई सालों से उस समूह की गतिविधियों का अध्ययन किया था, उनके दैनिक, मौसमी और वार्षिक स्थानान्तरण पर नज़र रखी थी।

उनके बारे में बात करते समय पिया पूरी तरह से निष्पक्ष दिखना चाहती थी। यकीनन वह उन जानवरों को मानव रूप नहीं देना चाहती थी जिन्हें वह पढ़ और समझ रही थी फिर भी साफ ज़ाहिर था कि रानी के साथ उसका रिश्ता इतना गहरा और पक्का था कि इंसानों की भाषा में उसे दोस्ती कहना होगा। उनका रिश्ता एक पीढ़ी पुराना था क्योंकि पिया रानी की माँ को भी जानती थी: उस समूह में वह पहली डॉल्फिन थी जिसे पिया ने व्यक्तिगत तौर पर पहचानना सीखा था क्योंकि पूरे समूह में एक वही थी जिसका छोटा बच्चा था। लेकिन वह

बच्चा नहीं बच पाया; वह कुछ ही हफ्ते का था जब एक मोटरबोट से टकराकर उसकी मौत हो गई थी। उसकी मौत से पिया को गहरा सदमा पहुँचा था और अगले साल लौटने पर उसे तब बहुत ख़ुशी हुई, जब पता चला कि वह मादा डॉल्फिन एक बार फिर माँ बन गई थी।

जब उसे यह पता चला था, उस समय टीपू उसके साथ ही था। तब वह छोटा था और जब वह जंगल में जाती, अक्सर उसके साथ जाने की ज़िद करता था। और टीपू ही था जिसने उस बच्चे का नाम उसके अधिकृत नाम *आर.एन. वन* को छोटा करके रानी रखा था। एक साल बाद रानी एक दिन अचानक गायब हो गई। पिया ने उस समूह के पसन्दीदा रूट पर उसे पागलों की तरह ढूँढ़ा था और तब वह उसे अपने पोषण क्षेत्रों में से एक में नायलॉन के जाल में फँसी मिली थी।

पिया ने उसे तुरन्त छुड़ाया और उसके बाद से ही दूसरी डॉल्फिन्स की तुलना में वह पिया से कुछ ज़्यादा ही घुल मिल गई थी और ज़्यादा नज़रें मिलाने लगी थी—एक तरीका जिससे स्पष्ट था कि यह सिर्फ पहचानने से अधिक कुछ है (मेरे ज़ेहन में "आभार" शब्द गूँजा, शायद इसलिए क्योंकि पिया उसे इस्तेमाल करने से बचने की कोशिश कर रही थी)।

यह बात कई साल पुरानी थी और अब रानी उस समूह की सबसे बुज़ुर्ग सदस्य थी और एक सच्ची कुलमाता, जिसने क़रीब एक दर्जन बच्चे पाले थे। उस समूह के किसी भी अन्य सदस्य के मुकाबले रानी ने परिवार का प्रवसन अंकित करने में सबसे ज़्यादा मदद की थी।

शोध के शुरुआती सालों में यह पैटर्न नियमित और पूर्वानुमान के अनुसार थे। लेकिन फिर पैटर्न बदलने लगे और लगातार अनियमित होने लगे। पिया का मानना था की सुन्दरबन के पानी में बदलाव की वजह से ऐसा हुआ था। जैसे-जैसे समुद्र का पानी ऊपर चढ़ रहा था, ताज़े पानी का बहाव कम हो रहा था, खारा पानी नदी में मिलता जा रहा था और कई जगह डॉल्फिन्स के लिए पानी ज़्यादा ही खारा हो रहा था। डॉल्फिन्स पहले वाले जलमार्ग से बचने लगीं और धीरे-धीरे नदी में ऊपर की तरफ जाने लगीं जहाँ आबादी भी ज़्यादा थी और मछली भी अधिक पकड़ी जाती थीं। उसका नतीजा यह हुआ कि कुछ डॉल्फिन्स मछुआरों के जाल में फँस गईं और कुछ मोटरबोट और स्टीमर की चपेट में आ गईं। पिछले कुछ सालों में समूह के इतने सदस्य चले गये थे कि अब सिर्फ रानी और दो अन्य सदस्य बचे थे।

पिया को यकीन होता जा रहा था कि यह समूह बच नहीं पायेगा, तो उसने वो किया जिसे करने से वह अब तक बचती रही थी: उसने रानी में एक जीपीएस ट्रैकर लगा दिया जो उसे वास्तविक समय में रानी की जगह और हालत

का ब्यौरा देता था। और कुछ ख़ास परिस्थितियों में यह ट्रैकर उसके मोबाइल पर सूचना भी भेजने में सक्षम था।

'और कल यही हुआ,' पिया ने कहा। 'जब मैं कॉन्फ्रेंस में थी, तो मुझे सूचना मिली।'

'कैसी सूचना?'

पिया ने मुँह बनाया। 'इतना समझ लो कि यह सबसे बुरी सूचना थी; ऐसी जो सिर्फ तब मिलती है जब डॉल्फिन पानी में न हो।'

मुझे अचानक टीवी पर देखी समुद्र किनारे पड़ी व्हेल मछलियों की तस्वीरों का ख्याल हो आया।

तुम्हारा मतलब है रानी कहीं फँसी है या तट पर है?'

'पता नहीं। लेकिन सूचना तो कुछ वैसी ही थी।'

'और मैं ग़लत नहीं हूँ अगर कहूँ कि सूचना उस समय आयी जब टीपू ने रानी के बारे में बात करना शुरू किया?'

'वो तो इस बात पर निर्भर करता है कि आपने सही समय नोट किया या नहीं।' पिया ने कन्धे उचकाते हुए कहा।

'लेकिन अगर मेरा अन्दाज़ा तीस-चालीस मिनट भी इधर-उधर था,' मैंने कहा, 'तब भी तो हैरानी की बात है ना? आख़िरकार टीपू तो अपने होश में नहीं था—उसे कैसे पता चला होगा कि रानी कहाँ है?'

'इतनी जल्दबाज़ी नहीं करनी चाहिए हमें,' पिया ने कहा। 'अभी तो हमें पता भी नहीं कि रानी को वाक़ई कुछ हुआ है। वो तो अभी भी पता करना है। ये मशीनें ख़राब भी हो जाती हैं। मैं अपनी आँखों से देखे बिना किसी निष्कर्ष पर नहीं पहुँच सकती।'

'और वो तुम कैसे करने वाली हो?'

पिया खड़ी हुई और प्लेटें उठाने लगी। 'मेरे पास उस जगह के जीपीएस कॉर्डिनेट्स हैं जहाँ ट्रैकर रुका था। गरजोनटोला नाम का द्वीप है। जितनी जल्दी हो सके मैं वहाँ जाऊँगी। अगर टीपू ठीक हो तो शायद कल ही।'

मेरी खाली प्लेट उठाते हुए उसने मेरी तरफ देखा। 'आप आना चाहेंगे?'

'मेरे लिए जगह होगी?' मैं ज़्यादा उत्सुक नहीं दिखना चाहता था।

'मेरे ख्याल से होगी। मैं होरेन की एक तेज़ चलने वाली नाव किराये पर लेना चाह रही हूँ। उसमें दस यात्री जा सकते हैं। मेरे साथ तो दो स्थानीय सहायक जायेंगे। पर्याप्त जगह होनी चाहिए। आप आना चाहें तो ज़रूर आयें।'

'शुक्रिया,' मैंने कहा। 'मैं आना चाहूँगा।'

'बढ़िया। उम्मीद है हम जा पायेंगे।'

रात में मुझे अपनी उस उत्तेजना पर पछतावा हुआ जिसके चलते मैंने पिया का न्योता कुबूला। सुबह उठा तो मना रहा था कि यात्रा रद्द हो जाये। लेकिन जब हम नाश्ता कर रहे थे तो मोयना आ पहुँची। उसने बताया कि टीपू की हालत अब बहुत बेहतर है और अगले दिन उसे अस्पताल से छुट्टी मिल सकती है।

इससे हम दिन भर के लिए खाली हो गये थे, तो पिया ने जाने का निश्चय कर लिया। 10:00 बजे के आसपास दो मछुआरों के साथ, जिन्हें उसने अपने शोध में मदद करने के लिए प्रशिक्षित किया था, हम गरजोनटोला के लिए निकल लिए।

मैंने राहत की साँस ली जब देखा कि नाव पिछले दिन वाली से कहीं बेहतर थी; हालाँकि वो स्पीडबोट नहीं थी, फिर भी पहले वाले स्टीमर से काफी बेहतर और तेज़ थी।

'आप देख रहे हैं पानी के कितने रंग हैं?' अपने छोटे बालों के ऊपर रखी बेसबॉल कैप के नीचे से आँखें सिकोड़ते हुए पिया ने पूछा।

नदी की बौछार से आँखें मींचते हुए मैंने नीचे नदी पर नज़रें गढ़ाईं। पिया की उँगली के साथ नज़र घुमाई तो पाया कि अब तक जो एक मटमैला भूरा रंग लग रहा था वास्तव में कई रंगों का मिश्रण था। नदी के बहाव में कोई एकरूपता नहीं थी; पानी देखने के लिए जैसे ही मेरी आँखें अभ्यस्त हुईं तो मुझे वहाँ डबरा, भंवर, गुथी धाराएँ, विपरीत रंग की पट्टियाँ, और तरह-तरह की लहरें दिखाई पड़ीं।

पिया ने कहा कि यह सब इस बात का प्रमाण हैं कि एक नदी के बहाव के अन्दर कई सारी धाराएँ हैं। हर धारा दूसरी धारा से अपने ही तरीके से अलग थी। हर एक धारा अपने ख़ास सूक्ष्म पोषक तत्व लेकर बहती है। देखा जाये तो हर धारा पारिस्थिति के हिसाब से विशेष थी, धारा प्रवाह में हिलती हुई, जैसे हवा में उड़ता गुब्बारा। और इसका नतीजा था ज़िन्दगी का अलग रंग और रूप में आश्चर्यजनक प्रसरण।

'इनमें से हर एक नदी,' पिया ने कहा, 'एक चलता-फिरता जंगल है जिसमें कई प्रकार के अविश्वसनीय जीव-जन्तु रहते हैं।'

'कितना सुन्दर चित्रण,' मैंने कहा। 'एक जंगल जो कई हज़ार सालों से चल रहा है।'

'लेकिन नदी के बहने का मतलब है कि वह अपने साथ रास्ते में आने वाली हर चीज़ के अवशेष लेकर चलती है,' पिया ने कहा। 'और मुझे उसी चीज़ से डर लगता है।'

'क्यों?'

वह गाल खुजाने लगी मानो सोच रही हो कि मैं किस तरह की व्याख्या समझ पाऊँगा।

'क्या आपने *ओशियनिक डेड ज़ोन्ज़* (समुद्र में मृतप्राय क्षेत्र) के बारे में सुना है? नहीं? ये पानी में दूर तक फैली ऐसी जगहें होती हैं जहाँ ऑक्सीजन या प्राणवायु की मात्रा बहुत कम होती है—इतनी कम कि जलीय जीवन सम्भव नहीं होता। ऐसे क्षेत्र बहुत तेज़ी से बढ़ रहे हैं, और इसका मुख्य कारण है पानी में रासायनिक उर्वरकों के अवशेषों में वृद्धि। जब ये समुद्र में मिलते हैं तो शृंखलाबद्ध प्रभाव छोड़ते हैं जिससे पानी में ऑक्सीजन ख़त्म हो जाती है। इन परिस्थितियों में केवल कुछ विशेष जीव ही ज़िन्दा रह सकते हैं—बाक़ी सब मर जाते हैं, और इसीलिए इन क्षेत्रों को डेड ज़ोन्ज़ कहते हैं। अब ये क्षेत्र समुद्र में मीलों तक फैल गये हैं—कुछ तो मध्यम आकार के देशों के बराबर हैं।

'सच में?'

'हाँ। और अब यह केवल समुद्र के बीच में ही नहीं रह गये हैं,' पिया ने कहा। 'अब तो ये क्षेत्र नदियों में भी बन रहे हैं, ख़ासतौर पर जहाँ नदी समुद्र में मिलती है, जैसे मिसिसिपी और पर्ल नदी के मुहाने पर। लेकिन यह तो होगा ही क्योंकि नदियों से ही तो खेतों के अपशिष्ट पदार्थ समुद्र में पहुँचते हैं।'

'अच्छा अब समझा तुम क्या कह रही हो,' मैंने कहा। 'तुम्हारा कहने का अर्थ है कि यहाँ भी वही हो रहा होगा?'

'हाँ, कुछ वैसा ही,' पिया ने कहा। 'लेकिन यहाँ, मुझे नहीं लगता दोषी केवल खेतों का अपशिष्ट पदार्थ है। यहाँ, मेरे हिसाब से दोष किसी और का है।'

'और वो क्या है?'

उसने नदी की तरफ इशारा किया। 'मेरे हिसाब से दोष यहाँ कुछ साल पहले शुरू हुई एक रिफाइनरी का है—यहाँ से बहुत दूर नहीं है—हम कई साल से उसके खिलाफ लड़ते रहे—मतलब ट्रस्ट और पर्यावरण सम्बन्धी संगठनों का गठबंधन—हमारा मुकाबला बहुत ताक़तवर लोगों से है, एक विशाल सिंडिकेट, जिसने बॉर्डर के दोनों तरफ के नेताओं को ख़रीद रखा है। उन्होंने हमारे खिलाफ अभियान चलाया और हमें विदेशी एजेंट करार दिया, हमारी फंडिंग रुकवाने की कोशिश की, प्रदर्शनकारियों को गिरफ्तार करवा दिया, हमारे धरनों पर हमला करवाया, न केवल पुलिस से बल्कि गुंडों से भी हमले करवाये—हर तरह के हथकंडे अपनाये उन्होंने। और ऑनलाइन प्लेटफ़ॉर्म! आप विश्वास नहीं करेंगे कि मुझे सोशल मीडिया पर क्या-क्या झेलना पड़ता है: हत्या की धमकी, हेट मेल्स, हर वक़्त की ट्रोलिंग इत्यादि।'

'तुमको डर नहीं लगता?'

'सच कहूँ तो लगता है, लेकिन सुन्दरबन में ट्रस्ट की इतनी ख्याति है कि जब यहाँ होती हूँ तो सुरक्षित महसूस करती हूँ। और फिर किसी न किसी को

तो यह काम करना ही है—हम उन्हें सुन्दरबन में ज़हर घोलने की खुली छूट तो नहीं दे सकते ना।'

'और क्या कर रहे हैं वे लोग?'

'मैं बहुत ठीक से तो नहीं कह सकती क्योंकि उन्होंने अपना काम छुपाने में बहुत सावधानी बरती है। और वो इसलिए क्योंकि हम लोग कोर्ट से रिफाइनरी पर काफी कठोर नियम कायदे लगवाने में सफल रहे और उसके चलते उन्हें अपने अपशिष्ट पदार्थ को "सुरक्षित स्तर" पर रखने के लिए इन्तज़ाम करना पड़ा। लेकिन अब मुझे शक हो रहा है कि जब उन्हें लगता है कि कोई ध्यान नहीं दे रहा तो फिर से अपशिष्ट पदार्थ नदी में डाल रहे हैं। इस नदी में वो दिख रहा है जो पहले कभी नहीं दिखा—जैसे कि अत्यधिक *फिश किल्स*।'

'ये फिश किल्स क्या है?'

'जब हज़ारों मछलियाँ मरकर पानी पर तैरती या फिर तटों पर मरी मिलें। दुनिया में जितना ज़्यादा रसायन नदियों में जा रहा है, फिश किल्स भी बढ़ता जा रहा है। लेकिन मुझे पूरा यकीन है कि यह रिफाइनरी ही कसूरवार है।'

'इससे तुम्हारी डॉल्फिन्स पर असर पड़ा है?'

'मुझे लगता है कि पड़ा है,' पिया ने कहा। 'मेरा अन्दाज़ा है कि इसीलिए रानी और उसके समूह ने अपना पुराना इलाका छोड़ दिया है। मुझे यकीन है कि इस वजह से वे काफी तनाव में हैं—मतलब अगर आपको भी अपनी जानी-पहचानी जगह छोड़नी पड़े और नए सिरे से शुरू करना पड़े तो तनाव तो होगा ना?'

उसने गहरी साँस ली; उसकी नज़रें कहीं दूर टिकी थीं। 'और रानी के लिए सबसे ज़्यादा मुश्किल होगा, क्योंकि उसे अहसास होगा कि समूह के जवान डॉल्फिन उसके भरोसे हैं। एक तरफ सब ठीक था, अपने वातावरण से पूरी तरह वाकिफ और अनुकूलित—और फिर सब बदलने लगा; इतने सालों का अभ्यास बेकार हो गया; जिन जगहों को आप बेहतर जानते हैं, अब आपके लिए भोजन नहीं दे सकतीं, आपको सुरक्षा नहीं दे सकतीं और आपको ज़िन्दा रहने के लिए, खाने के लिए नयी जगहें ढूँढ़नी होंगी। रानी को लगा होगा कि हर वो चीज़ जिससे वह वाकिफ थी—पानी, पानी का बहाव, और धरती भी—सब उसके खिलाफ हो गये हैं।'

उसके शब्द सुने-सुनाये लग रहे थे। 'कितनी अजीब बात है कि तुम जो कह रही हो, वही मोयना भी कह रही थी, सुन्दरबन से जाने वाले लोगों के बारे में बात करते हुए।'

पिया ने सिर हिलाया। 'आपको यह शब्द यहाँ अक्सर सुनाई पड़ेंगे। अब हम एक नयी दुनिया में हैं। किसी को नहीं पता कि उसकी जगह कहाँ है—न इंसान, न जानवर।'

आधे घंटे बाद पिया ने मेरा कन्धा थपथपाया और आगे की तरफ इशारा किया। 'वो रहा—गरजोनटोला।'

मुझे तो वह द्वीप मैन्ग्रोव जंगल के बाक़ी हिस्सों से अलग नहीं लगा। मिट्टी के ढेर पर बैठा एक हरा धब्बा। लेकिन जल्द ही साफ हो गया कि वहाँ कुछ असामान्य घटा था। द्वीप के ऊपर पक्षी मंडरा रहे थे, काफी चौड़े घेरे में।

पिया ने दूरबीन से द्वीप को ध्यान से देखा।

कुछ देर बाद मैंने पूछा, 'क्या दिख रहा है?'

उसने मुझे दूरबीन पकड़ाई। 'लीजिये। देखिये।'

मुझे कुछ ख़ास नज़र नहीं आया—तेज़ चलती नाव में फोकस करना मुश्किल था—लेकिन फिर भी मुझे कीचड़ में स्लेटी रंग की कुछ लम्बी आकृतियाँ दिख रही थीं।

'वो तुम्हारी डॉल्फिन्स हैं?'

'पास से देखकर ही कह सकूँगी।'

नाव तट से कुछ सौ गज़ दूर रुक गई। और कुछ ही पलों बाद वहाँ भयंकर बदबू का झोंका आया; इतना भयंकर कि मैंने नाक पर हाथ रख लिया।

पिया हल्का-सा मुस्कराई। 'मेरे ख्याल से आप यही रुकें। वहाँ और ज़्यादा बदबू होगी।'

मैंने बहस नहीं की; मैं नाव पर ही रहा और पिया और उसके सहयोगी रबड़ की छोटी नाव में किनारे पर गये।

वह एक घंटे बाद लौटे। उनके शरीर से बदबू आ रही थी। टोपी और चश्मे के नीचे पिया के चेहरे के भाव पता नहीं चल रहे थे। मेरी तरफ एक बार भी देखे बिना वह अपना सामान और इकट्ठा किये सैंपल संभालने लगी। जब नाव वापस जाने के लिए मुड़ी तो वह आगे के हिस्से में जाकर बैठ गई और कैमरे में वहाँ खींची हुई फोटो देखने लगी। साफ था कि वह बात नहीं करना चाहती थी।

वापसी में हम आधा रास्ता पार कर चुके थे जब वह पीछे के हिस्से में मेरे पास आकर बैठी।

'वही थे,' उसने गम्भीर स्वर में कहा। 'रानी और उसका समूह। सब एक साथ रास्ता भटककर तट पर बह गये थे। मैंने पहले कभी ऐसा कुछ नहीं देखा।'

'तुम्हें लगता है कि वे किसी चीज़ से बच रहे थे?'

'लगता तो यही है। मुझे नहीं लगता कि मरने के बाद तट पर बह कर आये। अगर वह पानी में मरे होते तो एक-दूसरे के आसपास नहीं लेटे होते, सबके सिर एक ही दिशा में थे।'

'हो सकता है किसी हिंसक जानवर ने हमला किया हो?'

'मुझे चोट के निशान तो नज़र नहीं आये,' उसने कहा। 'हाँ, लेकिन अब तक पक्षी और केकड़े इतना फाड़ चुके थे कि कहना मुश्किल है। लेकिन मुझे नहीं लगता कि हिंसक जानवर ऐसा कर सकता हो—शार्क या मगरमच्छ उन पर ऐसे छुपकर हमला नहीं कर सकते। *ऑरकेला* डॉल्फिन को शार्क और मगरमच्छ से निपटने की आदत होती है: अपने सोनार से उनकी उपस्थिति जान लेती हैं। और वैसे भी मगरमच्छ एक साथ तीनों पर हमला नहीं करता।'

'तुम्हें लगता है कि जिन डेड ज़ोन्ज़ की बात तुम कर रही थीं, उसका इससे कुछ लेना-देना है?'

पिया ने अपना सिर हिलाया। 'नहीं, मुझे नहीं लगता कि डेड ज़ोन्ज़ से डरकर उन्होंने *बीचिंग*—एक साथ तट पर आने की प्रक्रिया—का फैसला किया होगा।'

'तो तुम्हें क्या लगता है, क्या हुआ होगा?'

वह सोच में पड़ गई। 'पता है व्हेल और डॉल्फिन की बीचिंग, ये कोई असामान्य बात नहीं है। बल्कि अब तो ये अक्सर हो रहा है और बढ़ता ही जा रहा है। कहते हैं कि इसका कारण है आदमी द्वारा निर्मित ध्वनि—पनडुब्बी और सोनार जैसे उपकरणों से निकलने वाली ध्वनि। जैसा कि आप जानते हैं कि समुद्री स्तनजीवी आने-जाने के लिए प्रतिध्वनि निर्धारण का इस्तेमाल करते हैं, अगर ऐसे में कोई ध्वनि उनके रास्ते में आती है तो वह भटक सकते हैं और रास्ता भटककर तट पर पहुँच सकते हैं। लेकिन यहाँ ऐसा कुछ नहीं हुआ होगा—आसपास कोई भी ऐसी क्षमता वाली नाव या जहाज़ नहीं है।'

'तो फिर क्या हो सकता है?'

उसने निराशा से इशारा किया। 'पता नहीं—मुझे नहीं लगता कि हमें कभी पता चलेगा। लेकिन, साफ है कि वे किसी चीज़ से ज़रूर डर गई थीं। मुझे कोई अन्दाज़ा नहीं कि वह क्या था। समुद्री स्तनजीवियों के बर्ताव के इतने आयाम हैं कि हम नहीं जानते, ख़ासतौर से बीचिंग को लेकर।'

पिया अपने पैरों को अपने हाथों में समेटकर बैठ गई और घुटनों पर ठोड़ी रखकर गहरी सोच में डूब गई। जब वह दोबारा बोली, तो उसकी आवाज़ नर्म थी। 'बीचिंग की कुछ कहानियाँ तो इतनी अजीब हैं की जादू-टोना लगती हैं।'

'मतलब?'

'मतलब, ऐसी कहानियाँ हैं,' पिया ने कहा। 'प्रशान्त महासागर के दक्षिणी द्वीपों की जहाँ ओझाओं का दावा था कि वे डॉल्फिन्स को बुला सकते हैं। वे समुद्र किनारे कुछ करते हैं और डॉल्फिन आ जाती हैं। यह तो महज़ संयोग भी हो सकता है, लेकिन वे श्रेय लेने से नहीं चूकते थे।'

'या फिर उन्हें पूर्वाभास हो जाता हो?' मैंने कहा। 'जैसे कल टीपू को हुआ था?'

मुँह से शब्द निकलते ही मुझे उनपर अफ़सोस हुआ। पिया ने मुझे उपेक्षा भरी नज़रों से देखा। 'आपको लगता है कि कल टीपू को पूर्वाभास हुआ था?'

'वह तुम्हें चेतावनी देना चाहता था ना? और वो भी उसी समय, जब तुम्हें सूचना मिली थी?'

'लेकिन आपको सही समय नहीं पता, है ना?' उसकी आवाज़ में गुस्सा था। 'और टीपू को पुराना कुछ याद आया होगा। उससे ज़्यादा कुछ नहीं है।'

'लेकिन तब भी,' मैं डटा रहा, 'अगर संयोग भी है, तो तुम्हें नहीं लगता कि ये दिलचस्प संयोग है?'

'कुछ ख़ास नहीं,' उसने टालते हुए कहा। एक पल के लिए उसने सोचा और आगे कहा, 'शायद आपमें और मुझमें यही फर्क है। मैं एक जीवविज्ञानी हूँ जो आंकड़ों को समझने की कोशिश कर रही हूँ। और आप...अरे, मुझे तो ये भी नहीं पता कि आप करते क्या हैं।'

'मैं पुरातात्त्विक किताबों का व्यापारी हूँ।'

वह उपेक्षापूर्वक हँसी। 'हम दोनों तो दो अलग-अलग ग्रहों से हैं।'

इस बातचीत के बाद पिया का रवैया बदल गया। उसका लहजा अब कम दोस्ताना लग रहा था; मुझे लगा कि पूर्वाभास के ज़िक्र से वह नाराज़ हो गई थी और उसे मेरी उपस्थिति खटकने लगी थी।

लुसिबाड़ी पहुँचने से थोड़ा पहले मैंने घड़ी देखी तो पाया कि मैं अभी भी फ्लाइट पकड़ सकता था, अगर मैं तुरन्त कोलकाता के लिए निकल लूँ। पिया का ऐसा मूड देखकर मेरे पास रुकने का कोई कारण भी नहीं था। मैंने पूछा क्या शहर जाने के लिए इन्तज़ाम हो सकता है, तो उसने सिर हिलाकर हामी भर दी।

फोन निकालकर उसने कुछ लोगों से बात की। 'हो गया। आप जब चाहें जा सकते हैं,' उसने कहा।

नाव रुकी और मैं सीधे गेस्ट हाउस गया और अपना सामान बाँधा। पिया मुझे लुसिबाड़ी के घाट तक छोड़ने आयी और वहाँ मुझे बसन्ती ले जाने के लिए नाव इन्तज़ार कर रही थी।

'सुनो,' मैंने कहा। 'मुझे खेद है कि मैं जाने से पहले टीपू से नहीं मिल सका।'

'कोई बात नहीं,' उसने रुखाई से कहा। साफ था कि मुझे जाता देख उसे राहत महसूस हो रही थी। 'वह बुरा नहीं मानेगा।'

'लेकिन मैं जानना चाहूँगा कि वह क्या कहता है।'

'किस बारे में?'

'रानी के बारे में और उसे कैसे पता चला कि वह ख़तरे में है?'

'ओह, वो!' उसने बेमन से कहा। 'मैं आपकी जगह होती तो इस बात को पकड़कर नहीं बैठती। भूल जाइये इस बात को। टीपू सब कुछ भूल चुका होगा। बेहोशी में कही गई बातें लोगों को याद नहीं रहतीं।'

हम लोग घाट पर खड़े थे और उससे हाथ मिलाते हुए मैंने पूछा, 'तुम न्यूयॉर्क से गुज़रती हो?'

वह चौंक गई। 'क्यों?'

'मैं वहाँ रहता हूँ। और मैंने सोचा कि कभी उधर आओ...'

मैं बात ख़त्म करता उससे पहले ही उसने सिर हिलाकर मना करना शुरू कर दिया। 'मैं माफ़ी चाहती हूँ।' उसका स्वर मेरी किसी भी तरह की उम्मीद ख़त्म करने के लिए काफी था। 'मैं ओरेगॉन और यहाँ, दो जगह रहती हूँ। सिर्फ यही दो जगह। और मुझे नहीं लगता कि यह बदलने वाला है। जहाँ तक न्यूयॉर्क का सवाल है, मुझे तो याद भी नहीं कि मैं आख़री बार वहाँ कब गई थी—शायद दस साल पहले। और सच कहूँ तो मुझे कुछ ख़ास पसन्द भी नहीं।'

मैंने कोई जवाब नहीं दिया। 'ख़ैर, तुम मुझे टीपू की खैरियत की ईमेल तो लिख ही सकती हो?'

'निश्चित रूप से। अपना ईमेल मैसेज कर दीजियेगा,' उसने कहा।

'हाँ, कर दूँगा,' मैंने कहा। 'टेक केयर।'

'टेक केयर।'

शहर वापस लौटते समय मुझे लग रहा था मानो किसी लम्बे सपने से जागा हूँ। मुझे तो याद भी नहीं कि मैं इस बेतुके दौरे के चक्कर में क्यों पड़ा था और वहाँ जाने के लिए ख़ुद को कोस रहा था। एक बार फिर मेरी थेरेपिस्ट सही साबित हुई थी; मैंने रोमांस की उम्मीद को अपने विवेक पर हावी होने दिया था।

उस रात को डम डम एयरपोर्ट देखकर मुझे जो ख़ुशी हुई थी, शायद पहले किसी एयरपोर्ट को देखकर नहीं हुई थी, मानो मेरे भाग निकलने का रास्ता जादू से प्रकट हो गया हो। हर बार की तरह इस बार चेक इन और इमीग्रेशन और सुरक्षा जाँच की प्रक्रिया खली नहीं। यह सब तो रस्म की तरह लग रहे थे, विवेक की वापसी के रास्ते पर।

मैं डिपार्चर लाउन्ज में था जब फोन पर ईमेल आया। वह पिया का था।

'टीपू की तरफ से, हैलो। वह ठीक है—बिस्तर पर बैठकर रफ़ी से बातें कर रहा है। उसका कहना है कि डंसे जाने के बाद का उसे कुछ याद नहीं—

जैसा मैंने सोचा था। उसने आपको बाय कहने को कहा। वैसे क्या वह आपको वाक़ई पॉप्स बुलाता है?' इसके आगे समझ से परे ईमोजीज़ की लड़ी थी।

क़िस्मत से मेरे ईमेल पर ऑटोमेटिक जवाब अभी भी लगा हुआ था, मैंने जवाब देने की ज़रूरत नहीं समझी। इस समय मैं उस अजीब घटना के बारे में पल भर के लिए भी नहीं सोचना चाहता था। मैं सिर्फ उसे भुला देना चाहता था।

मैं प्लेन में बहुत कृतज्ञता से घुसा। मानो मैं धातु की अभेद्य, मनुष्य-निर्मित, मशीनी कोख में प्रवेश कर रहा था, जहाँ सारे इन्तज़ाम मुझे कीचड़ और लिजलिजाते, रेंगते जन्तुओं से बचाने के लिए किये गये थे।

भोर होने को थी जब हवाई जहाज़ ने उड़ान भरी। हवाई जहाज़ सुन्दरबन के ऊपर से उड़ा। खिड़की की सीट पर बैठे मैं नीचे नदियों के जाल और घने पेड़-पौधों से ढंके ऊबड़-खाबड़ भूगोल को देख रहा था। इस दृश्य से मेरे शरीर में कंपकंपी दौड़ गई, क्योंकि अब तो कल्पना से भी परे था कि मैं अपनी मर्ज़ी से कीचड़ और मैन्ग्रोव के उस जंगली दलदल में गया था।

क्या सोचा था मैंने? मैं पागल हो गया था क्या?

ब्रुकलिन

मैं अपने अनुभव से सीख चुका था कि कलकत्ता और ब्रुकलिन के बीच सफर करने का मतलब था दो अलग मनोस्थितियों के बीच यात्रा करना, और दोनों का ही यादों का अपना भंडार था। यह अदला-बदली मेरे लिए अब तक इतनी आसानी से हुई थी कि मैं यह मान बैठा था कि एक बार मैं अपने ब्रुकलिन के अपार्टमेंट में रहने लगूँगा, तो बन्दूक़ी सौदागर के मन्दिर की यात्रा की यादें फीकी पड़ जायेंगीं।

लेकिन यह भ्रम जल्द ही टूट गया। लौटने के कई हफ्ते बाद तक मेरे लिए काम में ध्यान लगाना मुश्किल हो रहा था। अपनी मेज़ पर बैठा होता तो अक्सर उस दिन की यादें धावा बोल देतीं; और उससे भी बदतर था कि अक्सर सपने मेरी रातों की नींद ख़राब करते। मैं पसीने से भीगा और पेट में अजीब-सी जलन लिए उठता (मेरे डॉक्टर का कहना था, एसिडिटी)।

ऐसा लग रहा था मानो कोई जीव मेरे शरीर में प्रवेश कर गया हो, ऐसा प्राचीन जीव जो लम्बे समय से कीचड़ में निष्क्रिय पड़ा रहा हो। मुझे ये कीटाणु या रोगाणु या फिर विषाणु की तरह ही लग रहा था, हालाँकि मैं जानता था कि वह इनमें से कुछ नहीं था: यह सिर्फ स्मृतियाँ थीं, लेकिन यह सिर्फ मेरी नहीं थीं; ये मुझसे बहुत पुरानी थीं, समय का कोई डूबा हुआ पहलू जो जीवन्त हो उठा था, जब मैंने धाम में क़दम रखा—कुछ भयानक, ज़हरीला और अत्यन्त शक्तिशाली; कुछ ऐसा जो मुझे उससे पीछा नहीं छुड़ाने देगा।

मैं घंटों मेज़ पर बैठा रहता, लेकिन काम कुछ नहीं कर पाता। मुझे जल्द से जल्द साल भर का अपना कार्यक्रम तैयार करना था, लेकिन मैं घंटों एक

शब्द भी नहीं लिख पाता। ख़ामोशी मिटाने के लिए मैं संगीत सुनता, कभी हिन्दुस्तानी शास्त्रीय संगीत के राग और कभी सूफी कव्वालियाँ। इनको सुनते हुए मैं भावशून्य हो जाता और कई घंटे ऐसे ही बीत जाते। मेरा छोटा-सा ब्लूटूथ स्पीकर मेरा साथी बन गया और एक कमरे से दूसरे कमरे में भटकते हुए हमेशा मेरे साथ बना रहता।

दो महीने बर्बाद करने के बाद मैं डॉक्टर के पास गया और एन्टी-डिप्रेसेन्ट दवाइयाँ ले आया। लेकिन इनसे भी कोई फायदा नहीं हुआ। और तो और मैं और भी बिखरा हुआ महसूस करने लगा; इन दवाइयों से तो सिर्फ वही ताक़त मज़बूत हो रही थी जिसने मुझ पर कब्ज़ा जमा रखा था।

एक दिन मैं कंप्यूटर के आगे बैठा स्क्रीन को ताक रहा था कि पॉपअप विंडो खुली। उसमें शब्द थे: "भूत" का मतलब "प्रेत" होता है या कुछ और?

मैं इस अजीब मैसेज से घबरा गया और मैंने बाथरूम में जाकर मुँह धोया। जब मैं लौटा तो विंडो खुली हुई ही थी। लेकिन इस बार मैंने छोटे अक्षरों में लिखी पंक्ति को देखा 'bonduki@bonduki.com आपके साथ बात करना चाहते हैं।

मैं बैठा और मैंने टाइप किया, 'क्या ये तुम हो, टीपू?'

कुछ ही सैकंड में जवाब आ गया। 'हाँ, मैं ही हूँ। अब जवाब दीजिये।'

'तुम मुझसे यह क्यों पूछ रहे हो? नेट पर क्यों नहीं देखते?' मैंने लिखा।

'मैंने देखा। और अब मैं आपसे पूछ रहा हूँ। "भूत" का ठीक मतलब क्या होता है?'

मैंने थोड़ी देर सिर खुजाया और फिर शब्दकोश उठाकर लाया।

'देखो, मैं कोई विशेषज्ञ नहीं हूँ,' मैंने लिखा। 'मैं तुम्हें इतना ही बता सकता हूँ कि बांग्ला का शब्द "भूत" संस्कृत के मूल शब्द "भू" से बनता है जिसका मतलब होता है "होना" या "प्रकट होना"। इस हिसाब से "भूत" का मतलब होता है "प्राणी" या "उपस्थिति"।'

बहुत देर तक कोई जवाब नहीं आया।

'तो फिर क्या आप और मैं भूत हैं?'

'हाँ, कह सकते हो।'

'और जानवर? साँप? डॉल्फिन?'

'चूँकि उनका अस्तित्व है और वो जीव हैं इसलिए, हाँ, जानवर भी भूत हैं।'

'तो फिर लोग "प्रेत" को "भूत" क्यों कहते हैं?'

'क्योंकि "भूत" अतीत को भी कहते हैं, "बीती हुई उपस्थिति"। जैसे कि "भूत काल" या "गुज़रा हुआ समय"।'

फिर एक लम्बी चुप्पी।

'लेकिन अगर "होने" और "हुआ था" के लिए एक ही शब्द हो, तो इसका मतलब यह नहीं हुआ कि अतीत, अतीत नहीं था? गुज़रा हुआ समय वर्तमान में मौजूद था?'

'एक तरीके से यह सही है।'

'लेकिन यह तो असम्भव है ना? अतीत कैसे मौजूद हो सकता है वर्तमान में?'

'वैसे ही जैसे अंग्रेज़ी में कह सकते हैं कि "द प्रेज़ेंट इज़ हॉन्टेड बाय द पास्ट" शायद इसलिए "भूत" का मतलब "प्रेत" हो गया।'

इस बार उसका जवाब तुरन्त आया। 'तो आप कहना चाहते हैं कि प्रेतात्माएँ होती हैं?'

'नहीं!'

मैं ज़ोर से चीखा। मैंने इतनी ज़ोर से कीबोर्ड पर हाथ मारा कि नाखून टूट गया। लेकिन मैं रुका नहीं, मैंने आगे टाइप किया, 'मैं ऐसा बिल्कुल नहीं कह रहा। मैं सिर्फ तुम्हें एक शब्द का मतलब बता रहा हूँ।'

टीपू का जवाब कुछ मिनटों बाद आया, 'ओके, समझ गया।' इसके साथ "थमब्स-अप" ईमोजी आया और फिर विंडो बन्द हो गई।

मैंने लैपटॉप ज़ोर से बन्द किया और उसे घूरता रहा, काँपते हुए, इस डर से कि वो अपने आप खुल जायेगा। ऐसा लग रहा था मानो मेरी सुरक्षित मानव-रचित दुनिया का सबसे निर्जीव उपकरण अचानक एक रास्ता बन गया है, उस आदिकालीन मिट्टी का जो मुझे अपने भंवर में खींच सकती है।

मेरे लिए अब समय का कोई मतलब नहीं था। दिन बीत रहे थे और मुझे अहसास तक नहीं था।

और फिर एक दिन एक और पॉप-अप विंडो मेरी स्क्रीन पर खुली।

'ये *शमन* क्या होता है?'

मैं घबरा गया। 'टीपू, तुम मुझसे ऐसी चीज़ें क्यों पूछते रहते हो? अपने आप नेट पर क्यों नहीं देख लेते?' मैंने लिखा।

'देखा था। मैंने एक साइट पर पढ़ा कि शमन जानवरों से संवाद स्थापित कर सकते हैं। और साथ ही पेड़ों, पहाड़ों, और बर्फ जैसी चीज़ों के साथ भी।'

'तो तुम्हें तुम्हारा जवाब मिल गया।'

'तो आपके हिसाब से यह सच है? कि ये जानवरों से संवाद स्थापित कर सकते हैं? और पहाड़ों और पेड़ों से भी?'

मैंने अपनी कुर्सी पीछे की और इस बारे में संजीदगी से सोचने लगा।

मैं काफी देर ऐसे ही रहा होऊँगा क्योंकि फिर स्क्रीन चमक उठी। 'पॉप्स! आप वहाँ हैं?'

मैं चौंककर अपनी समाधि से निकला और मैंने लिखा, 'मैं तुम्हारे सवाल के बारे में सोच रहा था। मेरे ख्याल से इसका जवाब इस बात पर निर्भर है कि तुम "संवाद" किसे कहते हो। उदाहरण के तौर पर, अगर कोई कुत्ता मुझ पर भौंकता है तो मुझे मालूम है कि मुझसे कुछ कहना चाह रहा है। शायद मुझसे गुस्सा है और नहीं चाहता कि मैं और क़रीब आऊँ। जो भी है, है तो एक तरह का संवाद ही, है ना?'

'हाँ, शायद। लेकिन आप जानते हैं कि मैं क्या कह रहा हूँ। क्या वे और जटिल संवाद स्थापित कर सकते हैं?'

मैंने इस बारे में थोड़ा सोचा। 'देखो, अगर मेरे जैसा व्यक्ति, जिसे जानवरों के बारे में कुछ नहीं पता यह समझ सकता है कि कुत्ता यदि भौंकता है तो वह क्या कहना चाह रहा है, तो फिर मेरे ख्याल से जो लोग जानवरों के साथ काम करते हैं, जैसे किसान, या कुत्ते टहलाने वाले, या घोड़े के ट्रेनर, वे तो और भी बहुत कुछ समझते होंगे।'

एक मिनट बीत गया और मैंने पाया कि उसके जवाब के इन्तज़ार में मैं कुर्सी के किनारे पर बैठा था।

'होरेन का कहना है कि मेरे पिता जानवरों की बातें समझते थे। और केवल जानवर ही नहीं।'

'और क्या?'

'उसके हिसाब से वो उन चीज़ों को देख और महसूस कर सकते थे जो दूसरों को न दिखती थीं और न ही महसूस होती थीं।'

'जैसे?'

'अरे, आपको पता है,' उसकी टाइप करने की गति अचानक बहुत कम हो गई थी।

'जैसे हमने पहले बात की थी? उन्हें आपने क्या कहा था? प्राणी?'

'मेरी मानो तो होरेन की बात को इतनी गम्भीरता से मत लो,' मैंने लिखा। 'तुम्हारी माँ का क्या कहना है इस बारे में?'

टीपू ने मेरे सवाल का जवाब नहीं दिया। जब उसने दोबारा टाइप किया तो मेरे सामने जो शब्द आये वो थे: 'रफ़ी के दादा बाउले थे। आपको पता है वो कौन होते हैं?'

मैंने जल्दी से शब्दकोश देखा। 'बाउले, एक ऐसा आदमी जो लोगों को जंगल में ले जाता है, है ना? सुन्दरबन में?'

'हाँ। वो यह कर सकते हैं क्योंकि उनका कुछ जानवरों के साथ ख़ास रिश्ता होता है। रफ़ी कहता है कि उसके दादा ऐसे ही थे। तो क्या फिर वो शमन हुए?'

मुझे लगा मैं डूब रहा हूँ। यह सब मेरे दायरे के बाहर था।

'पता है तुम्हें यह सवाल किससे पूछना चाहिये?' मैंने लिखा। 'पिया से। वह जानवरों के साथ काम करती है।'

थोड़ी देर की चुप्पी। 'आपको लगता है कि पिया जानवरों के साथ बात करती है?'

'उसने इशारों में कहा था कि एक डॉल्फिन में उसने कृतज्ञता के भाव देखे थे। वो भी तो एक तरह से बात करना हुआ ना? हाँ, वह इस बात को कभी मानेगी नहीं।'

'क्यों नहीं मानेगी?'

'क्योंकि वैज्ञानिकों को ऐसी बातें कहने की अनुमति नहीं होती।'

मेरी स्क्रीन पर हँसी वाले इमोजी की लड़ी लग गई। और फिर 'सी या लेटर।'

अगले दिन मुझे अहसास हुआ कि अब मेरे पास पिया को ईमेल लिखने का उचित कारण था।

'हाय, पिया,' मैंने लिखा। 'कैसी हो? क्या अमेरिका में हो? मैं जानना चाह रहा था कि टीपू कैसा है। क्या हम किसी समय बात कर सकते हैं? तुम्हारा। दीन।'

कुछ घंटों बाद उसका जवाब आया। 'हाय, दीन। मैं ओरेगॉन में हूँ। कभी भी फोन कर लें। ये रहा मेरा नंबर।'

मैंने थोड़ी देर इन्तज़ार किया ताकि बहुत उतावला न लगूँ।

'हाय, पिया।'

'हाय, दीन।'

मैंने ख़ुद को तैयार किया हुआ था कि वह मुझे जल्दी से निपटा देगी, लेकिन वह तो बातचीत ख़त्म करने की जल्दी में नहीं लगी। टीपू की बात छेड़ने से पहले हमने इधर-उधर की बातें कीं। 'तो कैसा है टीपू?'

'सच कहूँ तो,' उसने कहा। 'बहुत अच्छा नहीं है। अजीब बात है—ऐसा लगा था कि एकदम ठीक हो गया है, लेकिन फिर बीमार हो गया। वह बेहोश होने लगा और उसे माइग्रेन भी होने लगा। हमने बहुत कोशिश की कि वह डॉक्टर

को दिखा ले, लेकिन वह माना नहीं। बस रफ़ी के साथ रहने से ही वह अच्छा रहता है।'

'अच्छा! तो दोनों अच्छे दोस्त हो गये हैं फिर तो?'

'लगता तो है।'

'दिलचस्प है,' मैंने कहा। 'दोनों इतने अलग हैं। हो सकता है उस घटना के चलते क़रीब आ गये हों। ख़ैर, अच्छा है कि उनमें दोस्ती हो गई।'

थोड़ी देर तक खामोशी छाई रही।

जब पिया दोबारा बोली तो ऐसा लगा जैसे कोई राज़ बता रही हो। 'पता है दीन, मुझे लगता है कि दोनों दोस्त से ज़्यादा हैं।'

'ओह?'

'हाँ। मैंने पहले भी कई बार टीपू की सेक्सुएलिटी के बारे में सोचा है। उसने तो मुझसे कभी कुछ नहीं कहा है लेकिन मुझे लगता है कि हो सकता है उसका रफ़ी के साथ कोई ख़ास रिश्ता हो। दोनों काफी ज़्यादा समय बिताते हैं साथ में।'

'उसने एक मैसेज में रफ़ी का ज़िक्र तो किया था।'

'क्या?' उसकी आवाज़ में आश्चर्य था। 'तो टीपू आपके सम्पर्क में है?'

'हाँ। वो काफी अजीब से सवाल भेजता है मुझे। "भूत क्या होता है?" "शमन क्या होता है?"'

वह ज़ोर से हँस दी। 'ऐसा ही है, टीपू। उसे मज़ाक करना अच्छा लगता है और छेड़ने का तरीका ढूँढ़ लेता है।'

'तो तुम्हें लगता है कि वो मज़ाक कर रहा है?'

'लगता तो ऐसा ही है। ख़ैर, परेशान होने की बात नहीं।'

'तब ठीक है,' मैंने कहा। 'और तुम, तुम्हारा क्या चल रहा है? क्या सुन्दरबन जाने का कोई इरादा है?'

'नहीं, कुछ महीने तो नहीं।' उसने गहरी साँस ली। 'जाने से डर लग रहा है। वहाँ की ख़बर अच्छी नहीं है। और मरी मछलियों के समूह तट पर पाये जाने की ख़बरें हैं। और मेरे एक सहायक को तो एक बड़ा केकड़ा भी मरा हुआ मिला—कई सारे केकड़े कीचड़ में मरे हुए मिले। और यह ख़बर तो सबसे बुरी है क्योंकि केकड़े सुन्दरबन में मुख्य प्रजाति हैं।'

'तुम्हें क्या लगता है, इसके लिए रिफाइनरी ही ज़िम्मेदार है?'

'मेरा शक तो यही है, लेकिन कोई सुबूत नहीं है। और इस बीच परेशान करने वाले सब तरीके कायम हैं—हेट मेल वगैरह—बद से बदतर ही हो रहा है।'

'फिर तो ओरेगॉन आकर कुछ राहत महसूस हो रही होगी?'

'है तो सही,' उसने कहा। 'हालाँकि, यहाँ भी स्थिति बहुत बेहतर नहीं है। असल में, मैं तो घर पर भी नहीं हूँ। मैं पहाड़ों में हूँ, अपनी कॉलेज की दोस्त लीसा के साथ। वह बुरे दौर से गुज़र रही है...लम्बी कहानी है।'

'बताओ।'

'ओके। लीसा कीटविज्ञानी है और यहाँ पहाड़ों में एक कम्यूनिटी कॉलेज में पढ़ाती है। कुछ सालों पहले उसने *बार्क बीटल्स*—वल्क भृंग—पर एक प्रोजेक्ट शुरू किया था—ये कीड़े पेड़ों को अन्दर से खा जाते हैं और जब मौसम शुष्क होता है तो यह खोखले सूखे पेड़ आग जलाने वाली लकड़ी की तरह हो जाते हैं, जलने के लिए तैयार। पहाड़ों में बढ़ती गर्मी के साथ, बार्क बीटल्स फैलने लगे हैं और लीसा ने पाया कि अब वह उसके शहर के पास के जंगल में धावा बोल चुके हैं। वह नगर पालिका को आगाह करने गई कि कुछ करें। लेकिन किसी ने उस पर ध्यान नहीं दिया, न मेयर ने और ना ही किसी और ने, ख़ासकर उनमें से किसी ने नहीं जिन्हें सबसे ज़्यादा ख़तरा था। उनको लगा कि वो बाहर से आयी कोई महत्वाकांक्षी महिला है जो पहाड़ों के बारे में कुछ नहीं जानती और किसी तरह नाम कमाना चाहती है। ख़ैर, इस साल सूखा पड़ा और कुछ हफ्ते पहले जंगल में आग लग गई, बिल्कुल वैसे ही जैसे लीसा ने चेतावनी दी थी। राज्य को आपातकाल घोषित करना पड़ा और हेलीकॉप्टर वगैरह भेजने पड़े। दो लोगों की मृत्यु हो गई और दर्जनों घर जलकर ख़ाक हो गये।'

पिया साँस लेने के लिए रुकी।

'कोई भी सोचेगा कि इसके बाद उन लोगों ने चेतावनी देने के लिए लीसा का शुक्रिया अदा किया होगा, उसे किसी हीरो की तरह देखना शुरू कर दिया होगा। लेकिन नहीं, उन्होंने तो उल्टा *उसे* ही दोषी करार दे दिया! अफवाह फैल गई कि आग उसी ने लगाई थी क्योंकि वह अपनी रिसर्च के लिए और पैसा चाहती थी। जल्द ही यह बात सोशल मीडिया पर फैल गई। यहाँ तक कि पुलिस ने भी उससे पूछताछ की। फिर उसे धमकियाँ मिलने लगीं—जान से मारने की धमकी तक मिली। किसी ने उसके आँगन में गोली चलाई; उसके आँगन में एक पेड़ को आग भी लगा दी गई। शुक्र है कोई ख़ास नुक़सान नहीं हुआ पर वह बहुत डर गई है, तो मैं कुछ दिन के लिए उसके पास आ गई, उसका मन बदलने के लिए।'

पिया फिर रुकी।

'क्या आप विश्वास कर सकते हैं? ऐसा लग रहा है, हम अन्धकार युग में लौट गये हों—औरतों को चुड़ैल कहकर उनपर हमला करना!'

कई महीनों तक टीपू मेरी स्क्रीन से गायब रहा। मुझे भी लगा कि मज़ाक से ऊब गया होगा—इस बात से मुझे ख़ुशी होनी चाहिए थी, लेकिन मैं मायूस था।

और फिर एक दिन मेरी स्क्रीन पर, ऑनलाइन फोन एप पर नोटिफिकेशन आया और तेज़ घंटी बजी।

'Bonduki@bonduki.com से कॉल।'

मैंने कॉल लिया और टीपू का चेहरा सामने था, मुस्कराता हुआ। बुंदे और बालों के हाईलाइट गायब थे।

'हैलो! अपना कैमरा ऑन करिये।'

'क्यों?'

'मैं देखना चाहता हूँ कि आप कहाँ हैं?'

'मैं अपनी स्टडी में हूँ।'

'हाँ, तो देखने दो मुझे।'

मैंने हिचकिचाते हुए कैमरा चालू किया। 'यहाँ देखने को कुछ ख़ास है नहीं।'

लेकिन टीपू मेरी बात सुन नहीं रहा था। 'वाह! इतनी सारी किताबें!'

'हाँ, लेकिन यही तो मेरा काम है। मैं पुरानी किताबें बेचता हूँ।'

वह हँसा। 'मतलब लोग अभी भी यह किताबें पढ़ते हैं?'

'रोज़ कम हो रहे हैं।'

टीपू ने सीटी बजाई। 'ईऊऊऊऊ...' मुझे जल्दी समझ आ गया कि यह चिन्ता जताने के लिए कहा गया था। 'और आपको क्या हो गया है?'

'क्या मतलब?'

'दोस्त, आप भी ठीक नहीं...'

'मैं ठीक हूँ,' इससे पहले कि वह बात पूरी करता मैंने कहा।

'आपकी आँखों के नीचे गड्ढे पड़े हुए हैं। और यह दाढ़ी—काफी बदसूरत लग रही है, मैं बता सकता हूँ।'

मैंने ठोड़ी पर हाथ फेरा। 'वो तो बस मैं शेव करना भूल गया था।'

'हाँ, महीने भर से। हो क्या गया है आपको? ऐसा लगता है आपके अन्दर कुछ है।'

'बिल्कुल, मेरे अन्दर कुछ है,' मैंने जवाब दिया। 'हम सबके अन्दर है। तुम्हें पता नहीं है क्या कि हमारे शरीर के वज़न का बहुत बड़ा हिस्सा कीटाणु होते हैं?'

वह ज़ोर से हँसा। 'बिल्कुल, वही तो! आपको कीटाणु ने वश में कर लिया है। उसके लिए अंग्रेज़ी में शब्द होता है न? पोसे—कुछ ऐसा ही।'

'तुम्हारा मतलब "पॉज़ेशन"?'

'हाँ, वही।'

'बेवकूफों वाली बात मत करो,' मैंने उसे टोका। 'पॉज़ेशन इस व्हेन समवन इस टेकन ओवर बाय अ डीमन।'

'डी—क्या?'

'डीमन।'

'वो क्या होता है?'

'कुछ नहीं। लालच के लिए एक रूपक है। एक काल्पनिक चीज़।'

'आपको लगता है कि लालच काल्पनिक है?' उसने हँसते हुए कहा। 'अरे पॉप्स, मेरे पास आपके लिए एक ख़बर है—लालच असली है और बहुत ज़्यादा है। आपमें लालच है, मुझमें लालच है, हम सबमें लालच है। आप ज़्यादा किताबें बेचना चाहते हैं। मुझे ज़्यादा फोन चाहिये और हैडफोन चाहिये, हर चीज़ और ज़्यादा चाहिये। साला, हम लोग के अन्दर कीटाणु नहीं, लालच है! अगर लालच ही डीमन होता है, तो फिर वह काल्पनिक नहीं। कतई नहीं! और हम सब डीमन हैं।'

मैंने उसकी बात को आगे बढ़ाने का निर्णय लिया।

'हो सकता है तुम ठीक कह रहे हो टीपू, लेकिन पता है क्या? यह बहुत बुरी ख़बर है, क्योंकि हिन्दू पुराणों के मुताबिक जब डीमन कब्ज़ा कर लेंगे तो दुनिया ख़त्म हो जायेगी। प्रलय आ जायेगा—मतलब सब कुछ ख़त्म हो जायेगा, समय भी। लेकिन यह दूसरे तरीकों से भी हो सकता है। पारसी लोगों का मानना है कि पृथ्वी के ऊपर पिघले धातु की नदियाँ बहेंगी। ईसाइयों का मानना है कि मृत्यु, सूखा, और युद्ध इस दुनिया का अन्त करेंगे। प्राचीन इन्का सभ्यता का मानना था कि अन्त भूकंप से शुरू होगा। मुसलमान कहते हैं कि समुद्र फट पड़ेंगे और लोग अपनी कब्र में समा जायेंगे।

'हे! पॉप्स!'

मैंने स्क्रीन की तरफ देखा तो उसके चेहरे पर डर देखकर मुझे हैरानी हुई।

'बस! आप मुझे डरा रहे हो।'

'अरे, तुमने ही शुरू किया था,' मैंने कहा। 'वैसे तुम हो कहाँ?'

'मैं...'

मैंने देखा उसके पीछे एक सफेद चादर टंगी थी। कहना मुश्किल था कि कहीं अन्दर था या बाहर।

वह एक बार फिर मुस्कराया। 'मैं बैंगलोर में हूँ।'

'बैंगलोर? वहाँ क्या कर रहे हो?'

'एक कॉल सेंटर में काम।'

'सच में? मुझे लगा तुम्हें कॉल सेंटर पसन्द नहीं?'

'हाँ, लेकिन कभी-कभी जो मिले वो काम भी लेना पड़ता है। और इन कॉल सेंटरों को मेरा अमेरिकन एक्सेंट बहुत पसन्द है।'

'बात तो पते की है।'

'ख़ैर,' उसने आगे कहा, 'मैंने फोन इस वजह से नहीं किया था।'

'फिर क्यों किया था?'

'आपसे कुछ पूछना था।'

'बोलो।'

'आपकी एक दोस्त है वेनिस में, है ना?'

मेरी साँस रुक गई।

'तुम्हें कैसे पता?' फिर मुझे समझ आया। 'टीपू, तुमने मेरा कंप्यूटर हैक किया है? या मेरा फोन?'

वह खिलखिला कर हँसा।

'शायद मैंने आपका दिमाग हैक किया है, पॉप्स! अगर कंप्यूटर हैक किया होता तो पूछने की ज़रूरत नहीं होती। तो बताओ, सच है ना? आपकी दोस्त है वेनिस में?'

'हाँ है।'

'हाल ही में उससे बात हुई है क्या?'

'नहीं, लेकिन अगले महीने मिलूँगा, लॉस एंजेलिस में।'

'गुड। किसी चीज़ से डर कर अपना इरादा मत बदलना।'

मैं हैरान था। 'मैं क्यों इरादा बदलूँगा? मैं तो मिलने का इन्तज़ार कर रहा हूँ।'

'हाँ, लेकिन कुछ भी हो सकता है। जैसे उस दिन, मैं डंस लिया गया था।'

'वो सुन्दरबन में हुआ था, टीपू। मैं एल.ए. जा रहा हूँ। वहाँ साँप नहीं हैं।'

'अच्छा? यकीन से कह सकते हैं?'

'हाँ बिल्कुल, वहाँ नहीं हैं। पागल मत बनो। मुझे एल.ए. में कोई नहीं डंसने वाला।'

'ओह हो—यह तो बुरी बात है। शायद आपको ज़रूरत है साँप के डंसने की।'

'तुम क्या बकवास कर रहे हो टीपू!'

'छोड़िये। ख़ैर, जब आप अपनी दोस्त से मिलें तो उनकी बात ध्यान से सुनना।'

'क्यों? तुम कहना क्या चाह रहे हो?'

'बस इतना कि वह अच्छी इंसान हैं। आपको उनकी बात ध्यान से सुननी है, पॉप्स।'

'तुम्हें कैसे पता कि वह अच्छी है या नहीं?'

'उन्होंने आपके साथ अच्छा बर्ताव किया है ना? और एक दिन आपको उनका एहसान चुकाना होगा।'

'कौन-सा एहसान? मुझे कुछ समझ नहीं आ रहा। तुमने मेरी दोस्त के बारे में जाना कैसे?'

वह हँस दिया। 'शायद कोई मेरे कान में फुसफुसा गया। शायद मेरा कोई छुपा दोस्त है जो आपकी दोस्त को बहुत, बहुत अच्छे से जानता है और निश्चित करना चाहता है कि आप उसको मिलने से मुकर न जायें।'

'अरे मैं नहीं मुकरने वाला उसको मिलने से। उसी से तो मिलने जा रहा हूँ एल.ए.।'

'हाँ, लेकिन कुछ हो तो सकता है ना जिससे आप डर जायें।'

'जैसे?'

'शायद आपको रास्ते में कोई साँप दिख जाये,' वह हँस रहा था।

'टीपू,' मैंने बहुत सब्र के साथ कहा, 'मैं एल.ए. प्लेन में जा रहा हूँ, और तो और, बिज़नेस क्लास में।'

'बढ़िया! मैं आपके लिए ख़ुश हूँ पॉप्स! लेकिन क्या पता—कुछ भी हो सकता है। ख़ैर, जो भी हो, डरना मत और अपनी दोस्त को मिलने जाने का इरादा मत बदलना।'

'मेरा ऐसा कोई इरादा नहीं है।'

'गुड। यह करना आपके लिए बहुत ज़रूरी है। और पता है? आपको अपने लिए यह करना ज़रूरी है।'

'क्यों?'

उसने आँख मारी। 'आप अपने दिमाग के कीटाणु या जो भी है, उससे निजात नहीं पाना चाहते?'

'टीपू, मुझे कुछ समझ नहीं आ रहा।'

उसने हाथ उठाया और स्क्रीन पर उँगली फिरायी। 'चलता हूँ। टेक केयर।'

और फिर मेरी स्क्रीन पर कुछ नहीं था।

दावानल

चीनता से मिलने के ख्याल ने मुझे परेशानी के अजीबोग़रीब समय में ढांढस बँधाया था। उसी ने मेरे लॉस एंजेलिस जाने का इन्तज़ाम किया था: एक संग्रहालय, *द मर्चेंट ऑफ़ वेनिस,* का सत्रहवीं शताब्दी का बहुमूल्य संस्करण ख़रीदने के उपलक्ष्य में एक कॉन्फ्रेंस कर रहा था और चीनता को समापन भाषण देना था। कई दुर्लभ किताबों के व्यापारियों को आमन्त्रित किया गया था और चीनता ने आयोजकों से कहकर मेरा नाम भी उस सूची में जुड़वा दिया था।

सोने पे सुहागा यह कि संग्रहालय एक काफी पैसेवाला संस्थान था, तो हमारे रहने का इन्तज़ाम ज़बरदस्त था और जाने के लिए टिकट बिज़नेस क्लास का। और इस वजह से भी मैं इस यात्रा को लेकर काफी उत्साहित था—उस दौरान मेरी मानसिक दशा ऐसी थी कि कई हफ्तों तक मैं इसके अलावा किसी और चीज़ के बारे में सोच ही नहीं पा रहा था।

फ्लाइट से कई दिन पहले ही मैंने अपने लिए खिड़की वाली सीट बुक कर ली थी। जहाज़ पर चढ़ते समय, कई महीनों में पहली बार मुझे ख़ुशी का अहसास हुआ। मेरी सीट पर कई सारे बटन वाले कंसोल और मनोरंजन की शानदार व्यवस्था थी। अगले सात घंटे का पूरा मज़ा लेने के लिए मैं आराम से बैठ गया। मैं जैसे ही नॉइज़-कैंसलिंग हेडफोन्स लगाने को था मुझे बगल में ज़ोर-ज़ोर से होने वाली बातचीत सुनाई दी। सुनहरे बालों वाली, सुन्दर कपड़े पहने एक महिला और सूट पहने एक आदमी 'फायर' (आग) और 'इवैकुएशन' (खाली करना) जैसे शब्दों का प्रयोग कर रहे थे।

पहले तो मुझे लगा कि वे किसी फिल्म के बारे में बात कर रहे हैं (देखने में वे हॉलीवुड के लग रहे थे)। लेकिन जब बाक़ी लोग उनकी बातचीत में शामिल हो गये तो साफ हो गया कि वे उस समय लॉस एंजेलिस में घट रही किसी आपात स्थिति पर चर्चा कर रहे थे।

मैंने उस हफ्ते ख़बरें नहीं सुनी थीं। अब मैंने अपना फोन देखा तो पता लगा कि लॉस एंजेलिस में कई दिनों से बड़े पैमाने पर आग फैली हुई थी। हज़ारों गज़ ज़मीन जल कर राख हो गई थी और लाखों लोगों को सुरक्षित स्थानों पर पहुँचा दिया गया था।

मैं चौंककर बेसुधी में खड़ा हो गया। मैं सिर्फ एयर होस्टेस से पता करना चाहता था कि क्या फ्लाइट में देरी होगी। मैं बस खड़ा ही हुआ था कि दो विमानकर्मी दनदनाते हुए मेरे पास आये और कहा कि मैं उठ नहीं सकता था क्योंकि कुर्सी की पेटी बाँधने का चिह्न जला हुआ था और जहाज़ चलने को था।

'*सॉरी,*' मैंने कहा। 'मैं सोच रहा था अगर कोई ख़तरा है—'

इससे पहले कि मैं कह पाता "देरी होने का", मेरी बात काट दी गई।

'सर, आपको धीमी आवाज़ में बात करनी होगी...और कुर्सी की पेटी बाँधिए।'

'लेकिन मैंने अभी-अभी यह देखा...' मैंने दावानल की ख़बर दिखाने के लिए फोन ऊपर किया। इस प्रक्रिया में ग़लती से फोन पर कुछ दब गया और अचानक ऊपर सामान कक्ष से एक दर्द भरी आवाज़ पूरे केबिन में छा गई और सब मुझे घूरने लगे।

मैं इस दौर में हवाई यात्राओं की समस्याओं और जटिलताओं से भलीभाँति परिचित था और जानता था कि मेरे जैसे दिखने वाले इंसान का अपनी तरफ ध्यान आकर्षित करना कितना मूर्खतापूर्ण है। मैं हमेशा ऐसा करने से बचता था, लेकिन अभी तो मैं आकर्षण का केन्द्र बन गया था।

मैं इतना सकपका गया था कि सामान कक्ष से आती आवाज़, अपने पसन्दीदा गाने, नुसरत फ़तेह अली खान का '*अल्लाह हू*' को भी नहीं पहचान सका। यह गाना मुझे बेहद पसन्द था लेकिन इस पल जब मैंने अपने आसपास के लोगों की प्रतिक्रिया देखी, मेरे लिए इससे ज़्यादा तकलीफदेह कोई ध्वनि नहीं हो सकती थी।

थोड़ी देर बाद मुझे अहसास हुआ कि मैंने ग़लती से म्यूज़िक एप का बटन दबा दिया था जो मेरे पोर्टेबल ब्लूटूथ स्पीकर से जुड़ा था। मैंने चलते-चलते, आख़री समय पर यह स्पीकर अपने बैग में डाल लिया था। फोन पर एप बन्द करने की जगह, घबराहट में मैं सामान कक्ष की तरफ लपका—और मुझे रोकने के लिए एयर होस्टेस मेरी तरफ लपकी। कुछ धक्कम-धक्का हुई। अन्त में मैं

अपनी सीट पर गिरा। एयर होस्टेस बगल में खड़ी, कमर पर हाथ रखे मुझे घूर रही थी।

'सर, अगर आप तुरन्त शान्त नहीं होते तो आपको इस जहाज़ से उतार दिया जायेगा।'

'सॉरी... सॉरी... सॉरी...'

इस दौरान मेरे स्पीकर पर 'अल्लाह हू' ज़ोर से बज रहा था। अब जाकर मुझे एप बन्द करने की सूझी, लेकिन उसमें भी समय लगा क्योंकि मेरे हाथ बुरी तरह काँप रहे थे।

मैंने फोन से अपनी काँपती नज़रें उठाईं तो कई चेहरे मेरी तरफ़ देख रहे थे; सबके भाव अलग-अलग थे—घबराहट से लेकर आतंक तक।

मैं सिकुड़कर अपनी सीट में धंस गया और बेचारगी से कहता रहा, *'आई एम सॉरी, आई एम सॉरी, आई एम सॉरी...'*

मैंने अगले कुछ घंटे बिना किसी और खुराफात के गुज़ार दिए और जब जहाज़ उतरने लगा तो मुझे जंगल की आग के बारे में याद आया। जहाज़ के उतरने से पहले कप्तान के सन्देश ने मुझे याद दिलाया: उसने कहा कि हमारा रास्ता थोड़ा बदल गया है क्योंकि जंगल की आग की दिशा बदल गई है और जहाज़ में बायीं तरफ़ बैठे लोग उतरते समय धुआँ भी देख सकते हैं।

यह मेरी ख़ुशक़िस्मती थी (ऐसा मैंने तब सोचा था) कि मैं जहाज़ में बायीं तरफ़ बैठा था। मैंने आगे होकर, खिड़की से मुँह लगाया और क्षितिज की ओर ताकने लगा।

जल्द ही, दूर काले धब्बे दिखाई दिए जो बहुत जल्द घने धुएँ में बदल गये। और फिर क्षितिज में नारंगी और पीला रंग बिखेरती हुई, ऊपर उठती आग की लपटें भी दिखाई दीं।

हमारे जहाज़ के रास्ते के नीचे का दृश्य हैरान कर देने वाला था—जली हुई, सुलगती, दूर तक फैली जंगल से भरी पहाड़ी की ढलान जो आग से बर्बाद हो चुकी थी। जहाज़ अब इतना नीचे उड़ रहा था कि मैं राख के दूर तक फैले ढेर में खड़े काले, जले हुए पेड़ों के तने देख पा रहा था। मैंने जले हुए जंगलों पर कई पक्षियों को मंडराते देखा—इसे देख मुझे हैरानी हुई क्योंकि तबाही कल्पना से भी परे थी तो किसी जीवित चीज़ का उस राख के ढेर पर खिंचा चला आना सोचने पर मजबूर करने वाला था।

मुझे बाद में पता चलने वाला था कि जंगल की आग के अवशेष किसी भी तरह से बंजर नहीं होते। पक्षियों की कुछ प्रजातियों—बाज़, चील और दूसरे शिकारी पक्षियों—के लिए यहाँ शिकार का अनूठा मौक़ा होता है। पेड़ों की ओट

न होने की वजह से इन पक्षियों को ज़मीन में छुपकर आग से बच निकलने वाले चूहे, गिलहरी जैसे कतरने वाले जानवर और कीड़े-मकौड़े आदि देखने में आसानी होती है। इन शिकारी पक्षियों के लिए तो हालात इतने मुनासिब होते हैं कि इनमें से कुछ तो असल में चोंच में जलती टहनी लेकर आगजनी शुरू करने वाले भी माने जाते हैं।

लेकिन, उस समय तक मुझे यह सब नहीं पता था इसलिए मैं हैरानी से इन मंडराते पक्षियों को देख रहा था। इतनी दूरी से भी कुछ राख में शिकार करने की नियत से झपटते नज़र आ रहे थे।

मेरी नज़र दो पक्षियों पर पड़ी जो एक ही दिशा में नीचे की ओर जा रहे थे। दोनों की नज़र एक ही शिकार पर थी और दोनों में भिड़न्त तय थी। इससे दोनों किसी बिन्दु की तरह दिख रहे थे और जब उस स्याह ज़मीन के पास पहुँचे तो मेरी नज़रों से ओझल हो गये। लेकिन फिर एक-दो मिनट में वो एक बार फिर दिखे, एक-दूसरे का पीछा करते हुए। दोनों एक साथ ऊपर उठे, घूमते, मुड़ते, ऐंठते, ऊपर की ओर उड़ते हुए, जहाज़ की दिशा में।

जैसे-जैसे उनका आकर बड़ा हुआ मैंने देखा कि एक पक्षी ने पंजों में कुछ पकड़ा हुआ था; यही तो वो चीज़ थी जो उसका प्रतिद्वन्द्वी उससे छीनने की कोशिश कर रहा था। दोनों पक्षी इस दौड़ में इतने मशगूल थे कि लगातार तेज़ गति से ऊपर उठते जा रहे थे। और चूँकि जहाज़ तेज़ी से नीचे उतर रहा था, जल्द ही वह हम से ऊपर पहुँच गये। आख़िरकार आगे वाला पक्षी शायद इस दौड़ से थक गया या ऊब गया। पलटकर उसने एकाएक अपना शिकार फेंक दिया—एक घुमावदार, छटपटाता, टेढ़ा-मेढ़ा जीव।

उस जीव को हवा में उड़ता देख मेरे गले से आवाज़ निकली—जिसे बाद में मैंने सुना कि वो 'चीख' थी।

तब मुझे बिल्कुल अहसास नहीं था कि मैंने क्या किया है और जब मैंने लोगों की परेशान और डरी हुई आवाज़ें सुनीं तो मुझे अन्दाजा भी नहीं था कि इसका मुझसे ही कोई लेना-देना है।

लेकिन अचानक एक एयर होस्टेस और एक स्टुअर्ड मेरी सीट पर आ पहुँचे और उनके साथ यूनीफ़ॉर्म में एक हट्टा-कट्टा आदमी भी था। मैं एक नज़र में ही समझ गया कि यह सादे कपड़ों में सुरक्षा एजेंट है।

'बहुत हो गया सर!'

एजेंट ने मेरी कमर की पेटी खोली और खींचकर मुझे खड़ा किया। 'आपको हमारे साथ आना होगा सर।'

कुछ ही पलों में मैं सुरक्षाकर्मी के बगल में बैठा था, एक प्लास्टिक के फीते से मेरी कलाइयाँ बँधी हुई थीं। मैं हतप्रभ बैठा था, आँखें बन्द करके लोगों

की बातों को सुनते हुए। मेरे चारों तरफ लोग मेरे सन्दिग्ध बर्ताव के बारे में फुसफुसा रहे थे कि कैसे मैं शुरू से ही अशान्त था।

जब आख़िरकार मुझे जहाज़ से उतरने दिया गया तो कई पुलिसवाले और नीले सूट पहने एजेंट्स मेरा इन्तज़ार कर रहे थे। वे मुझे निऑन रोशनी से चमचमाते कमरे में ले गये। वहाँ मेरे हाथ खोले गये और मेरा फोन, लैपटॉप, और उनके पासवर्ड मांगे गये। मैं इतना हिला हुआ था कि विरोध नहीं कर सका और दे दिया। मुझे एक स्टील की मेज़ पर अकेले इन्तज़ार करने के लिए छोड़ दिया गया।

मेरे पास घड़ी देखने के अलावा करने को कुछ नहीं था और जितना मैं घड़ी को देख रहा था उतना ही मुझे यकीन हो रहा था कि यह यात्रा शुरू से ही ठीक नहीं थी और कुछ अशुभ होने वाला था, और मुझे अगली ही फ्लाइट से वापस न्यूयॉर्क लौट जाना चाहिए।

तक़रीबन एक घंटे के बाद दरवाज़ा खुला। तब तक मैं तय कर चुका था कि अगर मुझे पूछताछ के बाद गिरफ्तार नहीं किया गया तो मैं सीधे टिकट डेस्क पर जाकर न्यूयॉर्क का टिकट खरीदूँगा, कीमत चाहे जो भी हो।

लेकिन आश्चर्यजनक रूप से कोई पूछताछ नहीं हुई। नीले सूट वाले दो एजेंट्स ने मुझे मेरा फोन और लैपटॉप पकड़ाया। एक ने मेरे लिए दरवाज़ा खोला और कहा कि मैं जा सकता हूँ।

'हो गया?' मैं लगभग निराश था।

'जी सर। हो गया। आप जा सकते हैं।'

जब मैं अपनी चीज़ें समेट रहा था तो एक एजेंट ने मुझसे पूछा, 'आपने ऐसा क्यों किया?'

'क्या किया?'

'हवाई जहाज़ के सब कर्मियों का कहना है कि आप "साँप! साँप!" चिल्ला रहे थे। आपको पता होना चाहिए की हवाई जहाज़ में आप ऐसा नहीं कर सकते।'

मैंने होंठों पर जीभ फेरी। मैं जवाब सोच रहा था।

'मैं माफी चाहता हूँ,' मैंने कहा। 'मुझे नहीं पता मुझे क्या हो गया था।'

मैं कमरे से लगभग निकलने ही वाला था कि दूसरे एजेंट ने पूछा, 'क्या आपको तुर्की से हमेशा इतनी कॉल आती हैं?'

मैं अवाक् रह गया। 'सर,' मैंने डरते हुए कहा, 'मुझे तो कॉल ही बहुत कम आती हैं। और मुझे नहीं लगता मुझे तुर्की से कभी कोई फोन आया हो।'

एजेंट ने एक भौंह चढ़ाई, 'अच्छा? काफी अजीब बात है।'

'क्यों?'

'क्योंकि पिछले एक घंटे से आपका फोन बजता ही जा रहा था। नंबर में तुर्की का कोड था।'

मैं उसे भौंचक्का होकर देखता रहा। 'ओह? मुझे तो कोई अन्दाज़ा नहीं...'

आगमन कक्ष से निकलते हुए मैं फोन देखने लगा। दस मिस्ड कॉल थीं और सभी एक ही नंबर से जिसके पहले +90 लगा हुआ था। मैंने हिचकिचाते हुए वापस फोन मिलाया और कान पर लगाया। कुछ देर घंटी बजी, लेकिन किसी ने उठाया नहीं।

जब मैंने फोन जेब में रखा तो अहसास हुआ कि मैं एयरपोर्ट से बाहर निकल आया था और टैक्सी की लाइन में खड़ा था। मुझमें वापस अन्दर जाकर लौटने की टिकट का इन्तज़ाम करने की अभी हिम्मत नहीं थी। मैं थककर चूर हो गया था। मैं टैक्सी में बैठा और ड्राइवर को होटल का नाम बताया।

जब तक मैं होटल पहुँचा, रात के 12:00 बज चुके थे। मेरा कमरा पन्द्रहवीं मंज़िल पर था और मेरी कल्पना से कहीं ज़्यादा शानदार था।

मैं एकदम थक चुका था और सिर्फ सोना चाहता था।

लेकिन जैसे ही मैं नरम सफेद चादरों के बीच लेटने जा रहा था, पर्दों के किनारों पर एक अजीब-सी नारंगी चमक दिखी। मैं उठकर खिड़की पर गया और पर्दे हटाये। बाहर का परिदृश्य आग और धुएँ का था। मुझे कुछ समय बाद याद आया कि आग तो कई मील दूर लगी हुई थी; रात के अंधेरे में वह क्षितिज के एक छोर से दूसरे छोर तक फैली नज़र आ रही थी।

मन्त्रमुग्ध कर देने वाला दृश्य था। आख़िरकार मुझे नींद आयी तो मैंने सपने में आग देखी और आग की लपटों से मेरी तरफ तेज़ी से आता एक साँप दिखा।

लॉस एंजेलिस

अगले दिन सुबह लॉबी में काफी गहमागहमी थी। होटल ने डाइनिंग रूम को इस तरह व्यवस्थित किया था कि मेहमानों को नाश्ता करते समय आग की लपटें न देखनी पड़ें।

मैं चीनता के साथ नाश्ता करने की उम्मीद कर रहा था, लेकिन वह तो कहीं दिखी ही नहीं। काफी देर ढूँढ़ने के बाद मुझे पता चला कि आग के चलते उसकी फ्लाइट देर से पहुँची थी। वह देर रात आयी थी और देर से ही कार्यक्रम में शामिल होगी।

मन मारकर मैं कॉन्फ्रेंस तक जाने वाली बस की लाइन में लग गया।

जिस संग्रहालय में कॉन्फ्रेंस हो रही थी वह अपनी वास्तुकला और परिदृश्य के लिए जाना जाता था। वहाँ आने वाली बसों और कारों को पार्किंग के आगे जाने की अनुमति नहीं थी। गेट से लेकर अन्दर, संग्रहालय तक जाने के लिए सिर्फ उनकी इलेक्ट्रॉनिक गाड़ियों का इस्तेमाल किया जा सकता था।

मैं पहले भी कई बार इस संग्रहालय में आ चुका था और अपने अनुभव के आधार पर जानता था कि यहाँ की व्यवस्था एकदम चुस्त थी। जैसे ही आप पार्किंग में पहुँचते हैं आपको शटल बस में बैठाकर ले जाया जाता है।

लेकिन कॉन्फ्रेंस के उद्घाटन के लिए जब हम पहुँचे, तो ऐसा नहीं हुआ। दूर-दूर तक शटल बस नहीं दिख रही थी और उससे भी ज़्यादा अजीब था कि पार्किंग, जो संग्रहालय खुलते ही भर जाती थी, एकदम खाली थी।

प्रवेश द्वार पर सिर्फ एक ही गार्ड थी और वह बस इतना ही बता सकी कि उस दिन संग्रहालय में पर्याप्त कर्मचारी नहीं थे; उसके ज़्यादातर सहयोगी

काम पर नहीं आ पाये थे क्योंकि अब तक सुलगती जंगल की आग के चलते सड़कें बन्द थीं।

उसकी बात से हम लोगों में घबराहट फैल गई। कॉन्फ्रेंस का क्या होगा? रद्द हो जायेगी क्या?

गार्ड ने अपने बॉस को फोन लगाया और कुछ ही पलों में एक आवाज़ स्पीकरफोन पर हमसे रूबरू हुई। फोन पर संग्रहालय के डायरेक्टर थे। सब कुछ तय कार्यक्रम के अनुसार ही होगा, उन्होंने कहा। चिन्ता की कोई बात नहीं है; शहर के प्राधिकारियों ने उन्हें आश्वासन दिया है कि संग्रहालय को आग से कोई ख़तरा नहीं है। बस कर्मचारियों की कमी के चलते हमें थोड़ा धैर्य रखना होगा, सब कुछ जल्दी ठीक हो जायेगा।

और वाक़ई, कुछ ही मिनटों में कई शटल बसें पार्किंग में आ पहुँचीं।

संग्रहालय की मुख्य इमारतें एक ऊँचे टीले के पार्श्व में थीं। वहाँ का परिदृश्य अद्भुत था—पूरब में पहाड़ियों से लेकर पश्चिम क्षितिज में समुद्र तक।

लेकिन उस सुबह किसी ने न पहाड़ियों की तरफ देखा और न ही समुद्र की तरफ; सभी नज़रें एक ही तरफ लगी थीं, उत्तर-पूर्व में, जहाँ एक काला बादल ऊपर उठकर एक विशाल लहर का रूप ले रहा था। हम जहाँ खड़े थे वहाँ से ऐसा लग रहा था मानो शहर की बाहरी सीमा पर सूनामी आ रही हो।

यह दृश्य इतना आकर्षक था कि हमें कॉन्फ्रेंस के उद्घाटन के लिए अन्दर ले जाने के लिए प्रवेशक भेजने पड़े।

सभागार में मैंने कई परिचितों को पहचान लिया। वो सभी पुस्तक प्रेमी, लाइब्रेरियन, किताब व्यवसाय के विशेषज्ञ और ज़ाहिर है मेरी तरह दुर्लभ किताबों के व्यापारी थे। ज़्यादातर लोग अधेड़ उम्र के, सफेद बाल वाले थे और उसमें काफी नीले कोट, बो टाई या फिर मोती की मालाएँ पहने थे।

आरम्भिक वक्ता हमारी बिरादरी का नहीं था। वह एक आधुनिक, नौजवान इतिहासकार था जो बड़ी-बड़ी बातें करने के लिए मशहूर था। उसने बोलने के लिए जिस विषय का चयन किया था (अन्दर जाने पर हमें पता चला) वह था, 'सत्रहवीं शताब्दी में मौसम और तबाही'।

ऐसे भव्य शीर्षक ने लोगों में एक निश्चित सन्देह पैदा कर दिया था और वक्ता के हिप्पी नुमा कपड़ों को देख यह सन्देह और बढ़ गया था: एक बालदार नौजवान जिसने टाइट पैंट और वेस्टकट पहने हुए थे, जो पुआल से बना मालूम पड़ रहा था। उसके बड़े-बड़े शब्दों वाले वक्तव्य का भी कोई फायदा नहीं हुआ।

इतिहासकार महोदय ने कहा कि सत्रहवीं शताब्दी इतना ज़्यादा मौसमी आपदाओं का दौर था कि उसे 'अल्प हिम युग' भी कहा जाता है। इस दौर में

पृथ्वी का तापमान काफी गिर गया था, शायद सौर गतिविधि में उतार-चढ़ाव की वजह से या फिर ज्वालामुखी के फटने की बढ़ती घटनाओं के चलते—या फिर सम्भवतः अमेरिका पर यूरोपीय जीत के बाद अमेरिकी मूल जातियों के जातिसंहार के चलते विशाल क्षेत्र के पुनः वनरोपण की वजह से।

जो भी रहा हो, सत्रहवीं शताब्दी में दुनिया के कई हिस्सों में भुखमरी, अकाल और महामारी फैली थी। उसी दौरान आसमान में कई धूमकेतुओं का ताँता लगा था और धरती भूकम्पीय गतिविधियों से हिल गई थी; भूकंप ने शहरों को तोड़ दिया था और ज्वालामुखियों ने वातावरण को पता नहीं कितनी मिट्टी और राख से पाट दिया था। लाखों लोग मर गये थे: दुनिया के कुछ हिस्सों में तो जनसंख्या एक तिहाई कम हो गई थी। इन दशकों में जितने युद्ध हुए, पहले कभी नहीं हुए थे। यूरोप के कई हिस्से जंग की चपेट में थे; इंग्लैंड अपने इतिहास की सबसे बड़ी अन्दरूनी उथल-पुथल—गृह युद्ध—देख रहा था और मध्य यूरोप तीस वर्षीय युद्ध से बर्बाद हो गया था; तुर्की में भयंकर सूखे के चलते इस्तांबुल में तबाही मचाने वाली आग लगी जिसने उस्मान साम्राज्य को हिलाकर रख दिया। अन्य जगहों पर, जैसे चीन में खून-खराबे के बीच पुराने साम्राज्यों का तख्ता पलट हो गया; भारत में मुग़ल शासन भुखमरी और विद्रोह से घिरा था। दुनिया में आत्महत्याओं की बाढ़-सी आ गई थी। चीन में ढेरों मिंग वफादारों ने आत्महत्या कर ली थी; रूस में ओल्ड बिलीवर्स नाम के एक परंपरागत ईसाई सम्प्रदाय ने *ज़ार* को ईसा मसीह का शत्रु करार कर दिया था और इस सम्प्रदाय के लाखों लोगों ने अपनी जान ले ली थी। और हर जगह क़यामत की चर्चा थी। लोगों का मानना था कि आसमान में लहराते धूमकेतु सृष्टि के विनाश की पूर्वसूचना थे; पृथ्वी के जीव भी मानो तबाही की चेतावनी दे रहे थे। दुनिया के कई हिस्सों में टिड्डियों के दलों ने अंधेरा कर दिया था और चूहे, गिलहरी जैसे जानवरों ने धरती को कुतरकर सपाट कर दिया था; इटली में तारानतोला मकड़ी के काटने की वजह से भ्रमितों के मामले बढ़ गये थे—और इंग्लैंड में *बुक ऑफ़ डेविड* के *ड्रीम ऑफ़ बीस्ट्स* से प्रेरित होकर फिफ्थ मोनार्किस्ट्स नाम का पन्थ सरकार के खिलाफ खड़ा हो गया था और उसके सभी सदस्यों की निर्मम हत्या कर दी गई।

वक्ता ने अपनी बात जारी रखते हुए कहा, लेकिन इस युग का सबसे बड़ा विरोधाभास ये था कि ज़बरदस्त उथल-पुथल के साथ-साथ एक असाधारण बौद्धिक और रचनात्मक उफान भी दिखाई पड़ा। इसी समय प्रबोध युग की शुरुआत हुई थी। हॉब्स, लीबनीज़, न्यूटन, स्पिनोज़ा और देकार्त जैसे दार्शनिक उसी शताब्दी में पैदा हुए और दुनिया को साहित्य, कला और वास्तुकला की कई उत्कृष्ट कृतियाँ मिली थीं, जिनमें...

यहाँ उसने सत्रहवीं शताब्दी की कई कृतियों का ज़िक्र किया—और उनमें से एक ने मेरी यादें ताज़ा कर दीं: ताज महल। इस नाम का ज़िक्र आते ही मैं

भारत की यादों में खो गया। मेरे मन में यह ख्याल आया कि बिष्णुपुर के मन्दिर भी ताज महल के निर्माण के समय ही बने थे। और इससे मुझे याद आयी बन्दूक़ी सौदागर के मन्दिर की...और फिर मुझे एकाएक याद आये वो अकाल, भुखमरी, तूफ़ान और महामारी जो इस मिथक का बहुत बड़ा हिस्सा थे।

क्या मुमकिन था कि इस मिथक का जन्म 'अल्प हिम युग' में हुआ था?

कुछ समय के लिए मैं अपने ख्यालों में खोया हुआ था और जब मेरा ध्यान वापस अपने आस-पास गया तो मुझे अहसास हुआ कि व्याख्यान ख़त्म हो गया था। वक्ता अब एक सनकी पुरातत्ववेत्ता के प्रश्नों से घिरा हुआ था।

'...आपने जो कुछ कहा जनाब, यह तो सिर्फ संयोगों की एक सूची है... जिस किसी के पास भी कुछ घंटे खाली हों वह किसी भी शताब्दी की ऐसी सूची तैयार कर सकता है...आप तो सिर्फ उन चीज़ों को जोड़ रहे हैं, जिनका एक-दूसरे से कोई ताल्लुक ही नहीं है...और वैसे भी जेम्स प्रथम कालीन ड्रामा का मौसम से क्या लेना-देना है?...और हमेशा से ही लोग सोचते हैं कि क़यामत बस आने को है...यह इसलिए कि हर पीढ़ी को लगता है कि वह ख़ास है और उनके ख़त्म होने पर सब कुछ ख़त्म हो जायेगा...सत्रहवीं शताब्दी के ये कट्टरपन्थी उनसे पहले और उनके बाद के कई लाख लोगों के मुक़ाबले कोई अलग नहीं थे!'

श्रोताओं को यह खंडन बहुत पसन्द आया। सब तरफ से प्रशंसा की फुसफुसाहट सुनाई दे रही थी।

लेकिन वक्ता पर इस हरकत का कोई असर नहीं हुआ और वह अपनी बात पर अड़ा रहा।

'और अगर मिलेनेरियन सही थे तो? क्या ये नहीं कहा जा सकता कि जिस रास्ते पर हम सत्रहवीं शताब्दी में चले, वही रास्ता हमें आज यहाँ ले आया है, जहाँ हम खड़े हैं? आखिरकार उसी दौर में तो लन्दनवासियों ने गर्म करने के लिए बड़े पैमाने पर कोयला इस्तेमाल करना शुरू किया था और जिसकी वजह से जीवावशेषों के ईंधन पर हमारी निर्भरता बढ़ी थी। क्या आपके जैकोबियन नाटककार इस तरह लिख सकते थे अगर उनके पास ख़ुद को गर्म रखने के लिए कोयला नहीं होता? क्या उन्हें पता था कि अब तक धरती की कोख में सो रहा एक दानव उठ रहा था? क्या हॉब्स या लीबनीज़ या प्रबोधन युग के किसी भी दर्शनशास्त्री को इसकी समझ थी?'

वह रुका और उसने कमरे पर नाटकीय ढंग से नज़र दौड़ाई।

'देखने से तो लगता है कि इंग्लैंड के प्रबोधन युग के बड़े बुद्धिजीवियों को पता ही नहीं था कि क्या हो रहा है। लेकिन, हैरानी की बात है कि दुनिया में साधारण लोगों को कुछ महत्वपूर्ण होने का अहसास था। वे समझ गये थे कि ऐसी प्रक्रिया की शुरुआत हुई है जो विनाश की तरफ ले जायेगी: लेकिन उन्हें

बस यह पता नहीं था कि यह विनाश कई सौ साल बाद होगा। अब, शताब्दियों बाद हमें इस चक्र का आख़री घुमाव देखने को मिल रहा है। और जो हम अभी देख रहे हैं—' उसने रुककर दूर जंगल की आग की तरफ इशारा किया—'वह हमें याद दिलाने के लिए काफी होना चाहिए कि अल्प हिम युग में मौसमी अव्यवस्था हमारे समय की तुलना में बहुत छोटी थी। हमारे पूर्वजों ने जो भी अनुभव किया वह तो हमारे भविष्य के मुकाबले कुछ भी नहीं था!'

किताबों का व्यापारी इस जवाब से उत्तेजित हो गया और श्रोताओं की तरफ घूमकर उसने त्योरी चढ़ाते हुए कहा, 'मुझे लग रहा है मैं 1999 में पहुँच गया हूँ और एक ऐसे बच्चे से बात कर रहा हूँ जिसे लगता है कि आधी रात को दुनिया ख़त्म हो जायेगी...'

सभागार में हँसी गूँज उठी। और हँसी अभी बन्द भी नहीं हुई थी कि एक कर्कश आवाज़ गूँज उठी: फायर अलार्म की तेज़ आवाज़।

मैं खड़ा ही हो रहा था कि अलार्म बन्द हो गया और स्पीकर पर आवाज़ आयी, 'इसके लिए माफ़ी चाहता हूँ...'

यह आवाज़ संग्रहालय के डायरेक्टर की थी। वह स्टेज पर खड़े होकर माइक में बोल रहे थे।

'हमें अभी-अभी ये सूचना मिली है कि एहतियातन हमें यह बिल्डिंग खाली करनी होगी। हवा की वजह से कुछ है—जंगल की आग उम्मीद से ज़्यादा तेज़ी से फैल रही है। लेकिन चिन्ता की कोई बात नहीं है—हम सिर्फ आपकी सुरक्षा चाहते हैं। हमारी सुरक्षा टीम आपको निकास द्वार तक पहुँचने में मदद करेगी...'

हम सब वहाँ से कैलिफ़ोर्निया की तेज़ धूप में चुपचाप निकले।

धुएँ की सूनामी अभी भी उसी जगह पर थी—या फिर मुझे ऐसा लगा, हालाँकि कुछ लोगों का मानना था कि धुआँ कुछ नज़दीक आ गया था। ठीक से कह पाना मुश्किल था।

थोड़ी देर में डायरेक्टर की आवाज़ एक बार फिर सुनाई दी।

उन्होंने बताया कि उनके कर्मचारियों ने बहुत मेहनत करके कॉन्फ्रेंस के लिए दूसरी जगह ढूँढ़ ली है: यह जगह और कोई नहीं, बल्कि वही होटल था जहाँ हम ठहरे थे! हमें एक हॉल और कुछ कमरे दे दिए गये थे। थोड़ा बहुत इन्तज़ाम करने के बाद सब कुछ योजना के मुताबिक आगे बढ़ सकता था।

उनके आख़री वाक्य ने लोगों को उत्साहित कर दिया: 'हमें प्रकृति को दिखाना होगा कि हम हार नहीं मानते!'

उनकी घोषणा से हम सबका हौसला बढ़ा और कई लोगों को तो लगा कि नई व्यवस्था पहले से बेहतर है; होटल में कॉन्फ्रेंस होने का मतलब था कि

जब जी चाहे अपने कमरे में या बार में या फिर चाहे तो स्विमिंग पूल में चुपचाप सरका जा सकता था।

होटल वापस जाते वक़्त, बस में चीनता के साथ बैठे हुए मैंने उससे पूछा, 'उस की-नोट के बारे में तुम्हारा क्या ख्याल है? तुम्हें लगता है कि वह सत्रहवीं शताब्दी और आज के बारे में सही कह रहा था?'

'बिल्कुल दीनो,' चीनता ने कहा। 'एकदम ठीक। आजकल तो अख़बार पढ़ते समय मुझे हर समय यही महसूस होता है। ऐसा लगता है मानो अल्प हिम युग अपनी कब्र से उठकर हमारी तरफ बढ़ रहा है।'

'और मेरे पास भी, तुमसे होकर।'

चीनता ने मेरी तरफ हैरानी से देखा। 'क्या मतलब?'

'तुम्हें याद है कुछ साल पहले तुमने मुझे ग़लती से फोन किया था? मैं कलकत्ता में था और तुम वेनिस एयरपोर्ट पर एक फ्लाइट का इन्तज़ार कर रही थीं। तुमने कहा था कि तुमने सपना देखा था।'

'हाँ, याद है। तो?'

'उस दिन मैं एक बुजुर्ग रिश्तेदार से मिलने गया था—एक अद्भुत महिला जिसने अपनी ज़िन्दगी सुन्दरबन में रहकर और वहाँ काम करके बिता दी।'

मुझे लगा शायद चीनता को पता नहीं होगा कि मैं किस बारे में बात कर रहा था। 'तुमने सुन्दरबन के बारे में सुना है? बंगाल के मैन्ग्रोव जंगल?'

'हाँ, डियर!' चीनता ने मुस्कराकर मेरा हाथ थपथपाया। 'इटली में सब जानते हैं सुन्दरबन के बारे में। बच्चों की एक मशहूर कहानी की किताब उसी पर है। मेरी बेटी लूचीआ की पसन्दीदा किताब थी; वह उस जंगल के सपने देखती थी।'

'सुन्दरबन?'

'हाँ,' चीनता ने कहा। 'लेकिन आगे बताओ तुम क्या कह रहे थे।'

'तो हुआ ये कि मेरी रिश्तेदार ने मुझे जंगल में छोटे से मन्दिर के बारे में बताया और वहाँ जाने के लिए कहा; उन्हें लगा कि किसी को उस ढांचे का इतिहास दर्ज करना ही चाहिए इससे पहले कि मिट्टी उसे निगल जाये। उनकी कहानी दिलचस्प थी, लेकिन मैं जाने के लिए उत्सुक नहीं था क्योंकि दो-चार दिन में मुझे न्यूयॉर्क के लिए निकलना था और मैं काफी व्यस्त भी था। असल में जब तुम्हारा फोन आया तो मैं लगभग तय कर चुका था कि नहीं जाऊँगा। और फिर, पता नहीं क्यों मैंने अपना मन बदल लिया और वहाँ चला गया।'

'और तुम्हें क्या मिला?'

'मन्दिर तो वहीं था, जैसा उन्होंने कहा था—और काफी विशिष्ट भी था और मुझे यकीन है कि वो सत्रहवीं शताब्दी में बना था। मन्दिर को नागों की देवी, मनसा देवी से सम्बन्धित माना जाता है जिसके बारे में बहुत से मिथक हैं, जिनमें से कुछ, एक सौदागर से जुड़े हैं। शायद् तुमको याद हो कि मैंने इनमें से एक के बारे में लिखा भी था, वही लेख जो तुमको एक बार पढ़ने के लिए दिया था।'

'हाँ, याद है। आगे बोलो।'

इस मन्दिर की अजीब बात है कि उससे जुड़ी गाथा कभी लिखी या छापी नहीं गई—सिर्फ ज़बानी ही आगे बढ़ाई गई है। कहते हैं इसके लिखने पर कोई पाबन्दी है।'

'यह बहुत असाधारण बात नहीं है,' चीनता ने कहा। 'कई गुप्त गाथाएँ, किस्से और कहानियाँ हैं।'

'लेकिन अगर कहानी इतनी ही गुप्त है, तो फिर उसके लिए मन्दिर क्यों बनाना? इससे गुप्त रखने का मकसद ख़त्म नहीं हो गया?'

'ज़रूरी नहीं है,' चीनता ने कहा। 'इस मन्दिर की कहानी न लिखी जाये ऐसा चाहने के कई कारण हो सकते हैं मन्दिर बनवाने वाले के पास।'

'जैसे?'

चीनता रहस्यमयी ढंग से मुस्करायी। 'हो सकता है उन्हें लगा हो कि कहानी ख़त्म नहीं हुई है—कि अभी वो भविष्य में प्रवेश करेगी।'

'यह तो मेरी समझ से बाहर है, चीनता,' मैंने कहा। 'कोई गाथा भविष्य में कैसे जा सकती है? आख़िरकार ये है तो कहानी ही...'

उसने मेरी उँगली के जोड़ पर थपकी देकर मुझे रोका।

'यह वाक्य कभी भी इस्तेमाल मत करना दीनो,' उसने धीरे-धीरे, लेकिन ज़ोर देते हुए कहा। 'सत्रहवीं शताब्दी में कोई भी किसी चीज़ के लिए "बस एक कहानी ही तो" जैसे शब्द नहीं इस्तेमाल करता था, जैसे हम आधुनिक लोग करते हैं। उस दौर में लोग जानते थे कि कहानियाँ सामान्य से परे जा सकती थीं, इंसानी सोच के भी परे। वे जानते थे कि कहानियों के ज़रिये ही हमारे अस्तित्व के आन्तरिक रहस्यों में प्रवेश किया जा सकता था, जहाँ गैर ज़रूरी चीज़ों का अस्तित्व साबित किया जा सकता था—जैसे प्यार, या वफादारी, या फिर वो मानसिक क्षमता जो हमें उस समय मुड़ने पर मजबूर करती है जब हमें अपने ऊपर किसी अजनबी या जानवर की नज़रों का अहसास होता है। कहानियों से ही तो अदृश्य या मौन जन्तु हमसे बात कर सकते हैं, संवाद स्थापित कर सकते हैं। वही तो हैं जो बीते समय को हम तक आने देते हैं।'

'तुम थोड़ा बढ़ा-चढ़ाकर नहीं बोल रहीं, चीनता?'

'नहीं डियर, बिल्कुल नहीं। तुम्हें कहानियों की शक्ति को कम नहीं आंकना चाहिए। उनमें कुछ मौलिक और गूढ़ होता है। तुमने सुना नहीं है कि कहा जाता है जो हमें इंसान बनाती है, जो हमें जानवरों से अलग करती है वह कहानी कहने की कला ही है?'

'हाँ, सुना है मैंने।'

'लेकिन अगर सच इससे ज़्यादा अजीब हो? अगर उल्टा हो तो? अगर कहानी कहने की कला इंसानी हुनर न हो, बल्कि हमारे जानवर होने का आख़री अंश हो तो? भाषा के पूर्व के समय का अंश, जब हम दूसरे जीव-जन्तुओं की तरह ही बातचीत करते थे? नहीं तो ऐसा क्यों है कि जानवर सिर्फ कहानियों में ही बोलते हैं? और राक्षस, देवों और स्वयं भगवान का क्या? कहानियों के ज़रिये ही सृष्टि हमसे बात करती है, और अगर हमने सुनना नहीं सीखा तो यकीन मानो, हमें उसकी सजा मिलेगी।'

मैं अपनी सीट पर बेचैनी से कसमसाया। मुझे याद आ रहे थे ब्रुकलिन के वो महीने जब मुझे यह सोच खाये जा रही थी कि सुन्दरबन की मिट्टी में निष्क्रिय पड़ी कोई चीज़ मेरे अन्दर प्रवेश कर गई थी। फिर मेरी नज़रों के आगे एक दृश्य जीवित हो उठा, आसमान में कलाबाज़ी खाता वो साँप और अनायास ही मैंने अपना मुँह छिपाने के लिए हाथ ऊपर कर लिए।

'क्या हुआ, डियर?' चीनता ने पूछा। 'अभी क्या हुआ था?'

'कुछ नहीं चीनता। कुछ नहीं।'

पिछले दिन जहाज़ पर घटी घटना के बारे में मैं उसे बता नहीं पा रहा था। कह भी क्या सकता था? कि मुझे साँपों के बुरे सपने आ रहे थे? कि मुझे हवाई जहाज़ में अफरा-तफरी फ़ैलाने के लिए गिरफ्तार किया गया था? वह क्या सोचती? बस यही कि मैं पागल हो रहा था।

'बस कई दिनों से तबियत कुछ ठीक नहीं है।'

'हाँ, देख रही हूँ।' उसने मुझे गौर से देखा और फिर अपनी सीट पर पीछे होकर बैठ गई।

'मुझे लगता है तुम ज़्यादा काम कर रहे हो, डियर,' उसने कहा। 'एक काम करते हैं, इस कॉन्फ्रेंस से छुट्टी लेते हैं। मेरी बहन की बेटी जिज़ैला रोम से यहाँ आयी हुई है—उसके बारे में मैंने कभी बताया है तुम्हें? जीज़ा, प्यार से हम उसे इस नाम से बुलाते हैं, काफी दिलचस्प लड़की है। वह टीवी के लिए डॉक्यूमेंट्री फिल्में बनाती है और कई बड़े पुरस्कार भी जीत चुकी है। वह रोम के त्रास्तेवेरे शहर में रहती है, अपनी गर्लफ्रेंड के साथ और इन दोनों ने दो अनाथ, शरणार्थी बच्चों को गोद लिया है—सीरिया की एक छह साल की लड़की और इरीट्रिया का सात साल का लड़का। अब वो सभी कैलिफोर्निया में हैं: इम्मा,

जीज़ा की पार्टनर कंप्यूटर में कुछ बड़ा करती है और उसकी कंपनी ने एक साल के लिए उसे एल.ए. भेजा है। उन्होंने वेनिस बीच के पास घर लिया है।'

चीनता हँसी। 'वेनिस बीच! है ना शानदार? पता है, मैं वहाँ कभी नहीं गई हूँ—वेनिस की निवासी जो कभी वेनिस बीच नहीं गई! लेकिन आज—' उसने बात पर ज़ोर देने के लिए अपनी तर्जनी से मेरे हाथ को थपथपाया, 'जीज़ा ने मुझे आज शाम को ड्रिंक्स के लिए आमन्त्रित किया है और तुम्हें भी मेरे साथ आना होगा! हम लोग कॉन्फ्रेंस डिनर छोड़ देंगे—इतने बोरिंग भी होते हैं। वेनिस समुद्र तट कहीं ज़्यादा मज़ेदार होगा, है ना?'

उसने मेरे हाथ पर थपकी दी। 'तुम्हें जीज़ा पसन्द आयेगी, डियर। मुझे बहुत पसन्द है। वह लूचीआ की उम्र की है और दोनों काफी क़रीब भी थीं। उससे मिलना हमेशा अच्छा लगता है।'

कॉन्फ्रेंस के बाद मैंने ऊबर टैक्सी बुलाई और हम जीज़ा के घर के लिए निकल गये। ड्राइवर ने हमें वेनिस समुद्र तट के पास नहरों पर बनी कॉलोनी के एक सुन्दर घर पर छोड़ दिया। जब हम पहुँचे तो जीज़ा की पार्टनर दफ्तर में ही थी तो दरवाज़ा जीज़ा ने ही खोला।

वह पैंतीस साल के आस-पास की रही होगी, दुबली-पतली। उसने गाढ़े रंग की पैंट और ढीला काला स्वेटर पहना हुआ था। नाक में बायीं तरफ चाँदी की नथ थी और उसके छोटे भूरे बादामी सुनहरे बालों की स्ट्रीक्स उसके गुलाबी चश्मे से मेल खा रही थीं। वह बहुत तेज़ बोलती थी, अक्सर उसके शब्द उसकी सोच से आगे होते थे और अंग्रेज़ी और इतालवी के बीच वह आराम से दौड़ती; पूरे समय उसके हाथ हिलते रहते।

उस दिन शुरुआत से ही साफ था कि जीज़ा कुछ परेशान थी। उसके पास कारण भी था—उसने बस दरवाज़ा खोला ही था कि उसके गोद लिए बच्चे बाहर भागे और उनके पीछे भागा एक जोशीला लैब्राडोर कुत्ता, जिसने चीनता को लगभग गिरा ही दिया। दोनों बच्चे फुर्तीले, मस्त थे और उन्हें पकड़कर घर के अन्दर करने में जीज़ा को कुछ देर उनके पीछे भागना पड़ा। लेओला, तो बहुत ही ज़िद्दी थी और उसे तो घर के अन्दर धकेलना पड़ा।

इस सब के बाद जीज़ा हाँफ रही थी और माफ़ी माँग रही थी: वे आम तौर पर ऐसे नहीं थे, बस आज उसने उन्हें स्कूल नहीं भेजा था क्योंकि मानकों के हिसाब से प्रदूषण का स्तर आज ख़राब था। हवा में बहुत ज़्यादा धुआँ था और ऐसे समय पर जबकि कुछ मील दूर ही ऐसी भयंकर आग भड़की हुई थी, वह बच्चों से दूर नहीं रहना चाहती थी। उसने हमें बताया कि पिछले साल वह ऐसी ही परिस्थिति में, सिसिली में छुट्टी मनाते समय फँसी थी। वे समुद्र तट पर बैठे धूप सेंक रहे थे जब पुलिस ने आकर सूचना दी कि पास में जंगल में आग लग

गई थी और वह तेज़ी से उनकी ओर बढ़ रही थी। तब वहाँ जो अफरा-तफरी मची, उसमें वह कुछ देर के लिए अपनी बेटी से बिछड़ गई थी। ये पल उसके लिए बहुत दुखदायी था। वह दोबारा ऐसा नहीं होने देना चाहती थी।

यह सब उसने तब ही बता दिया जब हम बाहर थे।

'मेरे ख्याल से धुआँ कुछ कम है अब,' जीज़ा ने आसमान का मुआयना करते हुए कहा। 'है ना? हम लोग बाद में समुद्र तट पर भी जा सकते हैं। लेकिन, पहले अन्दर आइये, ड्रिंक्स लेते हैं।'

'या हम लोग पहले समुद्र तट पर चलें?' चीनता ने कहा। 'जल्दी ही सूरज डूब जायेगा और बाद में ज़्यादा अंधेरा हो जायेगा।'

जीज़ा ने हामी भरने के लिए सिर हिलाया और कुछ ही पलों में हम चल दिए। बच्चे और लेओला आगे दौड़ रहे थे। जब हम समुद्र के किनारे पहुँचे तो सूरज डूब रहा था और समुद्र तट एकदम खाली, बल्कि उजाड़-सा लग रहा था। वहाँ रेत की अनन्त पट्टी पर कुछ लोग जॉगिंग करते दिख रहे थे। जीज़ा को लगा कि लोग धुएँ की वजह से नहीं आये थे—लेकिन यहाँ की हवा कहीं और से ज़्यादा ताज़ा थी, समुद्र से आती साफ हवा। समुद्र तट से दूर धुएँ की सूनामी भी नज़र नहीं आ रही थी; दो दिन पहले जो काली लहर मैंने देखी थी वो धुंध में छुप गई थी।

लेओला पानी में जाने को उतावली थी तो बच्चे आगे भाग कर उसके लिए पानी में टहनी फेंक रहे थे, ताकि वह लेकर आये। ज़ाहिर था कि लेओला को उस खेल में बहुत मज़ा आ रहा था। वह टहनी को ऐसे देखती मानो उसकी जान उसमें अटकी हो; और पानी में उसके पीछे गोते खाते वक़्त भी उसकी नज़र टहनी से हटती नहीं—एक दर्जन बार उसने यह खेल खेला, पर एक बार भी टहनी वापस लाने से नहीं चूकी।

फिर मुँह में टहनी दबाये जब वह तट पर लौट रही थी तो क़रीब एक फुट पानी में वह अचानक ठहर गई। उसने टहनी गिरा दी और वो जो भी चीज़ थी, जिसने उसका ध्यान खींचा था उस पर भौंकने लगी, उसे काटने की कोशिश करने लगी।

बच्चों ने मुँह पर हाथ लगाकर उसे वापस बुलाने के लिए आवाज़ें दीं। लेकिन लेओला ने उनकी तरफ कोई ध्यान नहीं दिया और बार-बार पानी में मुँह डुबाती रही। जब उसने फिर सिर उठाया तो हमने देखा कि उसके मुँह में कोई चीज़ लटक रही थी। जो भी चीज़ उसके मुँह में थी, वह जीवित थी और तड़प रही थी।

लेओला तट की तरफ बढ़ी तो जीज़ा उसकी तरफ दौड़ने लगी। तट पर पहुँचते ही लेओला ढह गई और मुँह में जो चीज़ थी वह भी गिर गई।

जीज़ा का बेटा सबसे पहले लेओला के पास पहुँचा और चिल्लाने लगा: 'साँप! साँप!' जीज़ा उससे मात्र एक क़दम दूर थी; और उसकी कमीज़ पकड़कर उसने उसे पीछे खींचा।

कुछ ही पल में चीनता और मैं वहाँ पहुँचे, जीज़ा लेओला का सिर अपनी गोदी में रखकर बैठी थी। उसके बच्चे पास में बैठे रो रहे थे। थोड़ी दूर पर क़रीब दो फुट लम्बा साँप पड़ा था। उसका रंग गहरा, धातुमयी था और पेट का हिस्सा पीला। वह मर चुका था, उसका सिर कुचला हुआ था।

लाल रंग के कॉस्ट्यूम में दो लाइफगार्ड भी आ गये और उन्होंने देखते ही स्थिति समझ ली।

'क्या साँप ने कुत्ते को डंस लिया?'

'हाँ,' चीनता ने जवाब दिया। 'जब उसने सिर पकड़ा होगा तब डंसा होगा।'

'ओह।' गार्ड ने कहा। 'यह तो पीतोदर समुद्री सर्प है। इसका विष घातक होता है।'

'समुद्री साँप?' मैंने कहा। 'यहाँ आम होते हैं क्या?'

'पहले तो नहीं होते थे,' गार्ड ने कहा। 'कुछ महीने से दिख रहे हैं। काश मुझे पता होता कि आ कहाँ से रहे हैं!'

गार्ड कुत्ते को उठाकर समुद्रतट पर तख्ते से बने हुए रास्ते पर ले गये, जीज़ा ने अपनी पार्टनर को फोन किया और चीनता बच्चों को संभाल रही थी। लेओला वहाँ पड़ी कराह रही थी। लेकिन सौभाग्य से इम्मा, जीज़ा की पार्टनर, जहाँ काम करती थी वो कैंपस बहुत नज़दीक था और वह कुछ ही मिनटों में आ पहुँची। आते ही उसने स्थिति संभाली—ऊबर टैक्सी बुलाई और उसे जानवरों के डॉक्टर के पास ले गये।

उनके जाने के बाद चीनता और मैं कुछ देर पैदल पथ पर खड़े रहे, ख़ुद को संभालते हुए। मैं भी ऊबर टैक्सी बुलाने की सोच ही रहा था कि एक टैक्सी दिखी, मैंने उसे रोक लिया।

'चलो चीनता, होटल चलते हैं।'

जंगल की आग ने इतनी अफरा-तफरी मचा दी थी कि हम जल्द ही भयंकर जाम में फँस गये। ड्राइवर ने हमें आगाह किया कि होटल पहुँचने में कम से कम दो घंटे लग सकते हैं।

एक घंटे बाद जब हम हाईवे पर थे तब चीनता का फोन बजा। जीज़ा का फोन था। दोनों ने धीमी आवाज़ में लम्बी बात की।

जब चीनता ने फोन रखा तो उसकी आँखें भरी हुई थीं।

'आई कांट बिलीव इट,' उसने हाथ से आँखें पोंछते हुए कहा। 'विश्वास नहीं होता। लेओला मर गई। वो भी साँप के डंसने से। यहाँ एल.ए. में!'

'और बच्चों का क्या हाल है?'

'ठीक हैं। उन्होंने तो इससे बद्तर ही देखा होगा।'

'और जीज़ा?'

'हिली हुई है।'

'ज़ाहिर है। अपने पालतू जानवर को इस तरह मरता देखना कष्टदायक रहा होगा।'

'बात बस उतनी नहीं है।'

'फिर?'

'जब वह मर रही थी, तो और भी कुछ हुआ था।'

'क्या?'

चीनता ने अपना होंठ दबाया। 'मैंने तुम्हें बताया था न कि जीज़ा मेरी बेटी लूचीआ के बहुत क़रीब थी?'

'हाँ, बताया था।'

'जीज़ा ने कहा कि उसे लगा कि आज लूचीआ वहाँ थी, उसके साथ, थोड़ी देर पहले...'

चीनता अपनी आँखें पोंछ रही थी और हम लोग थोड़ी देर चुपचाप बैठे रहे, अपने आगे उस आग के परिदृश्य को देखते रहे जिसमें आग की ऊँची लपटें उस ख़ूबसूरत व्यवस्थित इलाके की ओर बढ़ रही थीं।

फिर चीनता ने फुसफुसा कर मुझे कहा, 'पता है, कभी-कभी मुझे भी महसूस होती है।'

'क्या?'

'लूचीआ की उपस्थिति। मुझे लगता है कि वह मेरे पास में है। बहुत ही सुकून भरा अहसास होता है।'

'और उसकी आवाज़ भी सुनाई देती है? जैसे उस बार साल्ज़बुर्ग में सुनाई दी थी?'

'हाँ, एक बार और सुनाई दी थी।'

'कब? कहाँ?'

'जाकोमो और लूचीआ के जाने के कुछ साल बाद। एक्सीडेंट की जाँच लम्बी खिंच रही थी, अन्तहीन सी। सब जानते थे कि जाँच में कुछ निकलना नहीं था—सब झांसा था, दुनिया को बेवक़ूफ़ बनाने के लिए नौटंकी। सारे राजनेता और पुलिसवाले या तो डरते थे या माफिया की जेब में थे। समय के

साथ मेरा विश्वास कम होता गया और मैं निराश होती गई। और मुझे जाकोमो और लूचीआ की कमी इतनी खल रही थी कि मैं उनके न होने का दर्द बर्दाश्त नहीं कर पा रही थी और मरना चाहती थी। मैंने खाना छोड़ दिया था और एक दिन, कमज़ोरी की उस हालत में, मैं बारिश में भीग गई और मुझे निमोनिया हो गया। मैं यही तो चाहती थी। मैं मना रही थी कि जल्दी जीवन से मुक्ति मिले। उस वक़्त मैं अस्पताल में थी—मैं आज भी वहाँ के निऑन लैम्प, और फूलों से भरी मेज़ देख पा रही हूँ—कि एक दिन मुझे लूचीआ की आवाज़ साफ़ सुनाई दी। मैं उसे देख तो नहीं सकती थी लेकिन मुझे ऐसा महसूस हुआ कि वह खिड़की पर पर्दे के पास खड़ी थी। उसने कहा, "मम्मा, मम्मा—अपने साथ ये क्या कर रही हो? अभी आपका वक़्त नहीं आया है, आपको ज़िन्दा रहने के लिए लड़ना होगा। आप इस तरह हार नहीं मान सकतीं। ज़िन्दगी में विश्वास दिलाने के लिए आपके साथ कुछ होगा—आपको मेरा विश्वास करना होगा। और तब तक आपको जीना होगा और इन्तज़ार करना होगा—अगर अपने लिए नहीं तो मेरे लिए। क्योंकि अगर आप अभी दुनिया से चली गईं तो न आपको शान्ति मिलेगी, न मुझे।"'

चीनता चुप हो गई और हल्के से मुस्करायी।

'शायद सपना था, या फिर मतिभ्रम। जो भी था, मैं ज़िन्दा हूँ और अभी भी इन्तज़ार कर रही हूँ।'

उस शाम, बाद में मुझे सूझा कि एक ही इंसान था जो वेनिस समुद्र तट वाली घटना पर रोशनी डाल सकता था: पिया।

मैंने तुरन्त उसे एक ईमेल लिखा और पूरी घटना के बारे में उसे बताया, साथ ही मैंने उससे ये भी जानना चाहा कि क्या उसे ऐसी किसी अन्य घटना के बारे में जानकारी है।

जब मैंने दोबारा पढ़ा तो मुझे अपना सन्देश काफी रूखा लगा इसलिए मैंने टीपू का हाल पूछने के लिए दो-चार वाक्य जोड़ दिए।

मैं नहीं जानता था कि पिया कहाँ थी और उसके जल्दी जवाब की उम्मीद भी नहीं कर रहा था क्योंकि हो सकता था कि वो जहाँ हो वहाँ देर रात हो रही हो। लेकिन मेरा मेल उसे ओरेगॉन में मिला और उसने पन्द्रह मिनट में जवाब दे दिया।

अजीब इत्तेफ़ाक़ है, उसने कहा, क्योंकि दो दिन पहले ही अख़बार में पीतोदर समुद्री सर्प के बारे में पढ़ा था (उसने लेख का लिंक भी भेजा, जो कैलिफ़ोर्निया की वेंचुरा समुद्र तट पर हुए एक हादसे के बारे में था)। आमतौर पर यह साँप गर्म जगहों पर होते हैं, दक्षिण की तरफ लेकिन दक्षिण कैलिफ़ोर्निया में अक्सर दिखने लगे थे: समुद्र के बढ़ते तापमान के चलते यह अब उत्तर की

तरफ जाने लगे थे। यह कैलिफ़ोर्निया के लिए बुरी ख़बर थी क्योंकि पीतोदर समुद्री सर्प बहुत विषैले होते हैं—लेकिन क़िस्मत से मरने वालों की संख्या ना के बराबर थी। मेरी दोस्त का कुत्ता कुछ ज़्यादा बदक़िस्मत था, बेचारा।

'और जहाँ तक टीपू का सवाल है, पूछने के लिए शुक्रिया। अभी भी बैंगलोर मैं है और ठीक लग रहा है। मोयना से लगातार सम्पर्क में है—वह कह रही थी कि अक्सर फोन करता है और अपनी फोटो भेजता है।'

उसने आगे लिखा था, 'और पता नहीं आपने सुना कि नहीं, उस मन्दिर के बारे में जहाँ आप गये थे? वहाँ, कुछ महीने पहले एक भयंकर तूफ़ान आया था और मन्दिर बह गया। मैं जाने की सोच रही थी, पर शायद क़िस्मत में नहीं लिखा था। अब वहाँ कुछ नहीं बचा है।'

अन्त में ढेरों इमोजी थे और लिखा था 'टेक केयर और आशा है अब आपको और साँप न मिलें!'

बन्दूक द्वीप

चीनता का वक्तव्य कॉन्फ्रेंस का समापन कार्यक्रम था और जब उसका वक्तव्य शुरू हुआ तो हॉल में एक सीट खाली नहीं थी।

केवल उसकी किताबें या फिर पडोवा यूनिवर्सिटी में उसका प्रोफेसर एमेरिट्स होना ही लोगों के लिए आकर्षण का कारण नहीं था, बल्कि वास्तव में वह अत्यन्त सम्मोहक वक्ता भी थी। उसकी मधुर, उतार-चढ़ाव वाली आवाज़, उसका ओपेरा सरीखा बोलने का लहजा और उसका अन्दाज़ जो नाटकीय होने के साथ-साथ प्रेरक भी था—ये सभी चीज़ें उसकी विद्वत्ता की पूरक थीं और वह इन खूबियों को अपने हक में इस्तेमाल करना भलीभाँति जानती थी। स्टेज पर, सफेद बालों का ताज पहने, तीखे नैन-नक्श वाली चीनता की उपस्थिति काफी प्रभावशाली लगती थी—और उस दिन भी, उसने हमें शेक्सपियर के वेनिस की ऐतिहासिक पृष्ठभूमि के विषय में बताते हुए वैसा ही किया।

अगर शाइलॉक सिर्फ एक साहित्यिक किरदार न होकर असल ज़िन्दगी में होता, चीनता ने हमें बताया, तो वह 1541 में बने वेनिस के ख़ास यहूदी इलाके में रहता। यह वह समय था जब वेनिस की सरकार ने कानून बनाकर यहूदियों को शहर में बसने की अनुमति दी थी—बशर्ते कि वे विशिष्ट कपड़े पहनें और ईसाई लोगों से घुले-मिलें नहीं और अपने अलग द्वीप पर रहें।

और फिर पीछे की स्क्रीन पर वेनिस का एक बड़ा मानचित्र दिखा और चीनता लेज़र पॉइंटर लिए उसकी तरफ मुड़ी। 'देखिये,' उसने कहा, 'यह है *सेस्तीएर*—कान्नारेजो डिस्ट्रिक्ट—उत्तर-पूर्वी वेनिस में। और यहाँ—' पॉइंटर का लाल बिन्दु थोड़ा हिला, 'वह द्वीप है जिसकी हम बात कर रहे हैं। चूँकि वेनिस

ख़ुद भी एक द्वीप है—या फिर द्वीप समूह—तो जैसा कि आप देख सकते हैं यह यहूदी बस्ती, एक द्वीप के भीतर द्वीप है।'

यह शब्द, 'द्वीप के भीतर द्वीप' सुनकर मैं चौंक गया। यह मैंने पहले कहाँ सुना था?

कुछ मिनट बाद मुझे ख्याल आया उस अजीब चिह्न का जो मैंने बन्दूक़ी सौदागर के मन्दिर पर देखा था, गोले के अन्दर गोला।

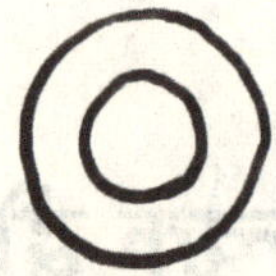

'*द्वीपेर भेतोरे द्वीप,*' रफ़ी ने कहा था, 'द्वीप के भीतर द्वीप...'

चीनता की बात ध्यान से सुनने के लिए मैं आगे होकर बैठ गया। यहूदियों को जो द्वीप दिया गया था, उसने कहा, वहाँ पहले एक ढलाईखाना हुआ करता था जहाँ बन्दूक़ की गोलियों समेत युद्धसामग्री तैयार की जाती थी। वेनिस की पुरानी बोली में ढलाईखाने को *गैत्तो* कहते थे और यहूदी इलाके का यही नाम पड़ गया। आगे चलकर यह इलाका न केवल यहूदी विद्या का मशहूर केन्द्र बना, बल्कि इसकी वजह से कई नए शब्द भी ईजाद हुए, जिनमें से *गैत्तो* (पृथक्कृत वर्ग विशेष के लोगों की बस्ती) एक होगा।

पोडियम पर कोहनी टिकाकर चीनता आगे झुकी: 'भूलियेगा नहीं कि वेनिस के गैत्तो में रहने वाले लोग लेवंत, मिस्र और उत्तर अफ्रीका के साथ व्यापार करते थे; उनमें से बहुतों को अरबी भाषा आती थी। और शायद उनकी वजह से ही मेरे शहर को शुद्ध अरबी में स्थान मिला: उस भाषा में वेनिस को तीन ऐसी चीज़ों के लिए जाना जाता था, जिनका प्रत्यक्ष रूप से आपस में कोई नाता नहीं था—पहाड़ी बादाम (हेज़लनट), बन्दूक़ की गोलियाँ और बन्दूक़! मैंने इसलिए कहा कि 'प्रत्यक्ष रूप से' इनमें सम्बन्ध नहीं था क्योंकि हेज़लनट का आकार बन्दूक़ की गोलियों जैसा तो होता ही है और गोलियों के बिना बन्दूक़ों का कोई मतलब नहीं! ख़ैर, तीनों ही शब्द अरबी भाषा में एक शब्द से जाने जाते हैं। उस शब्द की उत्पति बाइजेंटाइन साम्राज्य में 'वेनिस' जिस नाम से जाना जाता था, उससे हुई। और यह नाम है "बानादिक़"—स्वीडिश "वेनेडिग" का पूर्वज। अरबी में "बानादिक़" "अल-बन्दुकेया" बन गया जो उस भाषा में आज तक वेनिस का नाम है। लेकिन *बन्दुकेया* बन्दूक़, हेज़लनट और बन्दूक़ की गोलियों के लिए शब्द है—और यह गोलियाँ, मेरे हिसाब से उस पुराने *गैत्तो* में बनी थीं!'

यहाँ वह पल भर के लिए रुकी और फिर टोपी से खरगोश निकालते जादूगर की तरह नाटकीयता से इशारा किया।

'और अरबी के ज़रिये वेनिस का नाम सब जगह पहुँच गया, जैसे ईरान और भारत, जहाँ आज तक बन्दूक़ शब्द चलन में है—जिसका मतलब और कुछ नहीं बल्कि "वेनिस" है!'

कभी-कभी ऐसा होता है की दिमाग की बत्ती अचानक जल जाती है और ज़ोर का झटका लगता है, बिजली के करंट जैसा। और उस वक़्त मेरे साथ भी ऐसा ही हुआ। क्या मुमकिन था कि मैंने "बन्दूक़ी सौदागर" नाम का मतलब ग़लत समझा था? क्या मुमकिन था कि उसका नाम "बन्दूक़ी सौदागर" था ही नहीं जैसा मैंने सोचा था, बल्कि उसका मतलब था "सौदागर जो वेनिस गया था"?

चौंककर मेरे मुँह से ज़रूर आवाज़ निकली होगी क्योंकि कई नज़रें मेरी तरफ मुड़ीं। शर्मिन्दा होकर मैं हॉल से बाहर निकल गया।

मेरा इस तरह अचानक बाहर जाना चीनता की नज़रों से छिपा नहीं। बाद में, समापन पार्टी के दौरान वह मुझे अलग ले गई।

'दीनो! मैंने तुम्हें सेशन के बीच में बाहर जाते देखा था,' उसने मेरी बाज़ू पर हाथ रखते हुए कहा। 'क्या हुआ, डियर? तबियत ख़राब है क्या?'

'नहीं, वो बात नहीं।' मैंने कहा। 'बस, वो तुमने ऐसा कुछ कहा जिससे मैं चौंक गया।'

'क्या? बताओ मुझे!'

मैंने शोरगुल भरे कमरे में नज़र दौड़ाई। 'बाहर चल सकते हैं क्या? यहाँ तो मुझे अपनी आवाज़ नहीं सुनाई दे रही।'

'चलो, बगीचे में चलते हैं।'

वाइन लेकर हम लोग होटल के बगीचे में गये और एकान्त में एक बेंच ढूँढ़ ली।

'तो बताओ,' चीनता ने कहा। 'क्या बात है?'

मैंने वाइन के कुछ घूँट लिए और गहरी साँस ली। 'तुम्हें याद है, मैंने तुम्हें उस मन्दिर के बारे में बताया था? सुन्दरबन के?'

'हाँ। तो?'

'उससे जुड़ी एक दन्तकथा है। लेकिन जैसा मैंने तुम्हें पहले भी बताया था वो कभी लिखी नहीं गई और अब उस कथा के कुछ ही टुकड़े बचे हैं। जो थोड़ा बहुत मुझे पता था, मैंने मान लिया था कि वह बस विलक्षण लोगों और जगहों की कहानी है—जिसका वास्तविकता से कोई लेना-देना नहीं है। लेकिन

इस कॉन्फ्रेंस में जो चीज़ें मैंने सुनीं—पहले वो उद्घाटन वाले वक्ता से और फिर तुमसे—मुझे लगने लगा है कि बात कुछ और ही है।'

'ऐसा क्यों?'

'एक बात तो ये कि इस कथा का मुख्य पात्र बन्दूक़ी सौदागर कहलाता है—मैंने उसे "बन्दूक़ का व्यापारी" समझा। शायद मेरे लिए तो हमेशा वही रहेगा। लेकिन तुम्हारा वक्तव्य सुनकर मुझे लग रहा है कि इसका मतलब एकदम अलग भी हो सकता है। शायद इसका मतलब हो "सौदागर जो वेनिस गया था"।'

चीनता फटी आँखों में मुझे एकटक देखती रही।

'इस कथा के बारे में और क्या जानते हो?'

'बहुत ज़्यादा नहीं।'

'जो भी जानते हो, मुझे सब कुछ बताओ।'

मैंने कहानी सुनाई तो वह ध्यान से सुनती रही। अभी मैंने बोलना ख़त्म भी नहीं किया था कि वह सिर हिलाने लगी, 'मुझे लगता है कि तुम सही कह रहे हो। तुम्हारे बन्दूक़ी सौदागर का नाम निश्चित रूप से बन्दूक़ के सन्दर्भ में नहीं बल्कि वेनिस के सन्दर्भ में है।'

फिर उसने त्योरी चढ़ाई और ठोड़ी पर उँगली रखी। 'लेकिन फिर भी, मैं समझी नहीं कि तुम क्या सोच रहे हो। क्या तुम कहना चाहते हो कि यह कहानी वेनिस की यात्रा का अप्रामाणिक वर्णन है?'

'मैंने यह सोचा था,' मैंने कहा। 'लेकिन फिर सही नहीं लगा, ख़ासतौर से तब जब उन जगहों के अजीबोग़रीब नामों के बारे में सोचो। *लैंड ऑफ़ पाम शुगर कैंडी* के बारे में तुम्हारा क्या कहना है? या फिर *लैंड ऑफ़ कर्चीव्स*? ऐसा नहीं लगता कि कहानी की किताब से उठाये गये नाम हों?'

चीनता ने अपनी आँखें बन्द कीं। 'शायद, शायद...लेकिन यह बताओ बंगाली में क्या नाम हैं? तुम्हें याद हैं?'

'हाँ,' मैंने कहा। 'जिन नामों का मैंने अंग्रेज़ी अनुवाद बताया वो हैं, *ताल मिसरीर देश*। *ताल* मतलब ताड़ का पेड़। इस पेड़ से एक मीठा शीरा निकलता है जो मिठाई बनाने में इस्तेमाल होता है, और मिश्री बनाने के लिए भी। बांग्ला में शुगर कैंडी को मिश्री कहते हैं।'

'ओ माय, डियर!' चीनता हँसी। 'यह वाक़ई में विलक्षण है, लेकिन जैसा तुम सोच रहे हो, वैसा नहीं।'

'मतलब?'

'क्या तुम जानते हो कि अरबी में इजिप्ट को 'मिस्र' कहते हैं? 'मिस्री' या 'मस्री' मतलब 'इजिप्ट का'। *मिश्री* नाम शायद इसलिए पड़ा कि वह मिस्र के रास्ते बंगाल पहुँची?'

मैं उसे अवाक् देख रहा था।

'क्या ऐसा नहीं हो सकता?' उसने आगे कहा। 'हो सकता है तुम्हारा *ताल मिसरीर* देश इजिप्ट हो?'

'वो...हाँ,' मैं हकलाया। 'यह हो सकता है, बन्दूक़ी सौदागर और नाखुडा इल्यास को भूमध्यसागर जाने के लिए इजिप्ट से गुज़रना पड़ेगा...'

पहली पहेली बूझ लेने के बाद चीनता का हौसला बढ़ गया था। उसने मुझे वहीं रोका। 'और दूसरा देश जिससे वो गुज़रे? क्या नाम था उसका?' उसने पूछा।

'*लैंड ऑफ़ कर्चीव्स*? कहानी में उसे *रूमाली देश* कहते थे। बंगाली में हैंडकर्चीव को रूमाल...'

चीनता ख़ुशी से चीख पड़ी। 'आह! इससे साफ तो कुछ हो ही नहीं सकता! ज़ाहिर है! वो भी एक जगह है।'

'कौन-सी जगह?'

'तुमने कभी रूमेलिआ के बारे में नहीं सुना है? या रूमेली-हिसारी क़िले के बारे में?'

'नहीं,' मैंने कहा। 'वो कहाँ है?'

'तुर्की में।'

'तुर्की? सच में?'

'हाँ, डियर, तुम इतने शॉक में क्यों लग रहे हो? तुम तो काँप रहे हो!'

मैंने गहरी साँस ली। 'नहीं, कुछ नहीं हुआ। बताओ, कहाँ है यह क़िला?'

'इस्तांबुल के बाहरी इलाके में, जहाँ तुर्कों ने यूरोप में अपना पहला गढ़ बनाया था। रूमेली शब्द का स्रोत है *रूम* या जिसे हम कहते हैं रोम—अरबी और फ़ारसी में इस्तांबुल को कांस्टेंटिनोपल, बाइजेंटाइन का रोम कहा जाता था। तुम्हारी कहानी का रूमाली इसी का कोई रूप मालूम पड़ता है—क्या यह सही नहीं लगता कि बन्दूक़ी सौदागर और कप्तान इल्यास इजिप्ट (मिस्र) से तुर्की गये हों? और देखो...'

उसने रुककर अपनी नाक खुजाई, 'हाँ, ठीक है—तुमने कहा था न कि उन्हें वहाँ से एक आग के कारण भगा दिया गया?'

मैंने सिर हिलाकर हामी भरी तो उसने कहा, 'देखा! अब तो तुम्हारे पास तारीख़ भी है!'

'कैसे?'

'सन 1660 में इस्तांबुल में बहुत बड़ी आग लगी थी। तुम्हें याद नहीं उस दिन उद्घाटन वक्तव्य में वक्ता ने क्या कहा था? भयंकर अकाल के चलते इस्तांबुल सूखी लकड़ी की तरह हो गया था और जुलाई 1660 में शहर में बहुत बड़ी आग लग गई थी, जिसमें चालीस हज़ार लोग और कई लाख घर जलकर राख हो गये थे। शहर का दो तिहाई हिस्सा जल गया था। यहूदी इलाके सबसे बुरे हाल में थे। बाद में ये यहूदियों पर बड़ी आपदा बनकर टूटी क्योंकि कट्टरपन्थियों ने सारा दोष यहूदियों पर मढ़ दिया था। बहुतों को निर्वासित कर दिया गया और उनमें से बड़ी संख्या में यहूदी वेनिस आकर बस गये थे।'

चीनता ने अपनी वाइन का घूँट लिया। 'कितने दुःख की बात है कि हम इस कप्तान इल्यास के बारे में और नहीं जानते। दिलचस्प होता यह जानना कि वह कौन था और कहाँ से था।'

'एक मिनट!' मुझे अचानक कुछ याद आया। 'एक सुराग है। मन्दिर की दीवार पर, कप्तान इल्यास के लिए बने चित्र के साथ हमेशा एक ख़ास चिह्न होता था जो मैं पहचान नहीं पाया।'

'अच्छा? बनाकर दिखाओ।'

मैंने जेब से पेन और एक नैपकिन निकला और उस चिह्न को याद करने के लिए आँखें बन्द कीं।

'कुछ ऐसा था,' मैंने कहा।

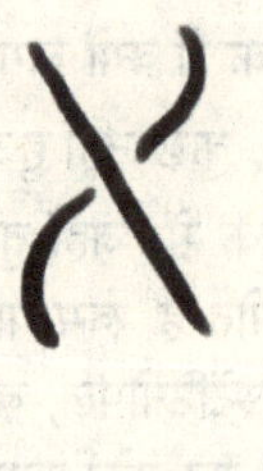

मैंने उसे नैपकिन पकड़ाया और अपने फोन की लाइट से रोशनी की।

उसने चश्मा लगाकर नैपकिन को ध्यान से देखा।

'अरे,' उसने कहा, 'मेरे ख्याल से...नहीं यकीनन! हाँ, पक्का—यह अलेफ है, यहूदी भाषा हीब्रू का पहला अक्षर! अब सब साफ है—कप्तान यहूदी था! उस दौर में पूर्वी यहूदियों में इल्यास काफी प्रचिलित नाम था—और हीब्रू में अलेफ से लिखा जाता है!'

चीनता ख़ुशी के मारे बच्चों की तरह ताली बजाने लगी। 'हाँ! अब सब समझ आ रहा है! तुमने कहा था न कि बन्दूक़ी सौदागर को पुर्तगाली समुद्री डाकुओं ने कप्तान इल्यास को बेचा था?'

'हाँ, कहानी तो यही थी।'

'आह!' वह कुछ सोच रही थी और अपने गिलास के किनारे पर उँगली फेर रही थी। 'अब अगर सत्रहवीं शताब्दी के समुद्री डाकू ने बंगाल की खाड़ी में कुछ बन्दी बनाये हों, तो उन्हें बेचने कहाँ जायेगा? जवाब बहुत सरल है—गोवा, जो एशिया में पुर्तगाली साम्राज्य का गढ़ था और हिन्द महासागर में दास व्यापार का अड्डा भी।'

वह फिर से हँसी। 'देखा तुमने, दीनो, शायद यह मात्र परिकथा नहीं है। इस कहानी की ऐतिहासिक पृष्ठभूमि काफी मुमकिन है। हमारा मुख्य किरदार एक सौदागर है, जिसका देश पूर्वी भारत अल्प हिम युग में जलवायु परिवर्तन के कारण अकाल और बाढ़ से तबाह हो जाता है; वह परिवार समेत अपना सब कुछ खो बैठता है और दौलत कमाने के लिए विदेश जाने का फैसला करता है। यात्रा के दौरान उसके समुद्री जहाज़ पर हमला होता है और डाकू उसे बन्दी बना लेते हैं। वे उसे गोवा ले जाते हैं जहाँ उसे ग़ुलाम के तौर पर बेच दिया जाता है। उसे ख़रीदता है एक व्यापारी और नौसैनिक, इल्यास, जो उसकी खूबियाँ पहचान कर उसे आज़ाद कर देता है। इल्यास मूल रूप से पुर्तगाली यहूदी है; उसका परिवार पुर्तगाली धर्म न्यायाधिकरण से बचने के लिए गोवा आया था। लेकिन अब धर्म न्यायाधिकरण गोवा भी पहुँच गया, तो वह वहाँ से जाने का फैसला करता है और सौदागर भी उसके साथ जाने को तैयार हो जाता है। वे इल्यास के जहाज़ में निकल पड़ते हैं और सबसे पहले पहुँचते हैं, मालदीव द्वीप, जहाँ वे कौड़ियाँ लेते हैं। फिर वे मिस्र जाते हैं, जहाँ उन्हें अहसास होता है कि मिस्र भी सत्रहवीं शताब्दी के "व्यापक संकट" से गुज़र रहा था। सरकार दो गुटों के बीच बंटी थी, और अर्थव्यवस्था चौपट थी और व्यापारियों के लिए समय ख़राब था। तो इल्यास और उसका शागिर्द इस्तांबुल के लिए निकल पड़ते हैं, जो उस्मानी साम्राज्य की राजधानी था और जो इल्यास जैसे यहूदियों के लिए सुरक्षित शरण-स्थली माना जाता था। लेकिन वहाँ भी मुसीबत पनप रही थी। वह देश भयंकर सूखे की गिरफ्त में था; अजीब मसीहाई पैदा हो गये थे। इस्तांबुल की सड़कों पर भी लोग एक-दूसरे को शक की नज़रों से देखते थे; जब भयंकर आग लग जाती है तो सारा दोष यहूदी समुदाय पर मढ़ दिया जाता है। इल्यास तय करता है कि वह और उसका शागिर्द वहाँ भी सुरक्षित नहीं हैं और उन्हें वहाँ से जाना चाहिए; और इस बार वो वेनिस के लिए निकलते हैं।'

उसने हवा में एक जादूगर की तरह हाथ हिलाया जैसे कुछ निकाल रही हो। 'और यह रही तुम्हारी दन्तकथा!'

लेकिन मुझे अभी भी विश्वास नहीं हो रहा था।

'मुझे नहीं समझ आता कि नाखुडा इल्यास सौदागर को अपने साथ इटली क्यों ले गया। क्या इटली में एक सांवला बंगाली अलग से नहीं दिखेगा?'

चीनता की आँखें चमक रही थीं। 'आह! डियर, तुम्हें याद नहीं? ऑथेलो याद है? तुम्हारा सौदागर वेनिस का पहला या आख़री सांवला आदमी नहीं होगा। उस दौरान वेनिस दुनिया की सबसे कॉस्मोपॉलिटन जगह थी। यूरोप के दूसरे हिस्से से आये लोग हमेशा टिप्पणी करते थे कि वेनिस में बहुत विदेशी थे—जिनमें लेवांत, उत्तरी अफ्रीका और माली के लोग भी शामिल थे। इसीलिए तो शेक्सपियर ने अपने दो नाटकों की पृष्ठभूमि के लिए वेनिस को चुना—शाइलॉक और ऑथेलो जैसे किरदारों के लिए यही तो सबसे सटीक जगह थी।'

मैं यह मान रहा था, पर तभी मुझे एक और बात सूझी, 'लेकिन उन कौड़ियों का क्या? वो वेनिस में किस काम की थीं?' मैंने कहा।

'उनसे पैसे मिलते, और क्या! सदियों से कौड़ियाँ वेनिस में व्यापार का महत्वपूर्ण हिस्सा रही हैं। माली की सल्तनत में उस समय कौड़ियाँ ही मुद्रा थीं और उस समय अफ्रीका के उस हिस्से के लिए वेनिस सबसे महत्वपूर्ण पोतान्तरण बन्दरगाह था। सत्रहवीं शताब्दी में कौड़ियों की माँग बढ़ गई थी क्योंकि वह अटलांटिक दास व्यापार में इस्तेमाल होती थीं। इस दौरान वेनिस के बाज़ारों में कौड़ियों की भरमार थी—हमारे नायकों को अपनी कौड़ियों को निकालने के लिए इससे बेहतर जगह नहीं मिल सकती थी।'

उसका जवाब मुझे समझ नहीं आया और मैं सिर खुजलाता रह गया। 'मैं अभी भी नहीं समझा, चीनता। नाखुडा इल्यास जैसा कप्तान एक गैत्तो में क्यों रहना चाहेगा?'

'डियर,' उसने प्यार से कहा। 'शायद तुम इस शब्द को ही ग़लत समझ रहे हो। वेनिस के *गैत्तो* पूर्वी यूरोप के *घेत्तो* जैसे नहीं थे। हालाँकि वेनिस में यहूदियों को अलग रखा गया था, पर वहाँ अन्य ईसाई जगत के मुकाबले वे ज़्यादा आज़ाद और सुरक्षित थे। वह जगह वैसी नहीं है जैसा तुम सोच रहे हो—तुमने देखी नहीं क्या?'

'नहीं, मुझे याद नहीं कि मैंने गैत्तो देखा है।'

'तो फिर तुम्हें वेनिस वापस आना होगा—*बानादिक़* में। मेरे हिसाब से यह तो स्पष्ट है। तुम आये थे न एक बार मुझसे मिलने?'

'हाँ, काई साल पहले। मैं तुम्हारे ही घर रुका था।'

'फिर तो तुम्हें दोबारा आना होगा। यह जो भी है, इसे पूरा करना होगा, इसके मुकाम पर पहुँचाना होगा। यह मत सोचो कि तुम पर कोई मुसीबत आन पड़ी है। ऐसा सोचो कि यह एक परीक्षा है और इसके अन्त में तुम्हें इनाम

मिलेगा। वो इनाम चाहे मन की शान्ति ही हो। और तुम अकेले नहीं हो। मैं हूँ तुम्हारे साथ—अन्त तक।'

उसकी आवाज़ से मैं जान गया कि वह मुझे आश्वासन देने की कोशिश कर रही है। लेकिन उसके शब्दों का असर उल्टा ही हुआ, मैं पूरी तरह से शक्तिहीन और बेबस महसूस कर रहा था।

'लेकिन इसे मुकाम तक पहुँचाने के लिए मुझे करना क्या है, चीनता? मुझे कुछ समझ नहीं आ रहा।'

'वो तो तुम्हें तब ही पता चलेगा, जब वेनिस आओगे।' उसने मेरा हाथ पकड़कर हल्के से दबाया। 'वादा करो कि तुम आओगे। ज़ाहिर है तुम मेरे अपार्टमेंट में रहोगे—*गैत्तो* के बहुत क़रीब है। और इस बार तुम ज़रूर देखना।'

मना करना नामुमकिन था। 'मैं वादा करता हूँ,' मैंने कहा। 'जैसे ही अपना काम संभाल लूँगा, मैं बन्दूक़ आऊँगा।'

मैंने चीनता से यूँ ही वादा नहीं कर दिया था; उस समय मेरा इरादा पक्का था। लेकिन न्यूयॉर्क में अपने घर पहुँचकर मुझे वेनिस जाने का ख्याल दिन-ब-दिन असम्भव लगने लगा। क्या फायदा होगा जाने से? वहाँ मुझे क्या मिल सकता है? मुझे जीने के लिए कमाने की ज़रूरत थी। बहुत समय से मैंने कुछ बेचा नहीं था और इसलिए पैसे भी नहीं आ रहे थे। मुझे पहले ही बचत के पैसों से गुज़ारा करना पड़ रहा था और बहुत ज़्यादा खर्च नहीं करना चाहता था। वेनिस जाना काफी खर्चे का सौदा था; वहाँ जाना ऐसे आदमी के लिए तो मुश्किल था जो ऐसी चीज़ें बेचकर कमाई करता हो जो लोग ख़रीदना ही नहीं चाह रहे हों।

जैसे-जैसे दिन बीतते गये मुझे अपनी आमदनी की अधिक चिन्ता होने लगी। मैं उसके अलावा किसी चीज़ के बारे में नहीं सोच पा रहा था। मैं पागलों की तरह अपने निवेश खाते जाँचता; मैं अपनी निवेश राशि को एक अकाउंट से दूसरे में, इधर से उधर करने में फोन पर कई घंटों तक लगा रहता। और ऐसा करते समय हर बार मेरी स्क्रीन पर मैसेज दिखाई देता जिसमें नयी निवेश योजना या फिर ज़्यादा बचत करने के सुझावों की जानकारी होती।

ये मैसेज फिर अन्य मैसेजिस उत्पन्न कर देते। इनमें से कुछ मुझे सोचने पर मजबूर करते कि यदि मैं बीस, तीस, या चालीस साल और जीऊँगा, तो क्या मेरी बचत की धन राशि उस समय तक चल पायेगी। स्क्रीन पर, बीमा और निवेश के आंकड़ों का विश्लेषण करते डरावने आंकड़े दौड़ने लगते और अन्त में बहुत चालाकी से मुझे इशारा करते कि मैं और ग़रीब होता जा रहा था।

कुछ साल पहले, अपने अतीत को खंगालने के लिए मैं उस मिडवेस्टर्न शहर लौटा था जहाँ मैंने पढ़ाई की थी और काम भी। उस यात्रा की यादें अब

मुझे सताने लगीं। मैं बहुत समय बाद लौटा था और वहाँ हुए बदलाव के लिए मानसिक रूप से तैयार नहीं था। फैक्टरियाँ बन्द होने की वजह से पूरा शहर उजड़ गया था और अब वह *रस्ट बेल्ट* यानी बंजर ज़मीन का हिस्सा था। *रस्ट बेल्ट* उस इलाके को कहते थे जहाँ ढेरों लोहे और स्टील की फैक्टरियाँ थीं और बन्द होने से शहर के शहर उजड़ गये थे। और यह स्थिति बैंक के संकट से और बिगड़ गई थी। मैं उस इलाके से गुज़रा जहाँ मैं रहा करता था (और अपनी हैसियत से ज़्यादा किराया देकर रहा था, क्योंकि वह इलाका मुझे आर्ची कॉमिक की याद दिलाता था जो मैं बचपन में कलकत्ता में पढ़ा करता था), मैंने पाया कि उस सुन्दर, पेड़ों वाले पूरे मोहल्ले में हर घर पर "बिकाऊ है" का बोर्ड लगा हुआ था। मुझे पता चला कि निर्दयी बैंक के लालच के चलते बेदखली की लहर में मेरे कई पुराने पड़ोसी बेघर हो गये थे और कुछ तो बेचारे जेफ़र्सन और मेन स्ट्रीट के कोने पर गत्तों के नीचे पनाह लेकर जीने को मजबूर थे और *हाई प्लेन्स बार एंड ग्रिल* से शराब के नशे में धुत निकलते चीनी और अरबी विद्यार्थियों से भीख माँगकर ज़िन्दा थे।

अपनी लगातार घटती जमा पूँजी को देखकर मैं सोच रहा था, क्या मेरा भी यही हश्र होगा।

इस सवाल के जवाब में मैं रोबोट द्वारा भेजे गये मैसेजों के आंकड़ों और आकलन में डूब जाता: मैं कितने साल जीऊँगा? मेरी जमा राशि कितने साल तक चलेगी अगर मुझे नर्सिंग होम में रहना पड़ा तो?

अगर मैं पंचानवे साल की उम्र तक जिया; तो क्या मेरे पास पर्याप्त बीमा था?

मैंने अपना सवाल लिखा और सामने स्क्रीन पर आये आंकड़ों को देखता रह गया: आंकड़े अच्छे खासे लग रहे थे—इतने कि मैंने अपना क्रेडिट कार्ड इस्तेमाल कर लिया। लेकिन मैंने इस अतिरिक्त बीमा के पैसे दिए ही थे कि एक और विंडो खुल गई जो मेरे एक सौ तीन साल की उम्र तक जीने का अनुमान लगा रही थी—और यह अनुमान उतना ही कम था जितना कि मेरी खिड़की से गिरते हिमलंब से किसी साइकिल वाले के मरने का होता। और चूँकि मैं इसके लिए पहले ही बीमा करा चुका था, तो मेरे पास एक सौ तीन साल की उम्र तक का बीमा न करने का कोई कारण नहीं था।

लेकिन तब भी मेरा मन शान्त नहीं हुआ; मानो मैं किसी गणितीय अनिश्चितता के भंवर में फँसता चला जा रहा था। मैं निरन्तर परेशानी और निर्बलता की हालत में पहुँच गया था।

उन पलों में जब मेरी बुद्धि थोड़ा काम करती, तो मुझे अहसास होता कि मुझे इस भंवर से अगर कोई बाहर खींच सकता है तो वो है चीनता से बात करना। लेकिन महीने बीत गये, न उसका फोन आया और न ही कोई मैसेज। और वेनिस

जाने के वादे को न निभा पाने की शर्म और अपराध बोध इतना था कि मैं ख़ुद से उसे फोन नहीं कर पा रहा था।

जब कभी मेरा फोन बजता तो मैं स्क्रीन पर इस उम्मीद से देखता कि शायद इटली से हो। लेकिन वह कॉल या तो किसी बिल के लिए होता, या किसी नेता का रिकॉर्ड किया सन्देश या फिर चीनी भाषा में मशीनी कॉल।

लेकिन एक दिन मेरा फोन बजा और स्क्रीन पर इटली का कोड +39 चमका। मैंने चीनता की आवाज़ सुनने की उम्मीद से फोन उठाया।

लेकिन नहीं, मुझे आश्चर्य हुआ कि वह जीज़ा थी, चीनता की भतीजी।

एक-दूसरे का हालचाल जानने के बाद जीज़ा ने मुझे बताया कि वह टीवी चैनल के लिए एक नयी डॉक्यूमेंट्री बना रही थी। यह डॉक्यूमेंट्री हाल ही में पहाड़ों और भूमध्यसागर और एड्रियाटिक सागर की तरफ से सीमा पार कर इटली में आने वाले लोगों के बारे में थी।

'आपको मालूम है न, कैसे लीबिया और मिस्र से हज़ारों की तादाद में शरणार्थी नावों में भरकर आ रहे हैं? कुछ को बचा लिया गया, लेकिन कई मर गये।'

सच तो यह था कि हाल में मैंने ख़बरों पर कोई ख़ास ध्यान नहीं दिया था और इस मसले की मुझे बहुत कम जानकारी थी। 'मुझे इसके बारे में बहुत ज़्यादा नहीं पता है।'

'यहाँ इटली—नहीं यूरोप—में सब लोग शरणार्थी और प्रवासी की चर्चा कर रहे हैं। हमारी दक्षिणपन्थी सरकार चुनाव जीती ही इस मुद्दे पर थी कि अप्रवासन पर सख़्ती करेगी। और अब यह मुद्दा यूरोप में सबसे बड़ा राजनैतिक मुद्दा बन गया है। सब इसके बारे में जानना चाहते हैं। इतने अप्रवासी आ क्यों रहे हैं? ख़ास तौर से इतनी ख़तरनाक परिस्थितियों में और किस चीज़ से भाग रहे हैं? उनकी उम्मीदें क्या हैं? इसीलिए एक डॉक्यूमेंट्री बनानी बहुत ज़रूरी है।'

'हाँ, काफी महत्वपूर्ण प्रोजेक्ट है,' मैंने कहा। 'लेकिन मैं कैसे मदद कर सकता हूँ?'

'अरे हाँ, आप कर सकते हैं,' जीज़ा ने कहा। 'देखिये, मुझे एक अनुवादक चाहिए और चीनता ने आपका नाम सुझाया। उन्होंने ही आपका नंबर दिया। उनको लगा कि आप ये कर पायेंगे।'

'मैं?' मैं चौंक गया था। 'लेकिन मुझे नहीं लगता कि मुझे ज़रूरी भाषाएँ आती हैं। शरणार्थी ज़्यादातर मध्य पूर्वी देशों और अफ्रीका से हैं न?'

'हाँ, ज़्यादातर वहीं से हैं,' जीज़ा ने कहा। 'लेकिन पाकिस्तान और बांग्लादेश से भी काफी हैं। असल में पिछले महीने इटली आने वालों में बांग्लादेशी दूसरे नंबर पर थे।'

'अच्छा? मुझे तो अन्दाज़ा भी नहीं था!'

'और आप बांग्ला बोलते हैं, सही?'

'हाँ, बिल्कुल।'

'हाँ, चीनता ने बताया था मुझे। इसीलिए मैंने आपको फोन किया। मैं देशभर में कई इंटरव्यू कर चुकी हूँ, लेकिन अब मैं वेनिस जा रही हूँ और सोच रही थी अगर आप वहाँ आ सकें तो अच्छा होगा।'

मैं उसकी बात समझ नहीं पाया। 'मैं समझा नहीं। क्या तुम कहना चाह रही हो कि तुम्हें एक बंगाली अनुवादक चाहिए, और वो भी वेनिस में?'

'हाँ। वेनिस में बहुत बंगाली हैं।'

मैं हैरान रह गया, 'क्या ये सच है? वेनिस में बहुत बंगाली हैं?'

'हाँ, सच में। लम्बे समय से बंगाली वेनेतो में बस रहे हैं। पहले वह मेस्त्रे और मार्गेरा के पोत-कारख़ानों में काम करने आते थे, लेकिन अब और आ गये हैं और वेनिस में वो सब काम करते हैं—पर्यटकों के लिए पित्ज़ा बनाते हैं, होटल साफ करते हैं और यहाँ तक कि सड़कों पर अकॉर्डियन भी बजाते हैं।'

'वाह! मुझे तो इसका अन्दाज़ा भी नहीं था।'

'तो आप आयेंगे? और हाँ, हम ही आपकी टिकट का बन्दोबस्त करेंगे और आपके काम के लिए पैसे भी देंगे। होटल, खाने-पीने का खर्चा भी मिलेगा। लेकिन चीनता ने कहा कि आप उसके अपार्टमेंट में रह सकते हैं, तो वो खर्चा बच जायेगा। कुल मिलाकर आपकी आमदनी होगी...' उसने जो रकम कही मेरे लिए वो शाही रकम थी। 'और आप चाहें तो थोड़ा पहले आ सकते हैं ताकि घूम फिर लें और यात्रा की थकान मिटा लें।'

मेरी आँखों में आंसू आ गये।

'मैं मना कैसे कर सकता हूँ? और उम्मीद है चीनता भी वहीं होगी।'

'बदक़िस्मती से वो नहीं होंगी। उन्हें अगले कुछ हफ्ते पढ़ाना है। लेकिन पडोवा बहुत दूर नहीं है और मुझे यकीन है कि वो हमसे मिलने आ ही जायेंगी।'

'बढ़िया! फोन करने के लिए शुक्रिया, जीज़ा। अरसे बाद इतनी अच्छी ख़बर मिली है।'

वह हँसी। 'चलिए फिर!'

अगले दिन ईमेल से टिकट आ गया और कुछ दिन बाद मैं हवाई जहाज़ में था। हालाँकि फ्लाइट रात की थी, मैंने तब भी हमेशा की तरह अपने लिए खिड़की वाली सीट ली थी।

जब जहाज़ उतरने लगा तो सूरज चढ़ रहा था और खिड़की से देखने पर मुझे जो दृश्य दिखा उसने मुझे बंगाल के उस दृश्य की याद दिला दी जो मैंने दो

साल पहले कलकत्ता से आख़री बार निकलते समय फ्लाइट से देखा था: झील, दलदल और घुमावदार नदियों का चौड़ा, सुहाना परिदृश्य।

उस ऊँचाई से वेनिस की खाड़ी को सुन्दरबन समझने की ग़लती कोई भी कर सकता था।

भाग - 2

वेनिस

गैत्तो

इस बात पर अक्सर गौर किया गया है कि वेनिस और वाराणसी में अपनेपन का एक रिश्ता है। दोनों ही शहर काल खंड में उकेरी हुई तस्वीर जैसे हैं जो सहसा ही बीते हुए समय में ले जाते हैं और आपको अपनी नश्वरता का अहसास होता है। ये अहसास दुनिया की किसी और जगह में नहीं होता। जहाँ देखो वहाँ अवसाद के आकर्षण के सुबूत बिखरे पड़े हैं, एक ऐसी ख़ूबसूरती जो लम्बे, धीमे-धीमे मुरझाने से ही सामने आती है।

दोनों शहरों का अपनापन सबसे ज़्यादा दिखता है वेनिस के *गैत्तो* में: उसके चारों तरफ की दीवारें, अन्दर संकरी गलियाँ और पतले टेढ़े-मेढ़े घर—इन सबसे मुझे वाराणसी के उस इलाके की याद आती है जो मुझे बहुत पसन्द है: पंचगंगा घाट के पास बिन्दु माधव मन्दिर का इलाका। वहाँ भी आपको भीड़ में एकान्त और शान्ति मिलेगी; और वहाँ भी आपको दुनिया की दृष्टि से दूर अपने पुराने रीति-रिवाज का अनुसरण करते समाज के बीच होने का अहसास होगा।

लेकिन एक महत्वपूर्ण अन्तर है: वेनिस का गैत्तो वाक़ई में द्वीप के अन्दर एक द्वीप है, चारों तरफ पानी से घिरा हुआ। लकड़ी का एक मेहराबदार पुल गुफानुमा प्रवेश द्वार तक ले जाता है और यह एक बड़े चौक में खुलता है जिसके चारों तरफ ऊँचे घर और दीवारें हैं। यह चौक काफी खाली है; बीच-बीच में पर्यटकों के छोटे झुंड यहाँ से निकलते हैं, हवा में उड़ती पत्तियों के जैसे, पर उसके अलावा यह जगह इन घरों का ही हिस्सा लगती है। खिड़कियों के बीच बँधी तारों पर कपड़े सूखते दिखायी देते हैं और हर उम्र के बच्चे साइकिल और स्केटबोर्ड पर दौड़ते-भागते नज़र आते हैं।

एक कोने में बेंच पर बैठे हुए, मैंने कल्पना करने की कोशिश की कि तीन सौ पचास साल पहले यह चौक कैसा दिखता होगा; उस दौरान एक बंगाली यात्री को कैसा दिखा होगा। मैंने उस पथरीले रास्ते पर चलते हुए लाल और पीली पगड़ी पहने लोगों के बीच बन्दूक़ी सौदागर की कल्पना की; वेनिस के कानून के मुताबिक गैत्तो के निवासियों को गैर ईसाई चिह्नित करने के लिए यह रंग निर्धारित किया गया था। सूरज की गर्माहट में मैं सपनों की दुनिया में खो गया और अचानक बन्दूक़ी सौदागर मेरे सामने प्रकट हो गया—लम्बा, चौड़ा, पीली पगड़ी पहने वह किसी काम से टहलता हुआ मेरे सामने से जा रहा था। उसने मेरी तरफ देखा, उसकी आँखें साफ और शान्त थीं। मैं समझ सकता था कि वह यहाँ सुरक्षित क्यों महसूस कर रहा था, मनसा देवी और उन जीव-जन्तुओं और शक्तियों की पहुँच से दूर जो मनसा देवी के अधीन थीं। जीव-जन्तुओं के हमलों से सुरक्षित रहने के लिए और कोई जगह हो ही नहीं सकती थी: कुछ पेड़ और पौधों के अलावा यहाँ पर ऐसा कुछ भी नहीं था जो इंसानी हाथों से न बना हो। बन्दूक़ी सौदागर को ज़रूर विश्वास रहा होगा कि यहाँ वह अपनी उत्पीड़क की पहुँच से बाहर था—लेकिन मनसा देवी यहाँ भी पहुँच गई थीं।

कैसे?

ऐसी जगह पर कौन-सा जंगली जीव आ सकता था?

मैं अपने आप से यह सवाल पूछ ही रहा था कि एक अजीब चीज़ घटी। ऐसा लगा मैं किसी सुराख़ या झिल्ली से निकल गया हूँ ताकि मैं सौदागर की हालत का अन्दाजा उसके नज़रिये से नहीं बल्कि उसका पीछा करने वाली, स्वयं देवी के नज़रिये से लगा सकूँ। अब, हालाँकि यह पीछा दुरूह प्रतिशोध की कहानी न होकर भय और असहायता से चालित कुछ ज़्यादा व्याकुल, यहाँ तक कि करुण तलाश लगने लगा।

मुझे याद था कि जब मैंने बंगाल के सौदागर की कथा और उसके कई अलग-अलग संस्करण पढ़े थे तो मुझे 'देवी' शब्द मनसा देवी के लिए काफी अनुपयुक्त लगा था। 'देवी' शब्द से मानस पटल पर एक अत्यन्त शक्तिशाली देवता की तस्वीर उभरती है जिसका हर आदेश उसके भक्तों द्वारा माना जाता है। लेकिन इस लोककथा में मनसा देवी किसी भी सूरत में दिव्य नहीं लग रही थी। साँप उसकी प्रजा कम और अवयव ज़्यादा लग रहे थे। अपना आदेश मनवाने के लिए उसे निवेदन करना पड़ता, खुशामद करनी पड़ती, उन्हें मनाना पड़ता। असल में वह तो मध्यस्थ थी, एक अनुवादक—या फिर ज़्यादा सटीक रहेगा *पूर्तावूचे*, जैसा कि इतालवी कहते हैं, 'एक आवाज़ वाहक' जो ऐसी दो प्रजातियों के बीच मध्यस्थ का काम करता है जिनके बीच न तो कोई भाषा होती है और न ही संवाद का दूसरा तरीका। उनकी मध्यस्थता के बिना इंसान

और जानवर में घृणा और आक्रामकता के अलावा और कोई रिश्ता सम्भव ही नहीं था।

लेकिन किसी भी मध्यस्थ के लिए ज़रूरी है कि उसे दोनों पक्षों का विश्वास हासिल हो। कोई अनुवादक अपना काम कैसे कर सकती है अगर एक पक्ष उसे नज़रअन्दाज़ करे? और उसके अवयव उसकी क्यों सुनेंगे यदि वे जानते हों कि उनकी तरफ से वह जिसे सम्बोधित कर रही है—सौदागर और अन्य मनुष्य—वे तो देवी की बात को महत्व ही नहीं दे रहे। इसीलिए वह सौदागर को बेसब्री से ढूँढ़ रही थी; क्योंकि अगर उसने और उसके जैसे दूसरों ने देवी के प्रभुत्व को स्वीकार करने से इनकार कर दिया, तो सब अदृश्य सीमाएँ ख़त्म हो जायेंगी और मनुष्य—सौदागर की तरह मुनाफे की चाहत में—अन्य जीवधारियों के प्रति कोई अंकुश नहीं रखेंगे। इसलिए सौदागर को ढूँढ़ना ज़रूरी था और हर हाल में उसके छुपने की हर कोशिश को नाकाम करने की आवश्यकता थी...

बेंच की तरफ लुढ़क आयी एक गेंद मेरे जूते से टकराई और मेरा सपना टूट गया। मैंने गेंद उठाकर एक छोटी लड़की की तरफ फेंकी, जो उसके पीछे भागकर आ रही थी—और तभी ऐसा लगा मानो कोई सम्मोहन-सा टूटा हो। मुझे समझ नहीं आया कि मैं वहाँ बैठा, एक मिथक कथा के कुछ अस्पष्ट टुकड़ों, घटनाओं और संयोगों पर आधारित एक काल्पनिक परिदृश्य क्यों गढ़ रहा था। ऐसी बचकानी हरकत मेरे लिए हास्यास्पद थी; मैं यहाँ बैठा था, दुनिया के सबसे मोहक शहरों में से एक में, और किसी पियात्सा में स्प्रीट्स पीने और जेम्स की *ऐस्पर्न पेपर्स* पढ़ने की जगह बचकाने सपने देखने में अपना समय बर्बाद कर रहा था।

मानो मेरे कन्धों से कोई बोझ उतर गया हो; मैंने खड़े होकर अंगड़ाई ली जैसे रात की गहरी नींद से जागा हूँ। मैं इस पल को हमेशा के लिए याद रखना चाहता था, इसलिए मैंने फोन निकाला और कुछ तस्वीरें खींचीं। जब फोन ने इशारा किया कि मैं उन तस्वीरों को एक फोटो-शेयरिंग साइट पर डालूँ, जगह के नाम और तारीख़ के साथ, तो बिना हिचकिचाए मैंने बटन दबा दिया।

तभी हवा में ऑलिव ऑइल और लहसुन की ख़ुशबू का झोंका आया और मेरी भूख जाग उठी। मैंने देखा खाने का समय हो रहा था और मैं खाने की तलाश में चल दिया।

वेनिस के गैत्तो के दो भाग हैं: एक नया गैत्तो (गैत्तो नुओवो) कहलाता है और दूसरा पुराना गैत्तो (गैत्तो वेक्चिओ)। और शहर की हर चीज़ की तरह इन दो भागों का रिश्ता भी जटिल है। और ज़ाहिर है, दोनों में से 'नया गैत्तो' वास्तव में ज़्यादा पुराना है।

दोनों तरफ ऊँचे मकानों वाली एक संकरी सड़क नए और पुराने गैत्तो को जोड़ती है। उस दिन उस सड़क के एक मकान में मरम्मत का काम चल रहा था। सामने की दीवार पर लोहे की छड़ों का ढांचा था और अन्दर से आ रही हथौड़ों की आवाज़ गली में गूँज रही थी।

छड़ों ने आधी सड़क घेर रखी थी और वहाँ एक आदमी के किसी तरह निकलने भर की जगह थी। मैं वहाँ से लगभग निकल ही गया था जब ऊपर से आवाज़ आयी: '*शाब्धान!* ध्यान से!'

मैं वहीं रुक गया। अगले ही पल मकान का एक टुकड़ा मेरे सामने धड़ाम से गिरा। अगर मैं उस पल रुका नहीं होता तो यकीनन यह टुकड़ा मेरे सिर पर गिरा होता। मैं थरथर काँपता हुआ वहाँ खड़ा रहा, इस अहसास के साथ कि अगर एक क़दम और बढ़ाया होता तो मैं मर गया होता।

मैं पलस्तर के उस टूटे टुकड़े को घूरे जा रहा था, अवाक्, दहशत में कि मुझे एकाएक अहसास हुआ कि मेरी जान बचाने वाली चेतावनी बंगाली में दी गई थी।

लेकिन यहाँ वेनिस के गैत्तो में, यह कैसे मुमकिन था?

मैंने ऊपर देखा तो सख्त टोपी पहने सांवले मज़दूर का चेहरा नज़र आया। वह दो मंज़िल ऊपर तिरछे शहतीर पर बैठा था।

'यह तुमने गिराया?' मैंने बांग्ला में पूछा।

उसने सिर हिलाकर हामी भरी; उसकी आँखों में डर था और उसकी सिट्टी-पिट्टी गुम थी।

'अगर मैंने तुम्हारी चेतावनी समझी नहीं होती तो क्या होता?' मैंने पूछा।

'*माफ़ कोरबेन*—मुझे माफ़ करना सर,' उसने लड़खड़ाती आवाज़ में कहा।

वह युवा था, एक लड़का ही और उसकी लाल टोपी के नीचे घने,काले, बिखरे बाल थे।

'मेरी जान जा सकती थी!' मैंने कहा।

अब तक कई सारे मज़दूर नीचे आ गये थे। मेरे चारों तरफ इकट्ठा होकर वे एक साथ बांग्लादेशी लहजे की बांग्ला में बात करने लगे, माफ़ी माँगने लगे, मुझे शान्त करने की कोशिश करने लगे और जिस लड़के ने पलस्तर गिराया था उसे डांटने लगे।

'सर, आप पुलिस में तो शिकायत नहीं करेंगे न?' उनमें से एक ने विनती की।

'नहीं, मैं रिपोर्ट तो नहीं लिखवाऊँगा, लेकिन...'

उन्होंने चैन की साँस ली और उनमें से एक ने मेरी बाज़ू पकड़ी।

'अरे सर, आप तो अभी तक काँप रहे हैं—आप कहीं बैठ जाइए और एक कप चाय या कॉफ़ी पी लीजिये।'

अब पलस्तर गिराने वाले लड़के को आगे ठेल दिया गया था। वह दुबला, लम्बा, कन्धे झुकाये मेरे सामने काँपता हुआ खड़ा था।

'चलो जाओ,' एक उम्रदराज़ मज़दूर ने उसे धक्का देते हुए कहा। 'साहब को लुबना-खाला के यहाँ ले जाओ। वो एक कॉफ़ी पीला देंगी और सब ठीक कर देंगी।'

उस लड़के ने नज़रें उठायीं तो हम लोगों ने एक-दूसरे का चेहरा पहली बार ठीक से देखा। उसकी आँखें फैल गईं और घबराकर उसने नज़रें फेर लीं। और तब मेरा ध्यान उसके नीचे की तरफ मुड़े मुँह के किनारों और लम्बी पलकों वाली आँखों पर गया।

मैं उसका नाम लेने ही वाला था कि उसने नज़रों से विनती कर मना कर दिया।

जब हम वहाँ से दूर निकल आये तो मैंने उसका नाम लिया। 'रफ़ी?'

उसने साधारण से शहरी कपड़े पहन रखे थे—एक टी शर्ट, जीन्स, पतला जैकेट, और स्नीकर्स जूते—लेकिन तब भी उसका जंगली स्वभाव गया नहीं था।

'वाक़ई में तुम ही हो?'

वह थोड़ा शर्माकर मुस्कराया। 'हाँ, मैं ही हूँ,' उसने कहा। 'लेकिन अच्छा है आपने वहाँ कुछ नहीं कहा।'

'क्यों?'

'क्योंकि फिर मुझे बताना पड़ता कि मैं आपको भारत में मिला था। और फिर बहुत सफाई देनी पड़ती।'

'क्यों?'

'क्योंकि,' उसने कुछ रुककर कहा, 'वे लोग नहीं जानते कि मैं भारत में पला-बढ़ा हूँ। यहाँ सब सोचते हैं कि मैं बांग्लादेशी हूँ। और शायद यही बेहतर है।'

हम लोग जब लकड़ी का पुल पार कर रहे थे, तब अचानक मेरे घुटने काँपने लगे, मानो सदमे का असर अब हुआ हो। मुझे पलस्तर के उस टुकड़े के गिरने की आवाज़ याद आयी और मैं सिहर उठा। मानो कोई सन्देश हो मेरे लिए, या फिर चेतावनी—लेकिन किससे?

और अचानक मुझे टीपू से हुई बातचीत याद आयी, उस रहस्यमयी संस्कृत मूल शब्द 'भू' के बारे में, जिसका मतलब होता है 'होना' और 'हो जाना' और बहुत कुछ। और तब मुझे लगा की उस शब्द से बना एक शब्द,

गैत्तो में हमारी उपस्थिति को बयाँ कर सकता था: रफ़ी और मैं, दोनों भूत थे, मतलब समय, अन्तरिक्ष और सत्व में हम एक साथ ही संयोग और विच्छेद थे।

मेरी साँस फूलने लगी और मैं पुल के किनारे पर टेक लेकर खड़ा हो गया।

'आप ठीक तो हैं?' रफ़ी ने पूछा।

'मुझे एक मिनट दो,' मैंने कहा। 'थोड़ी साँस ले लूँ...यह सब थोड़ा ज़्यादा है मेरे लिए...वो दुर्घटना...तुम्हें यहाँ देखना...सब बहुत अजीब है।'

उसने अपनी एक भौंह उठाई। 'आप ऐसा क्यों कह रहे हैं? मुझे यहाँ देखना इतना अजीब क्यों है?'

'तुम्हें अजीब नहीं लगा?'

'कि मैं यहाँ हूँ? नहीं। मैं तो कुछ महीनों पहले से ही यहाँ हूँ। तो अजीब क्यों है?'

उसकी बेरुखी से मैं थोड़ा चौंका। मुझे ख़ुद पर शक हुआ कहीं मैं इस मुलाक़ात का कुछ ज़्यादा ही मतलब तो नहीं निकाल रहा था। मेरी नज़र नीचे नहर पर पड़ी और फिर गैत्तो की किले सरीखी दीवारों पर। मुझे एकाएक रफ़ी के कहे वो शब्द याद आये जो उसने बन्दूक़ी सौदागर के मन्दिर के एक पुनरावर्ती चिह्न के विवरण के लिए इस्तेमाल किये थे—गोले के भीतर गोला।

'तुम्हें याद है रफ़ी, उस दिन जब हम लोग मिले थे और तुमने कहा था "द्वीप के भीतर द्वीप"? अगर मैं तुम्हें कहूँ कि वो द्वीप ठीक यहीं था और बन्दूक़ी सौदागर ख़ुद यहीं आया था?'

रफ़ी ने कन्धे उचकाए। 'वो तो बस एक कहानी है,' उसने कहा। 'और वैसे भी मुझे क्या फर्क पड़ता है? मैं यहाँ काम करने आया हूँ और अपनी नौकरी नहीं गंवाना चाहता।'

मैं समझ रहा था कि उसका धैर्य जवाब दे रहा है, लेकिन मेरी बात अभी ख़त्म नहीं हुई थी।

'और टीपू? उसकी क्या ख़बर है?' मैंने पूछा।

पल भर के लिए रफ़ी की आँखें दमकीं और फिर उसका चेहरा कठोर हो गया।

'आप मुझसे टीपू के बारे में क्यों पूछ रहे हैं?' उसने उखड़कर कहा। 'आपको ऐसा क्यों लगता है कि मुझे उसके बारे में पता होगा?'

उसकी नज़रों ने मुझे बात को आगे न बढ़ाने के लिए आगाह किया।

'और तुम रफ़ी? तुम यहाँ कैसे? वेनिस कैसे पहुँच गये?'

उसने कन्धे उचकाए और आगे चलने लगा। 'उस सबके लिए वक़्त नहीं है अभी। लम्बी कहानी है।'

पुल से उतरे तो हम पतली गलियों की भूलभुलैया में घुस गये। मुझे कोई अन्दाज़ा नहीं था कि हम कहाँ हैं, लेकिन रफ़ी रास्ते से वाकिफ लग रहा था। वह एक के बाद दूसरी गली में मुड़ता गया और उसके साथ चलना मेरे लिए मुश्किल हो रहा था।

'हम कहाँ जा रहे हैं?' मैंने हाँफते हुए पूछा।

'उन लोगों ने कहा कि लुबना-खाला के पास ले जाऊँ। तो हम उनके दफ्तर जा रहे हैं।'

'और कौन हैं यह लुबना-खाला?'

रफ़ी ने पीछे मुड़कर देखा। 'बांग्लादेशी महिला हैं। वह बीस साल से यहाँ हैं। इतालवी भी बोलती हैं।'

'तुम उन्हें खाला क्यों बुलाते हो? तुम्हारी रिश्तेदार हैं?'

'नहीं। बस उन्हें सब यही बुलाते हैं—क्योंकि वह हमारी मदद करती हैं। हमें नियम-कानून, हमारे अधिकारों के बारे में बताती हैं। इसलिए जब कोई मुश्किल होती है तो हम उनके पास चले जाते हैं।'

वह एक छोटी-सी ट्रेवल एजेंसी के सामने रुका। खिड़की पर एक कागज़ चिपका था, जिस पर बांग्ला में लिखा था, ढाका के लिए सस्ती टिकट। दरवाज़ा खोलकर रफ़ी मुझे अन्दर ले गया। भरा हुआ, छोटा-सा कमरा; एक मेज़, कंप्यूटर और कुछ कुर्सियाँ।

मेज़ पर बैठी महिला हमको देखकर खड़ी हो गई: उसने लम्बा स्कर्ट और गाढ़े रंग का कुर्ता पहन रखा था; सिर पर फूलों वाला स्कार्फ़ था। वह चालीस-इकतालीस साल की रही होगी, बादामी रंग, गोल, डिंपल वाला चेहरा और बड़ी भूरी आँखें।

उसने हम दोनों के चेहरे देखे तो नज़र पैनी हो गई। '*कि होएछे?*' उसने बांग्ला में पूछा। 'क्या हुआ?'

और शायद अब रफ़ी को पूरी तरह से अहसास हुआ कि मेरी तरह वह भी बाल-बाल बचा था। अगर वो पलस्तर मुझे लग जाता तो उस पर बहुत बड़ी मुसीबत आ जाती। हादसे के बारे में बताते हुए कई बार उसका गला भर आया और साँस रुकी।

लुबना ने उसकी पूरी बात सुनी और फिर फटकारा। 'जाओ, अब वापस काम पर जाओ। और अब कोई ग़लती नहीं! अगली बार इतनी आसानी से नहीं बचोगे। *बुझ़ला?* समझे?'

रफ़ी ने हामी भरी और सिर झुकाकर वहाँ से निकल गया।

मैं भी चला जाता अगर लुबना ने कुछ पल बैठने के लिए न कहा होता। उसने कुर्सी की तरफ इशारा किया और मैं बैठ गया। वह मेज़ के दूसरी तरफ बैठी थी।

'मुझे इस हादसे को लेकर बहुत ख़राब लग रहा है,' उसने अपनी लयदार बांग्ला में कहा।

पता नहीं क्यों उसकी आवाज़ में एक अपनापन था, ऐसा जो मैंने किसी अजनबी के साथ कभी महसूस नहीं किया था। उसकी आवाज़ के जादू में कुछ देर पहले तक मुझे सता रही आशंका ख़त्म हो गई। जब लुबना हादसे के लिए माफ़ी माँगने लगी तो मैंने उसे रोका।

'आख़िरकार आपकी ग़लती तो नहीं थी।'

'हाँ, जानती हूँ,' उसने कहा, 'लेकिन मुझे लगता है ये लड़के मेरी ज़िम्मेदारी हैं। इनके पास और कोई है भी तो नहीं। कुछ तो बस अभी आये हैं।'

'बांग्लादेश से?'

'हाँ।'

'और आप भी वहीं से हैं?' मैंने पूछा।

'हाँ। और आप?'

'मेरी पैदाइश भारत की है,' मैंने कहा। 'लेकिन मेरा खानदान मूल रूप से बांग्लादेश से है। वो उन हिन्दुओं में से थे जो बंटवारे के वक़्त भारत चले गये थे।'

'और बांग्लादेश के किस हिस्से से?'

'मेरी माँ का परिवार ढाका से था। मेरे पिता का परिवार मदारीपुर डिस्ट्रिक्ट से।'

'मदारीपुर!' वह ख़ुशी से बोली। 'मैं भी तो वहीं से हूँ।'

और तब मुझे समझ में आया कि उसकी आवाज़ में इतना अपनापन क्यों था।

'पता है,' मैंने कहा। 'आपकी बोली मेरी दादी जैसी है। उन्होंने पूरी ज़िन्दगी मदारीपुर की बोली ही बोली। बचपन में मैं उनकी नक़ल करने की कोशिश करता था...'

और जब मैं बोल रहा था तब मुझे अहसास था कि उस बोली की लय मेरी भाषा में आ रही थी। मेरे लिए आश्चर्य की बात थी कि मेरी स्मृतियों ने इतने साल उन ध्वनियों को संजोकर रखा था, और उतना ही भ्रमित भी किया क्योंकि मुझे पीछे मुड़कर खिड़की के बाहर गली में देखना पड़ा, ख़ुद को यह याद दिलाने के लिए कि मैं असल में था कहाँ। मुझे तो विश्वास ही नहीं हो रहा था कि आधी शताब्दी बाद मैं इस ज़ुबान में बोल रहा था और वो भी वेनिस में—एक ऐसी

जगह की बोली जो मैंने कभी देखी नहीं थी और वो ज़ुबान जो मैंने सिर्फ़ अपने दादा और दादी के साथ बोली थी!

'क्या आप कभी मदारीपुर गये हैं?' लुबना ने पूछा।

'नहीं। लेकिन जब मैं छोटा था तो मेरी दादी हर समय मदारीपुर की बात किया करती थीं। जिस घर में वह बड़ी हुईं, वो एरियलखान नदी के क़रीब था।'

लुबना का चेहरा खिल उठा, 'सच में?'

'हाँ। वह अक्सर वहाँ की बातें करती थीं।'

उसने नीचे झुककर एक दराज़ खोली।

'मैं आपको कुछ दिखाना चाहती हूँ।'

वह कुछ देर तक उसमें कुछ टटोलती रही और फिर एक बड़े से लिफाफे से एक पुरानी तस्वीर निकली।

'*देखून*—देखिये!' उसने कहा। 'मेरे वालिद का घर जहाँ मैं बड़ी हुई। हमारा गाँव एरियलखान नदी के बगल में था!'

तस्वीर के रंग काफी हद तक उड़ चुके थे: एक बड़े परिवार की तस्वीर थी। सब लोग लोहे की नालीदार चादर वाले ईंटों के एक मंज़िला मकान के सामने खड़े थे।

'पूरे गाँव में हमारा सबसे पहला पक्का मकान था। जब यह फोटो ली गई तब हम इस घर में आये ही थे। मेरे पिता की एक दुकान थी और ज़मीन भी थी और उन्होंने हम सब को पढ़ाया लिखाया। मैं सबसे बड़ी थी—' उसने एक मुस्कराती नौजवान लड़की के चेहरे को तर्जनी से थपथपाया, 'और जब यह तस्वीर ली गई थी तो हाल में ही मेरी सगाई हुई थी।'

उसने एक बार फिर फोटो की ओर इशारा किया। 'देखो यह हैं मेरे शौहर—मुनीर—तब वह ढाका में रहते थे। उनका परिवार गाँव में हमारे पड़ोस में रहता था—किसान थे, बहुत ही साधारण लोग, लेकिन मुनीर पढ़ने में बहुत अच्छे थे और उन्हें ढाका में पढ़ने के लिए वज़ीफ़ा मिला था।'

उसने उँगली से एक तरफ इशारा किया। 'ये मुनीर के वालिद हैं। और ये छोटे लड़के मुनीर के भाई। ये लोग उधर रहते थे।' उसने फोटो में पीछे दिख रही एक झोपड़ी की तरफ इशारा किया।

अभी तक उसकी आवाज़ में एक गर्मजोशी थी जो लोगों की आवाज़ में अक्सर तब होती है जब वह अतीत को याद करते हैं। अब उसके चेहरे पर मायूसी छा गई और आवाज़ में कड़वाहट भर गई।

'*शोब गासे*' उसने कहा। 'अब सब कुछ जा चुका है; घर, लोग—पानी सब कुछ ले गया।'

'क्या हुआ?'

'इस तस्वीर के खींचे जाने के कुछ महीने बाद एक भयंकर तूफ़ान आया। हवाएँ इतनी तेज़ थीं कि हमारे घर की छत उड़ गई। फिर पानी ऊपर उठने लगा। वह उठता गया और आधी दीवार डूब गई। हमारे पास पेड़ पर शरण लेने के अलावा कोई चारा नहीं था। मेरे भाइयों ने किसी तरह हम सबको पेड़ पर चढ़ाया। लेकिन फिर हमने पाया कि पेड़ पर साँप भरे हुए थे; वे पानी से बचने के लिए पेड़ पर चढ़ आये थे, वैसे ही जैसे हम चढ़े थे। मेरे भाइयों ने कुछ को तो लाठियों से भगा दिया, लेकिन उनमें से एक को साँप ने डंस लिया। वह बाढ़ के पानी में गिर गया और हमने उसे फिर कभी नहीं देखा। मेरी एक भतीजी को भी साँप ने डंसा और रात में उसकी भी मौत हो गई।'

उसके चेहरे पर दर्द था। 'क्या आप अन्दाज़ा लगा सकते हैं कि कैसा रहा होगा उस पेड़ पर होना, ऊपर तेज़ हवा और नीचे बाढ़ का प्रचंड पानी, और मालूम नहीं कि आप तूफ़ान से मरेंगे या साँप से?'

फोटो अभी भी मेरे हाथ में थी; उसे देखते हुए वह दृश्य मेरे लिए सजीव हो उठा था। मैं उसके परिवार के चेहरे देख सकता था; नीचे का पानी और पेड़ों के साँप भी।

'मुनीर के वालिद ने हमें बचाया,' लुबना ने आगे कहा। 'वो एक नाव लेकर आये और हमें वहाँ से निकाला। लेकिन उसके बाद हमें अन्दाज़ा हो गया था कि हम उस गाँव में नहीं रह सकते थे। हमने अपनी ज़मीन बेच दी और खुलना चले गये। उसी साल मुनीर और मेरा निकाह हो गया और उन्होंने तय किया कि ढाका में डिग्री के चक्कर में समय बर्बाद नहीं करेंगे और विदेश जायेंगे। उन दिनों विदेश जाना आसान होता था। पहले वो रूस गये और फिर बुल्गारिया और यूगोस्लाविया होते हुए इटली आ गये। जब उनके कागज़ बन गये तो मुझे बुलवा लिया—यह क़रीब बीस साल पहले की बात है।'

'आपके पति अब क्या करते हैं?'

उसने मेरी तरफ पीठ की और फोटो को वापिस लिफाफे में डाला। फिर धीमी आवाज़ में कहा, 'पिछले साल उनका इन्तक़ाल हो गया।'

'ओह!' मैंने कहा। 'बहुत दुख हुआ यह सुनकर। क्या मैं पूछ सकता हूँ कि क्या हुआ?'

'वह सिसिली में थे...अचानक ही सब हुआ। हमें अभी भी ठीक से नहीं पता कि हुआ क्या।'

मैंने सान्त्वना देने की कोशिश की, लेकिन उसने मुझे चुप करवा दिया।

'ख़ैर, क्या हो सकता है,' उसने कहा। 'अब मुनीर का छोटा भाई है यहाँ, तो मुझे उतना अकेलापन नहीं लगता जितना पहले लगता था। वह वहीं काम कर रहा है जहाँ रफ़ी करता है। आपने शायद वहाँ देखा भी होगा उसे।'

उसने एक बार फिर मुझसे नज़रें मिलायीं। 'ये लड़के बहुत छोटे हैं अभी। और इन्होंने बहुत कुछ देखा है—वहाँ घर पर और यहाँ भी। मैं जानती हूँ कि आज आपका अनुभव ख़राब रहा, लेकिन उम्मीद है कि आप बुरा नहीं मानेंगे।'

'अरे, बिल्कुल नहीं,' मैंने मुस्कराते हुए कहा। 'क़िस्मत से कुछ बुरा नहीं हुआ बल्कि अच्छा ही हुआ। आपसे मुलाक़ात हो गई और इससे अच्छा क्या हो सकता था।'

'ओह, कैसे?' उसने एक भौंह चढ़ाई।

'असल में, मैं वेनिस अपनी एक इतालवी दोस्त की मदद के लिए आया हूँ जो प्रवासियों पर डॉक्यूमेंट्री बना रही है। शायद आप इंटरव्यू के लिए कुछ लोगों को ढूँढ़ने में मेरी मदद कर सकें?'

लुबना के चेहरे पर जैसे पर्दा पड़ गया हो। 'मुझे इसके बारे में सोचना पड़ेगा,' उसने हिचकिचाते हुए कहा। 'इन चीज़ों का इन्तज़ाम करना आसान नहीं होता। सबसे पहले तो इन लड़कों के पास समय नहीं होता—इनमें से ज़्यादातर तो पूरा दिन अलग-अलग काम करते हैं। मुश्किल से सोने को मिलता है। और ऊपर से इनमें से कुछ का तो अभी *इनकोन्त्रो* भी नहीं हुआ है—उस कमेटी के साथ मुलाक़ात जो इन लड़कों के बारे में फैसला लेगी कि वो किस हैसियत से वहाँ रहेंगे। और मुझे दुख है ये बताते हुए कि बीते दिनों में पत्रकारों से बात करने वालों के लिए दिक्कत आयी है—मीडिया में कहा गया कुछ भी आपके खिलाफ इस्तेमाल हो सकता है। आप समझ रहे हैं? और दूसरी मुश्किलें भी हैं। कई बार दक्षिणपन्थी टीवी पर कुछ देखकर भड़क जाते हैं—आप तो जानते ही हैं माहौल कैसा है आजकल। हम सबको ज़्यादा सावधानी बरतनी पड़ रही है। पहले मैं मीडिया वालों की हमेशा मदद करती थी। लेकिन अब मैं थोड़ा सतर्क हो गई हूँ। मैं पत्रकारों की सिर्फ तभी मदद करती हूँ जब उन्हें क़रीब से जानती हूँ...'

उसकी आवाज़ कम होती गई और फिर वह चुप हो गई और मेज़ को घूरती रही।

'दूसरी तरफ,' उसने कहा, मानो ख़ुद से ही बात कर रही हो, 'हमारे पास छुपाने को कुछ नहीं है और शायद अच्छा ही होगा कि लोग हमारी ज़िन्दगी के बारे में जाने। शायद फिर हमें आम इंसान के तौर पर देखने लगें, जिनकी दूसरों की तरह ज़रूरतें और इच्छाएँ होती हैं।'

फिर उसने फैसला कर लिया और मुस्कराने लगी। '*ठीक आछे,*' उसने कहा। 'ठीक है। मैं कुछ लोगों से बात करके देखती हूँ अगर वो इंटरव्यू देने के लिए तैयार हैं तो। इस दौरान आप भी लोगों से पूछ लीजिये। आप रफ़ी से शुरू कर सकते हैं? आख़िरकार आज के बाद उसे आपका एहसान मानना होगा कि आपने तमाशा नहीं किया।'

उसने कागज़ के एक टुकड़े पर एक नंबर लिखा और मुझे दे दिया। 'रफ़ी की चार बजे छुट्टी होती है। उसके बाद आप उसे फोन कर सकते हैं। लेकिन, मेहरबानी होगी अगर आप थोड़ा एहतियात बरतें।'

'बिल्कुल,' मैंने कहा। 'आप चिन्ता न करें। आपकी तरह मैं भी उनके लिए कोई दिक्कत नहीं खड़ी करना चाहता।'

'ठीक है। और अगर मैं आपकी कोई और मदद कर सकती हूँ तो ज़रूर बताइयेगा।'

'जी, बताऊँगा,' मैंने कहा। जब मैं उठ रहा था तो मैंने जल्दी से कहा, 'मैं आपको बता नहीं सकता आज आपसे बात करके कितना अच्छा लगा। मैंने मदारीपुर की बोली तो बचपन के बाद से आज सुनी।'

वह मुस्कराई। 'तब आपको वेनिस में बहुत अच्छा लगेगा। यह तो मदारीपुर वासियों से भरा हुआ है।'

'सच में!'

उसने मेरी कोहनी थपथपायी। 'आइये। मैं आपको कुछ दिखाती हूँ।'

हम लोग सड़क के दूसरे छोर तक गये, जहाँ वो पर्यटकों और बेचनेवालों से भरी बड़ी सड़क रिओ तेरा सान लेओनार्दो से जा मिलती थी।

'वहाँ देखिये—और वहाँ—और वहाँ,' पहले उसने एक कैफ़े के वेटर की तरफ इशारा किया, फिर चेस्टनट बेच रहे एक आदमी की तरफ और फिर एक आइस क्रीम का ठेला धकेल रहे आदमी की तरफ। 'देखा,' उसने कहा। उसकी आवाज़ में गुरूर था। 'ये सब बंगाली हैं और इनमें से अधिकतर मदारीपुर से हैं।'

मैं ध्यान से सुनने लगा तो चारों ओर जाने-पहचाने शब्दों और ध्वनियों की गूँज सुनाई देने लगी। मैं सड़क पर चल पड़ा, और किसी से भी बंगाली में बात करने लगता: वेनिस में ऐसा कर पाना मेरे लिए अचरज की बात थी। हालाँकि बहुत लोग बंगाली बोल रहे थे—जर्मन और इतालवी बोलनेवालों से दोगुने—लेकिन तब भी मैं अपनी मातृभाषा को वैश्विक भाषा के तौर पर नहीं सोच पा रहा था। दूर-दराज की जगहों में बंगाली भाषी से मिलना हमेशा अच्छा लगता था क्योंकि यह बहुत कम होता था। आम तौर पर आप मानकर चलते थे कि बंगाली बहुत ही आत्मीय भाषा थी, केवल उन लोगों के साथ बोली जानेवाली, जिन्हें आप पहले से जानते हों। और वहाँ रह रहे बांग्ला भाषी भी मेरी बात से सहमत थे। पहले उन्हें विश्वास नहीं होता कि कोई पर्यटक उनसे बांग्ला में बात कर सकता है। पर थोड़ी देर बाद उनके चेहरे खिल उठते और फिर वही सवाल करते जो सदियों से पूछा जाता है, '*देश कोई*—घर कहाँ है?'

जो भी मुझे बांग्ला ने दिया है, उसमें से यह शायद सबसे अप्रत्याशित उपहार था: कि उसने मुझे अपने लिए एक सन्दर्भ ढूँढ़ने में मदद की और वो भी ऐसे शहर में जहाँ मैंने कभी सोचा नहीं था—बानादिग, बन्दूक़, वेनिस।

रफ़ी

चीनता का अपार्टमेंट गैत्तो से दो मिनट की दूरी पर था। दोनों एक ही *सेस्तीएर* या ज़िले—कान्नारेजो में पड़ते थे। चीनता को यह इलाका बहुत पसन्द था: वह यहीं पली-बढ़ी थी, अपने परिवार की कई पीढ़ियों की तरह। उसके मुताबिक उसके पिता के पूर्वज पन्द्रहवीं शताब्दी से ही यहाँ बस गये थे, जब उन्हें वेनिस गणराज्य के पूर्वी हिस्से से यहाँ ग़ुलाम बनाकर लाया गया था। वह डींग मारती कि सिर्फ कान्नारेजो में ही अब वेनिस को वह शहर माना जा सकता था, जहाँ आम लोग रहते थे: यही एक इलाका था जहाँ पर्यटक और आने जाने वाले लोगों की तुलना में मूल नागरिक ज़्यादा थे।

चीनता का आपर्टमेंट उसकी माँ ने अपने केंटकी के पैसे से उसके पैदा होने के कुछ साल पहले खरीदा था। उसका फ्लैट एक बिल्डिंग की तीसरी मंज़िल पर था; एक ऐसी बिल्डिंग जो हर लिहाज़ से साधारण थी सिवाय अपनी लोकेशन के। उसकी विशिष्टता थी कि वह ग्रैंड कैनाल के किनारे बसी थी। बिल्डिंग की लॉबी में एक डॉक भी था, सीढ़ियों, रस्सी और लंगर वाला, ताकि बिल्डिंग के निवासी अन्दर से ही अपनी गंडोला में बैठ सकें।

जब मैं बारह साल पहले चीनता के अपार्टमेंट में ठहरा था तो ग्रैंड कैनाल की ओर बिल्डिंग का शानदार मुख्य द्वार ही अन्दर आने का रास्ता था। लेकिन अब ऐसा नहीं था: अब लॉबी का संगमरमर का फर्श अधिकतर समय तो पानी में ही डूबा रहता है। जब ज्वार बढ़ने लगता तो बिल्डिंग का *पोर्तिनाईओ,* मतलब दरबान, मार्को लकड़ी के फट्टे लगा देता ताकि वहाँ रहने वालों के जूते भीगें नहीं—लेकिन जब पानी और ऊपर चढ़ जाता, कभी-कभी तो घुटनों तक, तब

ये फट्टे भी डूब जाते। कुछ समय से अक्सर ही यहाँ पानी आ जाता था इसलिए बिल्डिंग वालों ने मुख्य द्वार इस्तेमाल करना बन्द कर दिया था। अब सब लोग पीछे की तरफ एक बगीचे से आते-जाते थे, जिसके चारों तरफ दीवार थी और एक दरवाज़ा था जिसका इस्तेमाल सिर्फ फेरीवाले किया करते थे।

चीनता का अपार्टमेंट बिल्डिंग में पीछे की तरफ था जहाँ से जंगली गुलाब और विस्टेरिया की बेलें नज़र आती थीं। उसके पीछे थीं घूमती गलियाँ और लाल टाइलों की अव्यवस्थित छतें। जब आसमान साफ होता तो डोलोमाइट पहाड़ के बर्फीले शिखर नज़र आते। हालाँकि अपार्टमेंट से ग्रैंड कैनाल नज़र नहीं आती थी, पर रसोई में सान मार्कोला के वॉटर बस स्टॉप से आती-जाती *वापोरेत्तो*—परिवहन में लगी छोटी नावों—की आवाज़ लगातार सुनाई देती।

मेरी पिछली यात्रा से लेकर अब तक अपार्टमेंट में कोई बदलाव नहीं आया था। तब भी मैं बहुत प्रभावित हुआ था और इस बार भी। यह ऐसी इकलौती जगह थी जो वस्तुत: स्पष्ट रूप से जीवन्त थी, सक्रिय थी। उसका कारण था बिल्डिंग का ईंट, गारे या चट्टान की जगह, वेनिस के लगून की मुलायम मिट्टी से बना होना क्योंकि नीचे सख्त मिट्टी या पत्थर नहीं बल्कि कीचड़ थी, जो कुछ अन्तराल में हिल जाती थी जिससे समय के साथ थोड़ा शिफ्ट होते ही बिल्डिंग का एलाइनमेंट भी बदल जाता था। इस वजह से चीनता के अपार्टमेंट के मोज़ाइक वाले फर्श में लहरें बन गई थीं और कुछ चौखटें इतनी टेढ़ी हो गई थीं कि दरवाज़ा बन्द करना नामुमकिन था। अपार्टमेंट इतना जीवन्त था कि उसकी अपनी भाषा थी: हर समय आती चरमराहट, कराह और झोंके उसके बदलते मिज़ाज को व्यक्त करते।

अपार्टमेंट की बाहरी परत की जीवन्तता की तरह ही चीनता ने अन्दर भी जान फूँक दी थी; उसमें उसके स्वभाव की छाप साफ थी। लम्बी खिड़कियों के आगे तुर्की किलिम और कालीन से ढंकी आराम कुर्सियाँ, जहाँ ताज़ी हवा और मनमोहक दृश्य का आनन्द लिया जा सकता था, कोनों में गद्देदार कुर्सियाँ और उनके बगल में चाय की प्याली या वाइन के गिलास का इन्तज़ार करती सुन्दर जड़ाऊ छोटी मेज़ें। और जहाँ देखो वहाँ किताबें ही किताबें—ऊँचे बुकशेल्फ में ठुंसी हुई, मेज़ों के ऊपर, कोनों में दीवार से टेक लेते किताबों के ढेर।

एक शेल्फ पर मैंने हेनरी जेम्स की किताब द *एस्पर्न पेपर्स* देखी थी और जल्द ही उसे पढ़ने में मशगूल हो गया। मैंने सोचा कि गैत्तो से लौटकर ख़त्म करूँगा, लेकिन अब मैं इसे नहीं पढ़ पा रहा था। इसलिए नहीं कि उसमें किसी और समय की बात थी; उसमें एक ऐसे वेनिस का चित्रण था जिसमें मदारीपुर की कोई स्मृति नहीं थी और न ही सुन्दरबन के किसी व्यक्ति के मिलने की सम्भावना। मुझे अहसास हुआ कि जो वेनिस मैंने आज देखा था वो द *ऐस्पर्न पेपर्स* से पहले का था—वह सत्रहवीं शताब्दी में बन्दूक़ी सौदागर द्वारा देखे गये

शहर जैसा था, एक अन्य समय का वेनिस जब असाधारण शक्तियाँ धरती को मथ रही थीं। और अब कुछ ज़्यादा ही मन्थन हो रहा था; ऐसा लग रहा था कि ग्रह के चक्कर लगाने की गति तेज़ हो गई हो, और वह प्राणियों को अविरल गति से हिला रही हो, ताकि देखने में तो हर चीज़ पहले जैसी दिखे, लेकिन उसका केन्द्र किसी और देश और काल में पहुँच जाये।

मैंने द *ऐस्पर्न पेपर्स* बन्द की तो मेरी नज़र मेज़ पर रखी दूसरी किताब पर पड़ी। यह बच्चों की एक पुरानी किताब लग रही थी और कहानी भारत के परिवेश में मालूम पड़ रही थी। कवर पर एक बाघ पगड़ी पहने कुछ आदमियों का पीछा कर रहा था। शीर्षक था द *मिस्ट्री ऑफ़ द ब्लैक जंगल*। जब मैंने किताब पर नज़र डाली, तो मुझे आश्चर्य हुआ कि कहानी सुन्दरबन की थी।

मैंने अन्दाज़ा लगाया कि चीनता ने इसी किताब का ज़िक्र किया था: यह शायद उसकी बेटी की किताब थी। मैंने किताब खोली तो मेरा अन्दाज़ा सही साबित हुआ। पहले पन्ने पर "लूचीआ" लिखा था।

किताब बन्द कर मैंने अपने चारों तरफ़ नज़र घुमाई और जल्द ही पता लगा लिया कि यह किताब कहाँ से निकली थी। शेल्फ पर ऐसे ही कवर वाली अन्य किताबों के बीच खाली जगह थी। मैं किताब को उसकी सही जगह पर रखने के लिए उठा ही था कि मेरा फोन बजा।

चीनता का फोन था। 'हैलो, डियर! सब ठीक है, कोई परेशानी तो नहीं?'

'हाँ, चीनता, शुक्रिया। मैं तो यहाँ आराम से हूँ।'

'बढ़िया। क्या कर रहे थे तुम?'

'असल में,' मैंने कहा, 'मैं एक किताब देख रहा था द *मिस्ट्री ऑफ़ द ब्लैक जंगल*...'

'ओह हाँ!' चीनता ने कहा। 'लूचीआ को यह किताब वाकई बहुत पसन्द थी—वह कहती थी कि उसको सपने में सुन्दरबन दिखता था।'

'सुन्दरबन की बात से याद आया,' मैंने कहा, 'आज मेरी सुन्दरबन के एक व्यक्ति से अजीबोग़रीब हालत में मुलाक़ात हुई।'

'सच में? क्या हुआ?'

मैंने उसे गैत्तो की घटना और रफ़ी से हुई मुलाक़ात के बारे में बताया। मुझे हैरानी हुई कि वो चिन्तित होने की जगह हँस दी।

'ये मज़ाक नहीं था, चीनता!' मैंने कहा। 'मुझे गम्भीर चोट लग सकती थी।'

'लेकिन लगी तो नहीं ना? शायद तुम्हारा बन्दूक़ी सौदागर तुम्हारा ख्याल रख रहा है।'

'क्या मतलब?'

'कुछ नहीं, डियर। तुम अपना ध्यान रखो और मैं जल्द ही तुमसे मिलती हूँ।'

मैंने फोन काटा ही था कि एक मैसेज आया। जीज़ा का मैसेज था। 'किसी काम में फँस गई हूँ—बाद में फोन करूँगी। उम्मीद है वेनिस में सब ठीक है। अगर कुछ इंटरव्यू मिलें तो बताना। बाय।'

मैं फोन को जेब में रख ही रहा था कि हाथ में एक कागज़ का टुकड़ा आया। बाहर निकाला तो उस पर रफ़ी का नंबर लिखा था। मैंने उसे फोन करने का फैसला किया।

कुछ देर घंटी बजने के बाद रफ़ी ने फोन उठाया और इतालवी में कहा, '*प्रोन्तो?*'

मैंने बांग्ला में जवाब दिया, '*आमी बोल्छी*—दीनानाथ दत्ता बोल रहा हूँ।'

उसकी आवाज़ में कठोरता आ गई। 'मेरा नंबर कैसे मिला?'

'लुबना ने दिया।'

वह चिढ़कर घरघराया। '*की चाई?* क्या चाहिए? आप मुझे फोन क्यों कर रहे हैं?'

'मैं तुमसे कुछ पूछना चाहता था।'

यह सुनकर वह चुप हो गया। जब बोला तो थोड़ा परेशान था। 'क्या पूछना चाहते हैं?'

उसके लहजे में आये बदलाव से मैं थोड़ा हैरान था। 'मिलने पर बताऊँगा,' मैंने कहा। 'कब मिल सकोगे?'

उसने थोड़ा सोचा। 'अभी,' उसने कहा। 'वैसे तो मैं काम पर हूँ, लेकिन कोई ग्राहक नहीं है। आप आ जाओ तो बात कर सकते हैं।'

'कहाँ हो?'

'मैं सान मार्कोला के पास हूँ, आइसक्रीम बेच रहा हूँ। वापोरेत्तो के स्टॉप के सामने चर्च देखा है? उसके दूसरी तरफ हूँ। इस तरफ आओगे तो दिख जाऊँगा।'

'मैं सान मार्कोला के बहुत क़रीब हूँ। आता हूँ।'

मैं बाहर निकला तो देखकर चौंक गया कि बादल घिर आये थे और मौसम बदल गया था। शहर में ठंड पड़ने लगी थी और ग्रैंड कैनाल से घना कोहरा आ गया था।

मैंने पीछे का दरवाज़ा खोला तो पाया कि गली का दूसरा किनारा तक नज़र नहीं आ रहा था, हालाँकि वो सिर्फ कुछ फुट ही दूर था। मैं जानता था कि सान मार्कोला का चर्च मेरी दायीं तरफ था, इसलिए सड़क के किनारे लड़खड़ाता हुआ उस तरफ चल दिया।

चर्च पहुँचा तो मैंने रुककर सब तरफ देखा। मुझे रफ़ी कहीं दिखाई नहीं दिया हालाँकि मुझे मालूम था कि वह आसपास ही होगा। फिर मुझे उसकी आवाज़ सुनाई दी, '*एईजे*—मैं यहाँ हूँ।'

वह मेरे पीछे, दीवार से टेक लेकर खड़ा था, उसके आगे उसका ठेला था। उसकी विंडब्रेकर जैकेट की चेन ऊपर तक चढ़ी हुई थी और स्कार्फ़ गले में बँधा हुआ था, बंगाली मफलर की तरह कान और सिर को ढंकते हुए। स्कार्फ़ का किनारा बाहर को निकला हुआ था, घूँघट की तरह और रफ़ी के चेहरे को थोड़ा छिपा रहा था।

जब मैं उसके ठेले पर पहुँचा तो समझ आया कि वह वहाँ क्यों खड़ा था: वो जगह एक तरह से चौराहा थी जहाँ कई सारी गलियाँ मिलती थीं, रिओ तेरा सान लिओनार्दो को जाने वाली एक घुमावदार पतली सड़क भी। अगर मौसम ठीक होता तो इस जगह पर पर्यटकों की भीड़ होती। लेकिन कोहरे के चलते वहाँ सिर्फ इक्का-दुक्का लोग ही थे, अंधेरे में बादल जैसे।

'ऐसे मौसम में आइसक्रीम कौन खरीदेगा?' रफ़ी ने दुखी होकर कहा।

'कोई नहीं,' मैंने कहा। 'तो तुम आज के लिए दुकान बन्द क्यों नहीं कर देते?'

'और मालिक को मौक़ा मिल जायेगा मुझे पैसे न देने का,' उसने कहा। 'वो तो वैसे भी शायद ही दे, लेकिन मैं उसको अपनी तरफ से मौक़ा नहीं देना चाहता।'

उसकी नज़रें मुझसे मिलीं। उसकी त्योरी चढ़ी हुई थी। 'तो किस बारे में बात करना चाहते हैं आप?' साफ था कि वह स्थिति को भांपने की कोशिश कर रहा था।

'कुछ ज़्यादा नहीं,' मैंने कहा। 'मैं बस जानना चाह रहा था कि तुम वेनिस कैसे पहुँचे?'

'इसमें आपकी क्या दिलचस्पी है?'

हालाँकि उसका बात करने का लहजा काफी अक्खड़ था, लेकिन मुझे लगा कि कहीं न कहीं उसे राहत भी महसूस हुई थी। शायद उसे इससे ज़्यादा मुश्किल सवाल की आशंका थी।

मैं उसे जीज़ा की डॉक्यूमेंट्री के बारे में बताने लगा, लेकिन उसने मुझे तुरन्त ही रोक दिया। 'नहीं, मैं यह नहीं करना चाहता। किसी और से पूछ लो।'

'ठीक है,' मैंने कहा। 'कोई ज़बरदस्ती नहीं है। लेकिन मैं पूछ सकता हूँ, क्यों?'

उसने उपेक्षापूर्ण ढंग से हाथ हिलाया। 'मैं थक गया हूँ लोगों के ऐसे सवालों से: "तुम्हारा दलाल कौन था? उसका नाम क्या था? तुम्हें सीमा पार करने में किसने मदद की?" या फिर वह जानना चाहते हैं: "कौन किस मस्जिद में जाता है? वहाँ क्या कहा जाता है?" कहना मुश्किल है कि कौन पुलिस का पिट्ठू है जो जिहादियों की ख़बर निकलवाने की कोशिश कर रहा है और कौन दूसरी तरफ से है और तुमको पुलिस के चक्कर में फँसवाना चाहता है। और क्या पता, दोनों एक ही हों...'

रफ़ी ने अचानक बोलना बन्द किया और ज़ोर से चिल्लाया और अपने कन्धे से किसी चीज़ को झटका। एक पल बाद वह मेरी तरफ लपका। उसने मेरी बाज़ू को पकड़ा और ज़ोर से हिलाया।

'*माकोषा!*' उसने कहा। 'वो मकड़ी थी और मेरे कन्धे से आपके कन्धे पर कूदी। देखिये, वहाँ है।' उसने ज़मीन की तरफ इशारा किया और मैंने एक बड़ी-सी मकड़ी को अंधेरे की तरफ भागते हुए देखा।

रफ़ी ने फिर मेरी ओर देखा और उसकी आँखें चौड़ी हो गईं।

'क्या हुआ? तुम मुझे ऐसे क्यों देख रहे हो?' मैंने पूछा।

उसने अपना सिर हिलाया मानो किसी सम्मोहन से ख़ुद को निकाल रहा हो। 'कुछ नहीं। बस यहाँ काफी ख़तरनाक मकड़ियाँ हैं। आपको सावधान रहना चाहिए।'

मैं परेशान हो उठा, उसकी बात से उतना नहीं था जितना उसके कहने के लहजे से। 'तुम क्या कहना चाह रहे हो?'

'कोई ख़ास बात नहीं है।'

'फिर भी, बताओ तो मुझे।'

'बस, कुछ याद आ गया था,' उसने हिचकिचाते हुए कहा। 'कहानी से—बन्दूक़ी सौदागर की कहानी से।'

'क्या याद आया? बताओ।'

उसने मुझे ऊपर से नीचे तक देखा और चुनौती देने के अन्दाज़ में बोला, 'क्यों बताऊँ? जिस दिन से मिले हैं—वहाँ धाम पर—मैं आपके सवालों के जवाब दे रहा हूँ, और *आपने* क्या किया मेरे लिए? कुछ नहीं! आपको नहीं लगता मुझे आपसे कुछ मिलना चाहिए? आप लगते तो अमीर पर्यटक जैसे हो—आपके पास निश्चित रूप से काफी पैसा होगा।'

'तो तुम्हें पैसे चाहिये?' मैंने अपना पर्स निकला। 'कितने?'

उसने मेरा पर्स छीना और उसमें देखने लगा। मैंने दो दिन पहले तीन सौ यूरो निकाले थे और उसमें से कुछ ख़ास खर्च नहीं हुए थे।

रफ़ी ने पचास यूरो के चार नोट निकले और मुझे दिखाये। 'ये ले लूँ तो?'

'इतना?'

'आपको नहीं लगता कि आपको मुझे इतना तो देना ही चाहिए?'

'चलो, ठीक है, ले लो।' मैंने कहा। 'लेकिन फिर मुझे कहानी बताओगे?'

'हाँ।' उसने पैसे जेब में रखे और मेरा पर्स मुझे लौटा दिया। 'आपको याद है—धाम पर मैंने आपको एक चिह्न दिखाया था जिसमें एक-दूसरे को काटती रेखाएँ बनी हुई थीं?'

उसने अपना फोन निकाला और एक एप खोला जिसमें उँगली से चित्र बना सकते थे। उसने चार लाइन खींचीं और बीच में एक बिन्दु बनाया।

'याद है ऐसा कुछ देखा था?'

'हाँ, मुझे याद है,' मैंने कहा। 'लेकिन इसका मकड़ियों से क्या लेना-देना?'

'मकड़ी के कितने पैर होते हैं?'

'आठ?'

उसने अपने फोन को मेरी नाक के नीचे धकेला और वो तस्वीर दिखाई जो उसने बनाई थी।

'और बीच के इस बिन्दु से आपको कितनी रेखाएँ निकलती दिख रही हैं?'

मैं उन रेखाओं को देखता रहा। 'आठ?'

'देखा...'

'लेकिन मकड़ियों का बन्दूक़ी सौदागर से क्या लेना-देना है?'

'कुछ मकड़ियाँ ज़हरीली होती हैं, बिल्कुल साँप की तरह, है न?'

'अच्छा, तो तुम कहना चाह रहे हो कि यह मनसा देवी के प्राणी हो सकते हैं?'

उसने मुँह फेर लिया।

'अरे रफ़ी, तुम क्या कहना चाह रहे हो?'

उसने झुकी नज़रों से मुझे देखा। 'मुझे थोड़ी बहुत कहानी याद आयी, जो मेरे दादा सुनाया करते थे।'

'सुनाओ।'

'तो कहानी यह थी कि जब सौदागर बन्दूक़ द्वीप पहुँचता है तो सोचता है कि आख़िरकार वो सुरक्षित है क्योंकि वहाँ कोई साँप नहीं पहुँच सकता। लेकिन एक दिन उसे एक किताब में मनसा देवी का चेहरा नज़र आता है। और वह समझ जाता है कि यह एक चेतावनी है। अगले दिन, डर के मारे वह अपने दोस्त नाखुडा इल्यास को कहता है कि वह रात द्वीप की सबसे सुरक्षित जगह पर बिताना चाहता है जहाँ कोई भी जीव या प्राणी उसे ढूँढ़ न सके। द्वीप पर सबसे सुरक्षित जगह एक कमरा है जहाँ बन्दूक़ें रखी होती हैं, एक कमरा जो लोहे से बना है। सौदागर को नाखुडा इल्यास उस कमरे में ले जाता है और वहाँ बन्द कर देता है, सब बन्दूक़ों के साथ, यह सोचकर कि वह सुरक्षित रहेगा। लेकिन जब अगली सुबह वह देखने जाता है तो पाता है कि बन्दूक़ी सौदागर बुरी तरह बीमार है—उसे एक ज़हरीली मकड़ी ने काट लिया था! और तब बन्दूक़ी सौदागर को अहसास होता है कि वह उस द्वीप पर नहीं रह सकता था।'

मैं अवाक् था। 'लेकिन तुमने मुझे यह कहानी पहले क्यों नहीं बताई? जब हम वहाँ मन्दिर पर मिले थे?'

रफ़ी ने सिर हिलाया। 'मैंने तब इसलिए नहीं बताई क्योंकि तब मुझे याद नहीं थी। अभी, जब मैंने मकड़ी देखी तो मुझे याद आ गई।'

'और क्या याद है तुम्हें, उस कहानी का?'

'बस इतना ही। और कुछ नहीं।'

'पक्का?'

लेकिन रफ़ी अब मेरी बात नहीं सुन रहा था। उसकी नज़र मेरे चेहरे से हटकर पीछे घुमावदार सड़क पर अटक गई थी। वह चौंक कर सीधा खड़ा हो गया। फिर फुसफुसाकर उसने कहा, 'अब आपको जाना होगा।'

'क्यों?'

'रहने दीजिये। बस जाइये।'

'ठीक है।'

मैं जाने के लिए मुड़ा और देखा कोहरा हल्का हो गया था। मैंने सड़क से एक आदमी को हमारी तरफ आते देखा। उसने हरे रंग की बेसबॉल कैप पहनी हुई थी। मैं उसका चेहरा नहीं देख पाया। पता नहीं क्यों, मैं मुड़ा और उसकी तरफ चल दिया।

कुछ सैलानी नज़र आ रहे थे और जब मैं उस आदमी के पास से गुज़रा तो हमारे बीच दो-चार लोग थे। लेकिन मुझे अहसास हुआ कि वह मुझे देख रहा था, मेरा चेहरा पढ़ रहा था। पल भर के लिए हमारी नज़रें मिलीं। वह लम्बा, धूप में झुलसा हुआ यूरोपीय था। उसका जबड़ा भारी था और दाढ़ी थोड़ी बढ़ी हुई थी।

गली के आख़िर में पहुँचकर मैंने नज़र चुराकर पीछे देखा।

वह आदमी आइसक्रीम के ठेले पर आगे झुका हुआ था और उसका चेहरा डरावने ढंग से रफ़ी के चेहरे के पास था। मैं कोने पर मुड़ा तो मैंने देखा कि वह रफ़ी की छाती को उँगली से कोंच रहा था।

मैं चीनता के घर में घुस ही रहा था कि मेरा फोन बजा।

जीज़ा का फोन था, रोम से।

'लिसन, दीनो, आई एम वेरी, वेरी, वेरी, सॉरी,' उसने कहा। हमेशा की तरह शब्द उसके मुँह से हाँफते हुए जल्दी-जल्दी निकल रहे थे।

'मैं बहुत-बहुत माफ़ी चाहती हूँ...लेकिन मैं कुछ दिन और वेनिस नहीं आ पाऊँगी। मुझे यहीं रुकना पड़ रहा है। यहाँ कुछ हुआ है और मुझे रुकना होगा।'

उसने बताया कि एक बड़ी ख़बर ब्रेक हो रही थी। पूर्वी भूमध्यसागर में शरणार्थियों से भरी एक नाव देखी गई थी। माना जा रहा था कि वो सिसिली की तरफ जा रही है। और इस नाव की वजह से संकट पैदा हो गया था; रोम की हाल में बनी सरकार के गृह मन्त्री, कट्टर दक्षिणपन्थी और प्रवासी विरोधी, ने ऐलान किया था कि चाहे जो हो जाये वह शरणार्थियों को इटली में घुसने नहीं देगा। उसका कहना था कि वह इसे भविष्य के लिए उदाहरण बनाना चाहता है। काफी समय बाद कोई नाव इटली की तरफ आ रही थी और मन्त्री उसे रोकने पर उतारू था—उसने तो नाव रोकने के लिए नौसेना का प्रयोग करने की धमकी तक दी थी।

'और ये शरणार्थी हैं कहाँ से?'

'मिले-जुले ही होंगे—एरिट्रियाई, मिस्र के निवासी, इथियोपियाई, सूडानी और शायद कुछ बंगाली भी। मिस्र से आने वाली नाव में अक्सर ये ही होते हैं।'

'ये नाव वहीं की है क्या?'

'हाँ, इस समय तो और कहीं से हो नहीं सकती।'

जीज़ा ने कहा कि पिछले एक साल में यूरोपीय संघ, प्रवासन के लिए इस्तेमाल होने वाले ज़्यादातर रास्तों को बन्द करने में कामयाब रहा था, जैसे ग्रीस, तुर्की, मोरोको, यहाँ तक कि लीबिया भी। लेकिन वो तस्कर ही क्या जो जुगाड़ू न हों। वो हमेशा कोई नया रास्ता ढूँढ़ लेते हैं। आजकल मिस्र उनका पसन्दीदा केन्द्र बना हुआ है—असल में तो सीनाई प्रायद्वीप।

'सीनाई!' जीज़ा ने कहा। उसकी आवाज़ में विडंबना झलक रही थी। 'जहाँ पैग़म्बर मूसा (मोज़िज़) को ईश्वर से दस धर्मादेश मिले थे! मैं कई साल पहले वहाँ छुट्टी के लिए गई थी। मुझे याद है हम सेंट कैथरीन मठ गये थे और वहाँ हमने वो झाड़ी भी देखी थी जो बाइबिल के बर्निंग बुश से ही निकली हुई है। इतनी शान्त और सुन्दर जगह थी सीनाई तब। लेकिन अब तो दुनिया की सबसे ख़तरनाक जगह है, कम से कम अवैध अप्रवासियों के लिए।'

'ख़तरनाक क्यों है?'

'मैं सिर्फ वो बता सकती हूँ जो मैंने उन शरणार्थियों से सुना है, जिन्हें मैंने इंटरव्यू किया। उन सबका कहना है कि सीनाई जंगली, असभ्य जगह है। लीबिया से भी ज़्यादा। वहाँ किसी का राज नहीं चलता और वहाँ रहने वाले कबीलों की काहिरा की सरकार के साथ जंग है। उनका पैसा तस्करी से आता है—पहले शायद वे ड्रग्स और हथियारों की तस्करी करते थे। लेकिन अब मानव तस्करी में ज़्यादा मुनाफा है, और आसान भी है क्योंकि उनके सम्बन्ध सहारा के कबीलों के साथ हैं जो उन्हें एरिट्रियाई, इथियोपियाई, सोमालिया और सूडान से शरणार्थी भेज देते हैं। उन सब जगहों से जहाँ से लोग भागना चाहते हैं। जब ये लोग सीनाई पहुँचते हैं, तो इन्हें बड़े-बड़े गोदामों में रखा जाता है, जिन्हें कनेक्शन हाउस कहते हैं। उसके बाद यूरोप आने के लिए उन्हें और पैसा देना होता है। समझे?'

'हाँ।'

'मैंने शरणार्थियों से जो कुछ सुना है उसके मुताबिक इन कनेक्शन हाउसेस में ख़ास ऑपरेटिंग रूम होते हैं, हर आधुनिक मशीन से लैस, यहाँ तक कि यहाँ सौर ऊर्जा से चलने वाले रेफ्रिजरेशन यन्त्र भी होते हैं। जो लोग अतिरिक्त रकम नहीं दे सकते, उन्हें ड्रग्स देकर बेहोश किया जाता है। उनका ऑपरेशन कर शरीर का एक अंग निकाल लिया जाता है, आमतौर पर गुर्दा। और फिर यह अंग बेच दिया जाता है—अक्सर यूरोपियों को।

मैं चौंक गया। 'कितना भयावह है!'

जीज़ा ने गहरी साँस ली। 'हाँ, सोच से परे लगता है, दास व्यापार की दहला देने वाली विभीषिका।'

'हाँ।'

'कितना पैशाचिक है न?'

'हाँ।'

'लेकिन यहाँ इटली में भी ऐसे लोग हैं जो इस सबको नज़रअन्दाज़ कर देंगे। पूरे यूरोप में अप्रवासन सबसे बड़ा मुद्दा है और यह नाव—द ब्लू बोट, जिस नाम से इसे बुलाया जा रहा है—इस मामले को और बढ़ा सकती है। यह

मेरी डॉक्यूमेंट्री के लिए बहुत, बहुत ज़रूरी हो सकता है। इसलिए मुझे रोम में कुछ समय और रुकना होगा, यह देखने के लिए कि आगे क्या होता है। आप समझ रहे हैं न?'

'हाँ, बिल्कुल।'

'शुक्रिया, दीनो। जल्दी मिलते हैं।'

स्ट्रैंडिंग्स

उस रात मैं सो नहीं पाया: मेरे दिमाग में रह-रह कर कुछ चित्र घूम रहे थे—मेरे पैरों पर गिरता पलस्तर; साँप से भरे पेड़ों पर चढ़कर बाढ़ से बचने की कोशिश करते लोग; और सीनाई में राक्षसों द्वारा खाये जा रहे शरणार्थी।

आधी रात के कुछ घंटों बाद मैंने सोने की कोशिश छोड़ दी और फोन उठाकर अपना ईमेल चेक करने लगा। बड़ी हैरानी की बात थी कि एक ईमेल था और वो भी पिया का। वह भारत में थी और चाहती थी कि जितनी जल्दी हो सके मैं उसे फोन करूँ।

मैंने समय देखा, इटली में सुबह के 4:00 बजे थे यानी भारत में सुबह के 7:30 बजे होंगे। मैंने एप के ज़रिये पिया का भारत वाला मोबाइल नंबर मिलाया और उसने तुरन्त फोन उठा लिया; वह थोड़ी हैरान लग रही थी।

'दीन? फोन करने के लिए शुक्रिया। मुझे उम्मीद नहीं थी कि इतनी जल्दी फोन करेंगे।'

'अच्छा? क्यों?'

'वो आप वेनिस में हैं न? वहाँ तो अभी सवेरा भी नहीं हुआ होगा।'

उसे कैसे पता कि मैं कहाँ हूँ?

मैं इतना चौंक गया कि फोन मेरे हाथ से गिर गया और चादर में खो गया। मैं उसे ढूँढ़ रहा था और पिया की चादरों में दबी हुई आवाज़ सुनाई दे रही थी, 'दीन? दीन? आप हैं क्या? आपको मेरी आवाज़ आ रही है?'

मैंने फोन ढूँढ़ निकाला और कान से लगाया। 'हाँ, हाँ, मैं यहीं हूँ।'

'गुड। मुझे लगा नहीं हैं।'

'नहीं, यहीं हूँ। लेकिन ये बताओ कि तुम्हें कैसे पता चला कि मैं वेनिस में हूँ?'

'कल सोशल मीडिया पर आपका स्टेटस अपडेट देखा था। आपने कुछ तस्वीरें डाली थीं न?'

'हाँ,' मैंने कहा। 'लेकिन मैंने नहीं, वो मेरे फोन ने किया था, और इसलिए मुझे ध्यान नहीं आया।'

कुछ पल की चुप्पी और फिर, 'आप ठीक तो हैं, दीन? नींद में लग रहे हैं। अगर आप चाहें तो हम बाद में बात कर सकते हैं।'

'नहीं, नहीं,' मैंने झट से कहा। 'मैं ठीक हूँ। बताओ, फोन करने को क्यों कहा था?'

'वो थोड़ी दिक्कत हो गई है और मुझे लगा कि शायद आप मदद कर सकें।'

'बिल्कुल! बताओ मैं क्या कर सकता हूँ।'

'शुक्रिया। लेकिन पहले आपको थोड़ा बैकग्राउंड देना पड़ेगा। समय होगा आपके पास?'

'कोई दिक्कत नहीं। मेरे पास समय ही समय है। जितना समय लेना है, ले लो।'

दो हफ्ते पहले, यूजीन, ओरेगॉन में पिया को एक अनाम ईमेल आया था। सन्देश एक न्यूज़ रिपोर्ट की तरह था और सुन्दरबन के गरजोनटोला द्वीप पर दर्जनों इरावदी डॉल्फिन्स की मास बीचिंग की ख़बर थी।

इस सन्देश ने पिया को चौंका दिया था। उसे सुन्दरबन से हाल में ऐसी कोई ख़बर नहीं मिली थी। उसे यकीन था अगर ऐसा हुआ होता तो उसके सहायक उसे ज़रूर सूचित करते। इरावदी डॉल्फिन की बीचिंग की घटना बहुत ही कम होती हैं और इस स्तर पर तो कभी नहीं हुआ था। सुन्दरबन में कुल मिलाकर अस्सी या नब्बे इरावदी डॉल्फिन थीं: और अगर दर्जनों मर गई थीं, तो इसका मतलब था कि यह प्रजाति इस जगह ज़्यादा समय नहीं रह पायेगी।

पिया ने काफी देर तक इंटरनेट खंगाला, लेकिन कुछ नहीं मिला। वह उन कई चैट ग्रुप्स में थी जो इस विषय पर काम करते थे, लेकिन वहाँ भी इसका कोई ज़िक्र नहीं था।

इससे उसे निश्चिन्त हो जाना चाहिए था, लेकिन वह परेशान ही रही। उस सन्देश में जिस बारीकी से जानकारी दी गई थी, उसे वह परेशान कर रहा था; उसमें समय का ज़िक्र था, 'पौ फटने के कुछ देर बाद', और जगह का ज़िक्र

भी। गरजोनटोला एक बहुत छोटा और अप्रसिद्ध द्वीप था; इस तरह अचानक उसका ज़िक्र नहीं हो सकता था।

उसने सन्देश दोबारा पढ़ा तो अहसास हुआ कि तारीख़ देखने में उसने ग़लती की थी। तट पर डॉल्फ़िन्स के मरने की घटना एक हफ्ते बाद होने वाली थी। तब जाकर उसे अहसास हुआ कि यह किसी घटित हादसे की रिपोर्ट नहीं थी।

यह तो भविष्यवाणी थी।

अब ये सम्भावना थी कि सन्देश किसी सनकी या फिर किसी ट्रोल ने भेजा हो। जब से उसने सुन्दरबन में रिफाइनरी के खिलाफ बोलना शुरू किया था उसके सोशल मीडिया अकाउंट्स गुस्से भरे मैसेजिस से भरे रहते थे। 'गरीबों के पेट पर लात क्यों मार रही है, कुत्तिया? विकास रोकने के लिए तुझे पैसे कौन दे रहा है? जहाँ से आयी है, वहीं चली जा, विदेशी रंडी।'

पर यह सन्देश किसी ट्रोल का भेजा हुआ नहीं लग रहा था क्योंकि पिया को यह सन्देश उस मेलबॉक्स में मिला था जिस पर उसकी निजी मेल्स आती थीं और यह सार्वजनिक नहीं था, न यूनिवर्सिटी में और न ही सोशल मीडिया पर। पिया को लग रहा था कि हो सकता है यह रिफाइनरी के किसी मुखबिर ने भेजा हो जिसे इस बात की जानकारी हो कि हफ्ते भर बाद रिफाइनरी से रासायनिक पदार्थ पानी में छोड़ा जाने वाला है। अगर ऐसा हुआ तो फिर वह अपना शक साबित कर सकती थी कि सुन्दरबन में जानवरों के मरने का और रिफाइनरी द्वारा नदी में ज़हरीला कचड़ा निकासी का सीधा सम्बन्ध था। और इससे फैक्टरी बन्द करवाने में मदद मिल सकती थी।

इत्तेफ़ाक़ से पिया को इस बीच एक कॉन्फ्रेंस के लिए बर्लिन जाना था। उसने अपना प्रोग्राम देखा तो पाया कि कुछ फ्लाइट्स के फेर-बदल से, और कुछ दिन पहले निकलने से वह इस पूर्वानुमानित डॉल्फ़िन्स के मरने की घटना तक सुन्दरबन पहुँच सकती थी। वह एक ट्रैवल वेबसाइट पर गई और उसे ऐसी फ्लाइट मिल गई जो सन्देश में दी गई तारीख़ से एक दिन पहले उसे लुसिबाड़ी पहुँचा देती।

जब वह फ्रैंकफर्ट में फ्लाइट बदलने रुकी, तो उसे अचानक एक ख्याल आया। उसे याद आया कि एक पत्रकार लगातार उससे आग्रह करती थी कि वह उसे भी अपने साथ सुन्दरबन ले जाये। पिया ने उसे एक मैसेज लिखा और साथ आने के लिए आमन्त्रित किया; पिया ने शब्दों का इस्तेमाल काफी संभलकर किया और एक सामान्य फील्ड ट्रिप का आभास दिया। उसने किसी सम्भावित घटना का ज़िक्र नहीं किया। पत्रकार ने मौक़ा लपक लिया और जवाब में लिखा कि वह साथ में एक फोटोग्राफर भी लाना चाहेगी।

जब पिया लुसिबाड़ी पहुँची तो सब कुछ उसके निर्देशों के मुताबिक तैयार था। पत्रकार और फोटोग्राफर पहुँच चुके थे और पिया के सहायकों ने सब सामान होरेन के स्टीमर में चढ़ा दिया था। पिया के पहुँचते ही वे लोग निकल पड़े और शाम ढलने तक गरजोनटोला पहुँच गये। तट पर रुककर उन्होंने पानी के नमूने इकट्ठा करने शुरू किये, जिन्हें *सॉलिड फेज़ एडसोर्प्शन टॉक्सिन ट्रैकिंग* की नवीनतम टैकनोलॉजी द्वारा जाँच करने के लिए हैदराबाद भेजा जाना था।

अगले दिन सूर्योदय का समय 6:00 बजे था।

पिया उससे पहले ही उठ गई, उसने ध्यान रखा कि कोई और न जागे। अपनी दूरबीन और जीपीएस मॉनिटर लेकर वह डेक पर तैनात हो गई।

आधा घंटा बीता, उसके बाद आधा घंटा और बीता लेकिन कोई डॉल्फिन नज़र नहीं आयी। जल्द ही उसके सहायक भी उठकर डेक पर आ गये; सब लोग यह देखकर हैरान थे कि पिया इतनी जल्दी उठकर निगरानी कर रही थी। क्या बात थी? क्या उसे किसी चीज़ का इन्तज़ार था?

पिया ने मुस्करा कर सवालों को टाल दिया। उसने उन लोगों से कहा कि वह जेट लैग की वजह से जल्दी उठ गई थी और लेटे रहने से बेहतर समझा उठकर पानी के कुछ सैंपल ही ले ले।

जैसे-जैसे सूरज ऊपर चढ़ता गया पिया की दुविधा उतनी ही बढ़ती गई। एक तरफ तो उसे राहत महसूस हो रही थी कि कुछ बुरा नहीं घटा, लेकिन दूसरी तरफ अफ़सोस भी था कि वह यहाँ खड़ी थी, हाथ में दूरबीन लिए, आधी दुनिया की यात्रा कर, वो भी अपना पैसा खर्च करके।

नाश्ता लगा और खा भी लिया गया, लेकिन डॉल्फिन्स का नामोनिशान नहीं था। क़िस्मत से पिया ने पत्रकारों के लिए रिफाइनरी के चलते आने वाले समय में होने वाले बुरे असर पर ब्रीफिंग तैयार की हुई थी; उसे एक घंटे से ज़्यादा लग गया अपने सारे चार्ट्स, स्लाइड्स और नक़्शे समझाने में। फिर उसके सहायकों ने बारी-बारी से हाल में देखी गई सामूहिक मृत्यु की घटनाओं के बारे में बात की: मरी हुई मछलियों के समूह, केकड़ों की घटती आबादी, इत्यादि पर।

पिया की बातचीत 8:00 बजे ख़त्म हुई। फिर वहाँ थोड़ा और रुकने के लिए उसने होरेन को पत्रकारों से बात करने को कहा। वह उम्र में सबसे बड़ा था और बातें अच्छी करता था इसलिए पिया को लगा कि वह उन्हें मन मुताबिक मसाला दे पायेगा (उसकी यूनिवर्सिटी में विज्ञान-संचार विभाग लम्बे समय से प्राध्यापकों को ऐसी कहानियों पर ज़ोर देने के लिए कह रहा था जिसमें आम आदमी को दिलचस्पी हो)।

अभी होरेन बात कर ही रहा था कि दूर एक डॉल्फिन नज़र आयी। पिया ने नोट शीट उठाई और समय लिखा। सुबह के 8:35 हो रहे थे। उसने मन में सोचा कि मुखबिर के कहे समय से यह पूरा ढाई घंटे बाद का समय था।

पीछे-पीछे और भी डॉल्फिन्स आ गईं, कई दर्जन। वे हमेशा की तरह अपने घुमावदार ढंग से न तैरकर एकदम सीधी पंक्ति में गरजोनटोला की तरफ तैर रही थीं।

अब तक पिया की आवाज़ फोन पर सामान्य थी। लेकिन अब वह फूट-फूटकर रोने लगी।

'मैं क्या बताऊँ, दीन: मैंने इतनी दिल दहलाने वाली घटना पहले कभी नहीं देखी है। इतनी सारी डॉल्फिन्स ख़ुद को बस तट पर फेंक रही थीं। मैंने व्हेल के बारे में तो सुना है कि वो ऐसा करती हैं, लेकिन इरावदी डॉल्फिन्स के बारे में कभी नहीं सुना था।'

जैसे ही यह शुरू हुआ, पिया और अन्य लोग छोटी नाव में तट तक गये। पिया और उसके सहायक आधी से ज़्यादा डॉल्फिन्स को पानी में वापस डालने में सफल रहे, लेकिन क़रीब बीस को नहीं बचा सके।

पत्रकार और फोटोग्राफर भी खाली नहीं बैठे; उन्होंने सब नोट किया और ख़ूब सारी तस्वीरें खींचीं। वे जानते थे कि उनके पास अनूठी ख़बर थी। वे तुरन्त कोलकाता के लिए निकल गये। अगले दिन उनके अख़बार में यह ख़बर पहले पन्ने पर छपी।

इस ख़बर का, ख़ासतौर से तस्वीरों का बहुत असर पड़ा।

'मुझे अभी एक पर्यावरण वकील का फोन आया था,' पिया ने कहा। 'वह दिल्ली में उच्च न्यायालय में याचिका डालने की तैयारी कर रही है। उसके हिसाब से इस ख़बर के आधार पर हमें रिफाइनरी बन्द करवाने का ऑर्डर मिल सकता है। वह कह रही है कि तट पर मरी डॉल्फिन्स के वीडियो दिखाने की सोच रही है। कुछ जज शाकाहारी हैं; इस तरह की चीज़ें देखकर परेशान हो जाते हैं—इतने ज़्यादा कि कंपनियों के खिलाफ भी हो जाते हैं।'

उसने सिसकी भरी।

'वह वकील कहती रही कि हमारी क़िस्मत अच्छी थी कि हम वहीं थे...'

'तुमने उसे अनाम ईमेल के बारे में बताया?'

'नहीं! मैंने आपके अलावा किसी को नहीं बताया। मैं नहीं चाहती कि कोई जाने कि रिफाइनरी में कोई मुखबिर है।'

'तुम्हें यकीन है कि किसी मुखबिर ने वो मेल भेजा था?'

'हाँ, बिल्कुल।'

'लेकिन उसके पास तुम्हारा व्यक्तिगत ईमेल आईडी कैसे आया? कोई अन्दाज़ा है?'

वह एक पल के लिए चुप रही और फिर कहा, 'असल में मैं वही कहने जा रही थी। इसी बारे में आपसे बात करना चाहती थी।'

सब कुछ इतनी जल्दी हुआ था कि पिया मोयना को बताना भूल गई कि वह लुसिबाड़ी आ रही थी। लेकिन मोयना को पता चल गया और वह ट्रस्ट के गेस्ट हाउस में पिया के पास दनदनाती हुई आ पहुँची। 'मुझे बताया क्यों नहीं कि आप लुसिबाड़ी आ रही हो?' मोयना ने नाराज़ होकर कहा। और फिर पिया को ये देखकर हैरानी हुई कि वह रोने लगी—मोयना के लिए ये बहुत असामान्य था।

'आपको पता नहीं कि मैं टीपू के बिना यहाँ कितनी अकेली हूँ?'

पिया को अपराधबोध का अहसास हुआ और सब कुछ छोड़कर उसने मोयना के साथ समय बिताया। उसने उसके स्वास्थ्य के बारे में, अस्पताल के बारे में और टीपू के बारे में बात की। जब पिया ने पूछा क्या टीपू अब भी बैंगलोर से नियमित रूप से फोन कर रहा है, तो मोयना का जवाब न में था। उसने बताया कि टीपू ने बहुत समय से फोन नहीं किया था। आख़री बार दो हफ्ते पहले बात हुई थी जब उसने बैंगलोर से अपने दफ्तर के साथियों के साथ वाली तस्वीर भेजी थी।

मोयना ने फोन निकालकर पिया को दिखाया, 'देखो, यह भेजा था उसने।'

तस्वीर एक ग्रुप फोटो थी, ऑफिस की बिल्डिंग के बाहर की। नौजवान लड़के और लड़कियाँ तीन कतारों में खड़े संजीदगी से कैमरे की तरफ देख रहे थे।

'टीपू कौन-सा है?'

मोयना ने दिखाया। टीपू पीछे की पंक्ति में था, दूसरे आदमियों की तरह सूट और टाई पहने।

'कितना बड़ा लग रहा है न?' मोयना ने गर्व से कहा।

पिया ने हामी भरी, लेकिन तस्वीर में कुछ था जो उसे ठीक नहीं लग रहा था। उसने फोटो अपने आप को भेजी और अपना कंप्यूटर खोला। जैसे ही उसकी स्क्रीन पर फोटो खुली वह जान गई कि फोटो से छेड़-छाड़ हुई थी। उस तस्वीर में टीपू की शक्ल को फोटोशॉप किया गया था।

जब पिया ने मोयना को बताया तो वह भौंचक्की रह गई; उसने तो फोटोशॉप के बारे में सुना तक नहीं था।

'यह करना मुश्किल नहीं है मोयना। टीपू की क़ाबिलियत का इंसान तो चुटकी में कर लेगा।'

दोनों ने मोयना के फोन और सोशल मीडिया अकाउंट छाने। बीच-बीच में उसने फोन भी किया था और मैसेज भी भेजे थे और जो नंबर उसने इस्तेमाल किये थे, उनमें अन्तर्राष्ट्रीय कोड लगे थे।

पिया ने मोयना को ये कोड दिखाए: +880, +92, +98, और +90।

'मोयना, तुमने ध्यान नहीं दिया कि यह फोन और मैसेज अन्तर्राष्ट्रीय नंबर से आ रहे हैं?'

'देखा था,' मोयना ने कहा। 'मैंने टीपू से भी पूछा था। उसने कहा कि कोई डायलिंग सर्विस इस्तेमाल कर रहा था जो अन्तर्राष्ट्रीय सर्वर से काम करती है। उसने कहा कि यह सस्ता पड़ता है।'

'और तुमने मान लिया?'

'और क्या करती?' मोयना ने कहा। वह असामान्य रूप से बेबस लग रही थी। 'टीपू को इन चीज़ों के बारे में इतना मालूम है। मुझे तो बहुत थोड़ा आता है।'

'तुमने इन नम्बरों पर फोन करने की कोशिश की?'

'नहीं,' मोयना ने कहा। 'टीपू को पसन्द नहीं कि मैं फोन करूँ। उसने कहा कि उसके काम करने का कोई निश्चित समय नहीं है और दफ्तर में निजी फोन पर बहुत सख्ती है। अगर उससे बात करनी हो तो मैं ईमेल भेज देती हूँ, और वह घंटे, दो घंटे में फोन कर लेता है—लेकिन दो हफ्ते से नहीं किया है। मैंने कई मेल भेजे पर उसका जवाब नहीं आया।'

पिया हैरान और परेशान थी। उसने मोयना से दूसरी तस्वीरें दिखाने को कहा जो टीपू ने भेजी थीं। सब ग्रुप फोटो थीं, पार्क या दफ्तर के अन्दर या फिर हॉस्टल की। उनको देखने के बाद पिया समझ गई कि सारी तस्वीरें नकली थीं। टीपू ने इंटरनेट से या किसी के सोशल मीडिया से ली होंगी ये तस्वीरें।

साफ था कि टीपू ने अपनी माँ को धोखा देने के लिए काफी प्रयास किया था। बैंगलोर में नौकरी करने की जगह वह बांग्लादेश चला गया था। और जो नंबर उसने फोन करने के लिए इस्तेमाल किये थे उनकी पड़ताल करके ऐसा लग रहा था कि वह बांग्लादेश से पाकिस्तान, इरान और तुर्की गया था। लेकिन क्यों? और इस सबके लिए उसके पास पैसे कहाँ से आये थे? पिया को नहीं लगता था कि इंटरनेट पर वह जो काम करता था उससे इतना कमा लिया होगा।

टीपू के आख़री मैसेज में किसी देश का कोड नहीं था। लेकिन पिया ने देखा कि वो उसी दिन और उसी समय भेजा गया था जिस समय डॉल्फिन के बारे में उसे सन्देश मिला था। और तब उसे लगने लगा था की शायद टीपू का उस अनाम ईमेल से कोई सम्बन्ध है।

पिया मोयना के घर गई और टीपू के कमरे में पहुँची। वहाँ पिया ने देखा कि एक अलमारी में ताला लगा था। 'उसके अन्दर देखा है तुमने?' पिया ने मोयना से पूछा।

'नहीं,' मोयना ने जवाब दिया। 'लेकिन मैं जानती हूँ उसके अन्दर क्या है। टीपू उस अलमारी में अपनी सारी इलेक्ट्रॉनिक चीज़ें रखता है। इतने सालों में आपने जो भेजा, वो भी।'

'चलो देखें, क्या सब कुछ यहीं है,' पिया ने कहा। 'चाबी है क्या?'

'नहीं।'

पिया ने हथौड़ा लेकर ताला तोड़ा। अलमारी का दरवाज़ा खुला तो उन्होंने पाया कि सिवाय दो चार छोटी-मोटी चीज़ों के अलमारी एकदम खाली थी। पिया के भेजे हुए तोहफे, पुराने कंप्यूटर, मॉनिटर, कीबोर्ड, गेमिंग कंसोल—वहाँ कुछ नहीं था। पिया ने अन्दाज़ा लगाया कि टीपू ने सफर के पैसे जुटाने के लिए सब बेच दिया होगा।

सबसे नीचे वाली शेल्फ पर कागज़ों से भरा एक प्लास्टिक का पैकेट था। ऐसा लग रहा था मानो वह जल्दी में भरा गया हो और शायद वहीं छूट गया हो। पिया ने सरसरी नज़र से देखा तो पाया कि इंटरनेट से लिए गये प्रिंटआउट थे।

पैकेट को बगल में रख पिया ने मोयना से पूछा, 'टीपू के पास पासपोर्ट है क्या?'

'नहीं,' मोयना ने जवाब दिया। 'जहाँ तक मुझे मालूम है, नहीं है। अमेरिका जाने के लिए जो आपने बनवाया था, वही था। उसके बाद उसने दोबारा नहीं बनवाया।'

पिया अब समझ गई थी कि टीपू जाली कागज़ लिए एक अवैध यात्रा पर निकल पड़ा था और किसी तरह तुर्की जा पहुँचा था। कई महीनों का सफर रहा होगा और उसने इस दौरान मोयना से सम्पर्क बनाये रखने में सावधानी बरती थी। कभी भी वह गायब नहीं हुआ था जैसे पिछले दो हफ्ते से था। पिया को विश्वास था कि इस चुप्पी के पीछे कुछ गड़बड़ थी। टीपू ज़रूर किसी मुसीबत में था।

एक दोस्त के ज़रिये पिया ने प्रवासियों के साथ काम करने वाली एक गैर सरकारी संस्था से सम्पर्क किया। उसने किसी से बात की जिसने बताया कि टीपू की कहानी न तो नई है और न ही असाधारण। पिछले दो एक सालों में कई ऐसी रिपोर्ट आयी थीं जिनमें साफ था कि बिना परिवार को बताये नौजवान लड़कों के घर से भाग जाने की वारदातों में काफी इज़ाफ़ा हुआ था। उसने यह भी बताया कि प्रवासियों के लिए पाकिस्तान से तुर्की—ईरान होते हुए—जाना आम बात थी। जहाँ तक टीपू को ढूँढ़ने का सवाल था, उसने कहा कि कोई भी गैर सरकारी संस्था कुछ ज़्यादा मदद नहीं कर सकती थी: सबके पास बहुत ज़्यादा काम था और लोग बहुत ही कम। पिया के लिए सबसे अच्छा तरीका था कि वह प्रवासी नेटवर्क से जुड़े किसी इंसान से मदद मांगे क्योंकि अनौपचारिक माध्यम से ही कोई जानकारी मिल सकती थी।

तुर्की में अकेले फँसे टीपू के ख्याल से पिया परेशान हो उठी थी: मानो वो एक बार फिर *स्ट्रैंडिंग*, डॉल्फिन्स को मरते देखने की घटना देख रही हो। उसने अगले कुछ घंटों में कई फोन किये, लेकिन सब व्यर्थ रहा। जब वह पूरी तरह से

निराश हो गई तब उसने सोचा कि उसे वह प्लास्टिक का पैकेट देखना चाहिए, जो टीपू की अलमारी से मिला था।

उन कागज़ों को खंगालते हुए उसे एक चौंका देने वाली चीज़ पता चली।

'जैसा मैंने सोचा था, उस बैग में प्रिंटआउट भरे हुए थे,' उसने कहा। 'लेकिन वो ऐसे ही नहीं थे। आप मानेंगे नहीं, दीन, लेकिन बहुत से कागज़ वेनिस के बारे में थे! मुझे लगता है टीपू इंटरनेट पर वेनिस से सम्बन्धित प्रिंटआउट ले रहा था—सब कुछ—इतिहास, भूगोल और जीव-जन्तु भी। (आप विश्वास कर सकते हैं? कौन से जीव-जन्तु होंगे वेनिस में?) मैंने तो कभी सोचा भी नहीं कि टीपू को इस तरह की चीज़ों में दिलचस्पी थी। कई इलाकों के विस्तृत नक़्शे थे जिन पर उसने पेंसिल से ख़ुद भी रेखाएँ खींची थीं। ऐसा लग रहा है मानो उसे वेनिस का भूत सवार हो गया हो। और यह कोई दो-चार दिन का मन बहलाने का काम नहीं था। मैंने तारीख़ें देखीं—इंटरनेट के प्रिंटआउट पर ऊपर तारीख़ लिखी होती है न—वह दो साल से यह कर रहा था।'

'दो साल?' मैंने कहा। 'इसका मतलब उसने साँप से डंसे जाने के तुरन्त बाद इन्हें इकट्ठा करना शुरू कर दिया होगा?'

'हाँ, शायद। और वह सड़क के रास्ते ईरान से तुर्की और फिर यूरोप जाने का मार्ग देख रहा था। उसने पासपोर्ट के फॉर्म भी भरे थे; अपने लिए ही नहीं, रफ़ी के लिए भी। इसका मतलब उन्होंने साथ जाने का सोचा होगा, इसलिए मैंने होरेन को फोन किया और पूछा कि क्या उसे मालूम था कि रफ़ी कहाँ है। उसने बताया कि रफ़ी एक साल पहले लुसिबाड़ी छोड़कर विदेश चला गया था—उसने अपना सब सामान बेच दिया था, अपनी नाव भी और फिर गायब हो गया। अभी तक उसकी कोई ख़बर नहीं आयी थी, लेकिन एक महीने पहले उसने एक दोस्त को फोटो भेजी थी जिसमें वह यूरोप में कहीं था। फिर मैंने होरेन से पूछा, "क्या तुम्हें पता है कि वो फोटो कहाँ से भेजी गई थी?" होरेन तो नहीं जानता था पर उसने कहा कि वो उस लड़के से फोटो भेजने को कहेगा। मैंने कहा, "हाँ, प्लीज़ भेज देना", और एक घंटे में फोटो मेरे फोन में थी। रफ़ी एक पुल पर खड़ा था और पीछे नहर थी।'

पिया साँस लेने के लिए रुकी। 'मुझे काफी हद तक विश्वास है, दीन, कि वो फोटो वेनिस की है। तब मैंने आपको मैसेज भेजा कि फोन करें। मुझे लगा कि अगर आप वहाँ हैं, तो शायद आप रफ़ी को ढूँढ़ सकें। किसी संयोग की उम्मीद तो बहुत कम है...'

'संयोग' शब्द ने मुझे इतना हिला दिया की मैं पिया की बात पर ध्यान नहीं दे पाया। मैंने आँखें बन्द कर लीं और उस शब्द को ख़ामोशी से गले लगाया, उससे ऐसे लिपटा मानो वास्तविकता से मेरा आख़री रिश्ता इसी शब्द से हो।

हाँ, यह सब संयोग ही तो था, ये आकस्मिक मुलाकातें, अतीत और वर्तमान का नामुमकिन-सा प्रतिच्छेदन या मिलन; वो मौत के मुँह को ले जाती घटना जिसने गैत्तो में मुझे रफ़ी के सामने खड़ा कर दिया: यह सब महज़ संयोग था, और कुछ नहीं। इस बात को भूल जाना मतलब वास्तविकता से नाता तोड़ने का ख़तरा उठाना होगा; संयोग ही तो वास्तविकता की सामान्य स्थिति की नींव था। यह सोचने की कोई ज़रूरत नहीं थी, जैसा कि मैंने किया था, कि ऐसी मुलाक़ात, ऐसी जगह में, संयोग के क्षेत्र से बाहर थी। ऐसा कुछ था ही नहीं; संयोग के क्षेत्र के बाहर कुछ नहीं था—और क्या मैंने एक सौ तीन साल की उम्र तक जीने की सम्भावना के परे अपना बीमा इसलिए ही नहीं कराया था? क्योंकि इस सम्भावना से कैसे इनकार किया जा सकता था कि वह भी तो हो सकता है जिसकी सम्भावना चाहे कितनी ही कम क्यों न हो!

लेकिन जब मेरे दिमाग में यह सब चल रहा था तब एक सन्देह-सा हुआ। कैसे पता चल सकता है? क्या कहीं कोई ऐबेकस जैसा यन्त्र था जो यह जानने में मदद करे कि कोई भी अनुभव संयोग की परिधि में आता है या नहीं? नहीं, निश्चित रूप से, नहीं। क्योंकि कितनी अबोध्य चीज़ें घट सकती थीं, जो इस बात का खंडन न करें कि संयोग से सब कुछ जुड़ा होना मुमकिन था। इस मामले में, संयोग ईश्वर जैसा था—ऐसा कुछ नहीं घटा, न घटना न ही कोई मौक़ा, जो उसकी सर्वव्यापकता को स्वीकार या अस्वीकार कर सके। और साथ ही, ईश्वर की ही तरह संयोग आश्वासन, सुरक्षा, सफाई और पवित्रता देता है। तो क्या इसलिए ही संयोग को अक्सर 'पवित्र' कहा जाता था?—वो पहाड़ की निर्मल नदी की तरह बहता, रास्ते में सब कुछ साफ करता जाता है। संयोग में यकीन छोड़ने का अर्थ था भाग्य और नियति, शैतान और राक्षस, तन्त्र-मन्त्र और चमत्कार के दायरे में चले जाना। या फिर साफ कहें तो, मानसिक रूप से अशान्त व्यक्ति के षड्यन्त्रपूर्ण संसार में चले जाना, जहाँ गुप्त शक्तियाँ फैसले करती हैं।

मैं अपने आप को उस रास्ते नहीं जाने दे सकता था। मुझे यकीन रखना होगा—हाल के दिनों में यही तो मेरी ज़िन्दगी से गायब था, यकीन। मुझे संयोग में यकीन रखना होगा, चाहे जो हो। ऐसा लग रहा था मानो मेरी निष्ठा का इम्तेहान लिया जा रहा हो, मुसीबत और यातनाओं से जैसे बुद्ध की परीक्षा ली थी राक्षसी मरा ने; जैसे रेगिस्तान में सेंट एन्थोनी की हुई थी; जैसे युधिष्ठिर की अन्तिम यात्रा में हुई थी।

मेरे दिमाग में यह सब चल रहा था कि मुझे पिया की आवाज़ का अहसास हुआ। वह बोल रही थी, और शायद पहली बार नहीं, 'हैलो, आप फोन पर ही हैं, दीन? हैलो?'

'हाँ, मैं यहीं हूँ पिया,' मैंने कहा।

मैंने गहरी साँस ली और अपने आपको संभालने की कोशिश की।

'तुम्हें आश्चर्य होगा पिया, लेकिन मैं कल ही रफ़ी से मिला,' मैंने कहा।

'आप मज़ाक कर रहे हैं! आप मिले उससे? सच में?'

'हाँ, क्या संयोग हो सकता है?'

'हम्म्म। शायद वेनिस क्षेत्रफल के हिसाब से उतना बड़ा शहर नहीं है और आबादी भी कुछ लाख ही तो है इसलिए इतना अस्वाभाविक भी नहीं है।'

'हाँ, हो सकता है। ख़ैर, मैंने उससे बात की थी। टीपू के बारे में पूछा था। उसे कुछ पता नहीं था कि टीपू कहाँ है; बल्कि वो नाराज़ हो गया जब मैंने उससे टीपू के बारे में पूछा। मुझे लगा कि दोनों अब साथ नहीं हैं, तो मैंने आगे नहीं पूछा।'

'आप उससे दोबारा बात करेंगे, प्लीज़?' उसकी आवाज़ में कृतज्ञता साफ झलक रही थी। 'मुझे सच में बहुत ख़ुशी होगी अगर आप बात कर लें। मैं जानती हूँ कि मुश्किल है कुछ पता चले लेकिन...'

मुझे अहसास हुआ कि इस बात की बहुत सम्भावना थी कि रफ़ी को टीपू के बारे में पता हो। शायद उसे आशंका थी और डर भी कि मैं यही सवाल पूछूँगा।

'हाँ, मैं रफ़ी से ज़रूर बात करूँगा,' मैंने कहा। 'जो हो सकेगा करूँगा। और ज़्यादा चिन्ता मत करो। टीपू बहुत स्मार्ट है। वह जानता है क्या कर रहा है।'

'लेकिन अभी भी बच्चा है,' पिया ने कहा। 'इसलिए मैं चिन्ता करती हूँ। शायद उसके साथ जो भी ग़लत होता है, उसके लिए मैं अपने आप को दोषी मानती हूँ। आख़िरकार उसके पिता मेरे लिए काम कर रहे थे, जब उनकी मृत्यु हुई।'

'तुम्हारी ग़लती नहीं है। तुम्हें अपने आप को दोष नहीं देना चाहिए।'

उसने गहरी साँस ली। 'जहाँ तक टीपू का सवाल है, मैं कुछ भी सही नहीं कर पायी उसके लिए। ख़ैर मुझे बताइयेगा रफ़ी के साथ कैसा रहा। मैं कल बर्लिन में रहूँगी, और वेनिस आ सकती हूँ—छोटी फ्लाइट है।'

'ठीक है,' मैंने कहा। 'लेकिन पहले देखते हैं रफ़ी क्या कहता है। मेरे पास उसका नंबर है, अभी फोन करता हूँ। जितनी जल्दी हो सकेगा तुम्हें फोन करूँगा। हो सका तो आज ही।'

'गुड। लेट्स स्टे इन टच।'

दोस्त

पिया से बात करते समय तक तो मैंने अपने डर को किसी तरह रोक रखा था, लेकिन फोन रखते ही मेरी हालत ख़राब हो गई। मैं बिस्तर पर स्तब्ध बैठा रहा, सामने दीवार को एकटक देखते हुए। मुझे हो क्या रहा था? हमें क्या हो रहा था? टीपू और रफ़ी से मेरी मुलाकातों में एक पैटर्न-सा था। यह पैटर्न हमारा बनाया नहीं था; ऐसा लग रहा था कि किसी चीज़ या शख्स ने हमारी सोच पर कब्ज़ा कर लिया था।

फिर मुझे याद आया कि मैंने पिया से फोन पर बात करते समय यह निश्चय किया था कि मैं ख़ुद पर यकीन रखूँगा। मैंने ख़ुद को याद दिलाया कि ऐसा सम्भव है कि यह संसार में फैली अनियमितता का नतीजा हो—दूसरे शब्दों में कहा जाये तो महज़ संयोग। क्या ये नहीं कहा जाता कि अगर बन्दर भी टाइप करता रहे तो किसी दिन शेक्सपियर का नाटक लिख ही लेगा? लेकिन उसकी सम्भावना तो मेरे साथ घट रही चीज़ों से भी कम ही होगी? जो भी हो, अगर मैं पागल नहीं होना चाहता तो मुझे इस पर यकीन रखना होगा।

मैंने ख़ुद को प्रोत्साहित करने के लिए ज़ोर से कहा, 'यह सब संयोग है, सम्भावना है, और कुछ नहीं।' इन शब्दों ने किसी प्रार्थना-सा असर किया और मुझे लगा कि मेरे ऊपर से तन्त्र-मन्त्र का साया हट गया है। जैसे-जैसे तस्वीर साफ होती गई, मुझे यकीन होता गया कि रफ़ी ही एक ज़रिया था; मुझे सबसे पहले उससे बात करनी होगी।

मैंने घड़ी देखी। सुबह के 7:00 बजे थे। अभी देर नहीं हुई थी, मैं उससे अभी बात कर सकता था, इससे पहले कि वह कंस्ट्रक्शन साइट पर काम के

लिए निकले। मैंने उसका नंबर मिलाया, लेकिन फोन बन्द था। इस उम्मीद में कि वह अपने मैसेज तो देखेगा, मैंने उसे एक मैसेज भेज दिया कि जब समय मिले मुझे फोन करना।

अगले कुछ घंटों में मैंने रफ़ी को कई बार फोन किया और कई मैसेज भी भेजे, लेकिन सब बेकार। दोपहर भी बीत गई, लेकिन रफ़ी का कोई फोन या मैसेज नहीं आया। पूरी तरह से हताश, मैंने लुबना के दफ्तर जाकर पता करने का निश्चय किया कि रफ़ी की कितने बजे छुट्टी होगी।

लुबना के दफ्तर का दरवाज़ा खुला था और वह बैठी कंप्यूटर के मॉनिटर को एकटक देख रही थी। उसने नज़रें उठाकर मुझे देखा और वापस मॉनिटर पर गढ़ा लीं।

'*देखेछेन?*' उसने मॉनिटर की तरफ इशारा किया। 'आपने ख़बर देखी क्या?'

उसने मॉनिटर को थोड़ा घुमाया ताकि मैं भी देख सकूँ। मैंने आसमानी नीले समुद्र में एक छोटी नीली नाव को बढ़ते देखा। ऊपर के डेक पर फटे पुराने कपड़ों में सांवले रंग के लोग भरे पड़े थे। उनमें से कई कैमरे की ओर दयनीय भाव से हाथ हिला रहे थे।

नाव के पीछे, एहतियाती दूरी पर कोस्ट्गार्ड की नावों की लड़ी लगी थी, और सब में अलग-अलग झंडे लहरा रहे थे।

इस दृश्य के हटते ही, नौसेना की टुकड़ी के लड़ाकू समुद्री जहाज़ दिखाई देने लगे। सबसे बड़े जहाज़ के फोरडेक पर इटली के झंडे को सलामी देते सिपाहियों की पल्टन दिखाई दे रही थी।

'आपने सुना होगा,' लुबना ने कहा। 'नौसेना को आदेश दिए गये हैं कि इस नाव को इटली न पहुँचने दे। भूमध्यसागर के अन्य सभी देशों ने भी कोस्टगार्ड भेज दिए हैं ताकि यह नाव कहीं और भी न जा सके।'

'तो मन्त्री ने अपनी धमकी सच कर दी?'

'हाँ।'

उसने मॉनिटर की तरफ इशारा किया जहाँ एक प्रेस कॉन्फ्रेंस लाइव दिखाई जा रही थी।

एक जवान, प्रभावशाली-सा दिखने वाला आदमी, जिसने मोटे फ्रेम का चश्मा पहन रखा था। उसके बाल पीछे की ओर कढ़े थे, वह मेज़ पर हाथ मारकर माइक में चिल्ला रहा था, '*कुएस्ते पेरसोने नोन मेत्तेरान्नो माई पीएदे इन इतालिया!*'

'*बूझते पारछेन?*' लुबना ने पूछा। 'आपको समझ आया वह क्या कह रहा है?'

'बहुत अच्छे से तो नहीं।'

उसने कहा, 'ये लोग इटली में कभी पैर नहीं रखेंगे!'

'साल्वो के सुक्सेदा उन मीराकोलो।'

'"बिना किसी चमत्कार के तो नहीं।"'

लुबना सिहर उठी। 'यह आदमी तो बर्दाश्त नहीं होता।' उसने मॉनिटर बन्द किया और मेरी तरफ देखा। 'तो? आपने रफ़ी के बारे में सुना? कल रात जो हुआ?'

'कुछ हुआ क्या उसे?' मैंने पूछा। 'मैं उससे बात करने की कोशिश कर रहा हूँ, लेकिन उसका फोन बन्द है।'

'कल रात रफ़ी को पीटा गया,' लुबना ने गम्भीरता से कहा। 'मेरे ख्याल से उसका फोन खो गया। वह अस्पताल में है।'

मैं उसे देखता रह गया; अवाक्।

'हाँ, मुझे भी सदमा लगा था,' लुबना ने कहा। 'कल मुझे देर रात फोन आया। जिस आदमी ने मुझे बताया उसको लगा कि किसी गिरोह ने हमला किया है जैसे रोमा और नापोली में होते हैं, जहाँ दक्षिणपन्थी मवाली प्रवासियों पर योजनाबद्ध तरीके से हमले करते हैं। यह बहुत डरावनी ख़बर थी क्योंकि इस इलाके में ऐसा पहले कभी नहीं हुआ है। यह शायद पहली बार हुआ होगा।'

'तो यह नहीं था?'

'नहीं। देखने से तो नहीं लगता। आज सुबह रफ़ी के साथ रहने वाला एक लड़का आया था। उसने मुझे अलग ही कहानी सुनाई।'

'अच्छा।' मैं तय नहीं कर पा रहा था कि आगे पूछूँ या नहीं। 'क्या आप इस बारे में बात कर सकती हैं?'

लुबना ने घड़ी की ओर नज़र दौड़ाई। 'मुझे बात करने में तो कोई दिक्कत नहीं, लेकिन मेरे पास अभी समय नहीं है। मुझे एक मीटिंग के लिए जाना है। बेहतर है कि आप रफ़ी के उस साथी से सीधे ही बात कर लें। उसका नाम बिलाल है और मैंने उससे आपकी डॉक्यूमेंट्री के लिए पहले ही बात कर ली है। उसने कहा वह आपसे बात करने के लिए तैयार है। आइये, मैं आपको अभी मिलवा देती हूँ, यहीं पास में काम करता है।'

लुबना के दफ्तर के पास ही एक छोटा-सा बाजार था जहाँ सड़क के बीच कपड़े की छत वाली दुकानें थीं। दुकानों में रंग-बिरंगी सब्ज़ियाँ, फल इत्यादि सजे थे। ख़ास तौर पर आर्टिचोक (हाथी चक) के निचले हिस्से—पानी की चिलमचियों में तैरते सफेद गोले दिखाई दे रहे थे।

एक अनूठी और चित्रात्मक वास्तविकता का अहसास देने के लिए इसके साथ कई और सब्ज़ियों को काफी करीने और कलात्मक ढंग से सजाकर रखा गया था। लगभग सभी दुकानदार बंगाली थे।

बिलाल हमें सड़क किनारे बैठा मिला। वह उम्र में रफ़ी से बड़ा था—कोई बाईस-तेईस साल का होगा; लम्बा, चौड़ा, और देखने में बहुत सुन्दर; चमकती आँखें, तीखी नाक और गेंहुआ रंग। हल्के नीले रंग की जीन्स और खूवेंटस की धारीदार टी शर्ट पहने वह प्लास्टिक की कुर्सी पर बैठा था जो उसके लिए कुछ ज़्यादा छोटी लग रही थी। उसकी कुर्सी के एक तरफ छोटे हाथी चक से भरी बाल्टी थी और दूसरी तरफ छिलके फेंकने के लिए डिब्बा। उसके पैरों के पास चिलमची में पानी था और हाथ में चाकू। वह बहुत दक्षता से चाकू चलाकर हाथी चक छील रहा था ताकि सिर्फ नीचे का सफेद हिस्सा बचे।

हमें एक-दूसरे से मिलवाकर लुबना तुरन्त अपनी मीटिंग के लिए निकल गई। बिलाल ने मुझे कुर्सी पास खींचकर बैठने को कहा; वह बात करता रहा और साथ ही दनादन हाथी चक के गोले तैयार करता रहा।

बिलाल ने कहा कल रात रफ़ी को अचानक फोन आया था कि वह किसी की जगह एक रेस्तरां में बर्तन धोने का काम कर ले। रफ़ी चला गया और काम ख़त्म होने तक काफी देर हो गई थी। इतनी रात को मेस्त्रे में अपने कमरे पर जाने का मतलब था कि उसकी नींद पूरी नहीं हो पाती, और क्योंकि सुबह उसे वापस अपने कंस्ट्रक्शन के काम पर वेनिस आना था, इसलिए उसने तय किया कि रात कान्नारेजो के कोने पर स्थित एक खाली पड़े गोदाम में सो जायेगा। पिछले साल बिलाल को इस जगह का पता चला था और उसने रफ़ी के साथ कुछ दूसरे दोस्तों को भी वह जगह दिखायी थी। कान्नारेजो का यह हिस्सा अक्सर वीरान रहता था, ख़ासकर रात के समय। रफ़ी एक अंधेरी सड़क से गुज़र रहा था जब दो आदमी अचानक आये और उस पर हमला कर दिया।

बाद में एक राहगीर ने उसे फुटपाथ पर बेहोश पाया और पुलिस को बुलाया जिन्होंने वॉटर एम्बुलेंस से उसे अस्पताल पहुँचाया। रफ़ी की अभी तक उसके किसी दोस्त से बात नहीं हुई थी।

'क्या यह सिर्फ चोरी का मामला था?'

'हाँ, सब पैसा ले गये। काफी पैसा था उसके पास।'

बिलाल ने चारों ओर नज़र दौड़ाई और धीमी आवाज़ में कहा, 'रफ़ी ने हाल ही में एक बड़ा क़र्ज़ लिया था और उसकी दो-तीन किश्त वह चुका नहीं पाया था। मुझे नहीं लगता कि वे लोग इतनी बुरी तरह पीटना चाहते थे। वह भी लड़ा होगा, तो बात हाथ से निकल गई होगी।'

'रफ़ी ने यह क़र्ज़ क्यों लिया था? और किससे?' मैंने पूछा।

बिलाल अब फुसफुसा रहा था। 'रफ़ी ने एक मानव तस्कर से क़र्ज़ लिया था। अपने एक दोस्त के लिए। दोनों बांग्लादेश से साथ निकले थे, लेकिन तुर्की में अलग हो गये। वहाँ अक्सर ऐसा होता है, क्योंकि ढलानों पर पागलों की तरह दौड़ना पड़ता है। अगर तुर्की में कोई सिपाही सीमा पार करते देख लेता है, तो गोली मार देता है। रफ़ी की क़िस्मत अच्छी थी और वह पार हो गया, लेकिन उसके दोस्त को चोट लग गई और उसे वापस ईरान जाना पड़ा। बाद में उसने बॉर्डर तो पार कर लिया, लेकिन लम्बे समय तक तुर्की में ही फँसा रह गया। ख़ैर, कुछ हफ्ते पहले इस लड़के ने रफ़ी को फोन किया और कहा कि उसने एक दलाल से बात की है जिसने दूसरे देश से निकालने की पेशकश की थी। वह नाव में चढ़ सकता था, अगर रफ़ी इटली में भुगतान कर दे तो। रफ़ी ने लोगों से पूछा और किसी ने एक इतालवी तस्कर से मिलवा दिया जो किश्तों में भुगतान लेने को तैयार था। रफ़ी ने पहली किश्त तो चुका दी, लेकिन दूसरी और तीसरी नहीं चुका पाया। इसलिए...'

'क्या रफ़ी ने इस दोस्त का नाम बताया?'

'नहीं।' बिलाल ने मुझे देख कन्धे उचकाये। 'हममें से कुछ लोगों ने उसे आगाह किया था कि तस्करों के चक्कर में न पड़े; बहुत ख़तरनाक लोग होते हैं। पर वह क्या कर सकता था? बहुत हताश था। और मैं उसे दोष भी नहीं देता। जब आप किसी सफर पर किसी दोस्त के साथ निकलें और आप तो पार हो जायें, लेकिन दोस्त फँस जाये तो बहुत ख़राब लगता है। उस अहसास के साथ जीना बहुत मुश्किल होता है। उसकी मदद के लिए जो हो सके आप करते हो।'

उसकी आवाज़ में छिपे आवेग ने मुझे चौंका दिया। '*तोमारो होयेछिलो नाकी?*' मैंने पूछा। 'क्या तुम्हारे साथ भी ऐसा हुआ था?'

उसने सिर हिलाकर हामी भरी। उसकी नज़रें झुकी हुई थीं, चाकू पर टिकी हुई। 'हाँ, मैं भी बांग्लादेश से एक दोस्त के साथ निकला था। उसका नाम कबीर था और हम एक ही गाँव से थे, फरीदपुर ज़िले में। एक-दूसरे को जानते थे। साथ खेलते थे, स्कूल साथ-साथ गये और हमेशा एक-दूसरे का साथ दिया था।

'कुछ साल पहले मेरे घर में ज़मीन को लेकर झगड़ा हो गया था। काका राजनीति में हैं और उनके बेटे सत्तारूढ़ दल के दबंग हैं। लम्बे समय से वे मेरे बाबा की ज़मीन हथियाने की कोशिश कर रहे थे। हर बार जब बाढ़ आती—जो अक्सर ही आती थी—वे ज़मीन की सीमा बदलने की कोशिश करते। अगर हम विरोध करते तो वे लोग हमें ही धमकाते।

'एक दिन लड़ाई हो गई। मेरे काका ने मुझ पर और मेरे बाबा पर हमला कर दिया; कबीर हमें बचाने आया और मेरे काका को धक्का देकर गिरा दिया। उसके बाद तो मानो दंगा ही हो गया। कबीर और मैं वहाँ से भाग निकलने में सफल रहे, लेकिन तब से हम भागते ही रहे। हम जहाँ जाते, मेरे काका और

उनके बेटे हमें ढूँढ़ लेते। अपने राजनैतिक सम्पर्कों के चलते उनके आदमी हर जगह थे। उन्होंने तो पुलिस से हम पर झूठा मामला भी दर्ज करवा दिया।

'एक साल छुपते-छुपाते हम लोगों को विश्वास हो गया था कि अगर बांग्लादेश में रहे तो मारे जायेंगे। एक रिश्तेदार ने हमें एक दलाल से मिलवाया। उसने कहा कि 350,000 टका के बदले वह हमें अमीरात पहुँचा देगा। पैसा तो बहुत था, लेकिन हमने किसी तरह जुगाड़ कर लिया और दलाल ने हम दोनों को एक-एक कागज़ का टुकड़ा दिया, यह कहकर कि यह 'एयरपोर्ट वीज़ा' था। उसने हमें चिट्टागोंग भेजा जहाँ से हमने शारजाह की फ्लाइट ली। वहाँ पहुँचने के बाद हमें समझ आया कि हम एयरपोर्ट से बाहर नहीं जा सकते थे।'

बिलाल अपने ऊपर हँसा। 'हमें क्या पता था? हम तो अठारह साल के गाँव के सीधे-साधे लड़के थे। इससे पहले हवाई जहाज़ में भी नहीं बैठे थे।

'ख़ैर, हमें कई दिन एयरपोर्ट पर ही रुकना पड़ा। दिन बीतते गये और हम हताश होने लगे। हमारे पास सिर्फ पचास डॉलर थे और उसमें से दस हमने तीस मिनट के टॉकटाइम वाले प्रीपेड कार्ड पर खर्च कर दिए। हमने अपने दलाल को फोन किया। उसने कहा कि हमारे पास दो विकल्प हैं—एक, हम बांग्लादेश वापस चले जायें। और दूसरा, सूडान के रास्ते लीबिया जायें। उसने कहा कि लीबिया में लड़ाई छिड़ी हुई है, लेकिन इतना भी बुरा हाल नहीं था—कई बंगाली वहाँ जा चुके थे।

'हम क्या कर सकते थे? वापस जाना तो हमारे लिए नामुमकिन था, इसलिए हमने दूसरा विकल्प चुना। हमने ख़ुद को सान्त्वना दी और कहा, "आख़िरकार, कितना बुरा हो सकता है? ऐसा तो नहीं है कि घर पर हमारे लिए सब ठीक होगा।"

'अगले दिन हमने खार्तूम के लिए जहाज़ लिया। एयरपोर्ट पर बहुत से बंगाली थे और सब लीबिया जाने का इन्तज़ार कर रहे थे। एक दिन बाद हम त्रिपोली पहुँचे। एयरपोर्ट तहस-नहस हो चुका था, छत में छेद और टूटी खिड़कियाँ। बन्दूक़धारी लोग मनमर्ज़ी से अन्दर बाहर कर रहे थे। इनमें से कुछ आदमियों ने हमें घेरा और एक मिनी बस में ले गये जिसकी खिड़कियाँ काली थीं। और तब हमें अहसास हुआ कि हम अगवा कर लिए गये थे।

'अगले डेढ़ साल तक हमें मारा-पीटा गया, सताया गया और एक से दूसरे गुट को बेचा गया। हमें सुबह से रात तक काम करवाते और पैसे के नाम पर लगभग कुछ नहीं मिलता और खाने को सिर्फ ब्रेड। हम ग़ुलाम थे; और जो हमारे साथ हुआ वो किसी इंसान के साथ नहीं होना चाहिए।

'लेकिन इस सबके बावजूद कबीर और मैं साथ रहे और हमने कुछ पैसे भी जोड़ लिए। समय के साथ हम थोड़े होशियार भी हो गये। हमें पता चला कि त्रिपोली में बंगाली दलाल भी हैं जो नावों से यूरोप पहुँचा सकते हैं। एक दिन,

बहुत होशियारी से, योजना बनाकर हम अपनी कैद से भाग निकले। हम त्रिपोली पहुँचे और दलाल को पैसे दिए। उसने हमें ज़ुवारा नाम के एक शहर भेजा जहाँ हमें "कनेक्शन हाउस" में रखा गया। यह सिर्फ टीन की छत का बड़ा-सा गोदाम था जहाँ क़रीब दो सौ लोग पहले से ही थे—नाइजीरियाई, सूडानी, एरिट्रियाई, इराकी, अफ़ग़ानी और कुछ अन्य बंगाली।

'क़रीब दो महीने गुज़र गये और फिर हमें एक रात अचानक 2:00 बजे उठाया गया और कहा गया कि हमारे "कनेक्शन" का समय हो गया था और हमें फटाफट समुद्र तट पर पहुँचना होगा। हमें झुंड में वहाँ ले जाया गया और पहने हुए कपड़ों के अलावा सब कुछ हमसे ले लिया गया।

'क़रीब 4:00 बजे नाव आयी। एक छोटी सी, टूटी-फूटी, मछली पकड़ने वाली नाव। हमें अन्दर खींचा गया और फिर तस्कर ने हमें बताया कहाँ बैठना होगा: जिन्होंने ज़्यादा पैसे दिए थे वो ऊपरी डेक पर थे, और जिन्होंने पैसे नहीं दिए थे वो नीचे बैठे। चूँकि कबीर और मैं ज़्यादा पैसे नहीं दे पाये थे हमें नीचे जाना पड़ा, और हमें काला धुआँ फेंकते इंजन के पास बैठाया गया।

'जब नाव चली तो उसके पेंदे में पानी घुसने लगा। हमने पानी निकालने की कोशिश की लेकिन स्थिति बदतर होती गई। अगले दिन दोपहर तक नाव का पिछले हिस्सा लगभग डूब चुका था और हम मुश्किल से ही हिल पा रहे थे। हमें लगा अब हम नहीं बचेंगे, लेकिन किसी चमत्कार की तरह एक हेलीकॉप्टर आया—हमें नीचे तक सुनाई दिया। ऊपर डेक पर लोग ख़ुशी से चीखने, चिल्लाने, कूदने लगे। और तब हमारी नाव डूबने लगी।

'अजीब-सा पागलपन छा गया था। सभी लोग नाव के पेंदे से बाहर निकलने के लिए छटपटा रहे थे। नाव डूबने से ठीक पहले कबीर और मैं निकलने में सफल रहे। हम लोग तो नदी और तालाब में तैरकर बड़े हुए थे इसलिए पानी से डर नहीं लगता था। हमने जीन्स और कमीज़ उतारी और तैरना शुरू कर दिया। हम लगातार साथ रहने की कोशिश करते रहे। हमें लगा कि बचाने के लिए कोई नाव ज़रूर आयेगी और हम लोग बच जायेंगे। लेकिन बहुत समय बीत गया, न नाव आयी और न ही हेलीकॉप्टर। समुद्र उस दिन अशान्त नहीं था, पर पानी में उभार था। लहरों से लड़ते-लड़ते हम थक रहे थे और एक समय के बाद साथ रहना मुश्किल होता गया। धीरे-धीरे हम अलग बह गये और एक-दूसरे की नज़रों से ओझल हो गये।

'जब तक नाव आयी मैं थक के चूर हो चुका था और मुश्किल से तैर पा रहा था। मैंने किसी तरह उनके द्वारा फेंकी गई लाइफ बेल्ट पकड़ ली; और जब तक स्पीडबोट दूसरों को बचाने में लगी रही मैं उसे पकड़े रहा। मैंने कबीर को देखने की कोशिश की। वह नहीं दिखा। लेकिन मैं परेशान नहीं था। मुझे लगा

वह पहले ही बचा लिया गया होगा। जब लाइफबोट मेरे पास पहुँची, मैं उसमें चढ़ा, मैंने कबीर को ढूँढ़ा। पर वह नहीं था।

'नाव में चढ़ने वालों में मैं आख़री कुछ लोगों में था। मैंने इतने सारे लोगों को डेक पर देखा, मुझे विश्वास था कि कबीर उन्हीं में से एक होगा। वहाँ वो चमकीले कम्बल दे रहे थे; मैंने एक लपेटा और पागलों की तरह जहाज़ पर कबीर को ढूँढ़ने लगा। जब भी मुझे दूर से कोई बंगाली दिखता तो मेरा दिल उम्मीद से चहक उठता, और फिर मुझे पता चलता कि वह कबीर नहीं है। अन्त में मैं थक कर ढह गया। जब उठा तो मैंने फिर से ढूँढ़ना शुरू किया। जब तक हम बन्दरगाह नहीं पहुँचे यही सिलसिला चलता रहा, और बाद में भी जब हमें शिविर में ले जाया गया। मैं मानने को तैयार ही नहीं था कि कबीर बच नहीं पाया था। आज भी मुझे लगता है कि वह कहीं से आ धमकेगा।'

बिलाल के हाथ चलते-चलते ठिठक गये। हाथ में चाकू लिए उसने बाज़ू से आँखें पोंछीं। फिर उसने मुट्ठी भर हाथी चक उठाकर मेरे आगे कर दिये।

'ये देख रहे हैं आप?' उसने कहा। 'इस काम से मैं जो पैसा कमाता हूँ, उसमें हर एक यूरो से चालीस सेंट अपने खर्चे के लिए रखता हूँ, तीस अपने घर भेजता हूँ, और तीस कबीर के घर। वह इकलौता लड़का था और उसके माँ-बाप का कोई नहीं है। जब तक ज़िन्दा हूँ, पैसे भेजूँगा। भेजने ही होंगे, है न? कबीर इस दुनिया में नहीं है इसकी एक ही वजह है कि वो मेरा दोस्त था। और सबसे अजीब बात पता है क्या थी, कि इस सबमें उसने एक बार भी मुझे दोष नहीं दिया।'

बिलाल ने एक बार फिर चाकू वाले हाथ से आँखें पोंछीं।

'अगर मुझे भी रफ़ी की तरह अपने दोस्त का फोन आया होता तो क्या आपको लगता है कि पैसे का जुगाड़ करने के लिए मैं कोई कसर छोड़ता? मैं भी वही करता जो रफ़ी ने किया, ये जानते हुए कि क़र्ज़ चुका नहीं पाऊँगा और पिट जाऊँगा।'

उसने फिर मेरी तरफ देखा और अपनी टी-शर्ट की बायीं बाज़ू की तरफ इशारा किया, 'अगर हाथ भी कटवाना पड़ता, तो ख़ुशी-ख़ुशी कटवा लेता।'

जब मैं वहाँ से निकलने लगा तो मुझे अहसास हुआ कि मुझे कोई देख रहा है, जैसा कभी-कभी किसी की नज़र पड़ने से होता है। मैंने बायीं तरफ देखा तो पाया वहाँ वही चिट्टा, भारी जबड़े वाला आदमी खड़ा था जिसे मैंने एक दिन पहले रफ़ी की छाती में उँगली गड़ाते देखा था। वह आराम से दीवार से टेक लगाकर खड़ा था और दांत खोद रहा था। हरी बेसबॉल कैप के नीचे उसकी आँखों में राक्षसी चमक झलक रही थी।

हमारी नज़रें पल भर के लिए मिलीं और मुझे पूरा विश्वास हो गया कि यही वो तस्कर था जिसके चक्कर में रफ़ी पड़ा था।

तब तक मैं चीनता की बिल्डिंग के पास पहुँच चुका था, लेकिन मैं मुड़ा नहीं और सीधे चलता गया, रिआल्टो ब्रिज की ओर। उस समय यह बेहद ज़रूरी लगा कि मैं अपने रहने की जगह का उसे पता नहीं लगने दूँ।

एक घंटे तक मैं बेवजह घूमता रहा, पर्यटकों के झुण्ड में बहते हुए। वापसी में मैंने वापोरेत्तो ली और हालाँकि अब मैं काफी शान्त महसूस कर रहा था, लेकिन मेरे ज़ेहन से ये बात नहीं निकल रही थी कि कोई मुझे देख रहा है। न चाहते हुए भी मैं मुड़कर देखता रहा, अपने आस-पास के चेहरे टटोलता रहा।

वापोरेत्तो जब सान मार्कोला पहुँची तो सूरज ढल रहा था। मैं पर्यटकों के एक झुण्ड में घुस गया और चुपचाप चीनता की बिल्डिंग के पीछे वाले दरवाज़े से अन्दर दाखिल हो गया। गेट बन्द करते हुए मुझे राहत महसूस हो रही थी, लेकिन जब मैं अपार्टमेंट में घुसा और दरवाज़े के सामने वाले आईने में नज़र पड़ी तो मुझे पल भर के लिए लगा कि पीछे से मुझे घूरती वो आँखें नज़र आयेंगी।

अपार्टमेंट में घुसते ही मुझे विस्टेरिया फूलों की भीनी ख़ुशबू आयी। ख़ुशबू आख़री कमरे से आती मालूम पड़ रही थी, जहाँ मैंने अपना कंप्यूटर रखा था।

कमरा छोटा था—शायद नौकरानी का रहा होगा—लेकिन उसमें मेज़ थी, कुर्सी थी और एक खिड़की थी जो बिल्डिंग के पीछे फूल भरे आँगन की ओर खुलती थी। पीछे की दीवार पर लहराती विस्टेरिया की बेलों ने खिड़की को भी सजा दिया था।

मैं कमरे में दाखिल हुआ तो देखा कि खिड़की खुली थी। मैंने खुली छोड़ी थी क्या? मुझे याद नहीं पड़ रहा था। मैंने ज़्यादा सोचा भी नहीं क्योंकि मेरे सामने अद्‌भुत नज़ारा था। डोलोमाइट पहाड़ों की बर्फ से ढंकी चोटियों पर डूबते सूरज की लाली।

मैं फोटो खींचने के लिए फोन उठा ही रहा था कि मेरी नज़र मेरे लैपटॉप पर पड़ी। मैं चौंक गया, उस पर एक मकड़ी थी। क़रीब दो इंच चौड़ी, मटमैले रंग की, और उसके पैर शरीर के काफी ऊपर थे।

अचानक मेरी आँखों के आगे एक-दूसरे को काटती लकीरों की तस्वीर उभर आयी और मुझे रफ़ी के शब्द याद आ गये: 'कुछ मकड़ियाँ ज़हरीली होती हैं, है न, साँप की तरह?'

मैं दो क़दम पीछे हुआ तो दीवार से जा टकराया। अब तक मकड़ी अपनी जगह पर बनी हुई थी, उसकी नज़रें मुझ पर गढ़ी हुई थीं। चूँकि फोन मेरे हाथ में ही था, मैंने किसी तरह एक फोटो खींच ली। फ़्लैश की चमक पड़ते ही मकड़ी घबराई और खिड़की से कूदकर गायब हो गई।

मैंने जल्दी से खिड़की बन्द कर दी। मेरा दिल बहुत तेज़ धड़क रहा था। साँस लेने के लिए मैं खिड़की के सहारे खड़ा हो गया। मुझे अहसास था कि ये पैनिक अटैक है और इसलिये मैंने ज़बरदस्ती गहरी साँसें लीं।

आख़िर मैं शान्त हो गया और मेरा भय ख़त्म हुआ। दिल की धड़कन सामान्य हुई तो मुझे ख़ुद पर गुस्सा आया। मुझे हो क्या गया था, इस तरह परेशान होना? मकड़ी तो कहीं भी हो सकती है, चींटी और मक्खी की तरह। अगर मैं इसी तरह घबराता रहा तो पागल होने में देर नहीं लगेगी।

मैं मेज़ पर बैठा, लैपटॉप खोला और पिया को ईमेल लिखा। मैंने उसे बताया कि रफ़ी अस्पताल में है, लेकिन मैंने उसके दोस्त से बात की थी। उस दोस्त ने दरअसल हमारी बात को सही साबित किया—टीपू और रफ़ी एक साथ बांग्लादेश से निकले थे, और भारत, पाकिस्तान और ईरान के रास्ते सड़क से तुर्की की सीमा पर पहुँचे, जहाँ वे अलग हो गये थे। जहाँ तक बाक़ी कहानी का सवाल है, मैंने कहा कि उसे फोन पर बता दूँगा जब वह बर्लिन पहुँच जायेगी; जितनी जल्दी हो सके वह मुझे फोन करे।

मैं ईमेल भेजने को ही था कि मेरा फोन चमक उठा और एक स्मार्टफोन का फ़र्ज़ अदा करते हुए उसने पूछा कि क्या मैं अभी खींची गई मकड़ी की फोटो शेयर करना चाहता हूँ। मैंने फोटो को कंप्यूटर में ट्रांसफर किया, ईमेल के साथ अटैच किया और नीचे लिखा: 'जीव-लोक से मेरी नवीनतम मुलाक़ात।'

जब पढ़ा तो मुझे थोड़ा उपदेशात्मक लगा; मैंने साथ में कुछ इमोजी भी डाल दिये।

स्वप्न

अगले दिन सुबह दस बजे मैं फिर से लुबना के दफ्तर पहुँचा। मुझे लगा था कि बन्द होगा लेकिन दरवाज़ा खुला था। मैं अन्दर गया तो एक नौजवान को लुबना की कुर्सी पर बैठे पाया। एक छोटा-सा बंगाली जिसके बाल काले थे और चेहरे पर बड़ा-सा चश्मा।

उसने मुझे ऊपर से नीचे तक हैरानी से देखा। 'आर यू लुकिंग फॉर मिसेज़ लुबना आलम?' उसने अंग्रेज़ी में पूछा। उसकी उम्र पच्चीस एक साल लग रही थी; वह इस्त्री की हुई पैंट, कमीज़ और जैकेट पहने हुए था। कमीज़ की जेब में दो पेन नज़र आ रहे थे।

मैंने बांग्ला में जवाब दिया। 'हाँ, *उनी आछेन?* वो हैं क्या?'

अचानक उसकी आँखें चमक उठीं, मानो कोई पहेली बुझा ली हो। 'मैं समझ गया आप कौन हैं,' उसने कहा। 'आप कोलकाता वाले बंगाली हैं! जिसे रफ़ी ने लगभग मार दिया था!'

'बिल्कुल ठीक!' मैंने कहा। 'मैं दीनानाथ दत्ता हूँ।'

'और मेरा नाम फज़लुल हक चौधरी है,' ज़ोर से हाथ मिलते हुए उसने कहा। 'लेकिन मुझे सब पलाश बुलाते हैं। प्लीज़ बैठिये।'

अभी तक जितने लोगों से मैंने बात की थी, उनकी तुलना में उसका बंगाली बोलने का लहजा अलग था; यह तो तेज़-तर्रार, शहरी लग रहा था; कॉलेज स्टूडेंट जैसा।

'आज दफ्तर मैं देख रहा हूँ,' उसने कहा। 'लुबना खाला को कुछ एक्टिविस्ट के साथ मीटिंग के लिए जाना था। वे लोग नाव किराये पर लेने के लिए पैसा इकट्ठा करने की कोशिश कर रहे हैं।'

'नाव?' मैंने पूछा। 'उन्हें किराये पर नाव क्यों चाहिए?'

'ओह! आपने सुना नहीं...'

पलाश ने बताया कि इटली के मानवाधिकार कार्यकर्ताओं ने शरणार्थियों के मुद्दे को उठाने का फैसला किया था। शरणार्थियों को वापस भेजने का प्रण लेनेवाले दक्षिणपन्थी कार्यकर्ताओं का विरोध करने के लिए उन्होंने अपनी नाव भेजने का ऐलान किया था।

'अगर सिविलियन जहाज़ों का बेड़ा शरणार्थियों के समर्थन में पहुँच जायेगा,' पलाश ने कहा, 'तो शायद दुनिया की अन्तरात्मा जाग उठे। दुनिया भर की नज़रें इस समय नीली नाव पर टिकी हैं। यह नाव दुनिया की हर ग़लत चीज़ का प्रतीक बन गई है—असमानता, जलवायु परिवर्तन, पूँजीवाद, भ्रष्टाचार, शस्त्र व्यापार, तेल उद्योग। उम्मीद है कि यह एक ऐतिहासिक पल सिद्ध होगा। शायद अब, जब बदलाव के लिए थोड़ा बहुत समय बाक़ी है, लोग जाग जायें और देखें कि क्या हो रहा है।'

'तुम्हारे लिए यह सब काफी रोमांचक होगा।'

'हाँ, है तो सही,' पलाश ने कहा। 'मैं वहाँ जाने को उत्सुक हूँ। यह सफर एक नया मोड़ हो सकता है।'

वह मेरी तरफ देखकर मुस्कराया। 'आपको भी हमारे साथ आना चाहिए।'

'मैं?' मैं इतना चौंक गया कि जवाब देने में कुछ समय लगा। 'लेकिन मैं कोई कार्यकर्ता नहीं हूँ।'

'लुबना खाला ने कहा कि आप एक डॉक्यूमेंट्री बना रहे हैं। क्या यह आपके लिए बढ़िया फुटेज नहीं होगी?'

मुझे उसकी बात में दम लगा। 'सुझाव तो अच्छा है,' मैंने कहा। 'मैं अपनी दोस्त से कहूँगा, वही डायरेक्टर है।'

'बढ़िया। अगर खर्चा बंट गया तो हमारी बहुत मदद हो जायेगी। लुबना खाला लौटेंगी, तो मैं उनको बता दूँगा।'

'और वह कब लौटेंगी?'

'मुझे नहीं लगता की जल्दी लौटेंगी।'

मेरे चेहरे पर मेरी मायूसी साफ झलकी होगी क्योंकि उसने तुरन्त कहा, 'लेकिन शायद मैं आपकी मदद कर सकूँ? आप मुझे क्यों नहीं बताते आपको उनसे क्या काम है?'

'असल में मैं रफ़ी के बारे में पूछना चाहता था,' मैंने कहा। 'मैं सोच रहा था क्या आज उससे बात हो सकेगी?'

पलाश ने सिर हिलाया। 'मुझे नहीं लगता कि आपको आज अस्पताल जाना चाहिए। सुनने में आया है कि आज पुलिस रफ़ी से दोबारा पूछताछ करेगी।'

'किस बारे में?'

'हमले के बारे में। शायद वह भी समझ गये हैं कि मामला कहीं ज़्यादा गम्भीर है।'

'वो कैसे?'

'सबसे पहले तो रफ़ी के पास रकम बहुत ज़्यादा थी, कम से कम उस जैसे लड़के के लिहाज़ से। असल में उसके पास चार सौ यूरो से ज़्यादा थे। उसने लोगों से माँग कर किसी तरह इकट्ठा किये थे क्योंकि उस तस्कर को वापस करने थे जो उसे धमका रहा था। कल रफ़ी ने उस आदमी से कहा था कि आज वह पैसे चुका देगा।'

मुझे उस आदमी की झलक याद आयी जिसे मैंने रफ़ी को धमकाते देखा था।

'यह आदमी है कौन? तुम जानते हो उसे?'

पलाश ने सिर हिलाकर हामी भरी। 'लम्बा-सा है, गुंडे जैसा दिखता है और अक्सर टोपी पहनता है।'

'मेरे ख्याल से मैंने हमले की रात उसे रफ़ी से बात करते देखा था।'

'हो सकता है,' पलाश ने कहा। 'अक्सर कान्नारेजो में घूमता रहता है; वह मज़दूरों की भर्ती करता है, बस फर्क इतना है कि उसका माफिया से ज़रूर कोई सम्पर्क है। ये लोग प्रवासियों को फँसाने की कोशिश करते रहते हैं ताकि दक्षिण के खेतों में काम के लिए ले जा सकें, जहाँ उन्हें ग़ुलामों की तरह रखा जाता है।'

'लेकिन तुमने तो कहा था कि वह मानव तस्कर है?'

'दोनों में ज़्यादा अन्तर नहीं है,' पलाश ने कहा। 'दोनों एक-दूसरे से जुड़े हैं। यहाँ के माफिया का नाइजीरिया, लीबिया और मिस्र के अपराधियों और माफिया के साथ सम्पर्क है। यह लोग अक्सर लोगों को अवैध ढंग से लाते हैं और अपने खेत और कंस्ट्रक्शन साइट्स पर काम पर लगा देते हैं। और ऐसे तस्कर विशेषतौर पर रफ़ी जैसे लड़कों की तलाश में रहते हैं—क्योंकि एक बार उनके जाल में फँस जाते हैं तो निकलना आसान नहीं होता।'

'लेकिन रफ़ी तो इसका पैसा चुकाने वाला था न?'

'हाँ,' पलाश ने कहा। 'और इसी तस्कर ने उन गुंडों को आगाह किया होगा, जिन्होंने उसे मारा और उसके पैसे चुरा लिए।'

'मतलब ये साज़िश थी? उसे फँसाया गया?'

'बिल्कुल,' पलाश ने कहा। 'ये तस्कर नहीं चाहते कि इनके पैसे वापस हों। लोगों को क़र्ज़ के बोझ तले दबाकर रखने में ही इनका फायदा है। तब वो उनसे कुछ भी करवा सकते हैं, जैसे हमारी तरफ बंधुआ मज़दूरों के साथ होता है। ये तस्कर कुछ भी कर सकते हैं; यहाँ तक कि...'

उसने मेरी नज़रों में देखा। 'आपको लुबना खाला के शौहर की कहानी पता है?'

'नहीं, बहुत ज़्यादा नहीं। उन्होंने बताया कि पिछले साल उनकी मृत्यु हो गई। सिसिली में।'

पलाश ने सिर हिलाया। 'बहुत दुखद था। मुनीर भाई बहुत अच्छे इंसान थे। प्रवासियों के लिए दिन रात काम करने वाले कार्यकर्ता। असल में वह नगर परिषद में थे। इस पद पर पहुँचने वाले वे पहले बंगाली थे। उनकी मौत सबके लिए बहुत बड़ा सदमा थी; इसलिए भी कि वे काफी कम उम्र के थे—महज़ बयालीस साल के।'

'क्या हुआ था?'

'वे माफिया से उलझ गये थे। उन लोगों के लिए, प्रवासी, शरणार्थी—और पूरा का पूरा इतालवी प्रबंध—फायदे का सौदा हैं; सोने का अंडा देने वाली मुर्गी। मुनीर भाई उनके रास्ते का काँटा थे। जब इन लोगों ने प्रवासियों के लिए तय रकम में से पैसा मारना शुरू किया तो मुनीर भाई ने आवाज़ उठाई। फिर जब उनको पता चला कि बंगालियों के एक समूह को सिसिली के एक खेत में बन्दी बनाकर रखा गया था तो उन्होंने वहाँ जाकर पता लगाने का फैसला किया। हम लोगों ने रोकने की बहुत कोशिश की, लेकिन उन्होंने एक ना सुनी। वे ज़िद्द करके वहाँ गये और कुछ ही दिनों बाद हमें ख़बर मिली कि मुनीर भाई का एक कार दुर्घटना में इन्तकाल हो गया।'

मैं अवाक् था। 'काफी भयानक है!' मैंने कहा। '*बिभोत्शो!* और रफ़ी के लिए भी ऐसे लोगों के चक्कर में पड़ जाना ख़तरनाक है।'

पलाश ने हामी भरी। 'हाँ, हमने उसे आगाह किया था, लेकिन वह बहुत हताश था। किसी भी कीमत पर अपने दोस्त की मदद करना चाहता था।'

मैं पलाश से एक और सवाल करने जा रहा था कि मेरा फोन बज उठा। देखा तो पिया का फोन आ रहा था।

'मुझे यह फोन लेना होगा,' मैंने पलाश से कहा। 'लेकिन हम दोबारा बात करेंगे।'

'बिल्कुल। कभी भी।'

बाहर निकलकर मैंने फोन कान से लगाया। 'हैलो? पिया?'

'हैलो दीन। मैं बर्लिन में अपने होटल से बोल रही हूँ। अभी-अभी तुम्हारा मैसेज देखा। तो लगता है कि मैं ठीक बोल रही थी? रफ़ी और टीपू तुर्की गये थे?'

'हाँ,' मैंने कहा। 'लगता तो ऐसा ही है। लगता है कि वे सीमा पर बिछड़ गये। रफ़ी यूरोप पहुँच गया और टीपू तुर्की में ही छूट गया।'

'लेकिन मुझे नहीं लगता कि अब वो वहाँ है,' पिया ने कहा। 'मेरे ख्याल से मिस्र पहुँच गया है।'

'तुम्हें ऐसा क्यों लगता है?'

'बताती हूँ। आपको याद है वो ईमेल, डॉल्फिन्स के बारे में? वो ईमेल मैंने अपने एक दोस्त को भेजा था, जो डिजिटल फॉरेंसिक विशेषज्ञ है। उसने ईमेल ट्रेस कर लिया।'

'और...?'

'तो, जहाँ तक पता चला है वो ईमेल, एलेक्सेंड्रिया, मिस्र के एक इंटरनेट कैफ़े से भेजा गया था। तो टीपू वहीं रहा होगा, जब उसने ईमेल भेजा।'

'मिस्र?' एक पल के लिए मैंने सोचा कि पिया को वो सब बता दूँ जो मुझे उस देश में हो रही मानव तस्करी के बारे में पता चला था। लेकिन फिर लगा कि उसकी परेशानी बढ़ाने का कोई मतलब नहीं था।

'थोड़ा अजीब नहीं है कि वह मिस्र में डॉल्फिन्स की बीचिंग के बारे में सोच रहा था?' मैंने कहा।

'मेरा अनुमान है कि मुखबिर ने सोशल मीडिया या किसी और तरीके से उससे सम्पर्क साधा होगा,' पिया ने कहा।

'तो तुम्हें अब भी यकीन है कि सूचना किसी मुखबिर ने दी थी?'

'और क्या हो सकता है दीन?' उसने अधीर होते हुए कहा। 'अब यह मत कहना कि उसे पूर्वाभास हुआ था या डॉल्फिन्स उसके सपने में आकर कह गई थीं—ये बातें बेकार हैं।'

फिर उसका लहजा एकदम बदल गया। 'हालाँकि एक अजीब बात तो है।'

'क्या?'

'आपको याद है मैंने बताया था कि बीचिंग उस मेल के हिसाब से दिए गये समय—सूर्योदय—के समय नहीं, बल्कि ढाई घंटे देर से शुरू हुई थी, क़रीब 8:30 बजे?'

'हाँ, मुझे याद है।'

'मैं उसके बारे में सोच रही थी और मुझे अहसास हुआ कि यहाँ पर 8:30 बजे का मतलब टीपू का सूर्योदय का समय रहा होगा—यानी अगर वह ईमेल भेजने के एक हफ्ते बाद मिस्र में ही था तो।'

'बात तो दिलचस्प है...'

पिया ने मुझे वहीं टोक दिया। 'अगर आप कहने वाले हैं कि टीपू ने सपने में देखा, या ऐसा कुछ, तो कृपया ऐसा न कहें। अभी ज़्यादा ज़रूरी है यह समझना कि टीपू मिस्र में क्यों है?'

'मेरा अन्दाज़ा है कि भूमध्यसागर पार करने के लिए टीपू किसी समुद्री जहाज़ पर चढ़ने की कोशिश में होगा। ये सिर्फ अन्दाज़ा है, लेकिन मुझे लगता है कि रफ़ी को पता होगा।' मैंने कहा।

'हाँ, तभी मैं चाह रही थी कि आप उससे बात करें।'

'पिया, सुनो,' मैंने कहा। 'मैं पूरी कोशिश करूँगा, लेकिन मैं कह नहीं सकता कि कब हो पायेगा क्योंकि वह अस्पताल में है।'

'तो वहाँ मिलने की मनाही है क्या?'

'मैं कुछ कह नहीं सकता। पूछता हूँ।'

'ख़ैर, आप मुझे बताते रहियेगा, दीन। मैं जल्दी ही पहुँच जाऊँगी।'

'*मुझे* तुमसे मिलकर वाक़ई ख़ुशी होगी!' मैंने कहा।

फिर, ये अहसास होते ही कि मैंने उसे चौंका दिया है, मैंने आगे जोड़ा, 'पर अभी कुछ नहीं करना। मैं एक बार फिर रफ़ी से बात करने की कोशिश करूँगा और फिर तुम्हें बताता हूँ।'

'ठीक है, मैं आपके फोन का इन्तज़ार करूँगी।'

मैं फोन रखने ही वाला था कि वह अचानक बोल उठी, 'दीन! एक मिनट और बात कर सकते हैं? मेरी स्क्रीन पर अभी एक मैसेज आया है।'

'बिल्कुल।'

मुझे उसके कंप्यूटर पर क्लिक करने की आवाज़ आयी और कुछ मिनट बाद चकित होने की आवाज़ आयी। 'दीन, याद है वो फोटो जो आपने मुझे भेजी थी? मकड़ी की?'

'हाँ। तो?'

'मैंने उसे अपने दोस्त लैरी को भेज दिया था। वह मकड़ियों पर शोध करता है।'

'ऐसा क्यों किया तुमने?' मैं थोड़ा हड़बड़ा गया। 'मैंने तो सिर्फ मज़ाक में भेजी थी।'

'पता नहीं मैंने ऐसा क्यों किया,' पिया ने जवाब दिया। 'बस भेज दी, और अभी-अभी लैरी का ईमेल आया है। वो फोटो देखकर बहुत उत्साहित था—फोटो काफी साफ थी और उसे बड़ा करके उसने मकड़ी को भी पहचान लिया। उसने कहा कि जितनी जल्दी हो सके मैं आपको आगाह कर दूँ।'

'आगाह? किस बारे में?'

फोटो में जो मकड़ी है वो ब्राउन रेक्लूज़ है, *लोक्सोसेल्स रेक्लूसा*। इसके काटने से भयानक दर्द हो सकता है; उसका ज़हर किसी साँप के ज़हर से ज़्यादा ताक़तवर होता है; वह चमड़ी काटकर, मांस खा लेती हैं। लैरी जानना चाहता है कि ऐसी मकड़ी आपने और भी देखी हैं या सिर्फ एक यही?'

'मैंने एक और देखी थी,' मैंने कहा। 'वैसे देखी तो रफ़ी ने थी। पहले उसके कन्धे पर गिरी और फिर कूद कर मेरे कन्धे पर आ गई। लेकिन मालूम नहीं ऐसी ही मकड़ी थी या कोई और। ये मकड़ियाँ यहाँ आम होती हैं क्या?'

'लैरी का कहना है कि उसने उत्तर के इस क्षेत्र में इन मकड़ियों के होने के बारे में पहली बार सुना है। लेकिन उसे आश्चर्य भी नहीं हुआ। उसका कहना है कि ब्राउन रेक्लूज़ अपना दायरा बढ़ा रही है क्योंकि यूरोप में गर्मी बढ़ती जा रही है। और मकड़ी की ऐसी ही एक और प्रजाति है, मेडिटरेनीयन रेक्लूज़ जो इटली में पायी जाती है। वो भी काफी ख़तरनाक होती है। कुछ साल पहले, दक्षिण इटली में मेडिटरेनीयन रेक्लूज़ के काटने से एक महिला की मौत हो गई थी। उसने मकड़ी के काटने को गम्भीरता से नहीं लिया और एक ही दिन में उसकी तबियत इतनी बिगड़ गई कि बचाया नहीं जा सका। ब्राज़ील से विषनाशक मंगवाना पड़ा था, लेकिन उसके पहुँचने से पहले ही वह चल बसी।'

'तुम मज़ाक कर रही हो।'

'नहीं, बिल्कुल नहीं। मैं आपको इस कहानी का लिंक भेजूँगी—मैं अभी देख ही रही हूँ। इस ख़बर के हिसाब से उसके पड़ोस के घर में मेडिटरेनीयन रेक्लूज़ का इन्फेस्टेशन—पर्याक्रमण—हो गया था और उधर से कुछ मकड़ियाँ उसके तहखाने में घुस गईं। मैं मना रही हूँ कि आप जहाँ हैं वहाँ ऐसा कुछ न हो।'

'ज़हरीली मकड़ियों का पर्याक्रमण?' इस ख्याल से ही मैं भयभीत हो गया था। 'वेनिस में? ऐसा नहीं हो सकता!'

'ख़ैर, जो हो, अपना ध्यान रखना, ठीक है?'

मुझे लगा कि मुझ पर एक और पैनिक अटैक आने वाला है और उसे रोकने के लिए मैंने चहलकदमी शुरू कर दी। हालाँकि उस वक़्त सबसे सही होता कि मैं तुरन्त देखूँ कि चीनता के अपार्टमेंट में मकड़ियाँ तो नहीं थीं। लेकिन उस पल मेरी हिम्मत नहीं हुई तो मैं दूसरी तरफ निकल लिया।

मैं बहुत दूर नहीं गया था कि मुझे अहसास हुआ कि कोई मेरे साथ चल रहा है, कोई जो मुझसे अधिक लम्बा है। मैंने तिरछी नज़रों से देखा तो एक हरी टोपी और दाढ़ी वाला गोरा जबड़ा दिखाई दिया।

मैंने झटके से नज़रें फेरीं और आगे बढ़ता गया। मैं सामने देखता जा रहा था।

'हैलो, मिस्टर। हाऊ आर यू?'

उसकी अंग्रेज़ी धाराप्रवाह थी, लेकिन उच्चारण में इतालवी असर बहुत ज़्यादा था। मैंने उसकी बाज़ू पर एक लिपटे हुए नाग का टैटू देखा।

'ठीक हूँ,' मैंने आवाज़ स्थिर रखने की कोशिश करते हुए कहा।

'वेनिस अच्छा लग रहा है?'

'हाँ।'

'लेकिन आप सैलानी तो नहीं हैं।'

'आप ऐसा क्यों कह रहे हैं?'

'मैंने देखा आप पूरे समय बंगाली नौजवानों से बात करते हैं। क्या आपको किसी विशेष चीज़ की तलाश है?'

'नहीं,' मैंने कहा। 'उनकी तरह मैं भी बंगाली हूँ। उनकी कहानियाँ मुझे दिलचस्प लगती हैं। बस।'

'आपको कहानियाँ अच्छी लगती हैं?'

'हाँ।'

'ख्याल रखना। कभी-कभी कहानियाँ ख़तरनाक हो जाती हैं।'

मैं अब भी उसकी तरफ देख नहीं पा रहा था। 'तुम कहना क्या चाहते हो?'

'शायद आपने सुना होगा? एक कहानी है, *मोर्ते अ वेनेतसीआ*—वेनिस में मौत?'

उसकी हँसी में गुर्राहट थी। 'वेनिस में मज़े कीजिये, मिस्टर! लेकिन सावधान रहना।'

उसकी आवाज़ धीमी होती गई और मैं बिना कहीं देखे चलता रहा।

अजीब था, अब मैं घबरा नहीं रहा था; लेकिन एक अजीब-सी सुन्नता का अहसास हो रहा था। कहाँ हूँ, क्या कर रहा हूँ—कुछ नहीं मालूम होने का अहसास। मुझे तो यह भी समझ नहीं आ रहा था कि मैंने वाक़ई उस आदमी से बात की थी या सिर्फ कल्पना की थी।

जब मैंने नज़रें उठाकर देखा तो मैं गैत्तो में था, किताबों की एक दुकान के सामने। मैं आगे निकल गया, लेकिन मेरी नज़र किसी चीज़ पर पड़ी और मैं फ़ौरन लौटा।

दुकान की खिड़की पर एक कागज़ पर एक प्रदर्शनी की सूचना लगी हुई थी। उसको देखते हुए मेरी धड़कनें तेज़ हो गईं; मुझे तो विश्वास ही नहीं हो रहा था कि मुझे इस प्रदर्शनी के बारे में मालूम ही नहीं था।

प्रदर्शनी दुनिया की सबसे दुर्लभ और बेशकीमती किताबों पर थी: पन्द्रहवीं शताब्दी की प्रतीकात्मक किताब, *निरोतोमाक्रिया पॉलिफिली* का एल्डाइन प्रेस का संस्करण। ज़्यादातर लोगों का मानना है कि एल्डाइन प्रेस का ये संस्करण प्रकाशित किताबों में सबसे ख़ूबसूरत किताब है: यह सन 1499 में वेनिस में छपी थी (तकनीकी तौर पर उसे *इन्कुनाबुला* या फिर 'आरम्भिक किताब' कह सकते हैं) और उसे छापने वाला और कोई नहीं बल्कि महान आल्दो मानूतिउस था, जिसने अपनी ज़िन्दगी का ज़्यादातर समय इसी शहर में गुज़ारा था और 1515 में उसकी मृत्यु भी वहीं हुई थी।

यह नाम ही मुझमें स्फूर्ति भरने वाला था। प्रकाशन के माइकलएंजेलो कहलाये जाने वाले आल्दो मानूतिउस शायद गुटेनबर्ग के बाद सबसे महत्वपूर्ण और प्रभावशाली प्रकाशक रहे होंगे; ऐसा आदमी जिसकी विरासत आज भी हमारी ज़िन्दगी में व्याप्त है। आज इस्तेमाल होने वाले कई फॉन्ट्स का प्रतिरूप उन्होंने ही तैयार किया था, जिनमें बैम्बो और गारामोंड (मेरा पसन्दीदा फॉन्ट) शामिल हैं; मानूतिउस ने तिरछे अक्षरों का आविष्कार किया, अर्धविराम (सेमीकोलन) प्रचलित किया और अल्पविराम (कॉमा) चिह्न को उसका अलग हुक जैसा रूप दिया था। और शायद इतना ही काफी नहीं था कि उन्होंने पेपर बैक किताब के पूर्वज का सृजन किया जिसकी वजह से लिखे हुए शब्दों के साथ हमारा रिश्ता हमेशा के लिए बदलने का श्रेय उन्हें मिलता रहा है, और मिलेगा। आल्दो मानूतिउस की वजह से ही लोगों ने पढ़ाई, या उपदेश, या फिर धार्मिक कारणों के इतर भी सिर्फ आनन्द के लिए पढ़ना शुरू किया।

मैंने पर्चे पर दी गई सूचना को ध्यान से पढ़ा तो पाया कि प्रदर्शनी *क्वेरीनी स्तमपालिया लाइब्रेरी* में थी। यह नाम भी मेरे लिए ख़ास था: पिछली बार जब वेनिस आया था तो इसी लाइब्रेरी में एक कॉन्फ्रेंस में शामिल हुआ था।

अब तो जाना ही होगा। मैं तुरन्त वहाँ के लिए निकल पड़ा।

संकरी, घुमावदार सड़कों पर चलते हुए मुझे वेनिस की पिछली यात्रा की बातें याद आ रही थीं। मुझे ख़ास तौर पर चीनता की क्वेरीनी स्तमपालिया में दी गई प्रस्तुति याद आयी। उसने वेनिस को 'आरम्भिक प्रबोधन युग की प्रकाशन राजधानी' कहा था; उसने बताया था कि प्रिंटिंग प्रेस के आविष्कार की दो शताब्दी तक आधी से ज़्यादा प्रकाशित किताबें यहीं छपती थीं; वेनिस किताबों

के व्यापार का केन्द्र था। 1538 में पहली बार अरबी में छपी क़ुरान यहीं से निकली थी। यहीं पर आर्मीनियाई, यूनानी और कई स्लाव भाषाओं की किताबें छपी थीं, यहाँ तक कि स्लाव भाषा के सबसे पुराने अक्षर *ग्लागोलिटिक* अक्षर में भी (उसकी जुबान से इतनी आसानी से यह शब्द निकलता देख मुझे बहुत अचम्भा हुआ था!)।

चीनता के पीछे-पीछे शहर घूमना भी बहुत अद्‌भुत अनुभूति थी; उन जगहों पर रुकना जहाँ कभी किताबों की दुकानें हुआ करती थीं, उसको बताते हुए सुनना कि उन दिनों में किताबों का मतलब हुआ करता था, एक बड़ा चिट्ठा। ख़रीददार बड़े चिट्ठे ख़रीद लेते थे और फिर किताब विक्रेताओं से सलाह करके उनकी जिल्दबन्दी तय करते थे।

लाइब्रेरी की तरफ जाते हुए मुझे ख्याल आया कि वो प्रिंटिंग प्रेस और पुरानी दुकानें तब भी रही होंगी जब बन्दूक़ी सौदागर वेनिस आया था। इन सड़कों पर चलते हुए उसने अपने चारों तरफ किताबों की दुनिया देखी होगी।

और जब मैं यह सब सोच रहा था तो मुझे महसूस हुआ कि यह सिर्फ ख्याल नहीं, बल्कि स्मृतियाँ हैं, इतनी जीवन्त कि स्वप्न जैसी प्रतीत होती हैं।

जब मैं पिछली बार वेनिस आया था तब मैंने क्वेरीनी स्तमपालिया लाइब्रेरी में कई घंटे बिताये थे। भव्य रीडिंग रूम, आकर्षक आधुनिक आँगन और गलियारों के भंवरजाल वाली इस लाइब्रेरी का हर कोना ध्यान खींच लेता था। लेकिन आज मेरे ज़ेहन में और कुछ नहीं सिर्फ *निरोतोमाक़िया* प्रदर्शनी का ही ख्याल था।

गैलरी में चलते हुए मुझे आश्चर्य हुआ कि मैं वहाँ अकेला था। मालूम पड़ता था दुर्लभ किताबों में ज़्यादातर पर्यटकों की कोई दिलचस्पी नहीं थी।

इन्कुनाबुला, या फिर पन्द्रहवीं शताब्दी से पहले छपी यह प्राचीन किताब काँच की अलमारी में गैलरी के बीचोबीच रखी हुई थी। दीवार के सहारे कई और शीशे की अलमारियाँ थीं और कई सारी स्क्रीनें। कुछ स्क्रीनों पर अलग-अलग भाषाओं में अनुवाद नज़र आ रहे थे और कुछ पर किताब की ऐतिहासिक पृष्ठभूमि और उसके लेखकत्व से जुड़े विवाद (आम तौर से फ्राँचेस्को कोलोना नाम के सेंट फ्रांसिस समुदाय के महन्त को इसका लेखक माना जाता था) की जानकारी दी जा रही थी।

मैं एक स्क्रीन के सामने रुका जिसमें 1592 में प्रकाशित अंग्रेज़ी अनुवाद नज़र आ रहा था। अंग्रेज़ी में इसका शीर्षक था द *स्ट्राइफ ऑफ़ लव इन अ ड्रीम*। मैंने कुछ पन्ने पलटे, या सही कहूँ तो स्क्रॉल किया तो कहानी याद आने लगी: कहानी का सूत्रधार एक आदमी है जो अपनी हमेशा गैरहाज़िर प्रेमिका को ढूँढ़ने निकलता है और एक जंगल में गुम हो जाता है। वहाँ वह अपने आप को जंगली जानवरों से घिरा हुआ पाता है—भालू, भेड़िये और फुंफकारते साँप। वह

भटकता रहता है और आख़िरकार थक कर सो जाता है और सपना देखता है कि वह सपना देख रहा है कि वह एक डरावना सपना देख रहा है, जो भयानक भी है और कामोत्तेजक भी, और जिसमें विलक्षण प्राणी, प्रतिमाएँ और स्मारक भरे हैं जिनमें से कुछ पर प्राचीन रोमन, यूनानी, यहूदी और अरबी भाषा में रहस्यमयी सन्देश उत्कीर्ण हैं। इस सपने के अन्दर सपने में हर तरह के जीव से आवाज़ें और सन्देश आ रहे थे—जानवर, पेड़, फूल, प्रेत...

जैसे-जैसे मुझे यह याद आता गया, मुझे अजीब-सा अहसास होता जा रहा था कि मैं भी इस सपने में खो गया था; ऐसा नहीं था कि मैं सपना देख रहा था, लेकिन शायद मेरे लिए जो विलक्षण प्राणी थे, वे मेरे बारे में सपना देख रहे थे—मकड़ी, नाग, समुद्री सर्प—और पता नहीं कैसे हम लोग—वो और मैं—एक-दूसरे के सपने का हिस्सा बन गये थे।

ऐसा लगा मानो मैं सपने में ही आख़िरकार उस प्राचीन किताब को देखने गया जो मखमली पुस्तक धारक में खुली रखी थी। उसके चारों तरफ उस किताब के कई अत्यन्त सुन्दर चित्रों की प्रतिकृतियाँ सजी हुई थीं—किताब की ख्याति मुख्यतः इन शानदार लकड़ी के सांचों की वजह से थी (कुछ लोगों के हिसाब से यह मशहूर चित्रकार मान्तेया ने बनाये थे)।

जब मैं अलमारी के चारों तरफ घूम रहा था, उन रहस्यमयी चित्रों को देखते हुए, तब मुझे महसूस हुआ कि मैंने इनमें से कुछ को हाल ही में देखा था। अचानक मुझे सौदागर के मन्दिर की दीवार पर बने चित्रों का ख्याल आया और मुझे विश्वास होने लगा कि सौदागर ने ये पन्ने देखे थे, ये चित्र देखे थे और इसी किताब में उसने मनसा देवी का चेहरा देखा था। फिर मेरी नज़र छटपटाते हुए साँपों के एक चित्र पर पड़ी और सारा सन्देह दूर हो गया। अब मुझे पूरा विश्वास था कि मैं, बन्दूक़ी सौदागर की तरह ही उस किताब के स्वप्न मायाजाल में घुस चुका था; और वह मेरे आसपास था।

मैं इस स्वप्न संसार में इतना खो गया था कि मैंने कुछ ऐसा किया जो मैं होश में रहते हुए तो कभी नहीं करता। मैं अलमारी खोलने की पूरी कोशिश करने लगा।

कहीं अलार्म बज गया होगा, हालाँकि मुझे उसका अहसास नहीं था। जब मैंने ऊपर देखा तो अपने चारों ओर वर्दी पहने गार्ड और लाइब्रेरियन को पाया... वो मुझे वैसे ही घूर रहे थे जैसे मैं किताब को घूर रहा था।

फिर मुझे खदेड़ कर ले जाया जा रहा था, ज़ाहिर है किसी पुलिस स्टेशन या फिर जेल। इस बात से मुझे इतना झटका लगा कि मैंने होश संभाला। मैंने पीछे नज़र दौड़ाई तो एक चश्मे वाली महिला दिखाई दी। देखने में वह लाइब्रेरियन लग रही थी—एक समय आता है जब आप उनको आसानी से पहचान लेते

हैं। मैं ज़ोर से चिल्लाया, 'रुको! मैं समझा सकता हूँ...मैं प्रोफेसर जाचीनता सकिआवॉन का दोस्त हूँ...उनका गेस्ट हूँ।'

मेरी क़िस्मत अच्छी थी कि क्वेरीनी स्तमपालिया में काम करने वाले चीनता से भलीभाँति परिचित थे। उसके नाम ने जादू कर दिया। अचानक प्रकट हुए पुलिसवाले से लाइब्रेरियन ने कुछ कहा और एक फोन किया गया। एक जोशीली बातचीत के बाद फोन मुझे पकड़ाया गया।

फोन पर चीनता थी और जहाँ तक हो सका मैंने उसे समझाने की कोशिश की कि यह सब एक ग़लती की वजह से हुआ था; मेरा ऐसा कोई इरादा नहीं था; अगर अलमारी को नुक़सान पहुँचा था, तो मैं भुगतान करने को तैयार था... इत्यादि।

'शान्त हो जाओ, दीनो,' चीनता ने कहा। 'कोई बात नहीं। मैंने इन्हें तुम्हारे बारे में बता दिया है। चिन्ता की कोई बात नहीं। तुम शायद अपनी यात्रा की वजह से चकराये हुए हो। तुम्हें घर जाकर आराम करना चाहिए।'

'शुक्रिया, चीनता,' मैंने कहा।

मैं फोन वापस देने वाला था कि मुझे पिया की बात याद आ गई।

'चीनता एक बात और। हो सकता है तुम्हारे घर में पर्याक्रमण हो रहा है।'

'पर्याक्रमण?' वह हैरान थी। 'किसका?'

'मकड़ियों का। मैंने वहाँ देखी हैं, और एक दोस्त ने कहा कि वह ज़हरीली हो सकती हैं।'

दूसरी तरफ से ज़ोर की साँस लेने की आवाज़ आयी। 'छी:! मैं मार्को से कहूँगी कि तुरन्त देखे। तुम परेशान मत होना। मैं कल ही घर आ जाऊँगी।'

'यह सुनकर मुझे अच्छा लगा, चीनता।'

'जल्दी मिलते हैं, डियर। बाय।'

मैं जैसे ही ऊपर अपार्टमेंट में जाने वाला था, बिल्डिंग का केयरटेकर मार्को मेरे सामने उपस्थित हो गया। वह हट्टा-कट्टा आदमी था; उसकी मोटी मूँछें थीं और बड़ा-सा पेट। मेरी उससे मुलाक़ात उसी दिन हुई थी जिस दिन मैं आया था—उसी ने सारी कागज़ी कार्यवाही की थी और मुझे चीनता के अपार्टमेंट की चाबी दी थी। कई बार आते-जाते मैं उससे टकराया था और उस समय मैंने उससे इतालवी में बात करने की कोशिश की थी। लेकिन उसे कोई दिलचस्पी नहीं थी—जहाँ तक उसका मानना था, मैं तो महज़ एक सैलानी था और सिर्फ इस कारण उसने मुझे अंग्रेज़ी में बात करने के लायक समझा था।

उसके भाव से मुझे पता चल गया कि वह मेरा इन्तज़ार कर रहा था और मेरे देर से आने के कारण काफी नाख़ुश था।

'हे, मिस्टर,' उसने हाथ उठाते हुए कहा। 'एक मिनट, रुकिये!'

'जी? क्या हुआ?'

'सच है क्या?' मार्को ने कहा, 'आपने प्रोफेसर सकिआवॉन के अपार्टमेंट में कुछ देखा है? कीड़ा? मकड़ी?'

'हाँ,' मैंने कहा। 'कल मैंने एक ज़हरीली मकड़ी देखी। एक दोस्त ने मुझे कहा कि पर्याक्रमण हो सकता है।'

'मैं सब तरफ देखा। कुछ नहीं था। मैं अभी आपके साथ चलता हूँ। आप मुझे दिखाइये आपने मकड़ी कहाँ देखी थी।'

हम लोग अपार्टमेंट तक गये और उसने अपनी बेल्ट में लगे खनखनाते चाबी के गुच्छे से एक चाबी निकाली। दरवाज़ा खोलकर मुझे अन्दर जाने को कहा, 'चलिये।'

मैंने पहले घुसा और वह मेरे पीछे आया, ज़ोर से दरवाज़ा बन्द करते हुए। अगले ही पल बैठक से कुछ गिरने की आवाज़ आयी। मैं वहाँ गया तो पाया कि ज़मीन पर एक किताब खुली पड़ी थी।

'वेनिस का पुराना घर!' मार्को ने कहा। 'जैसे ही कोई दरवाज़ा बन्द करो, कुछ कूदकर शेल्फ से बाहर गिर जाता है।'

'इस किताब ने तो कुछ ज़्यादा लम्बी छलांग लगाई होगी,' मैंने कहा।

किताब कमरे के बीच में रखी कुर्सी के पास गिरी थी। मैंने उठाई तो देखा कवर पर रंग-बिरंगा बाघ बना था। सुन्दरबन के बारे में सालगारी की किताब थी। मुझे काफी हद तक यकीन था कि मैंने इसे वापस शेल्फ पर रख दिया था।

रखा था क्या?

उधर मार्को बेचैन हो रहा था। 'चलिये!' उसने कहा। 'मुझे दिखाइये, मकड़ी को कहाँ देखा था।'

मैंने किताब को उसकी जगह पर रखा और मार्को की तरफ मुड़ा, 'चलो, मैं दिखाता हूँ।'

मैं उसे सर्वेंट रूम में ले गया और बत्ती जलाई। मैं मार्को को वो जगह दिखाने के लिए आगे बढ़ ही रहा था कि उसी समय खिड़की के काँच से कुछ ज़ोर से टकराया।

मैं डर के पीछे कूदा और मार्को हँसने लगा।

'डरिये नहीं, सिर्फ चिड़िया है।'

मैंने खिड़की की तरफ ध्यान से देखा तो एक छोटी-सी भूरी चिड़िया अब भी चौखट पर बैठी थी। उसने मुझे देखा और फिर उड़ गई।

'होता है कभी,' मार्को ने कहा। 'उत्तर की ओर जाते-जाते थक जाते हैं। रोशनी दिखती है तो उधर आ जाते हैं। ये उसका समय है न...क्या कहते हैं?'

'प्रवासन?'

'हाँ, प्रवासन।'

'ख़ैर,' मैंने मेज़ की तरफ इशारा किया। 'मैंने मकड़ी यहाँ देखी थी। मेरे लैपटॉप के ऊपर थी।'

'ओह हो!' मार्को ने मुँह बनाते हुए कहा। 'मैंने इस कमरे में देखा। कुछ नहीं है। मैं बीस साल से इधर रहता हूँ, कभी मकड़ी नहीं देखा। तुम दो, तीन दिन के लिए आये और तुम्हें दिख गया, कैसे?'

'वो तो मुझे नहीं मालूम, लेकिन मैंने देखी थी मकड़ी। यह देखो।' मैंने उसे अपने फोन पर फोटो दिखाई।

उस पर कोई असर नहीं हुआ। 'तुम्हारे देश में बहुत मकड़ी होती हैं, है न? शायद वहाँ देखा हो?'

'नहीं। यहाँ थी।'

उसने हाथ ऊपर किया और जाने को मुड़ा। 'फिर से दिखे तो मुझे बुलाना। ओके?'

'ओके।'

बाहर निकलते वक़्त मार्को ने मेरी पीठ थपथपाई मानो सान्त्वना दे रहा हो। मुझे अपराधबोध भी हो रहा था और मूर्ख होने का अहसास भी कि मैंने चीनता को बेवजह परेशान कर दिया था। दरवाज़ा बन्द करके मैंने फोन निकाला और उसे मैसेज भेजा, 'मार्को ने चेक कर लिया है। कुछ नहीं है। चिन्ता मत करना। सब ठीक है।'

मिनटों में उसका जवाब आ गया। 'शुक्रिया, डियर। आराम से सो जाओ। कल मिलते हैं।'

मैं रसोई में गया और गिलास में पानी भरने ही वाला था कि खिड़की पर दस्तक हुई। मैंने तुरन्त मुड़कर देखा तो एक और भूरी चिड़िया चौखट पर बैठी खिड़की के काँच पर चोंच मार रही थी। मैं खिड़की की तरफ बढ़ा तो वह उड़ गई। मैं खिड़की पर खड़ा बाहर फूलों से भरे बगीचे और दीवार के पीछे अंधेरी गली को देख रहा था। मुझे कुछ ख़ास तो नहीं दिखा, लेकिन गर्दन के पीछे एक अजीब-सा अहसास हुआ। मैं मुड़ा, पर वहाँ कुछ नहीं था। लेकिन अपार्टमेंट में कहीं एक कराह-सी सुनाई दी और एक चरमराहट। सदियों पुरानी लकड़ी की धीमे से दलदल में बैठने की आवाज़।

ऐसा कुछ नहीं था जो प्रतिकूल लगे, पर मेरे आसपास सब कुछ सजीव-सा लग रहा था, हवा भी, जो मेरे चेहरे को छू रही थी, मानो झोंके आ रहे हों। लेकिन खिड़कियाँ तो सब बन्द थीं।

अपने आप को शान्त करने की कोशिश में मैंने जीज़ा को फोन लगाया। मैंने उसे नाव के बारे में बताया जो लुबना किराये पर लेने की कोशिश कर रही थी।

'शायद इस नाव पर जाना तुम्हारे लिए दिलचस्प रहे जीज़ा, तुम्हें क्या लगता है?'

उसने थोड़ा सोचा।'शायद आप ठीक कह रहे हैं, दीनो। काफी दिलचस्प हो सकता है। मैं अपनी टीम से बात करके आपको फोन करूँगी।'

मैंने फोन रखा तो मुझे अहसास हुआ कि मैं बहुत थका हुआ था। मैं सोने गया, लेकिन नींद कोसों दूर थी और मैं बहुत देर तक लेटा रहा, अपार्टमेंट की चरचराहट सुनता रहा जो पहले से कहीं ज़्यादा तेज़ और दृढ़ मालूम पड़ रही थी।

रात में किसी पल आँख लग गई, लेकिन कुछ ही घंटों बाद नींद टूट गई। मेरा दिल तेज़ धड़क रहा था और मुझे बेचैनी हो रही थी, मानो कुछ घटने वाला हो। हवा भी बोझिल लग रही थी, जैसे तूफ़ान के आने से पहले लगती है।

मैं पानी लेने रसोई तक गया और जब लौटकर मैंने कमरे का दरवाज़ा बन्द किया, तो पीछे से बैठक में कुछ गिरने की आवाज़ आयी। जैसे किसी के हाथ से कुछ गिरा हो।

मैंने उसे नज़रअन्दाज़ किया और सोने चला गया।

चेतावनियाँ

अगले दिन सुबह मैं रसोई में मेज़ पर एक कप चाय लिए बैठा था तभी अपार्टमेंट के मुख्य दरवाज़े में चाबी लगने की आवाज़ आयी। फिर चीनता की आवाज़ सुनाई दी, 'दीनो? तुम हो?'

'हाँ। रसोई में हूँ।'

'वहीं रुको!'

वह बैठक में गई और परदे लगा दिये। जब वहाँ से निकली तो उसके हाथ में एक किताब थी। उसने मुझे किताब दिखाई और हँसी।

'अच्छा, तो तुम सालगारी पढ़ रहे हो...?'

फिर उसकी नज़र मुझ पर पड़ी और वह वहीं ठहर गई। 'माय डियर! क्या हुआ? तुम ठीक तो हो न?'

रसोई में आकर उसने मेरे कन्धे पर हाथ रखा। 'तुम्हारे चेहरे के भाव से ऐसा लग रहा है कि तुम किसी प्रेत को डराकर भगाने की कोशिश कर रहे हो!'

'मैं चौंक गया था, तुम अचानक आ गई न,' मैंने कहा। 'मैंने सोचा नहीं था कि तुम इतनी जल्दी आओगी।'

'जितनी जल्दी हो सका मैं निकल ली,' उसने कहा। 'कल तुम्हारी आवाज़ से ही लग गया था कि कुछ गड़बड़ है, और तुम सामान्य नहीं हो। मेरा सोचना बिल्कुल सही था—तुम तो काँप रहे हो।'

'काँप रहा हूँ?'

'हाँ। क्या बात है, दीनो?'

'पता नहीं, चीनता। लेकिन तुम ठीक कह रही हो, मैं सामान्य तो नहीं हूँ।'

वह मेज़ के दूसरी तरफ बैठ गई। 'मुझे बताओ दीनो, बात क्या है? बताओ!'

'पता नहीं मैं तुम्हें समझा सकता हूँ या नहीं, चीनता। ऐसी कई चीज़ें हुई हैं जो मेरी समझ से परे हैं। अजीब-सा महसूस हो रहा है, मानो मेरा अपने ऊपर ही काबू नहीं है। मानो मैं सिमट रहा हूँ, अपनी इच्छा शक्ति खो रहा हूँ, अपनी स्वच्छन्दता खो रहा हूँ।'

'तुम्हें ऐसा किस वजह से लग रहा है? मुझे बताओ।'

'बहुत सारी चीज़ें हैं चीनता जो एक के बाद एक होती चली गईं। मुझे कहने में थोड़ी शर्म भी आ रही है, लेकिन इस मकड़ी वाले कांड ने मुझे थोड़ा हिला दिया—जैसे वो मकड़ी मेरे सामने आ गई और ऐसे बैठी कि मानो मुझे देख रही हो, मानो हमारे बीच कोई नाता हो...और फिर यह पता लगना कि वह बहुत ज़हरीली है। मतलब, मैं शायद राई का पहाड़ बना रहा हूँ। मैं जानता हूँ कि इसका मुझसे कोई लेना-देना नहीं है और ज़रूर इसका कोई एक सहज, वैज्ञानिक कारण होगा।'

'अच्छा?' चीनता ने जिज्ञासावश पूछा। 'और यह सहज, वैज्ञानिक कारण क्या है?'

'तुम्हें भी उतनी ही अच्छी तरह मालूम है चीनता, जितना मुझे,' मैंने बेसब्र होते हुए कहा। 'तुम जानती हो कि ग्लोबल वॉर्मिंग की वजह से दुनिया में तापमान बढ़ रहा है। इसका मतलब कि जानवरों के रहने के स्थान भी बदल रहे हैं। ब्राउन रेक्लूज़ मकड़ी भी अब ऐसी जगह पर मिल रही है जहाँ वो पहले नहीं पायी जाती थी—जैसे इटली का यह इलाका।'

'हाँ, वो मैं समझती हूँ,' चीनता ने कहा। 'लेकिन दुनिया में तापमान में बढ़ोतरी हो क्यों रही है? क्या वह भी स्वाभाविक है?'

'हाँ, एक तरह से है,' मैंने कहा। 'ऐसा इसलिए हो रहा है क्योंकि दुनिया में वातावरण में कार्बन डाइऑक्साइड की मात्रा बढ़ रही है और दूसरी ग्रीनहाउस गैस भी बढ़ रही हैं।'

'और यह आती कहाँ से हैं?' चीनता ने कहा। 'क्या यह कार, हवाई जहाज़ और उन फैक्टरियों से नहीं आतीं—' उसने रसोई में चीज़ों की तरफ इशारा किया, 'जो यह बिजली की केतली और टोस्टर और कॉफ़ी की मशीनें बनाते हैं? क्या यह सब भी स्वाभाविक और सहज है—कि हमें उन चीज़ों की आज ज़रूरत है जो सौ साल पहले इंसान को नहीं थी?'

'अरे चीनता,' मैंने जवाब में कहा, 'तुम और मैं, अच्छी तरह जानते हैं कि इस सबके पीछे एक लम्बी कहानी है, पूरा इतिहास है।'

इस बात पर वह तपाक से बोल पड़ी। 'यही तो! देखा! अब तुम नहीं कह सकते कि मकड़ी का यहाँ होना "स्वाभाविक" या "वैज्ञानिक" है। यह सब *हमारे* इतिहास की वजह से हो रहा है; इंसानों के कर्मों की वजह से हो रहा है। यह पहले से ही तुमसे जुड़ा हुआ है—तुम्हारा मकड़ी से पहले से एक जुड़ाव रहा है, भले ही तुम्हें पसन्द हो या न हो।'

'तो तुम कहना क्या चाहती हो, कि मकड़ी किसी जादू-टोने से आयी थी?' मैंने चिढ़ते हुए कहा। 'कि कोई सन्देश लाई थी? या वो मुझे अपने नियन्त्रण में लेना चाहती थी?'

चीनता ने अपने लम्बे सफेद बालों पर हाथ फेरा।

'क्या तुमने अभी नहीं कहा, दीनो कि तुम्हें लग रहा था कि तुम्हारी इच्छा शक्ति ख़त्म हो रही है, तुम सिमट रहे हो?'

'हाँ, कहा था।'

'तुम्हें पता है यह किस चीज़ के लक्षण हैं?'

'शायद अवसाद?'

'तुम उसे चाहे जिस नाम से पुकारो, लेकिन उसे देखने के दूसरे तरीके भी हैं। जब मैं वेनिस के धर्म न्यायाधिकरण पर किताब लिख रही थी, तब मैंने कई केस फाइलें पढ़ी थीं जिनमें ऐसे ही लक्षणों का ज़िक्र था। इन सब मामलों की सुनवाई इन्क्विज़िटर के समक्ष हुई थी और बहुत सारे मामले जादू-टोने और प्रेतात्मा से प्रभावित लगे थे। हो सकता है तुम सोचो कि यह प्रेतात्मा का दिखना या आसमान में चीज़ों का उड़ना सच हो—लेकिन ऐसा बिल्कुल नहीं था। ज़्यादातर मामले इच्छा शक्ति और स्वतन्त्रता खोने या ख़त्म होने के थे—स्वतन्त्र इच्छा। पीड़िता को लगता है कि उससे वह चीज़ें करवाई जा रही हैं जो वह आम तौर पर नहीं करेगी, अपनी इच्छा से तो कतई नहीं। ऐसे में कुछ को लगता है कि उन पर जादू-टोना कर दिया गया है, या फिर कुछ ऐसा पीने को दिया गया है जिससे उन्हें ऐसे व्यक्ति से प्यार हो गया है जिसे वे सामान्य तौर पर देखना भी पसन्द ना करें। एक पत्नी मान सकती है कि किसी ने उसके पति को छीनने के लिए उस पर जादू-टोना कर दिया है। किसी बेटे को लग सकता है कि उसके पिता को किसी ने बहका दिया है इसलिए वह दौलत लुटा रहा है। किसी लड़की को अपनी स्वतन्त्र इच्छा छिनने का इस हद तक विश्वास हो सकता है कि वह सोचने लगती है कि वह बिस्तर से ही नहीं उठ पायेगी, यहाँ तक कि हाथ पैर भी नहीं हिला पायेगी। इन सबको महसूस होता है कि अदृश्य शक्ति उन पर इस कदर हावी हो गई है कि उन्हें अपने ऊपर कोई नियन्त्रण ही नहीं रहा है। जादू-टोने के मामले ज़्यादातर ऐसे ही होते हैं।'

उसने मुझसे नज़रें मिलायीं और मुस्कराई। 'क्या तुम्हारे लक्षण भी ऐसे नहीं हैं?'

मैं उसे अवाक्-सा देखता रह गया। 'चीनता, क्या तुम कहना चाह रही हो कि किसी प्रेत ने मुझे वश में कर लिया है? कि मेरी आत्मा चोरी हो गई है?'

वह मुस्कराई। 'नहीं, दीनो, नहीं। मैं ऐसा कुछ नहीं कह रही। हम लोग अब ऐसी पुरानी दुनिया में नहीं रहते जहाँ लोग वशीकरण में यकीन करते हों। यह सब हमारे पूर्वजों के साथ होता था क्योंकि उनकी इच्छा शक्ति और दुनिया में अपनी उपस्थिति का अहसास उनके जीवन के लिए अनिवार्य था। जीने के लिए वे धरती, मौसम, जानवर, पड़ोसी, परिवार इत्यादि पर निर्भर थे। और इनमें से कोई भी चीज़ महज़ उनकी ज़रूरत के हिसाब से उपलब्ध नहीं होती थी, जैसे आज की दुनिया में हमारी एटीएम मशीन या फिर स्टेशन पर टिकट एजेंट होते हैं। अपनी जीविका के लिए वे जिन चीज़ों पर निर्भर थे वो पलटकर लड़ सकती थीं या विरोध कर सकती थीं, फिर चाहे वो जीवन साथी हो या घोड़ा, हवा और मौसम की तो बात ही छोड़ दो। सिर्फ जीने के लिए उन्हें अपने अस्तित्व को बलपूर्वक स्थापित करना होता था नहीं तो वे पराधीन हो जाते, अपनी ही परछाईं भर बनकर रह जाते। इसीलिए यह वशीकरण—उनके अस्तित्व का मिटना—इनके लिए इतनी बड़ी बात थी। तुम्हारे और मेरे लिए ऐसा कोई ख़तरा नहीं है। हम लोग तो अवैयक्तिक मशीनी दुनिया में जीते हैं; हमें किसी एटीएम पर अपने अस्तित्व का रौब जमाने की ज़रूरत नहीं कि वो हमें पैसे दे; हमें मोबाइल चलाने के लिए इच्छा थोपनी नहीं होती। हमारी दुनिया में, रोज़मर्रा की ज़िन्दगी में हमें अपने अस्तित्व का रौब नहीं जमाना होता। और चूँकि उसकी ज़रूरत नहीं पड़ती, लिहाज़ा वो अस्तित्वबोध धीरे-धीरे गुम होता जाता है—आसान होता है व्यवस्था को हावी होने देना।'

उसकी बात का आशय समझने में मुझे कुछ वक़्त लगा। 'लेकिन अगर यह सच है, चीनता,' मैंने कहा, 'तो तुम्हारे कहने का मतलब है कि आजकल के लोग—हमारे तुम्हारे जैसे लोग—पहले से ही वशीभूत हैं?'

वह अपने ख़ास रहस्यमयी ढंग से मुस्कराई। 'मैं बस इतना कह सकती हूँ, दीनो कि जब मैं इस दुनिया को देखती हूँ—हमारी दुनिया को—एक इन्क्विज़िटर के नज़रिये से, तो एक बहुत ही सरल निष्कर्ष से बच पाना नामुमकिन हो जाता है।

'और वो है...?'

'कि आज की दुनिया में भूतावेश के सारे लक्षण मौजूद हैं।'

मैं हैरान रह गया। 'क्या? तुम मज़ाक कर रही हो न, चीनता! कैसे तुम्हें यह दुनिया भूतावेश लगती है?'

'अपने आस-पास देखो, डियर।' उसकी आवाज़ में अब थकान साफ झलक रही थी। 'सब जानते हैं कि अगर इस धरती को जीने लायक बनाये रखना है तो क्या करना होगा; क्या हम चाहते हैं कि हमारे घरों पर समुद्र या फिर मकड़ी

जैसे जीव कब्ज़ा कर लें? सब जानते हैं...लेकिन फिर भी हम लाचार हैं, बेबस हैं, हममें से सबसे शक्तिशाली इंसान भी। हम लोग अपनी रोजमर्रा की ज़िन्दगी एक आदत के अनुसार जीते हैं, मानो किसी शक्ति ने हमारी इच्छा पर काबू कर लिया हो; हम अपने आस-पास भयानक और घिनौनी चीज़ें होते देखते हैं और नज़रें फेर लेते हैं; जिस किसी ने भी हम पर कब्ज़ा किया है, हम स्वेच्छा से उसके आगे आत्मसमर्पण कर देते हैं।'

वह मुस्कराई और आगे बढ़कर उसने मेरा हाथ थपथपाया। 'इसलिए, तुम्हारे साथ जो भी हो रहा है वो "वशीकरण" नहीं है। मैं तो कहूँगी कि यह "पुनरुत्थान" है, एक तरह का जागरण है। बेशक यह ख़तरनाक हो सकता है, लेकिन वो इसलिए कि तुम्हें उन चीज़ों का अहसास हो रहा है जिनकी तुमने पहले कभी कल्पना भी नहीं की थी, न ही महसूस किया था। तुम क़िस्मत वाले हो, दीनो—किसी अनजान शक्ति ने तुम्हें इतना बड़ा तोहफा दिया है।'

चीनता ने खड़े होकर खिड़की के बाहर देखा। 'मुझे तुमसे ईर्ष्या होती है, लेकिन मैं तुम्हारी आभारी भी हूँ—तुम बन्दूक़ी सौदागर को मेरी ज़िन्दगी में भी लाये। मुझे लगता है हमारा भी कोई कर्तव्य बनता है, है न?'

'कैसा कर्तव्य?'

'उसके क़दमों पर चलने का...वेनिस को वैसे देखना जैसा उसने देखा होगा।'

'और वो हम कैसे करेंगे?'

'मेरे ख्याल से हमें एक लम्बी सैर पर चलना चाहिए, उन चीज़ों को ढूँढ़ने के लिए जो बन्दूक़ी सौदागर ने देखी होंगी, जब वह यहाँ आया था। क्या ख्याल है तुम्हारा?'

मैं झट से खड़ा हो गया। 'बहुत ही शानदार ख्याल है! कब चलें?'

वह मुस्कराई। 'थोड़ी देर में डियर, थोड़ा आराम कर लूँ? दोपहर का खाना खाने के बाद चलें?'

उस दोपहर भी, जैसा कि अक्सर होता था, चीनता विलक्षण पर रहस्यमयी रूप से सुन्दर कपड़े पहनकर बाहर निकली: उसने काली ड्रेस के साथ गुलाबी रंग का दुपट्टा ओढ़ रखा था, नीले जूते पहने थे और साथ में भूरे रंग का फेडोरा हैटबैंड पहना था जिसपर एक पंख लगा था।

मौसम साफ था और शहर पर्यटकों से भरा था। गलियों में भीड़ का शोर था; किसी ज़माने में यह आवाज़ मेरे लिए बस आवाज़ मात्र होती, लेकिन अब मुझे इसमें बंगाली की फुसफुसाहट सुनाई दे रही थी। मानो मैं किसी जंगल में था और किसी नदी या फिर किसी पेड़ की फुसफुसाती आवाजें, मेरी तरफ बढ़

रही थीं, मानो वो मुझे उस स्थान विशेष की आत्मा में नहीं बल्कि उसके जीवन में स्थान देना चाहती हों।

लेकिन दूसरी तरफ, चीनता को जंगल से अनुपस्थिति की फुसफुसाहट सुनाई पड़ रही थी। 'मेरी आंटी वहाँ रहती थीं...' उँगली से इशारा करते हुए वह कहती। 'और वहाँ पर शहर का सबसे बेहतरीन कैप और हैट बनाने वाला होता था'; या फिर किसी दुकान के सामने से निकलते तो कहती, 'मेरी सहेलियाँ और मैं स्कूल के बाद यहाँ पेस्ट्री खाने आते थे।'

बीच-बीच में उसे कोई जानने वाला मिल जाता और फिर वे किसी लुप्त होती प्रजाति के आख़री सदस्यों की तरह बेहद विषादपूर्ण जोश से एक-दूसरे का अभिनन्दन करते। 'हम वेनिसवासी अब इतने कम बचे हैं कि सब एक-दूसरे को जानते हैं। मैं तुम्हें बता नहीं सकती अपनी भाषा बोलने में मुझे कितनी ख़ुशी मिलती है।'

'मैं समझ सकता हूँ, चीनता।'

एक कोने पर रुककर उसने मुझे एक गली दिखाई। 'वहाँ पर वो घर है जहाँ मार्को पोलो का जन्म हुआ था। किसी ने ज़रूर बन्दूक़ी सौदागर को दिखाया होगा—आख़िरकार पोलो परिवार तब भी काफी प्रख्यात था, सौदागरों और पर्यटकों के लिए।'

कुछ देर बाद हम रिआल्टो ब्रिज पर थे। चीनता ने उँगली से लम्बी खिड़कियों वाले, गहरे लाल रंग के एक शानदार महल की तरफ इशारा किया।

'यह पलात्ज़ो बैम्बो है,' उसने कहा। 'महान कवि पिएत्रो बैम्बो के परिवार का है।'

'मानूतिउस ने बैम्बो फॉन्ट का नाम उस पर ही रखा था न?'

'बिल्कुल! पिएत्रो बैम्बो के समय के बहुत बाद उस परिवार में एक महान यात्री पैदा हुआ था—अम्ब्रोसिओ बैम्बो—वह बन्दूक़ी सौदागर से उम्र में कम था, लेकिन था उसके समय का ही। 1671 में, उन्नीस साल की उम्र में वह एक लम्बी यात्रा पर निकला; वह भारत की यात्रा करके लौटा था।'

गर्दन टेढ़ी करके चीनता अपना गाल खुजाने लगी।

'यह सोचना बहुत ग़लत नहीं होगा कि अम्ब्रोसिओ बैम्बो शायद बन्दूक़ी सौदागर से मिला हो। आख़िरकार उसने रास्ते के बारे में जानकारों से पूछताछ तो की होगी। किसी न किसी ने उसे कप्तान इल्यास के बारे में ज़रूर बताया होगा और कप्तान ने वेनिस में मौजूद भारतीय के बारे में बताया होगा। है न मुमकिन?'

इस दौरान बर्फ और पानी की बोतल से भरी बाल्टी लिए एक बंगाली नौजवान हमारे सामने आ पहुँचा। उसकी मिन्नतों को देखते हुए चीनता ने दो बोतल पानी ख़रीद लिया—एक अपने लिए और एक मेरे लिए। फिर उसने मेरे

कान में फुसफुसाकर कहा, 'इस नौजवान से पूछो कहाँ से है और यहाँ कैसे आया। बंगाली में।'

'*देश कोई?*' मैंने लड़के से पूछा।

वह लड़का आश्चर्यचकित हो गया, और मैं जानता था कि ऐसा ही होगा, जब एक ख़रीदार अचानक बांग्ला में बात करने लगा।

उसके चेहरे के भाव देख चीनता ख़ुश हो उठी। 'क्या कह रहा है? बताओ, बताओ!'

मैं उसकी बात का अनुवाद कर रहा था और वह लड़का ध्यान से सुन रहा था। 'यह मदारीपुर का है। बांग्लादेश से। मेरा पैतृक गाँव। अठारह साल की उम्र में वहाँ से निकला था और काम करने लीबिया पहुँच गया। दो साल बाद उसने रबर की नाव से समुद्र पार किया और सिसिली आ पहुँचा।'

'रबर की डोंगी में आया?' चीनता हैरान थी। 'लेकिन उसे जान की परवाह नहीं थी? पूछो उससे—इतना ख़तरा मोल लेने में उसे डर नहीं लगा?'

मैंने उससे सवाल पूछा और उसके जवाब का अनुवाद किया। 'उसका कहना है कि उसने इस तरह कभी सोचा ही नहीं। उसके साथ और भी लोग थे और सबने साथ में पार किया, एक-दूसरे का साथ देते हुए, ढांढ़स बँधाते हुए।'

अब उस नौजवान ने मुझे टोका। 'और आप?' उसने कहा। 'आप यहाँ कैसे आये?'

'हवाई जहाज़ में।'

'और उसमें ख़तरा नहीं था?' उसने हँसते हुए कहा। 'जहाज़ में बैठने से पहले आपने ख़तरे के बारे में पढ़ा था क्या?'

'नहीं।'

'मैंने भी नहीं,' उसने कहा। 'कभी-कभी चीज़ें सामान्य लगती हैं क्योंकि दूसरे कर रहे होते हैं। और वैसे भी जब आप जवान होते हैं तो ख़तरे के बारे में नहीं सोचते।'

उसने बाल्टी उठायी और दूसरे ग्राहक के पीछे दौड़ पड़ा।

मैंने उसकी बात चीनता को बताई तो उसने सहमति में सिर हिलाया मानो कोई बात जो उसके ज़ेहन में थी, उसकी पुष्टि हो गई हो।

'कभी-कभी मैं ख़ुद से पूछती हूँ,' वह बोली, 'क्या होगा अगर वेनिस के यह महान यात्री—पोलो परिवार, निकोलो द कॉन्ती, अम्ब्रोसिओ बैम्बो—आज वेनिस लौटें? उनकी सोच किससे ज़्यादा मेल खायेगी? इक्कीसवीं सदी वाले हम इतालवी लोगों से, जो प्रवासियों से अपने सब काम करवाते हैं? या हवाई जहाज़ या समुद्री जहाज़ों से आने वाले पर्यटकों के साथ? या फिर उन नौजवान

प्रवासियों के साथ जो जान हथेली पर लेकर समुद्र पार करते हैं, जैसे वेनिस के इन महान यात्रियों ने एक ज़माने में किया था?'

हमने रिआल्टो ब्रिज पार किया और वहाँ से चीनता दाएँ मुड़ी, एक महराबदार रास्ते से लगे चौक की ओर। ब्रिज के नीचे दुकानें थीं जो अब हमेशा के लिए बन्द हो चुकी थीं।

चीनता ने कहा, 'ये वो बाजार था जहाँ तुम्हारा सौदागर अपनी कौड़ियाँ बेचने आया होगा। यहाँ उसने थोक व्यापारियों से मोल भाव किया होगा जिन्हें अटलांटिक महासागर जाने वाले अपने जहाज़ों के लिए कौड़ियों की ज़रूरत होती थी। पश्चिमी अफ्रीका में कौड़ियाँ उस समय के तेज़ी से बढ़ते व्यापार—नयी दुनिया के लिए ग़ुलामों का व्यापार—के लिए बहुत ज़रूरी थीं। यही वो समय था जब अफ्रीकी ग़ुलामों का व्यापार यूरोप की औपनिवेशिक अर्थव्यवस्था की बुनियाद बन रहा था।'

वह चलती गई। एक भीड़ भरी सड़क से होते हुए वह मुझे एक संकरी, शान्त गली में ले आयी। 'ये याद रखना, दीनो,' चीनता ने कहा, 'कि जब तुम्हारा सौदागर यहाँ आया था, 1660 के दशक में, वेनिस एक सिमटा हुआ, त्रस्त शहर था। अब वह व्यापारिक शक्ति नहीं रह गया था—अमेरिका और हिन्द महासागर के लिए नए समुद्री रास्ते मिलने के साथ ही उसका स्वर्ण काल ख़त्म हो गया था। आख़िरकार यह लघु हिमयुग का प्रलयंकर काल भी तो था। तब स्वर्ग और पृथ्वी दोनों ही जगह अराजकता थी। 1630 में वेनिस पर संकट अपने चरम पर था। ऐल्प्स पर्वत श्रृंखला की दूसरी तरफ भयंकर युद्ध छिड़ा हुआ था, तीस वर्षीय युद्ध—ठीक वैसे ही जैसे एक नया तीस वर्षीय युद्ध चल रहा है आजकल, भूमध्यसागर के पार। इस सबके बीच मौसम भी इंसान के खिलाफ हो गया; आसमान फट पड़ा था और उत्तरी इटली का मैदानी इलाका बाढ़ के पानी में डूब गया—किसी ने ऐसी बारिश पहले कभी नहीं देखी थी। बारिश ने फसल नष्ट कर दी। पानी सब कुछ बहाकर ले गया। खाने के दाम बढ़ गये और भुखमरी फैल गई—और जहाँ भूख होती है वहाँ बीमारी भी पहुँच जाती है।

'1629 में जर्मन सिपाही मिलान में महामारी ले आये। कुछ ही हफ्तों में लाखों लोग मर गये। महामारी एक से दूसरे शहर फैलती गई—मन्तोवा से पडोवा और फिर वेनिस जहाँ लोगों का मानना है कि कोई राजनयिक महामारी लेकर आया था।

'वेनिस के लिए यह बीमारी नई नहीं थी; इससे पहले कई महामारियाँ आ चुकी थीं और उनसे काफी कुछ सीखा जा चुका था: महामारी को काबू करने के लिए काफी कुछ लिखा जा चुका था और स्वास्थ्य परिषद की स्थापना पन्द्रहवीं शताब्दी में हो चुकी थी। तुम कह सकते हो कि संक्रामक रोग से जूझने

के आधुनिक स्वास्थ्य रक्षा-सम्बन्धी प्रोटोकॉल का इजाद वेनिस में हुआ था। इसलिए जब 1630 की महामारी आयी, तब शहर के महामहिमों ने ऐहतियात बरतने में देर नहीं लगाई।'

उसने अपनी उँगली से मेरी बाज़ू को कोंचा ताकि मैं किसी ग़लत निष्कर्ष पर न पहुँच जाऊँ।

'यह मत सोचना, दीनो कि ये पार्षद सीधे-साधे इंसान थे। इनमें से ज़्यादातर पडोवा विश्वविद्यालय के पढ़े थे, जो तर्कवाद का बड़ा केन्द्र था—गैलिलियो भी कभी यहीं पढ़ाता था और प्रकृति की नियमितता का उसका सिद्धान्त वेनिस का संचालन करने वालों के लिए धर्मग्रन्थ के समान था। वे लोग आजकल के यूरोपीय संघ के नौकरशाह जैसे थे—सक्षम, पढ़े-लिखे प्रबंधक, जो व्यावहारिक थे। इंसान के विवेक की शक्ति में उनका अनन्त विश्वास था।

'वे तुरन्त हरकत में आ गये और एक के बाद एक उपाय किये गये। क्वॉरन्टीन और कर्फ़्यू लगा दिए गये; जिस किसी के भी संक्रमित होने की आशंका थी, उसे एक क्वॉरन्टीन द्वीप पर भेज दिया जाता और जो ठीक हो जाते उन्हें एक अन्य द्वीप पर भेजा जाता। सभी सार्वजनिक जगहें बन्द कर दी गईं और लोगों के घरों से निकलने पर पाबन्दी लग गई; सिर्फ़ सैनिक घूम सकते थे। सड़कें इतनी खाली थीं कि फ़र्श की दरारों के बीच पौधे उगने लगे। ख़ास नियुक्त अफसर, जिनके मुँह चोंच नुमा मास्क से ढंके होते, घर-घर जाकर धुआँ करते और बीमारी के लिए जाँच करते।

'लेकिन महामारी रोके नहीं रुक रही थी। लाखों लोग मर गये—मज़दूर, मछुआरिनें, अभिजात महिलाएँ, पंडित, यहाँ तक कि उच्च श्रेणी के अफसर तक नहीं बचे। कुछ ही महीनों में शहर की एक चौथाई आबादी ख़त्म हो गई। मृतकों को ले जाने वाले जहाज़ भी कम पड़ गये थे; नहरें लाशों से भरी पड़ी थीं। आर्सेनाले में, आज जहाँ कला प्रदर्शनी होती हैं, वहाँ लाशों का अम्बार लगा था क्योंकि उनपर लाइ (खारा पानी) डालने के लिए आदमी नहीं थे।

'लेकिन इस भयानक स्थिति के बीच शहर का एक छोटा-सा कोना था, एक गलियारा, नाम था कोर्ते नोवा जो इस सब से अप्रभावित था। वहाँ रहने वाली एक लड़की ने मरियम की एक तस्वीर बनाकर कोर्ते के प्रवेश द्वार पर टांग दी, यह कहते हुए कि महामारी मरियम को लांघकर नहीं आ पायेगी—और इत्तेफ़ाक़ से, चमत्कारिक रूप से उस गलियारे में रहने वाले लोग महामारी से बच गये।

'वेनिस के लोगों ने हमेशा ही मरियम को बहुत माना है; अब तो पूरा शहर उनकी शरण में आ गया। शहर के महामहिम, पढ़े-लिखे समझदार लोगों ने भी हार मान ली और मरियम के लिए एक शानदार गिरजाघर बनाने का प्रस्ताव पारित किया। और उसके कुछ ही समय बाद महामारी की मार कम होने लगी,

महामारी घटने लगी और कहा जाने लगा कि यह चमत्कार अच्छी सेहत के लिए मरियम द्वारा ही किया गया था।'

चीनता रुकी और उसने आगे की तरफ इशारा किया, अचानक हमारे आगे ग्रैंड कैनाल के ऊपर स्लेटी रंग का गगनचुंबी गुम्बद दिखाई दिया। 'और वो रहा, सांता मारिया देला सालूते। आज यह चर्च शहर के बड़े प्रतिरूपों में से एक है।'

'हाँ, मुझे टर्नर की पेंटिंग याद है।'

'और भी बहुत-सी हुई हैं—ला सालूते शायद दुनिया की उन जगहों में से एक है जिसकी सबसे ज़्यादा फोटो खींची गई हैं या फिर तस्वीरें बनाई गई हैं। लेकिन यह कहना भी ग़लत नहीं होगा कि यह स्मारक बर्बादी का प्रतीक है, अल्प हिम युग की भयानक पीड़ा का स्मारक।'

हम लोग उस अष्टभुजाकार, ऊँचे चर्च को निहारने के लिए रुके। ग्रैंड कैनाल की लहरों का प्रतिबिम्ब उसकी सफेद दीवारों पर चमक रहा था।

'तुम्हारे सौदागर ने ला सालूते को इस रूप में नहीं देखा होगा,' चीनता ने कहा। 'इसको बनाने में क़रीब पचास साल लगे थे। इसकी नींव रखने में ही कई साल लग गये। 1660 के दशक में, अगर तुम्हारा सौदागर यहाँ आया था, तो उसे सिर्फ गुम्बद को सहारा देने वाला अष्टभुजाकार घेरा ही दिखा होगा। लेकिन उसने चर्च को बनते देखा होगा और जाना होगा कि यह क्यों बनाया जा रहा है। उसे कैसे नहीं पता होता? उस दौर के वेनिस में 1630 की महामारी की यादें ताज़ा ही रही होंगी।'

जब वह बोल रही थी, तभी ग्रैंड कैनाल में एक वापोरेत्तो तेज़ी से निकली और चर्च की दीवारों पर शान्त लहरों का प्रतिबिम्ब अशान्त झिलमिलाती बत्तियों का भंवर बन गया। तब मुझे प्रतीत हुआ कि चर्च सिर्फ ख़ूबसूरत ही नहीं था; भय और अनिष्ट की आशंका से भी भरा हुआ था; हताशा के पलों में निकली चेतावनी इतनी प्रचंड थी कि पत्थर में तब्दील हो गई थी।

मैं चीनता के पीछे सीढ़ियों पर चढ़ते हुए चर्च में गया। हम लोग गोल गलियारे से होकर ऊँची वेदी तक गये जहाँ बीच में सोने का पानी चढ़ी मरियम और छोटे बच्चे की मूर्ति थी। दोनों ही सांवले थे।

'यह ला सालूते की अश्वेत मरियम है,' चीनता ने कहा। 'पनागिया मेसोपनदीतीस्सा, मध्यस्थ मरियम: यही हैं जो खड़ी हैं हमारे और साक्षात धरती के बीच; आशीर्वादों और प्रकोपों से भरी धरती।'

वह मेरी तरफ मुड़कर मुस्कराई। 'जैसा कि तुम देख सकते हो, इस मूर्ति की शैली बाइज़ेन्टीनी है, मतलब यूनानी। इसे यहाँ क्रेते के एराक्लिऑन से लाया गया था—यह शहर आ-सा-सा-रा-मी के लिए मशहूर है।'

उसने मेरी तरफ देखा। 'जानते हो यह कौन है?'

'नहीं।'

'ये मिनोआई सभ्यता की नागों की देवी हैं।'

चीनता मुड़ी और प्रार्थना करने और मोमबत्ती जलाने के लिए घुटनों के बल बैठ गई। मैं वो शानदार गुम्बद देखने के लिए अकेले घूमने लगा। मैं उस गहरे गुम्बद को देख रहा था कि चर्च की घंटियाँ बजने लगीं। इससे पहले मैंने इन घंटियों के बजने को हमेशा ख़ुशी और उत्सव से जोड़कर देखा था; अब मुझे याद आया कि ये घंटियाँ आगाह करने के लिए भी बजती थीं; एक चेतावनी जब कोई बड़ा ख़तरा सिर पर हो। ऐसा लग रहा था मानो अतीत से कोई आवाज़ दुनिया को याद दिलाने की कोशिश कर रही हो कि इंसान के विवेक और क्षमता की सीमा रोज़मर्रा के लम्बे, धीमे काल चक्र में नहीं बल्कि विपदा के तूफ़ानी और भयानक आक्रमण के क्षणिक पलों में पता चलती है।

मुझे अपनी कोहनी पर चीनता का स्पर्श महसूस हुआ।

'आज हमारी क़िस्मत अच्छी है,' उसने फुसफुसाते हुए कहा। वह मुझे चर्च के बीचोबीच ले गई। 'आमतौर पर यह हिस्सा बन्द होता है, सिवाय 21 नवंबर के, जब हज़ारों की संख्या में लोग इकट्ठा होते हैं मडोना देला सालूते का जश्न मनाने के लिए। और सिर्फ तभी हमें चर्च के गर्भगृह में जाने दिया जाता है। मेरे लिए यही मेरी दुनिया का केन्द्र है।'

उसने फर्श की तरफ इशारा किया जहाँ लैटिन में लिखे शब्दों के चारों ओर गुलाब के फूलों का मोज़ाइक का काम था। उसने मेरे कान में फुसफुसाकर कहा, 'यह शब्द याद रखना डियर, और जब भी भविष्य को लेकर मन हताशा से भर जाये, इन्हें याद करना। उन्दे *ओरीगो इन्दे सालूस,* मतलब आरम्भ से ही आती है मुक्ति।'

पूर्ण ज्वार

जब हम ला सालूते से निकल रहे थे तो चीनता ने कहा, 'चूँकि अब हम शहर के इस हिस्से में ही हैं, मैं तुम्हें कुछ और दिखाना चाहती हूँ, कुछ आधुनिक। यह तो तुम्हें देखना ही चाहिए।'

हम लोग दाएँ मुड़े, एक छोटा चौराहा पार किया और एक छोटी, हाल ही में पेंट की गई बिल्डिंग के सामने एक पतली पगडंडी पर जा पहुँचे।

'यह पुराना सीमाशुल्क कार्यालय है,' चीनता ने कहा। 'यह भी उसी समय बना था जब ला सालूते बना था। जब मैं बच्ची थी, तो यह एक टूटी-फूटी इमारत थी। लेकिन कुछ साल पहले एक जापानी आर्किटेक्ट ने इसका पुनर्निर्माण किया, और अब शहर की हर दूसरी इमारत की तरह यह भी एक आर्ट गैलरी है। तुम्हें देखना चाहिए: किसी ने बताया कि आजकल यहाँ आधुनिक आर्ट की काफी दिलचस्प प्रदर्शनी लगी है। तुम्हें देखनी चाहिए।'

वो रास्ता अचानक एक तिराहे पर जाकर ख़त्म हो गया।

'यह पुंता देला दोगाना है,' चीनता ने कहा। 'कस्टम्स हाउस पॉइंट। तुम देख सकते हो वेनिस के दो मुख्य रास्ते यहाँ मिलते हैं—ग्रैंड कैनाल और जूदेक्का कैनाल।'

हमारे ठीक सामने था सेंट मार्क स्क्वायर का शानदार नज़ारा और उसके पीछे लैगून।

'चलो, अन्दर चलते हैं। जल्दी बन्द हो जायेगा।' चीनता ने कहा।

अन्दर जाने पर हमने देखा कि प्रदर्शनी की लाइटिंग काफी नाटकीय थी। ज़्यादातर प्रदर्शित चीज़ें नीरस थीं और प्रदर्शनी देखने आये सभी लोग उन्हें छोड़कर गैलरी के दूर कोने पर रखी एक कलाकृति की ओर आकर्षित थे।

हमें थोड़ा इन्तज़ार करना पड़ा और आख़िरकार भीड़ में से रास्ता बनाते हुए हम उस कलाकृति के सामने पहुँचे। वह पानी की एक ठीक से रोशन की हुई लम्बी टंकी थी। एक बड़ा-सा एक्वेरियम, जिसमें एक-दूसरे से लिपटी, लम्बी, लता-तन्तु जैसी आकृतियाँ पानी में डूबी हुई थीं। उनके ऊपर चमकीले, हरे रंग के स्केल्स (सरहना) थे। दर्शकों को पानी हिलाने और उस कलाकृति को छूने के लिए प्रोत्साहित किया जा रहा था। हर स्पर्श के साथ ही वो लता-तन्तु लहराते और आकृति बदल लेते। लाइटिंग इतनी बढ़िया थी कि हर बार लगता कि वो कुलबुलाते आकार जीवित हो उठे हैं।

चीनता और मैं दोनों ही उससे काफी प्रभावित हुए। उसने कैटेलॉग में देखा और हँस पड़ी। 'अरे,' उसने कहा। 'यह तो एक पुराना दोस्त है!'

'ये कलाकार?'

'नहीं! ये आकृति—*इल मोस्त्रो*।' उसने मुझे शीर्षक दिखाया—'*इल मोस्त्रो दी पुन्ता देला दोगाना—कस्टम्स हाउस पॉइंट का दैत्य*।'

कैटेलॉग में लिखा था कि यह कलाकृति वेनिस की एक पुरानी दन्तकथा से प्रेरित है जिसमें पुन्ता देला दोगाना के तटबंध के नीचे एक दैत्य रहता था।

'हम कुछ देर पहले वहीं थे न?'

'हाँ,' चीनता ने हँसकर मेरी बाँह खींचते हुए कहा। 'चलो—देखें अगर यह जीव हमें दिख जाये।'

वह मुझे गैलेरी के बाहर ले गई और सीधे उस जगह पहुँची जहाँ दोनों नहरें मिलती हैं। ज्वार उठ रहा था और पानी जूतों के कुछ इंच नीचे ही था।

'शताब्दियों से,' चीनता ने कहा, '*इल मोस्त्रो* के देखे जाने की कई ख़बरें आयी हैं, वेनिस के लैगून के अलग-अलग हिस्सों से। कुछ लोगों का कहना है कि एक भीमकाय स्क्विड (समुद्रफेनी)—शायद पूरा परिवार—यहाँ के पानी में आ गये थे। आख़री बार 1930 में देखा गया था और जिन दो मछुआरों ने उसे देखा उनका कहना है कि वह जगह पुन्ता देला दोगाना के पास थी। और इसलिए यह बात फैल गई कि दैत्य यहाँ रहता है।'

तटबंध से टकराते पानी में चीनता ने अपने जूते की नोंक डाली।

'लेकिन एक बात बताओ, दीनो,' उसने कहा, 'क्या तुम्हें लगता है कि इस जगह पर कोई दैत्य रहता होगा? शहर की नहरों का सबसे व्यस्त स्थान? इतने ट्रैफिक में?'

उसने हमारे पास से गरज के निकलते वापोरेत्तो की तरफ इशारा किया।

'नहीं! यह तो सिर्फ़ कहानी है जिस पर सिर्फ़ पर्यटक ही विश्वास करेंगे। ये वो जगह नहीं होगी जहाँ वो दैत्य रहता था।'

मैंने उसकी तरफ़ देखा और पाया कि उसकी आँखों में शरारत चमक रही थी।

'नहीं, दीनो,' उसने पास आकर कहा। 'जब मैं छोटी थी तो मुझे पक्के तौर पर पता था कि *इल मोस्त्रो* शहर के दूसरी तरफ़ रहता है। पता है, मेरे अंकल ने देखा था उसे।'

उसने मेरी बाँह पर थपकी दी और तेज़ी से आगे चल दी। 'चलो दीनो,' उसने कहा। 'मैं तुम्हें उधर ले चलती हूँ, और रास्ते में तुम्हें एक कहानी सुनाऊँगी।' उसने आँख मारी। 'और जब वहाँ पहुँचेंगे तो तुम्हें असली दैत्य भी दिखाऊँगी।'

उसकी आँखों की चमक देखकर ही मैं समझ गया कि वह अपने ख़ास मूड में थी। उसके पीछे जाने के अलावा मेरे पास कोई चारा नहीं था।

चीनता के दादा मछुआरे थे। हालाँकि उनके दोनों बेटों में से एक ने भी उनका पेशा नहीं अपनाया, लेकिन दोनों ही मछली पकड़ने के शौक़ीन थे, ख़ासकर उसके अंकल रुजैरो, जो मछली पकड़ने अक्सर फ़ुंदामेंते नोवे चले जाते थे।

फ़ुंदामेंते नोवे शहर के उत्तर पूर्वी छोर पर एक किलोमीटर लम्बा बाँध है। चूँकि वह शहर से दूर है लिहाज़ा आज भी वहाँ कम ही लोग जाते हैं। 1920 में तो वो एक अंधेरी, सुनसान जगह थी जहाँ टूटे हुए सेतुबंध थे। इसलिए यहाँ समुद्रफेनी पकड़ना बहुत आसान था। पानी के ऊपर एक लालटेन टांग दी जाती थी और ये जीव रोशनी से आकर्षित हो चले आते थे, जाल में फँसने के लिए।

एक रात, चीनता के अंकल, रुजैरो, जो उस वक़्त पन्द्रह-सोलह साल के थे, परिवार की नई और महँगी गैस लालटेन लेकर बाँध पर चले गये; पिता को बिना बताये चुपके से वो यह सोचकर लालटेन ले गये कि इसकी तेज़ रोशनी में ख़ूब मछली पकड़ लेंगे।

उन्होंने ठीक सोचा था: जैसे ही उन्होंने अपनी गैस लालटेन टांगी, समुद्रफेनी के झुण्ड आ गये। पलक झपकते ही उनकी बाल्टी भर गई। लेकिन जब वे आख़री बार जाल उठाने के लिए झुके तो किसी ने उनके हाथ से जाल झपट लिया। उस जाल का हैंडल लकड़ी का था। उन्होंने जाल के ऊपर आने का इन्तज़ार किया, लेकिन वह ऊपर नहीं आया। ऐसा लगा मानो किसी बड़े और शक्तिशाली जीव ने जाल पकड़ लिया हो और साथ ले गया हो।

लेकिन यह कैसे हो सकता था?

रुजैरो ने लालटेन को एक हुक पर टांगा और पेट के बल बाँध पर लेटकर पानी में देखने लगे। उन्हें लगा कि जाल किसी चीज़ में फँस गया है। लेकिन पानी में काफी नीचे उन्हें जाल की जगह चमचमाती दो डिस्क-सी दिखाई दीं। बिल्ली की आँख की तरह वह चमक रही थीं। उनके देखते-देखते वो डिस्क बड़ी होती गईं, मानो सतह की तरफ उठ रही हों।

रुजैरो के वहाँ से भाग निकलने के लिए इतना काफी था—लालटेन वहीं छोड़कर वह सेतुबंध से तेज़ी से उतर गये। अभी वो बहुत दूर नहीं गये थे कि पीछे से छपाक के साथ छनछनाने की आवाज़ आयी। मुड़कर देखा तो लालटेन को हुक से खींचकर पानी में घसीट लिया गया था। लालटेन हल्के से चमकी और फिर डूब गई।

'मैंने तो यह कहानी बहुत, बहुत साल बाद सुनी।' चीनता ने कहा। 'मैं बच्ची थी, लेकिन मुझे भा गई। लम्बे समय तक मैं इस जीव को देखने के लिए बेचैन थी। मैं अपनी दोस्तों के साथ कभी-कभी वहाँ जाती थी, ठीक उसी जगह, टॉर्च और लैम्प लेकर।'

'और...?'

'हमें कभी कुछ नहीं दिखा। तब तक सब तरफ बिजली आ चुकी थी। लोगों का कहना था कि उजाले की वजह से वह जीव भाग गया था।'

कहानी रुक-रुक के आगे बढ़ रही थी क्योंकि हम बहुत ही संकरी गलियों से गुज़र रहे थे, भीड़ बहुत थी और इस वजह से चीनता और मैं साथ नहीं चल पा रहे थे। और फिर, हर थोड़ी देर में चीनता को कोई जानने वाला मिल जाता और वह बात करने लगती, मुझसे मुलाक़ात करवाती और हमें और देर हो जाती।

हम इतनी धीरे आगे बढ़ रहे थे कि जब दूर से फुंदामेंते नोवे दिखाई दिया तो सूरज डूब चुका था। हम अब सुरंग जैसी सड़कों और टेढ़े-मेढ़े घरोंवाले इलाके में थे। ज़्यादातर घर खाली थे। एक नज़र में साफ था कि यह मज़दूरों का इलाका था।

चीनता अचानक दाएँ मुड़ी और दो मंज़िला मकान के आगे ठहर गई। यह घर एक तरफ को झुका हुआ था। 'मेरे पिता का परिवार यहाँ रहता था,' उसने कहा। उँगली उठाकर उसने एक टेढ़ी खिड़की की तरफ इशारा किया। 'मेरी दादी रोज़ वहाँ बैठकर लोगों को आते-जाते देखती थीं। अंकल रुजैरो ने अपनी पूरी ज़िन्दगी यहीं बिताई। उनका बेटा, मेरा चचेरा भाई आल्तियेरो, यहीं पैदा हुआ लेकिन शादी के बाद यहाँ से चला गया। जीज़ा उसकी बेटी है।'

उसने धुँधले पड़ते आसमान की तरफ देखा। 'अंकल रुजैरो मछली पकड़ने दिन के इसी समय निकलते थे।'

वह पलटी और मुझे गली से बाहर फुंदामेंते नोवे की तरफ ले गई। लगभग अंधेरा हो चुका था और आसपास के द्वीपों पर बत्तियाँ टिमटिमाने लगी थीं। धुँधलके आसमान के सामने अनेकों मीनारों और ऊँची इमारतों के छाया चित्र नज़र आ रहे थे।

लेकिन फुंदामेंते नोवे के तटबंध और पास की इमारतें, सब अंधेरे में थीं। 'इस इलाके में लोग रहते हैं क्या?' मैंने पूछा।

'मुझे तो नहीं लगता,' चीनता ने कहा। 'मेरे ख्याल से सब इमारतें खाली हैं...'

दूर से आने वाली सायरन की आवाज़ से उसकी बात बीच में ही कट गई।

'आह!' चीनता ने कहा। 'चेतावनी है—पूर्ण ज्वार की—पानी उठ रहा है। आज रात बाढ़ आयेगी।'

पानी पैदलपथ से कुछ ही इंच नीचे था। मैंने तटबंध के दोनों तरफ देखा। मुझे कोई नज़र नहीं आ रहा था, लेकिन उस धुँधली रोशनी में कह पाना मुश्किल था।

'क्या हमें वापस नहीं चलना चाहिये चीनता?' मैंने कहा।

वह हँसी। '*बेह!*' अब तो हम पहुँच गये हैं और अभी टाइम है।' वह तटबंध के किनारे तेज़ चलने लगी। 'चलो आओ। क्या पता? शायद पानी के साथ *इल मोस्त्रो* भी ऊपर आ जाये।'

वह पानी में दस मीटर तक के एक सेतुबंध पर चढ़ी। उसके दोनों तरफ, सेतु से ऊपर उठती लकड़ी की बल्लियाँ थीं जिन्हें जोड़ों में एक रस्सी से बाँधा हुआ था।

चीनता रेलिंग पकड़कर सेतु के अन्त तक गई। वहाँ पहुँचकर उसने मुझे बुलाया। 'आओ डियर, आओ—डरो मत, हम ठीक जगह पर हैं। यहीं पर अंकल रुजैरो ने *मोस्त्रो* को देखा था।' उसने एक बल्ली को थपथपाया। 'यहीं टांगा था उन्होंने लालटेन।'

उसने फोन निकाला और टॉर्च ऑन करके पानी की तरफ दिखाई। 'यहाँ आओ दीनो,' उसने कहा। 'तुम्हारा फोन कहाँ है? टॉर्च जलाओ उसकी भी।'

उसके बगल में खड़े होकर मैंने जलीय अंधेरे में अपने फोन की रोशनी डाली। पानी अब सेतु तक पहुँच गया था। दोनों के फोन की रोशनी मटमैले पानी पर लहराते गोले बना रही थी।

'ओह हो! लैगून का *मोस्त्रो* दिखना नहीं चाहता,' चीनता ने हँसते हुए कहा। 'तो चलो मैं तुम्हें दूसरे किस्म का दैत्य दिखाती हूँ; कहीं ज़्यादा ख़तरनाक।'

थोड़ा-सा घूमकर उसने अपनी बगल वाली लकड़ी की बल्ली पर रोशनी डाली। 'यह देखो!'

मैंने देखा कि उसकी रोशनी बल्ली के एक हिस्से पर थी जहाँ लकड़ी में सफाई से धनुषाकारी निशान बनाया गया था।

'ध्यान से देखो और तुम्हें दैत्य दिखाई देंगे।' चीनता ने कहा।

मैंने अपना फोन उस तरफ घुमाया तो देखा कि उस निशान पर कई सारे छेद थे जैसे दीमक लगी किताबों के अन्दर होते हैं। अचानक मुझे लगा कि बल्ली के अन्दर कोई जीव है—एक नहीं बल्कि कई सारे जीव; वे हिल रहे थे।

बाल से चिमटी निकालकर चीनता ने उस निशान को कुरेदा। एकाएक एक जीव बाहर निकला और हमारे पैर के पास आकर गिरा। मैंने फुर्ती से अपनी टॉर्च उसकी तरफ घुमाई और उस पर नज़र डाली। वह जीव क़रीब दो इंच लम्बा था और उसका रंग जमे हुए नारियल के तेल जैसा था। शंख की तरह उसके शरीर में आगे एक कीप जैसा मुँह था जिस पर महीन रेशे थे।

यह जीव इतना बदसूरत था कि यह मानना मुश्किल था कि यह असली है।

पल भर में वो फिसल कर पानी में गिर गया।

'ये क्या है?' मैंने चीनता से पूछा।

'शिपवर्म। मेरा एक दोस्त नगरपालिका में काम करता है। क़रीब एक महीने पहले वह मुझे यहाँ लाया था यह जीव दिखाने और वह नुक़सान दिखाने जो ये जीव कर रहे हैं। उसी ने लकड़ी में निशान बनाया था। लैगून के पानी के बढ़ते तापमान के चलते यह बड़ी संख्या में वेनिस पर धावा बोल रहे हैं। ये भारी मात्रा में लकड़ी को अन्दर से खा जाते हैं। यह बहुत बड़ी समस्या बन गई है क्योंकि वेनिस तो लकड़ी के लट्ठों पर ही बना है। ये तो शहर की नींव खा रहे हैं।'

हमने अपने फोन एक बार फिर बल्लियों की तरफ घुमाये और लकड़ी के अन्दर कुलबुलाते कीड़ों पर रोशनी डाली। चीनता ने एक लकड़ी को अपने हाथ से ठोंका। 'बाहर से ये एकदम ठोस लगती है, है न? लेकिन अन्दर ज़रूर खोखली होगी।'

अभी वह बोल ही रही थी कि जिस लकड़ी पर टेक लेकर हम खड़े थे वह एक तरफ को झूल गई और हम दोनों ही चौंक गये। हमने छड़ को पकड़ने की कोशिश की तो हमारे हाथ से फोन छूटकर पानी में गिर गये।

मुझे एक चरचराहट सुनाई दी और मैंने चिल्लाते हुए चीनता से कहा, 'जल्दी! दूसरी तरफ चलो!'

हम दूसरी तरफ गये ही थे कि बल्लियों का एक हिस्सा टूटकर पानी में गिर गया; अपने साथ वो लकड़ी के टुकड़े भी खींच ले गया; लकड़ी का खोखलापन अब सामने था। हम लोग भयाक्रान्त देखते रह गये जब लिजलिजाते

शिपवर्म उन टूटे लकड़ी के टुकड़ों से बाहर निकल रहे थे। वे सेतु पर गिर रहे थे और हमारी तरफ रेंगने लगे।

मैंने चीनता का हाथ पकड़ा। 'भागो! भागो!'

लेकिन वो कीड़े पूरे बाँध पर फैल गये थे। हम कुछ क़दम ही चल पाये थे कि चीनता का पैर उनपर पड़ा और वह फिसल गई।

वह आगे को लुढ़की तो मैंने उसे पकड़ने की कोशिश की, लेकिन उसे पकड़ नहीं पाया। हम दोनों गिर गये और वह चीख उठी।

और फिर वो कीड़े हमारे ऊपर रेंगने लगे—वो हमारे पैर, हाथ, चेहरे और सिर, सब जगह थे। ऐसा लग रहा था मानो धरती ने उन्हें हमारी तरफ रेंगने भेजा हो, हमें स्पर्श करने के लिए, हमारी त्वचा की संरचना को परखने के लिए और देखने के लिए कि हम असली हैं या नहीं। अभी हम उन्हें झटक रहे थे, कीड़ों को खींच कर निकाल रहे थे कि एक लहर सेतु पर आयी और कीड़ों को बहा ले गई। जब लहर हटी तो मैंने देखा कि चीनता कराह रही थी।

'क्या हुआ चीनता?'

'मेरा पैर। मेरा टखना। बहुत दर्द हो रहा है। बहुत ज़्यादा।'

'तुम खड़ी हो सकती हो?'

उसने कोशिश की लेकिन फिर दर्द से कराहकर ढह गई। 'नहीं। नहीं हो पायेगा।'

मैंने उसके कन्धे पर हाथ डाला और पानी पर नज़र दौड़ाई। पानी तेज़ी से ऊपर उठ रहा था। मैं जानता था कि हमारे पास ज़्यादा समय नहीं था। जल्द ही हम उस निर्जन द्वीप में अकेले फँस जायेंगे।

'यहीं ठहरो चीनता। एक मिनट के लिए।'

मैं किसी तरह खड़ा हुआ और मैंने तट की तरफ देखा। मैं सोच रहा था कि किसी तरह चीनता को सेतु के अन्त तक और फुंदामेंते नोवे तक ले जाना सम्भव हो। लेकिन तटबंध भी अब पानी के नीचे था और सेतु का एक हिस्सा एक तरफ को पूरी तरह से झुका हुआ था। मैं किसी तरह जा सकता था, पर मैं जानता था कि चीनता को पार नहीं ले जा पाऊँगा। कोशिश करने में भी ख़तरा था, वह पानी में गिर सकती थी; और उसकी जो हालत थी, पानी में वह और लाचार हो जायेगी।

दूर शहर की बत्तियाँ सामान्य तौर पर टिमटिमा रही थीं और बाढ़ के बावजूद ऐसा मालूम पड़ रहा था कि सब कुछ सामान्य था। मुझे तो दूर से संगीत भी सुनाई दे रहा था—कोई बैंड संगीत बजा रहा था। लेकिन जहाँ हम थे, वहाँ घुप्प अंधेरा था; एक बत्ती भी कहीं नज़र नहीं आ रही थी।

टखने तक के पानी में खड़े होकर, दूर बत्तियों से रोशन मीनारों को देखकर मैं अविश्वास से भर उठा। यह कैसे मुमकिन था कि दुनिया के इस सबसे सभ्य शहरों में से एक में हम इतने अकेले और लाचार थे, पूरी तरह पृथ्वी के भरोसे?

चीनता बड़बड़ा रही थी। मुझे 'मडोना' शब्द सुनाई दिया और मैं समझ गया कि वह प्रार्थना कर रही है।

मुझे प्रार्थना करे इतने साल बीत चुके थे कि मैं जानता भी नहीं था कि किसे याद करूँ। जब उसके बगल में घुटनों के बल बैठकर मैंने आँखें बन्द कीं तो मेरे सामने जो छवि उभरी वो नाग के फन के नीचे एक खुली हथेली की थी।

'देखो!'

चीनता मेरा हाथ खींच रही थी। 'देखो! वहाँ, उधर देखो!'

मैंने उस तरफ देखा जहाँ वह इशारा कर रही थी तो मुझे एक हल्की, मोमबत्ती जैसी रोशनी दिखाई दी। रोशनी फुंदामेंते नोवे की खाली इमारत से आती मालूम पड़ रही थी।

'मेरे ख्याल से वहाँ कोई है,' चीनता ने कहा। 'शायद कोई भिखारी या बेघर आदमी हो। हो सकता है वो मदद कर सके। तुम चिल्ला कर देखो।'

मैंने तेज़ आवाज़ में इतालवी में पुकारा। '*आयुतो पेर फावोरे!* कोई है? हमारी मदद करो!'

पल भर के सन्नाटे के बाद एक आवाज़ गूँजी। '*दोवे सेइ? के सुचेदे?* कहाँ हो? क्या हुआ?'

हालाँकि वो शब्द भी इतालवी में थे, पर आवाज़ इतालवी नहीं थी। काफी जानी-पहचानी थी।

'*बिलाल नाकी?*' मैंने बंगाली में चिल्ला कर कहा। 'क्या तुम हो बिलाल?'

'हाँ।' वह चौंक गया था।

'मैं हूँ, दीनानाथ दत्ता। मैंने उस दिन तुमसे बात की थी। मैं यहाँ सेतु पर अपनी दोस्त के साथ फँस गया हूँ। उसे बुरी तरह चोट लग गई है। क्या तुम एम्बुलेंस बुला सकते हो?'

'हाँ, बिल्कुल!'

मैंने देखा कि पानी चीनता की कमर तक आ गया था।

'*ताड़ाताड़ी*—जल्दी करो बिलाल।'

कुछ पलों बाद बिलाल की आवाज़ आयी। 'बस कुछ ही पलों में एक एम्बुलेंस आ जायेगी। मैं आऊँ क्या मदद करने?'

'नहीं,' मैंने कहा। 'इससे ज़्यादा तुम कुछ नहीं कर सकते। हमारी क़िस्मत अच्छी है कि तुम यहाँ हो। शुक्रिया। बहुत-बहुत शुक्रिया।'

'*प्रेगो,*' उसने कहा। 'मुझे ख़ुशी है कि मैं मदद कर सका। लेकिन एक गुज़ारिश है, किसी को बतान नहीं कि मैं कहाँ था। यह हमारी गुप्त जगह है।'

'मैं कुछ नहीं कहूँगा,' मैंने कहा। 'चिन्ता मत करो।'

मैं चीनता के बगल में बैठ गया और उसके हाथों को अपने हाथ में लेकर गर्म करने की क़ोशिश करने लगा। पानी हमारे सीने तक आ चुका था जब हमें दूर से एक सायरन सुनाई दिया। आवाज़ तेज़ होती गई और फिर अचानक हमारे बगल में एक सफेद और नारंगी रंग की नाव खड़ी थी।

पारगमन

एम्बुलेंस के तत्काल पहुँच जाने का कारण था कि अस्पताल—ओसपेदाले चिवीले—बहुत क़रीब था। फुंदामेंते नोवे के दूसरे छोर पर। हम दो चार मिनट में वहाँ पहुँच गये।

अस्पताल पूर्ण ज्वार से निपटने के लिए अच्छी तरह से तैयार था।

एम्बुलेंस एक ढंके हुए डॉक में रुकी जहाँ इमरजेंसी नर्स और टेकनीशियन स्ट्रेचर लेकर इन्तज़ार कर रहे थे। मैं उनके पीछे एक प्लास्टिक से ढंके गलियारे से होता हुआ साफ-सुथरी, आधुनिक इमारत में पहुँचा। चीनता को वे अन्दर ले गये; दरवाज़े पर लिखा था: *प्रोन्तो सोकोर्सो त्रौमातोलोजीको*—दुर्घटना और आपातकालीन। मैं अपने भीगे कपड़ों में रिसेप्शन पर रुक गया। कुछ देर बाद एक भली नर्स ने मुझ पर तरस खाकर अस्पताल के हरे रंग के कपड़े और एक जोड़ी चप्पल दे दिए। जब मैंने कपड़े बदले तो उसने गीले कपड़े रखने के लिए एक प्लास्टिक का पैकेट भी दिया और फिर गलियारे, बरामदे और सीढ़ियों से होते हुए एक जगह ले गई जोकि पुराना मठ मालूम पड़ रहा था। एक बड़े से खाली हॉल में ले जाकर उसने मुझे चीनता की ख़बर का इन्तज़ार करने के लिए छोड़ दिया।

मैं पत्थर की एक बड़ी खिड़की के पास खड़ा हो गया और नीचे बाढ़ से जूझ रहे शहर का नज़ारा देखने लगा। सब जगह रबर के जूते पहने प्रवासी लकड़ी के तख्ते संभालते नज़र आ रहे थे। हर कोने पर बंगालियों का समूह था, बूट, रबर के जूते और जूते के प्लास्टिक कवर बेचते हुए।

मैं नज़ारा देखने में इतना तल्लीन हो गया था कि मुझे अहसास ही नहीं हुआ कि कोई मेरे पीछे आकर खड़ा हो गया था। जब उसने बंगाली में बोलना शुरू किया तो मैं चौंक गया, '*बोने भालो रोजगार होई*। ऐसे मौसम में हम अच्छा कमाते हैं। हम लोगों के लिए तो घर जैसा है—हमें बाढ़ की आदत है।'

'रफ़ी!'

उसने अस्पताल का नीला गाउन और चप्पल पहने हुए थे। उसके एक हाथ पर पलस्तर चढ़ा था, एक आँख चोट के कारण नीली थी और चेहरे पर घाव थे।

'मैंने आपको अपने वार्ड के सामने से जाते देखा,' उसने कहा। 'आप यहाँ कैसे?'

मैंने उसे संक्षेप में कहानी सुनाई तो उसने कहा, 'तो बिलाल उस तटबंध पर पुराने गोदाम में था?'

'हाँ। हमारी क़िस्मत बहुत अच्छी थी कि वो वहाँ था, ठीक समय पर।'

'मैं उस जगह को अच्छी तरह जानता हूँ, बाढ़ के दिनों में हम कभी-कभी वहाँ रात बिताते हैं। मैं उन सेतुओं पर गया हूँ। मैंने सुना है।'

'क्या सुना है?'

'उन कीड़ों को। बिल्कुल सुन्दरबन जैसा है। वहाँ अगर तटबंध से कान लगाओ तो नीचे केकड़ों की खोदने की आवाज़ सुनाई देती है। मेरे दादा ने सिखाया था कि उन्हें कैसे सुनते हैं। कभी-कभी अगर ध्यान से सुनो तो पता लग सकता है कि बाँध कब टूटेगा। यहाँ भी वैसा ही है।'

रफ़ी ने सुन्दरबन का नाम लिया तो मुझे उसके साथ हुई पहली मुलाक़ात याद आ गई, जब मैं मन्दिर के अन्दर था और वह दरवाज़े पर खड़ा मुझे बड़ी-बड़ी आँखों से घूर रहा था। मुझे याद था जब मैं आगे बढ़ा तो वह कैसे पीछे हट गया था। और मैं सिहर उठा यह सोचकर कि पूरे समय नाग फन उठाये मेरा पीछा कर रहा था। मुझे याद आया कितने प्यार से रफ़ी ने टीपू का ध्यान रखा था जब हम उसे लुसिबाड़ी के अस्पताल लेकर जा रहे थे।

'मुझे तुमसे कुछ पूछना है रफ़ी,' मैंने उससे कहा। 'और मैं चाहता हूँ कि इस बार तुम मुझे सच बताओ। मेरे लिए ये जानना ज़रूरी है। क्या तुम और टीपू लुसिबाड़ी से एक साथ निकले थे?'

'हाँ।' उसने अपना थूक गटका।

'और यह सच है कि टीपू को और भी कई दौरे पड़े थे?'

'हाँ,' रफ़ी ने कहा। 'लेकिन वो वैसे नहीं थे जैसे उस दिन स्टीमर में पड़े थे। जब दौरे दोबारा पड़ने शुरू हुए तो वो अलग थे। कभी वो चुप रहता, कभी

काँपने लगता; कभी नींद में चलता; कभी आँखें बन्द होतीं और किसी से बात कर रहा होता, बहस कर रहा होता था।'

'दौरे पड़ते समय क्या तुम हमेशा उसके साथ थे?'

'नहीं। शुरू में तो तब पड़े थे जब वह अपने घर पर था। उसकी माँ बहुत परेशान हो गई थीं और चाहती थीं कि वह डॉक्टर के पास जाये, दवाई ले, पर टीपू ऐसा नहीं करना चाहता था। इसलिए उसके बाद, जब कभी उसे लगता कि दौरा पड़ने वाला है वह मुझे फोन करता और मेरी नाव में हम कहीं निकल जाते। उसे पानी पर अच्छा लगता था; कहता था कि यह उसे याद दिलाता है उन पलों की जब वह बचपन में अपने पिता के साथ नाव पर जाता था।'

'क्या उसने तुम्हें कभी बताया कि दौरे के समय उसे क्या दिखता था?'

'थोड़ा बहुत,' रफ़ी ने कहा। 'ज़्यादा नहीं। वह कहता था कि उसे भी अक्सर समझ नहीं आता था कि क्या देख रहा है। उसे आवाज़ें सुनाई देती थीं, या किसी के होने का अहसास होता था या फिर कोई जगह दिखती थी—वो जगहें भी जहाँ वह कभी नहीं गया था। कभी-कभी उसे अपने पिता की आवाज़ सुनाई देती थी—इससे वह बहुत ख़ुश होता था। लेकिन वह बुरी तरह डर भी जाता था—कभी बता नहीं पाता था कि डर किस चीज़ से लगता था। वह कहता था कि उसे लगता था कि अंधेरा उसे घेर रहा है। और जितना यह होता गया वह उतना ही बेचैन होता गया। वह बार-बार कहता कि उसे लुसिबाड़ी से जाना था। मैं भी वहाँ से जाना चाहता था तो हमने साथ निकलने का फैसला किया। अगर मैं अकेला होता तो शायद भारत के ही किसी शहर में जाता, लेकिन टीपू कोलकाता या दिल्ली नहीं जाना चाहता था। उसने ही मुझे यूरोप जाने के लिए तैयार किया—उसका कहना था कि यूरोप में हम लोगों के लिए जिन्दगी आसान होगी। उसने इन्तज़ाम करना शुरू किया, और हमने पैसे जोड़ने शुरू किये। उसकी ज़िद्द थी कि हम इसे राज़ रखें; उसे विश्वास था कि अगर पिया या उसकी माँ को पता चल गया तो वे उसे रोक देंगे, देश से बाहर नहीं जाने देंगे। उसे डर था की वे उसे पागलखाने भिजवा देंगी। इसलिए उसने बैंगलोर में नौकरी की कहानी गढ़ी थी।'

'लेकिन तुम लोग बांग्लादेश गये?'

'हाँ। टीपू बांग्लादेश में कुछ दलालों को जानता था और उसने फोन पर सब इन्तज़ाम कर लिया था। एक रात हमने राईमंगल नदी पार की और ढाका पहुँच गये। जो पैसा हमने जोड़ा था—ज़्यादातर टीपू का था—सड़क के रास्ते, सबसे सस्ती यात्रा के लिए पर्याप्त था, और हमारे पास रास्ते भर के लिए बहुत थोड़ा पैसा बचा था। हम लोग दो हफ्ते ढाका में रहे जिसके बाद दलाल ने हमें दूसरे आदमियों के साथ एक मिनी बस में बैठा दिया। मेरे पास सिर्फ एक छोटा

बस्ता था और टीपू के पास भी। हमारे पास कुछ कपड़े थे, थोड़ा खाना और दोनों के पास अपने क़रीब ढाई-ढाई सौ डॉलर थे।

'उस बस में क़रीब चौबीस आदमी थे, लेकिन सब हमारी तरह पैसा देकर यात्रा करने वाले नहीं थे। कुछ दलाल के लिए काम करते थे; हमें सीमा पार कराना उनका काम था। वो निष्ठुर थे, निर्दयी थे और आप उनसे बहस नहीं कर सकते थे। जैसा वो कहें, वैसा ही करना होता था। सब बुरे नहीं थे। कुछ अच्छे और मददगार भी थे। लेकिन टीपू उन्हें कतई पसन्द नहीं करता था; उन्हें गीदड़ बुलाता था, अंग्रेज़ी में 'जैकाल'—कहता था अमेरिका में ऐसे आदमियों को यही बुलाते हैं, बस उसने कोई दूसरा शब्द इस्तेमाल किया था।

'*काइओटी?*'

'हाँ, वही। वहाँ से लेकर तुर्की की सीमा तक ये भेड़िये हमेशा हमारे साथ रहे। हर पड़ाव पर ये भेड़िये बदल जाते, नए आते, लेकिन वे साथ ज़रूर रहते, हम पर नज़र रखे हुए। ज़्यादातर वक्त तो हमें उनके नाम भी नहीं पता होते थे।

'पहली मिनी बस हमें ढाका से भारत की सीमा पर लेकर आयी। पश्चिम बंगाल में बेनापोल। हमारे दलाल ने पहले ही घूस दे रखी थी तो हमें सिर्फ इमिग्रेशन चेकपॉइंट से निकलना था। दूसरी तरफ भी एक मिनी बस हमारा इन्तज़ार कर रही थी और नए भेड़िये भी।

'हम बस में बैठ गये और कुछ घंटे बाद हम कोलकाता पहुँच गये। हमें एक कनेक्शन हाउस ले जाया गया और अन्दर बन्द कर दिया गया। हम लोग वहाँ तीन दिन रहे; दो कमरों में बीस लोग थे। और हम सबके लिए एक बाथरूम। एक क़दम बाहर नहीं रख सकते थे, ताज़ी हवा में थोड़ी साँस लेने के लिए भी नहीं। अगर शिकायत करो, या फिर ज़्यादा सवाल करो तो थप्पड़ मारते थे या फिर पीट देते थे। कई बार भेड़िये बन्दूक़ के हत्थे से मारते थे।

'तीसरी रात, बहुत देर रात में हमें अचानक उठाया गया और कहा गया कि पन्द्रह मिनट में जाने के लिए तैयार हो जायें। घर के बाहर एक पुराना ट्रक खड़ा था; उसके दोनों तरफ रंगीन चित्रकारी थी। वह पूरी तरह से लकड़ी के फट्टों से ढंका हुआ था ताकि कोई अन्दर न देख सके। हमें भेड़-बकरियों की तरह एक-एक करके इस ट्रक में ठूँस दिया गया; बस इतनी जगह थी कि हम सब बैठ सकें।

'ट्रक धीमे चल रहा था, उसका सस्पेंशन भी ख़राब था। हर बार जब ड्राइवर गियर बदलता तो धुआँ हम पर आता और हमारे लिए साँस लेना मुश्किल हो जाता। दिन में तो तन्दूर जैसा हो जाता था। बाहर देखने के लिए कोई खिड़की नहीं थी। बीच-बीच में, कई घंटों के बाद ट्रक रुकता ताकि हम पेशाब वगैरह कर लें। कुछ लोगों की तबियत ख़राब हो जाती तो वे अन्दर ही उलटी कर देते; इतनी बदबू हो जाती कि दूसरे भी उलटी करने लगते।

'हमें कोई अन्दाज़ा नहीं होता हम कहाँ हैं। कभी जब हम पूछते तो वो कहते "आगरा के पास" या "इन्दौर के पास"। हालाँकि वे अक्सर जवाब नहीं देते थे। आख़िरकार एक रात ट्रक एक कनेक्शन हाउस पर जाकर रुका, जोकि रेगिस्तान जैसा इलाका लग रहा था। उन्होंने बताया कि हम पाकिस्तान की सीमा के क़रीब थे, लेकिन अगर हम आगे जाना चाहते हैं तो पचास-पचास अमेरिकी डॉलर और देने होंगे।

'यह हमारे लिए किसी सदमे की तरह था क्योंकि हमारे हिसाब से तो हम पूरा पैसा दे चुके थे। हमें समझ नहीं आ रहा था कि क्या करें। हमने सोचा भी नहीं था कि अपने डॉलर इतनी जल्दी खर्च करने होंगे; यह पैसे तो हमने बाद के लिए बचाकर रखे थे।

'टीपू गुस्से से बौखला उठा और भेड़ियों से बहस करने लगा। मैंने उसे चुप कराने की कोशिश की लेकिन वह आपे से बाहर था; वह गुस्से से पागल हो गया था, चिल्ला रहा था, गालियाँ दे रहा था। एक भेड़िये ने उसे एक थप्पड़ जड़ दिया, इसके बाद भी जब टीपू चुप नहीं हुआ तो दो लोग उसे दूसरे कमरे में ले गये। हमें ज़ोर से मारे जाने और टीपू के चिल्लाने की आवाज़ें आयीं। फिर अचानक उसकी आवाज़ बदल गई और उसकी आवाज़ अजीब-सी हो गई, किसी जानवर के गुर्राने जैसी। मैंने पहले भी यह आवाज़ सुनी थी। मैं जानता था कि उसे दौरा पड़ा है। यह क़रीब दो मिनट चला होगा और दोनों भेड़िये डरे हुए बाहर आ गये। उन्होंने मुझे अन्दर जाकर टीपू को लाने को कहा।

'वह बिस्तर पर लेटा हुआ था। उसकी पैंट उतरी हुई थी। ज़मीन पर एक लाठी थी—बाद में टीपू ने मुझे बताया कि वे लाठी उसके अन्दर घुसाने वाले थे, लेकिन वह ऐसा कर पाते, उससे पहले ही टीपू को दौरा पड़ गया। जब टीपू को दौरा पड़ता है तो वह काफी डरावना हो जाता है और शायद इसी के चलते वह उस दिन बच गया। ख़ैर, हमने पैसे दे दिए और भेड़ियों ने हमें दूसरों के साथ जाने से रोका नहीं।

'अगली बार जब हम ट्रक से बाहर निकले तो अंधेरा था। हमें चलने के लिए कहा गया, हालाँकि हमें कुछ दिख नहीं रहा था। बिना जाने हम किसी समय पाकिस्तान में घुस गये और कुछ समय बाद हमने किसी को टॉर्च से इशारा करते देखा। हम अब दूसरे भेड़ियों के हवाले कर दिए गये। वह हमको एक सड़क तक ले गये जहाँ एक अन्य ट्रक इन्तज़ार कर रहा था।

'और एक बार फिर वही सब शुरू हो गया। सड़क पर लम्बी यात्रा, बीच-बीच में सेफ हाउस में रुकना, ऐसी जगहों पर जिनके नाम भी हमें मालूम नहीं थे। और पहले की तरह एक रात हमारा ट्रक रुका और हमें कहा गया कि हम ईरान की सीमा पर पहुँच गये हैं और अब और पैसे देने होंगे।

'इस बार कोई चौंका नहीं और सबने चुपचाप पैसे दे दिये, टीपू ने भी। भारतीय सीमा पर हुए हादसे के बाद वह चुप रहने लगा था। एक दिन जब हम ईरान पार कर रहे थे, उसने मुझे कहा कि उसे लग रहा था कि आगे हमारे लिए मुश्किल खड़ी हो सकती है। फिर उसने मुझे कहा, "रफ़ी, अगर मुझे कुछ हो जाये और हम बिछड़ जायें तो तुम आगे चले जाना, चाहे जो भी हो।"'

अब तक रफ़ी की आवाज़ संभली हुई थी, लेकिन अब उसकी आवाज़ काँपने लगी और उसने आँख पोंछी।

'तो आमी ओके बोल्लाम,' उसने आगे कहा, 'मैंने टीपू से कहा, "मैं तुम्हें छोड़कर नहीं जा सकता।" और उसने कहा, "नहीं, तुम्हें जाना होगा। अगर हम अलग हो जायें तो तुम्हें अकेले जाना होगा और विश्वास रखना होगा कि हम दोबारा मिलेंगे।" ऐसा लगा मानो टीपू जानता था कि क्या होने वाला है।

'ईरान में हमारे भेड़िये अफ़ग़ानी और कुर्द थे। उनका इतने बंगालियों से पाला पड़ा था कि थोड़ी बहुत बंगाली भाषा भी बोल लेते थे। बहुत दिनों के सफर के बाद हम पश्चिमी ईरान में पहाड़ों पर पहुँचे। हममें से ज़्यादातर लोगों के पास न गर्म कपड़े थे और न ही जूते। टीपू और मैं तो बांग्लादेश से रबर की चप्पल पहनकर निकले थे। हमें जैकेट और जूतों के लिए भेड़ियों को पैसे देने पड़े, जितने भी उन्होंने मांगे; हमारे पास कोई दूसरा रास्ता नहीं था।

'हम कुर्द के पहाड़ों के छोटे से गाँव पहुँचे और भेड़िये हमें जिस घर में ले गये, वो पहले से ही कई दर्जन आदमियों से भरा हुआ था—इनमें ज़्यादातर अफ़ग़ानिस्तान, पाकिस्तान और ईरान के हज़ारा थे। हमें बताया गया कि हमें तब तक इन्तज़ार करना होगा जब तक एक गाइड, हमें सीमा पार करवा के तुर्की पहुँचाने के लिए न आ जाये।

'कुछ दिनों बाद कुर्दी आदमी आये और हमें तिरपाल से ढंके एक ट्रक में लाद दिया। हमें कहा गया कि जब ट्रक रुके तो हमें सरपट भागना होगा; जितनी तेज़ दौड़ सकते हैं उतनी तेज़। उन्होंने आगाह किया कि अगर तुर्की बॉर्डर गार्ड्स ने देख लिया तो वे गोली चला देंगे। उन्होंने कहा कि अगर ऐसा हुआ तो हमें दौड़ते रहना होगा इस उम्मीद में कि वह रात के अंधेरे में हमें देख न पायें। अगर हमने सीमा पार कर ली तो दूसरी तरफ गाइड हमारा इन्तज़ार कर रहे होंगे।

'हमारा ट्रक एक खड़ी ढलान पर रुका। जब पीछे का फट्टा खुला तो हम कूदे और दौड़ने लगे जैसा हमें कहा गया था; उन पत्थरों पर फिसलते, गिरते हुए। टीपू और मैं दोनों ही बिछड़ने के डर से भयभीत थे। हमने साथ रहने की पूरी कोशिश की।

'अचानक हमें गोलियों की आवाज़ सुनाई दी। हमारे पीछे स्पॉट लाइट और लाल बत्ती चमक रही थी। हम लोग नीचे की ओर जान बचाकर भागे, तेज़, और तेज़, गिरते-पड़ते। हमारे आगे के कुछ आदमियों को गोली लग गई;

हमने उन्हें रास्ते में गिरे हुए देखा, दर्द से तड़पते हुए, लेकिन हम कुछ नहीं कर सकते थे। हम लोग भागते रहे, लाशों के ऊपर से कूदते हुए, मानो वह बस मरे हुए जानवर हों। हम तीस या चालीस लोग रहे होंगे, बस अंधाधुंध भाग रहे थे, बदहवास, जैसे कोई भगदड़ मच गई हो।

'मालूम नहीं कैसे, लेकिन मैं एक दर्जन हज़ारा आदमियों के साथ एक जगह छिप गया। मुझे लगा कि टीपू मेरे बगल में है, लेकिन जब मैंने मुड़कर देखा तो वह नहीं था। मैंने उसका नाम लेकर चिल्लाना शुरू किया। दूसरों ने मुझे रोक दिया, ये कहकर कि इससे हमारी जगह का पता चल जायेगा।

'मैंने अपने आप से कहा कि टीपू कहीं छुपा हुआ होगा और मैं उसे सुबह ढूँढ़ लूँगा। लेकिन अगले दिन वह कहीं से नहीं निकला। उसका कोई नामोनिशान नहीं था।

'आप सोच सकते हैं उस समय मेरी क्या हालत थी। मुझे मालूम नहीं था कि टीपू कहाँ हैं और मैं क्या करूँ। टीपू को रास्तों की जानकारी थी और उसे पता था कहाँ जाना है। मेरे पास दूसरों के पीछे चलने के अलावा कोई चारा नहीं था।

'हम लोग पहाड़ से उतरे और वहाँ हमें कुछ कुर्द मिले। वे हमें शहर ले गये और बताया कि इस्तांबुल के लिए कहाँ से बस लेनी है। बस में बैठे हुए कुछ घंटे हुए थे जब मेरा फोन बजा। टीपू का फोन था। सोशल मीडिया एप से फोन कर रहा था। उसने बताया कि पहाड़ी से उतरते वक़्त वह गिर गया था और पैर में बुरी तरह चोट लगी थी। हम लोग जिस रास्ते से आये थे, रात को वह धीरे-धीरे उसी रास्ते, ईरान की सीमा तक रेंगकर गया था। अगले दिन कुछ बंगालियों ने उसे उस गाँव पहुँचाने में मदद की थी जहाँ हम पहले रुके थे। वहाँ के लोगों को टीपू याद था और उन्होंने पैर के इलाज में मदद की थी। उसने कहा कि पैर ठीक होने तक वह वहीं रुकने वाला था। उसके बाद वह फिर से सीमा पार करने की कोशिश करेगा।

'लेकिन इस दौरान टीपू ने मेरे लिए इंटरनेट पर इन्तज़ाम कर दिया था। उसने मुझे कहा कि मैं इस्तांबुल से पहले एक शहर में बस से उतर जाऊँ और वहाँ प्रवासियों के समूह से जुड़ जाऊँ जो यूरोप तक पैदल चलकर जाने वाले थे। उसकी सलाह के मुताबिक मैं उन प्रवासियों से जा मिला—उनमें कुछ बंगाली भी थे, लेकिन बाक़ी लोग अफ़ग़ानिस्तान, इराक, सीरिया, पाकिस्तान और दूसरे देशों से थे। मैंने उनके साथ सीमा पार की और हम बुल्गारिया में दाखिल हुए, और वहाँ से सर्बिया होते हुए हंगरी और फिर ऑस्ट्रिया।

'इस दौरान टीपू ने मेरे साथ सम्पर्क बनाये रखा; उसने सुझाया कि मैं वेनिस जाने की कोशिश करूँ। मैंने अक्सर उसे इस जगह के बारे में बात करते

सुना था, तो मैं मान गया—वैसे भी मैं और कहाँ जाता? उस समय तो मैं इटली और यूरोप के बारे में कुछ नहीं जानता था।

'मैंने ऑस्ट्रिया से ट्रेन ली और वेनिस आ गया जहाँ मुझे त्रिएस्ते के पास एक *सेनत्रो दी अकोलेन्ज़ा,* मतलब प्रवासियों के लिए शिविर में रखा गया। कुछ दिनों बाद मुझे शहर के बाहर एक शिविर में ले जाया गया—और जब मैं वहाँ था, तब टीपू ने तुर्की में घुसने का दूसरा प्रयास किया। इस बार वह सफल रहा। मुझे लगा वह जल्दी से जल्दी मेरे पास आ जायेगा। लेकिन कहीं कुछ ऐसा हुआ कि उसने मन बदल लिया। उसने एक सपना देखा था जिसमें एक महिला, एक इथियोपियाई महिला, उसके सामने प्रकट हुई—वह एक फरिश्ता थी, उसने बताया। उसके बाद टीपू सिर्फ उसी की बात करता और उसे ढूँढ़ने के लिए बेचैन रहता। मैंने उसे बताने की कोशिश की कि वह पागल हो गया था अगर उसे लगता था कि वह सपने में दिखी किसी 'फरिश्ता' को ढूँढ़ पायेगा—लेकिन एक दिन, क़रीब तीन हफ्ते पहले उसने फोन करके कहा कि उसने सपने में नज़र आयी 'फ़रिश्ता' से सम्पर्क कर लिया है। उस महिला ने उसे मिस्र के किसी शहर में बुलाया था। उसने तुर्की में एक दलाल से बात भी कर ली थी जो सब इन्तज़ाम कर देगा। अब बस पैसे का मसला था।

'इस दौरान मैं शिविर से निकलकर वेनिस आ गया था। थोड़ा बहुत कमा रहा था। मैंने पहले भी कई बार टीपू को पैसे भेजने की पेशकश की थी, लेकिन वह हर बार मना कर देता था, यह कहकर कि जब ज़रूरत होगी, माँग लेगा। अब मुझे महसूस हो रहा था कि वह हताश था, बेबस था और मैं मना नहीं कर सका। मेरे पास पूरी रकम तो नहीं थी—काफी बड़ी रकम थी—इसलिए मैंने एक तस्कर से सम्पर्क किया जो तैयार हो गया कि मैं किश्तों में भुगतान करूँ। इस तस्कर ने टीपू के दलाल को पैसे ट्रांसफर किये थे।

'जैसे ही पैसों का भुगतान हो गया, टीपू ने मिस्र के लिये उड़ान भरी—यह बात क़रीब सोलह दिन पहले की है। उसने मुझे एक बार फोन किया था, मिस्र में किसी इंटरनेट कैफ़े से। उसने कहा कि उसके पास अब फोन नहीं है और वैसे भी क्या फायदा होता क्योंकि कनेक्शन हाउस, जहाँ वह जा रहा था वहाँ तो फोन वैसे भी उससे ले लिया जाता। उसने मुझे कहा कि चिन्ता न करूँ, वह जिन लोगों को ढूँढ़ रहा था उनसे मिल लिया था और अब हम जल्दी ही मिलेंगे।

'इसके बाद मुझे उसकी कोई ख़बर नहीं मिली।'

उसकी बात जज़्ब करने में मुझे कुछ समय लगा।

'मुझे एक बात समझ नहीं आती, रफ़ी,' मैंने कहा, 'तुमने टीपू की माँ या फिर पिया से सम्पर्क क्यों नहीं किया? वे लोग पैसा भेज सकते थे।'

रफ़ी ने सिर हिलाया। 'टीपू नहीं चाहता था। वह इस बात पर अड़ा हुआ था—उसने कहा कि किसी भी हाल में मैं उसकी माँ या पिया से मदद नहीं माँगूँ। उसने मुझसे वादा लिया कि मैं उन्हें नहीं बताऊँगा—और न ही आपको।'

'तो तुम अब मुझे क्यों बता रहे हो?'

'दिखाता हूँ।'

अपने गाउन की जेब में हाथ डालकर रफ़ी ने कागज़ का एक मुड़ा हुआ टुकड़ा निकाला।

'यही एक चीज़ वो लोग छोड़ गये, जब उन्होंने मुझ पर हमला किया,' उसने कागज़ खोलते हुए कहा।

उसने अख़बार से एक फोटो फाड़ी थी, शरणार्थियों से भरी एक नीली नाव की फोटो।

फोटो में उँगली से कुछ दिखाते हुए उसने कहा, 'यह चेहरा देख रहे हैं आप? यहाँ? यह टीपू है। आपको शायद नहीं पता लगेगा क्योंकि फोटो फीकी पड़ गई है। लेकिन वही है, मुझे पूरा यकीन है। टीपू उस नीली नाव पर है।'

बात करते-करते कई घंटे बीत गये थे और मुझे ध्यान आया कि अब तक चीनता की कोई ख़बर नहीं आयी थी।

रफ़ी मुझे रिसेप्शन तक ले गया जहाँ मुझे चीनता का हाल मिला। टखने में मोच थी और पिंडली की हड्डी टूटी थी। उसका इलाज कर दिया गया था और वह प्राइवेट कमरे में आराम से सो रही थी (अस्पताल के डायरेक्टर ने कमरे का बन्दोबस्त किया था, जोकि उसका दोस्त था)।

नर्स ने कहा कि मुझे अस्पताल में रुकने की ज़रूरत नहीं थी। वैसे भी मैं चीनता को तो अभी मिल नहीं पाऊँगा, इसलिए बेहतर है कि मैं अगले दिन लौटूँ।

इस सबके बाद अब मेरा ध्यान गया फोन ढूँढ़ने पर।

'क्या हम किसी भी तरह लुबना को फोन कर सकते हैं?' मैंने रफ़ी से पूछा।

'वेटिंगरूम में एक फोन बूथ है। वहाँ से कोशिश कर सकते हैं।' वह बोला।

'हमें फोनकार्ड की ज़रूरत नहीं होगी?'

'मेरे पास है,' रफ़ी ने कहा। 'एक नर्स ने दिया है।'

वह मुझे फोन तक ले गया और नंबर मिलाया। 'लीजिये,' मुझे फोन पकड़ाते हुए उसने कहा। 'घंटी बज रही है।'

कुछ घंटियों के बाद लुबना ने फोन उठाया और मैं झट से मुद्दे पर आ गया। 'लुबना? *शुनून*—सुनो, क्या तुम और तुम्हारे साथी अब भी उस शरणार्थी नाव की तरफ जाने की सोच रहे हो?'

'हाँ,' लुबना ने कहा। हमने एक बचाव नौका किराये पर ली है। मार्गेरा में है, यहाँ से ज़्यादा दूर नहीं। पलाश और मैं कल जायेंगे। और लोग वहीं हैं। आप क्यों पूछ रहे हैं?'

'क्योंकि मैं तुम्हारे साथ आना चाहता हूँ।'

'सच में?' वह आश्चर्यचकित थी। '*कैनो बोलून तो?* पूछ सकती हूँ, क्यों?'

'बहुत लम्बी कहानी है,' मैंने कहा। 'इतना समझ लो कि उस नाव पर कोई है, जिसे मैं जानता हूँ। बंगाली है—असल में रफ़ी का दोस्त है।'

'ओह! रफ़ी भी आना चाहेगा क्या?'

मैंने बगल में खड़े ध्यान से बातचीत सुन रहे रफ़ी पर नज़र डाली।

'रफ़ी सफर करने की हालत में नहीं है,' मैंने कहा। 'लेकिन मेरे कुछ दूसरे दोस्त हैं जो आना चाहेंगे। आ सकते हैं न?'

'*शोमोश्या नाई,*' लुबना ने कहा। 'कोई दिक्कत नहीं होगी। नाव काफी बड़ी है और पर्याप्त जगह है। कितने लोग होंगे?'

'कह नहीं सकता,' मैंने कहा। 'मुझे पहले उनसे बात करनी होगी। आपको दो-चार घंटों में फोन करता हूँ।'

'ठीक है। बता देना।'

मैंने फोन रखा तो रफ़ी मुझे गुस्से से घूर रहा था।

'मैं क्यों नहीं आ सकता?'

'क्योंकि तुम घायल हो और अस्पताल में हो रफ़ी—देखो तो सही अपने आप को! तुम जाने की हालत में नहीं हो!'

वह बहस करने लगा तो मैंने बीच में ही रोक दिया। 'रफ़ी! बस! बहुत हुआ! बात खींचने का कोई मतलब नहीं है। तुम नहीं आ सकते, तो तुम नहीं आ सकते।'

हालात को देखते हुए मैंने वॉटर टैक्सी की सुविधा लेने का फैसला किया। आधे घंटे में मैं चीनता के अपार्टमेंट में था, अपने कंप्यूटर के आगे।

इंटरनेट पर गया तो सब कुछ काफी आसान लगा था: जीज़ा उत्सुक थी साथ चलने को और जहाँ तक पिया का सवाल था, रफ़ी की कहानी सुनने और

जानने के बाद कि टीपू उस नीली नाव पर था, उसे तो कोई ताक़त नहीं रोक सकती थी।

जल्द ही साफ हो गया की जीज़ा की उपस्थिति फायदेमन्द होगी। उसने सब इन्तज़ाम की ज़िम्मेदारी ले ली—स्लीपिंग बैग और राशन का इन्तज़ाम करना, मिनी बस की बुकिंग करना जो हमें एयरपोर्ट से मार्गेरा ले जाये, जहाँ लुबना और उसके साथियों ने नाव किराये पर ली थी—*लुकानिया* नाम था उस जहाज़ का। उसने तो अपने और अपने साथियों के लिए फ्लाइट भी ढूँढ़ ली जो अगले दिन उसी समय वेनिस पहुँचे जब पिया पहुँच रही थी। अन्तः तय हो गया कि लुबना, पलाश और मैं उन्हें एयरपोर्ट पर दोपहर को मिलेंगे, और वहाँ से एक साथ मार्गेरा जायेंगे।

हवाएँ

अगले दिन मैं सुबह उठा तो देखा कि मौसम अजीब था। ज्वार तो उतर गया था, लेकिन आसमान काला था। चाँदी से चमकीले रंग से लेकर काले रंग तक के घने बादल तेज़ हवाओं के झोंकों से आसमान में घूम रहे थे। हर थोड़ी देर में अपार्टमेंट की खिड़कियाँ बज उठतीं और हवा का एक झोंका वहाँ से निकलता और जल्द ही थम जाता, अपार्टमेंट की बूढ़ी होती लकड़ियों के विरोध की चरमराहट और कराहट के बीच।

मैंने जल्दी से नाश्ता किया, एक बैग बाँधा और तुरन्त ओसपेदाले चिवीले के लिए निकल पड़ा, यह सोचकर कि एयरपोर्ट जाने से पहले चीनता से मिल लूँ।

मैं बिल्डिंग से निकला तो 9:00 बज रहे थे। सड़कों पर प्रवासी भरे हुए थे, जो तख्ते उन्होंने पूर्ण ज्वार के लिए लगाये थे, उन्हें हटा रहे थे, और पानी के बहाव से आयी मिट्टी को साफ कर रहे थे।

हवा के तेज़ झोंकों में गीले पत्थरों पर फिसलने से बचना मुश्किल होता जा रहा था। हवा से बचने के लिए मुझे किसी न किसी दुकान की आड़ में हर कुछ क़दम पर रुकना पड़ता। ऐसे ही एक पल में मैंने एक आदमी को बंगाली में कहते सुना, '*कोनो दिन देखी नाई*—ऐसा पहले कभी नहीं देखा...' और अगले ही पल ऊपर की बालकनी से एक गमला धड़ाम से नीचे आ गिरा, हमसे कुछ ही दूरी पर।

सामान्य समय में मुझे चीनता की बिल्डिंग से पैदल चलकर अस्पताल जाने में पन्द्रह से बीस मिनट लगते। लेकिन आज, आधे घंटे बाद भी मैं अभी

दो तिहाई रास्ता ही चल पाया था। मैं एक छोटा मैदान पार कर रहा था जब मुझे अपने आस-पास ज़ोर से गिरने की आवाज़ सुनाई दी। अगले पल मुझे पीठ पर कुछ ठंडा-सा लगा और फिर मेरे कन्धे पर और फिर सिर पर। मैंने गर्दन पर हाथ रखा तो एक ओला पकड़ में आया।

मैं दौड़कर किनारे गया और एक दुकान की तिरपाल के नीचे खड़ा हो गया। वहाँ और भी लोग थे और हमने आश्चर्य से उन गिरते ओलों को देखा जो खिड़कियाँ तोड़ रहे थे और दुकानों में दरारें बना रहे थे। अचानक कोई चिल्लाया, 'देखो! ध्यान से!' मैंने ऊपर देखा तो तिरपाल ओलों से भर गया था और नीचे झुक गया था। मैं वहाँ से हटा ही था कि तभी तिरपाल फट गया और ओलों की ज़बरदस्त बौछार हुई।

जैसे एकाएक ओला-वृष्टि शुरू हुई थी, वैसे ही बन्द भी हो गई और धूप निकल आयी। जल्द ही पिघलते ओलों से भाप उठने लगी; इस चमकती, मरीचिका जैसी धुंध के बीच निकलता हुआ मैं अस्पताल की तरफ बढ़ा।

एक नर्स मुझे चीनता के कमरे तक ले गई। मैं अन्दर गया तो वह व्हीलचेयर में बैठी थी। उसकी बायीं टांग और टखने पर पलस्तर चढ़ा था।

मैं मानकर चल रहा था कि वहाँ सिर्फ हम दोनों ही होंगे, लेकिन अभी हमने हाल-चाल ही पूछा था कि उसने मेरे कन्धे के पीछे की तरफ इशारा किया। 'देखो दीनो, तुम्हारा दोस्त भी यहाँ है।'

मैं मुड़ा तो रफ़ी कुर्सी पर बैठा मुस्करा रहा था।

चीनता ने कहा, 'आज सुबह मुझे नर्स ने बताया कि एक नौजवान बंगाली मेरे बारे में पूछने आया था। मैंने उसे कहा कि उस लड़के को यहाँ भेज दे और हम तब से बातें कर रहे हैं। रफ़ी काफी अच्छी इतालवी जानता है, उम्मीद से कहीं ज़्यादा।'

उसने रुककर अपने खुले सफेद बालों में हाथ फेरा।

'और मुझे पता लगा है दीनो कि तुम बहुत व्यस्त थे। रफ़ी कह रहा था कि तुम जलयात्रा पर जाने वाले हो।'

'मैं तो उसे कोई जलयात्रा नहीं कहूँगा।'

'मेरा दिल टूट गया, दीनो—तुमने रफ़ी या मुझे ले जाने की क्यों नहीं सोची?'

'ज़ाहिर-सी बात है, चीनता,' मैंने कहा। 'तुम अस्पताल में हो, पैर पर पलस्तर चढ़ा है। कैसे आ सकती हो? और आना भी क्यों चाहोगी?'

'मुझे लगता है तुम अच्छी तरह जानते हो रफ़ी क्यों जाना चाहेगा, दीनो। आख़िरकार उसका दोस्त उस शरणार्थी नाव पर है। जहाँ तक मेरा सवाल है, मेरा कारण अलग है।'

'अच्छा? क्या कारण है?'

'मुझे सन्देश मिला है।'

'कैसा सन्देश? कहाँ से?'

चीनता ने नाटकीय ढंग से हाथ हिलाये। 'बन्दूक़ी सौदागर की कहानी से। तुम्हें जानकर अच्छा लगेगा कि रफ़ी और मैंने उस दन्तकथा की आख़री चित्र पहेली सुलझा ली है।'

'कौन-सी चित्र पहेली?'

'जो अन्त में आती है, जब सौदागर वेनिस छोड़कर जाता है और समुद्री डाकू उसे बन्दी बना लेते हैं। तुम्हें याद है न वह उसे ग़ुलाम के तौर पर बेचने के लिए एक द्वीप पर ले जा रहे थे? लेकिन रास्ते में चमत्कार हो जाता है और समुद्र और आसमान के जीव उसे छुड़ा लेते हैं?'

'हाँ, मुझे याद है।'

'और तुम्हें उस द्वीप का नाम याद है जहाँ डाकू उसे ले जा रहे थे?'

'बिल्कुल,' मैंने कहा। 'उसका नाम था "बेड़ियों का द्वीप"।'

'बंगाली में बोलो।'

'शिकोल-द्वीप।'

'अरे यही तो! यही तो हल है—शिकोल!'

'क्या मतलब?' मैं हैरान था। 'यह कैसे हल हो सकता है?'

'क्योंकि,' चीनता ने कहा। 'सिसिली का अरबी नाम "सिकिलिया" है—और मुझे लगता है शिकोल से उसका मेल खाना महज़ संयोग नहीं है। कथा ज़बानी आगे बढ़ती गई तो शब्द का रूप बिगड़ गया होगा। ख़ैर, जो भी हो, सौदागर सिसिली जा रहा था जब करिश्मा हुआ। और जैसा कि तुम जानते हो वो शरणार्थियों से भरी नाव भी सिसिली ही जा रही है।'

मैं उसे अवाक् देख रहा था। 'एक मिनट, मुझे यह ठीक से समझने दो,' मैंने कहा। 'तुम हमारे साथ आना चाहती हो क्योंकि तुम्हें लगता है कि कहानी का सीन वहाँ दोहराया जायेगा?'

चीनता हँसी।

'हो सकता है कुछ हो जाये, हो सकता है कि नहीं हो। जो भी हो, एक बात जान लो कि मैं यह मौक़ा गंवाने वाली नहीं! ख़ासकर अब, जब मुझे पता है कि तुम जा रहे हो।'

'लेकिन चीनता,' मैंने विरोध करने की कोशिश की। 'नाव मैंने किराये पर नहीं ली है। मेरे हाथ में कुछ नहीं है।'

'वो मैं अच्छी तरह जानती हूँ, डियर। रफ़ी की मदद से मैंने श्रीमती लुबना आलम से पहले ही बात कर ली है। उन्होंने कहा कि उन्हें ख़ुशी होगी अगर हम साथ आयें।'

चीनता ने मेरी तरफ शरारती मुस्कान दी। 'हाँ, ये हो सकता है कि मेरे अच्छा ख़ासा चन्दा देने की वजह से कुछ फर्क पड़ा हो।'

'ऐसा लगता है चीनता कि तुमने सब सोच लिया है,' मैंने हार मानते हुए कहा।

उसने सिर हिलाया। 'हाँ, डियर। सब इन्तज़ाम हो चुका है। मैं और रफ़ी तुम्हारे साथ आ रहे हैं।'

मैंने रफ़ी को घूरा। 'यह तुम्हारा काम है?'

'नहीं।' उसने सिर हिलाया, लेकिन ज़ाहिर था कि वह अपने आप से ख़ुश था—और सच कहूँ तो मैं भी थोड़ा प्रभावित था उसकी चतुराई से, जिस तरह उसने मुझे मात दी थी। लेकिन तब भी मैंने चीनता को रोकने के लिए बेमन से एक प्रयास और किया।

'बाहर देखो चीनता—तुमने देखा आज मौसम कैसा है? यहाँ आते समय ओले पड़ने लगे थे, मैं उसमें फँस गया था। ऐसे में व्हीलचेयर में बाहर जाना ठीक नहीं होगा। और तुम्हें एयरपोर्ट कैसे ले जायेंगे?'

चीनता ने मेरा हाथ फिर थपथपाया। 'तुम चिन्ता मत करो, डियर,' उसने कहा। 'तुम बहुत चिन्ता करते हो। इतनी नहीं करनी चाहिए—सब इन्तज़ाम हो गया है। मेरे दोस्त—अस्पताल के डायरेक्टर—ने एयरपोर्ट जाने के लिए ख़ास वॉटर टैक्सी का इन्तज़ाम किया है जिसमें व्हीलचेयर जा सकती है। और जो मिनी बस जीज़ा ने मार्गेरा जाने के लिए किराये पर ली है, उसमें भी इन्तज़ाम है। शान्त रहो—हम सब आराम से जायेंगे, ख़ासकर मैं।'

लैगून को चीरती तेज़ हवाओं और अजीब मौसम की वजह से अस्पताल से एयरपोर्ट जाने में उम्मीद से ज़्यादा समय लगा। वॉटर टैक्सी के ड्राइवर ने बताया कि उसे सावधानी से चलने के लिए कहा गया था; उस दिन सुबह पानी और सड़क दोनों ही जगहों पर कई दुर्घटनाएँ घट चुकी थीं।

क़िस्मत से कोई फ्लाइट रद्द नहीं हुई थी और जब तक हम एयरपोर्ट पहुँचे बाक़ी कुछ लोग—लुबना, पलाश और पिया—पहले ही मिनी बस में बैठ चुके थे। जीज़ा और उसके सहयोगी डिक्की में अपने उपकरणों के साथ-साथ

स्लीपिंग बैग, पानी की बोतलों के कई कार्टन और तरह-तरह का राशन रख रहे थे।

साफ दिख रहा था कि जीज़ा ने कमान संभाल ली थी। मुझे अहसास हुआ कि अपने ढंग से, अपने सुनहरे बाल, मोटे गुलाबी चश्मे और तेज़ ज़बान के चलते वह काफी रौबदार थी। उसने फटाफट और कुशलतापूर्वक देखा कि चीनता की व्हील चेयर ठीक से बँधी है और रफ़ी के पास वाली सीट पर कुछ स्लीपिंग बैग रखवा दिए ताकि वह अपना पलस्तर वाला हाथ टिका सके।

बस में चढ़ने का इन्तज़ार करते समय मैं थोड़ा नर्वस था। पिया को मिले बहुत समय हो गया था और समझ नहीं आ रहा था कि मुलाक़ात कैसी रहेगी। लेकिन जब मैं बस में घुसा तो उसने अपने बगल में मेरे लिए सीट रखी हुई थी। मेरी धड़कनें तेज़ हुईं, लेकिन उम्मीदों पर पानी फिर गया जब उसने साधारण ढंग से कहा, 'हैलो।'

'हैलो!'

मैंने देखा कि उसके चेहरे पर चिन्ता के वही भाव थे जो लुसिबाड़ी के अस्पताल में थे। 'तुम लोग काफी देर से इन्तज़ार कर रहे हो?'

'क़रीब आधा घंटा,' उसने कहा। 'नाव तो नहीं छूट जायेगी, न?'

'नहीं, बिल्कुल नहीं,' मैंने कहा। 'अभी तो सिर्फ 1:00 बजा है और जहाज़ 3:00 बजे निकलेगा। मेरे हिसाब से यहाँ से मार्गेरा का रास्ता सिर्फ बीस मिनट का है, हाईवे से।'

और तभी ड्राइवर ने कहा कि सुबह की तेज़ हवाओं की वजह से हाईवे पर एक्सीडेंट हो गया था इसलिए हम दूसरे रास्ते से जायेंगे। उसने कहा, चिन्ता की कोई बात नहीं थी क्योंकि तब भी हम मार्गेरा समय से पहले पहुँच जायेंगे—एक घंटे से ज़्यादा नहीं लगेगा।

एयरपोर्ट से निकलने के चन्द मिनटों बाद ही हम आँधी में फँस गये। कहीं-कहीं तो बारिश इतनी तेज़ थी कि बस रेंग रही थी। बस की खिड़की से सड़क का किनारा तक मुश्किल से दिखाई दे रहा था। जब बारिश धीमी हो गई तब भी आसमान में अजीब-सा कोलाहल था, स्लेटी रंग पर काले बादल छाये हुए थे।

फिर अचानक बारिश बन्द हो गई पर उसी समय बादल और घने हो गये।

हम घुमावदार सड़क पर थे, और सड़क के दोनों तरफ हरे-भरे खेत थे। पिया खिड़की पर बैठी बाहर देख रही थी। एकाएक उसने मेरी बाँह पकड़ी और कहा, 'देखो! उधर आसमान में देखो!'

मैंने ऊपर देखा तो एक काला बादल नज़र आया, हाँफता, काँपता, मानो बच्चा पैदा करने वाला हो। अचानक वो दो हिस्सों में टूट गया, जैसे अंडे का

छिलका टूटता है और उसमें से एक पतली स्लेटी रंग की धारा निकली और ज़मीन की तरफ बढ़ने लगी। जैसे-जैसे वो नीचे आ रही थी वो चाबुक की तरह लहरा रही थी।

'हे भगवान!' पिया ने कहा। 'ये तो टोर्नेडो (बवंडर) है!'

उसकी आवाज़ के डर से मैं चौंक गया क्योंकि मैंने कभी नहीं सोचा था कि वह इतनी जल्दी डर जायेगी। लेकिन उसने और भी अनपेक्षित चीज़ की—मेरा कॉलर पकड़कर उसने मेरे सीने में अपना चेहरा छुपा लिया। बिना सोचे मैंने उसे अपनी बाँहों में घेर लिया और पास खींच लिया।

मिनी बस की हर आँख खिड़की के बाहर बायीं तरफ देख रही थी जहाँ बाजरे के खेत पर घुमावदार सर्पनुमा आकृति नाच रही थी। कुछ क्षण के लिए आकृति का मुँह, ज़मीन से थोड़ा ऊपर रहा, फिर वह ज़मीन को छूने ही वाली थी कि उसने अन्तिम क्षण में मुँह ऊपर खींच लिया; तीन-चार बार ऐसा ही हुआ और फिर अचानक ज़मीन से जा मिली।

क्षण भर में खेत के ऊपर, हवा में फव्वारे की शक्ल में चीज़ें उठीं और साथ ही तेज़ दौड़ती ट्रैन के जैसी गरजती आवाज़ के साथ टहनियाँ, बाड़, खम्भे, डालियाँ, घास, मिट्टी और धूल हवा में चक्कर खाने लगे और आसमान में ऊपर उठने लगे और बवंडर हमारी तरफ बढ़ने लगा।

मुझे थोड़ा अहसास था कि बस रुक गई थी और मेरे आसपास चीख पुकार मची हुई थी; मुझे यह भी अहसास था कि पिया के नाखून मेरी पीठ में गढ़ रहे थे और उसके दांत मेरी जैकेट में। अब मैं भी डर गया था; मुझमें बाहर देखने की हिम्मत नहीं थी, मैंने पिया की गर्दन में अपना चेहरा छुपा लिया। मेरे मन में एक ही ख्याल था: 'अगर हम मरने वाले हैं, तो फिर जल्दी हो जाये।'

बाहर आवाज़ इतनी तेज़ हो गई मानो कान के पर्दे ही फट जायेंगे; बस हिलने लगी और खिड़कियाँ खड़खड़ाने लगीं। अचानक एक धमाका-सा हुआ, तेज़ आवाज़ सुनाई दी और अगले पल धरती हिली जैसे कोई भारी-भरकम चीज़ गिरी हो।

मैंने ऊपर देखा तो पाया कि बवंडर हमें छोड़कर बस बीस क़दम की दूरी पर एक पेड़ उखाड़कर निकल गया था।

शोर ख़त्म हो गया और उसकी जगह एक डरावने, खौफनाक सन्नाटे ने ले ली। हमें अहसास था कि तूफ़ान धरती से दूर वापस आसमान की तरफ चला गया था। पर हवा में इस कदर धूल, मिट्टी और पत्ते भरे थे कि लग रहा था जैसे रात हो गई हो। जब ड्राइवर ने हेडलाइट जलाईं तो हमने देखा कि आगे की सड़क पेड़ गिरने से बन्द थी। पेड़ की डालें ऐसे हिल रही थीं मानो आख़री साँसें ले रही हों।

हेडलाइट की रोशनी में मैंने पेड़ के तने के उस पार कुछ हिलते देखा। एक धुँधली-सी आकृति उस धुंध में से किसी अलौकिक परछाईं की तरह प्रकट हुई थी। अगले पल वह आकृति पेड़ के तने के ऊपर से कूदकर हमारी तरफ आने लगी।

वह आकृति दरअसल एक आदमी था; उसने पीले रंग का ढीला चोगा पहना हुआ था और सिर पर गेरुए रंग की पगड़ी थी; उसका रंग सांवला था और कायदे से कटी हुई सफेद दाढ़ी थी।

वह बिना हिचकिचाये ड्राइवर की खिड़की की तरफ गया और शीशे पर खटखटाया; उसे पता था वह क्या कर रहा है। ड्राइवर चौंक गया और उसने घबराते हुए खिड़की खोली।

उस आदमी ने कोई सवाल नहीं पूछा बस सड़क की तरफ इशारा किया। 'उस तरफ दूसरी सड़क है,' उसने कहा। 'दो किलोमीटर आगे, तुम्हारे दायीं ओर पड़ेगी। अगर उस पर सीधे जाओगे तो मार्गेरा पहुँच जाओगे।'

इसके आगे बिना कुछ कहे वो अजनबी मुड़ा और वहाँ से चला गया।

'शुक्रिया!' ड्राइवर ने कहा। 'बहुत-बहुत शुक्रिया!' कोई जवाब नहीं आया।

बगल की सीट पर मैंने रफ़ी को बुदबुदाते हुए सुना, 'वही है—बन्दूक़ी सौदागर। वही है।'

मैं इतना परेशान था कि मैं ज़ोर से बोल पड़ा, 'बकवास, रफ़ी! एक अफ़्रीकी आदमी है, प्रवासी; जेलाबा पहने।'

हम दोनों एक-दूसरे को घूर रहे थे कि ड्राइवर ने कहा, 'यहाँ बहुत सारे मोरोकन रहते हैं; खेतों में काम करते हैं।'

मैंने राहत की साँस ली।

'देखा,' मैंने रफ़ी से कहा। 'मैंने कहा था न?'

लेकिन तभी व्हीलचेयर से चुपचाप हमें देख रही चीनता ने आगे झुककर रफ़ी का हाथ थपथपाया। 'मुझे तुम्हारी बात पर यकीन है, रफ़ी। मैं मानती हूँ कि कोई हमारी रक्षा कर रहा है।'

लुकानिया

चमकीले हरे रंग के पेंदे और सफेद अटारी वाला *लुकानिया* एक मज़बूत और कामकाजी जहाज़ था। 1970 के दशक में जर्मनी में बना यह जहाज़ तीस साल तक तटरक्षक नौसेना में रहने के बाद जिब्राल्टर में स्थित एक अधिकृत कंपनी को बेच दिया गया था। पिछले कुछ सालों में दो बार उसे राहत नौका के तौर पर इस्तेमाल करने के लिए किराये पर लिया गया था।

मार्गेरा में, विशाल क्रूज़ जहाज़ों के बीच *लुकानिया* बहुत छोटा लग रहा था। लेकिन यह महज़ एक भ्रम था क्योंकि यह बूढ़ा तटरक्षक जहाज़ किसी मायने में छोटा नहीं था। जहाज़ के अग्र भाग से लेकर पृष्ठ भाग तक यह क़रीब 250 फुट लम्बा था और इसमें कई सौ आदमी समा सकते थे। चूँकि हम लोगों की संख्या कम थी इसलिए किसी तरह भी जगह की कमी नहीं थी।

जीज़ा की तर्क शक्ति की वजह से चीनता को मुख्य डेक पर एक आरामदेह केबिन मिल गया था। बाक़ी सबके लिए नीचे, बिना फर्नीचर वाले, बड़े, निऑन बत्तियों वाले, गूँजते कम्पार्टमेंटों में इन्तज़ाम था।

हम लोग अपना सामान लगा ही रहे थे कि क्लाक्सोन की आवाज़ से हम सब लोग डेक पर आ गये। मार्गेरा की निर्माणाधीन इमारतें और क्रेन पीछे छूटते जा रहे थे। जैसे-जैसे बन्दरगाह पीछे छूटता जा रहा था, भूदृश्य साफ होता गया—झुकते आसमान के नीचे पसरा समुद्र के कोल का समतल मैदान।

अचानक कोई चिल्लाया, 'देखो! देखो!' और हम सबने मुड़कर उत्तर की दिशा में देखा जहाँ मीलों दूर आसमान से धरती पर गिरती हुई एक सर्पनुमा

आकृति नज़र आ रही थी। ऐसा लगा कि धरती पर वह कई बार उछली और फिर आसमान में गायब हो गई जैसे किसी ने लट्टू को रस्सी से वापस खींच लिया हो।

अभी यह गायब ही हुआ था कि एक और चीख सुनाई दी। इस बार हमने पूर्व की ओर देखा जहाँ एक और बवंडर दिखाई दिया। यह वेनिस के लैगून पर उतरा और पानी के घूमते फव्वारे को ऊपर खींचा, कुछ पलों के लिए ऐसा प्रतीत हुआ मानो हवा में हीरे का कोई स्तम्भ खड़ा हो। पर कुछ ही पलों में यह भी गायब हो गया, लेकिन अब कप्तान ने ख़तरे की घंटी बजाई और डेक खाली करने का आदेश दिया।

हम सब चीनता के केबिन में इकट्ठा हो गये। वहाँ तीन तरफ खिड़कियाँ थीं और बाहर का नज़ारा अच्छा दिख रहा था। चीनता ने अपनी व्हीलचेयर को पोत की ओर खुली खिड़की की तरफ खड़ा करवाया और रफ़ी और मुझे इशारा करके अपने पास बुलाया।

'वो द्वीप देख रहे हो?' उसने हमारे सामने से गुज़रते ज़मीन के एक टुकड़े की तरफ इशारा करते हुए पूछा। 'वो आल्गा में सान जोर्जो है; वहाँ हज़ार सालों से एक मठ है। बन्दूक़ी सौदागर भी हमारी तरह उसके सामने से गुज़रा होगा। और उधर, वो द्वीप? वो सान क्लेमेंते है; सौदागर के समय भी ऐसा ही रहा होगा जैसा आज है। और उधर लाज़ारितो वेचिओ है, जहाँ महामारी से संक्रमित लोगों को भेजा जाता था। वहाँ सामूहिक क़ब्रों में कई हज़ार कंकाल मिले हैं; यह द्वीप सदियों से नहीं बदला है। जो तुम देख रहे हो, बन्दूक़ी सौदागर ने भी वही देखा होगा...'

इस दौरान काला, व्यथित आकाश गहरी साँसें भर रहा था, ख़ुद को मथ रहा था और रह-रहकर हवा के चक्रवात बाहर फेंक रहा था, जो कभी धरती पर या पानी में आ गिरते और कुछ नीचे तक नहीं पहुँचते। ऐसा नज़ारा मैंने पहले कभी नहीं देखा था; पूरा नज़ारा पृथ्वी पर इंसानी अनुभूतियों से परे *निरोतोमाक़िया पॉलिफिलि* जैसी किसी अलौकिक कथा के पन्नों का हिस्सा हो।

जल्दी ही हमें पता लगा कि यह अजीबोग़रीब मौसम स्थानीय घटना नहीं थी, बल्कि इटली के दूसरे हिस्सों में भी कमोवेश वैसा ही हो रहा था। उत्तर के कुछ शहरों में तेज़ बारिश और ओलावृष्टि हुई थी; देश के कई हिस्सों में तूफ़ानी हवाओं का प्रकोप रहा था; सुद तिरोल के पहाड़ों में पूरे के पूरे जंगल साफ हो गये थे; दूसरी जगहों पर भी पेड़ गिर गये थे, मकानों को नुकसान पहुँचा था और सड़कें बन्द हो गई थीं।

जीज़ा के सहयोगियों में से एक ने चीनता के कमरे में मॉनिटर लगा दिया ताकि हम लाइव वीडियो देख सकें—तहस-नहस जंगलों के; ओलों से बचने की कोशिश करते लोगों के; शहर की सड़कों पर पानी में तैरती कारों के। फिर

हमने रोम के अनोखे दृश्य देखे जहाँ चीढ़ के विशाल वृक्ष जड़ से उखड़कर गिरे पड़े थे।

वीडियो चल ही रहा था कि जीज़ा के मुँह से चीख निकली। 'यह तो त्रास्तेवेरे है—जहाँ मैं रहती हूँ!' उसने फोन निकाला और केबिन से बाहर भागी।

उसको गये इतनी देर हो गई थी कि चीनता परेशान हो उठी। उसने मुझसे कहा, 'क्या तुम जाकर देखोगे जीज़ा कहाँ है? सब ठीक हो उसके घर पर।'

लुकानिया अब खुले पानी में था और आश्चर्य की बात यह थी कि बाकि इलाकों से अलग हमारे रास्ते में मौसम अच्छा था। बदल छंट गये थे और डूबता सूरज आकाश में लाल रंग बिखेर रहा था।

मौसम साफ होने से हमारे साथ के बहुत से यात्री डेक पर वापस आ गये थे। इसकी वजह से जीज़ा को डेक पर ढूँढ़ने में ढेरों चेहरों पर नज़र डालनी पड़ी। जब मैंने उसे देखा तो वह *लुकानिया* की एक लाइफबोट के पीछे छुपी हुई थी। वह सदमे में लग रही थी और जड़वत अपने फोन को घूरे जा रही थी।

'जीज़ा?' मैंने कहा। 'क्या हुआ?'

वह मुझे स्तब्ध देख रही थी, अपने मोटे चश्मे के पीछे पलकें झपकाती हुई। 'कुछ नहीं, बस अभी थोड़ी राहत महसूस कर रही हूँ।'

उसने बताया कि अपनी पार्टनर इम्मा से सम्पर्क करने में उसे बहुत दिक्कत हुई क्योंकि उसने पन्द्रह से बीस मिनट तक फोन नहीं उठाया था। इस बीच जीज़ा ने एक पड़ोसी से बात की जिसने बताया कि हवा से उनकी गली में एक पेड़ उखड़कर उनकी बिल्डिंग पर गिरा था। इससे वह बहुत घबरा गई थी; वह चिन्ता से पागल हो रही थी जब इम्मा का फोन आया। उसने जीज़ा को बताया कि वाक़ई उनके अपार्टमेंट पर एक पेड़ गिर गया था जिससे कई खिड़कियाँ टूट गई थीं। उस समय उनकी बेटी अपने कमरे में थी और उसकी खिड़की भी टूट गई थी। सब तरफ काँच बिखर गया था। उसे चोट नहीं लगी थी; उनमें से किसी को भी चोट नहीं लगी थी, लेकिन सब सदमे में थे। अपना अपार्टमेंट छोड़कर वे कुछ दोस्तों के घर चले गये; वे रात वहीं गुज़ारने की सोच रहे थे।

जीज़ा ने आँखों पर हाथ फेरा और मुस्कराने की कोशिश की।

'सोच सकते हो? रोम में—मतलब, रोम जैसे शहर में मेरा परिवार शरणार्थी बन गया है।'

शाम को एक कैमरामैन ने वाइन खोली और लुबना और पलाश ने पनीनी सैंडविच परोसे। तब मैंने ध्यान दिया कि पिया हम सबके साथ चीनता के केबिन में नहीं थी।

मुझे बहुत आश्चर्य नहीं हुआ क्योंकि जहाज़ पर आने के समय से ही पिया बहुत चुप थी; मुझे लग रहा था की बवंडर के समय अपने बर्ताव से वह शर्मिन्दा थी।

मैंने डेक का चक्कर काटा और पिया को जहाज़ के आगे वाले हिस्से पर खड़े पाया, चाँद की रोशनी में समुद्र को देखते हुए। मेरी आहट से वह चौंक गई और मैं वहीं ठहर गया।

'माफ़ करना,' मैंने कहा। 'मैं परेशान तो नहीं कर रहा?'

'नहीं, नहीं!'

उसने बढ़कर मेरी बाज़ू पर हाथ रखा। 'दरअसल अच्छा हुआ कि आप यहाँ आ गये। मैं वहाँ बस में अपने बर्ताव के लिए माफ़ी माँगना चाहती थी। आपको लगा होगा मैं कितनी बेवक़ूफ़ हूँ।'

'अरे, बिल्कुल भी नहीं,' मैंने कहा। 'मैं भी डर गया था।'

मुझे साफ दिख रहा था कि उसके अन्दर कोई कश्मकश चल रही थी। बहुत मुश्किल से वह आगे बोल पायी।

'मैं जल्दी से डरती नहीं हूँ,' उसने कहा। 'लेकिन एक बार तूफ़ान में मेरा अनुभव बहुत बुरा था। वह चक्रवात था, बवंडर नहीं...मैंने सोचा था कि मैंने अपने डर पर काबू पा लिया है, लेकिन शायद नहीं। शायद मैं इससे कभी नहीं निकल पाऊँगी।'

'वही तूफ़ान जिसमें टीपू के पिता की मौत हुई थी?'

उसने सिर हिलाकर हामी भरी। 'हाँ। उस दिन मैं भी मर जाती अगर वो न होते। उनका नाम फक़ीर था। उन्होंने मेरी रक्षा की, मेरे लिए अपनी जान दी। मुझे यकीन है कि टीपू यह जानता है और शायद इसलिए हमारा रिश्ता इतना जटिल है। टीपू अपने पिता के बहुत क़रीब था। शायद दिल में वह मुझे अपने पिता की मौत के लिए ज़िम्मेदार मानता है।'

'पिया, तुमने टीपू और मोयना के लिए बहुत किया है; जितना कर सकती थीं, उतना,' मैंने कहा।

'मैंने कोशिश की है,' पिया ने कहा। 'लेकिन मुझे लगता है कि कहीं न कहीं मैंने उनकी मुश्किलें बढ़ा दी हैं। मैं जो भी करूँ, कोई फायदा नहीं होता। जैसे टीपू को अमेरिका ले जाना—मुझे मालूम होना चाहिए था कि उसका अंजाम अच्छा नहीं होगा। मुझमें माँ वाले गुण नहीं हैं। लेकिन उसका इतना मन था वहाँ जाने का कि मैं मना नहीं कर पायी।'

हमेशा गम्भीर पिया को इस तरह लाचार और परेशान देखना दर्दनाक था। मुझे उसे सान्त्वना में कहने को कुछ सूझ भी नहीं रहा था; वह बहुत नेक इंसान थी और खोखले शब्दों की उसे ज़रूरत नहीं थी। आख़िरकार मैंने कहा, 'मोयना

समझती है, पिया। तुमने जो कुछ किया उसके लिए किया, वह तुम्हारी आभारी है। उसने ख़ुद मुझसे कहा था।'

पिया ने हामी भरी। 'मुझे लगता है कि एक तरह से उसने मुझे माफ़ कर दिया है। लेकिन सच तो यह है कि अगर टीपू को कुछ हो गया, तो उसका तो कुछ नहीं बचेगा। और फिर सब मेरी ग़लती होगी। मेरा कुसूर होगा?'

'तुम बेकार में इतना सोच रही हो पिया,' मैंने कहा। 'हम टीपू को वापस लेने आये हैं न? तुम पहले से ही बुरा क्यों सोच रही हो?'

'आप ठीक कह रहे हैं।' उसने मुस्कराने की कोशिश की। 'शुक्रिया।'

'मुझे शुक्रिया कहने की ज़रूरत नहीं है, पिया।'

उसने एक बार फिर मेरी बाज़ू पर हाथ रखा। 'नहीं, सच में,' उसने कहा। 'शुक्रिया। पता नहीं पिछले कुछ हफ्तों में मैं आपके बिना क्या करती। जब टीपू के गायब होने के बारे में पता चला तो मुझे लगा कि मैं पागल हो जाऊँगी। मुझे बस आपका ही सहारा था।'

उसके शब्द मेरे लिए इतने अनपेक्षित थे कि मैं नि:शब्द रह गया।

जब हम जहाज़ पर आये थे तो हमें बताया गया था कि शरणार्थी राहत नौका पर आम तौर पर औरतों और आदमियों को सोने के लिए अलग-अलग कमरे दिए जाते हैं (सिर्फ परिवारों के लिए यह लागू नहीं था)। *लुकानिया* पर भी यही हिसाब था और जहाज़ के दाहिनी तरफ के कम्पार्टमेंट औरतों के लिए थे और बायीं तरफ आदमियों के लिए।

जब सोने का समय हुआ तो मैं अपना स्लीपिंग बैग लगाने की जगह ढूँढ़ता हुआ थोड़ी देर भटकता रहा। जल्दी ही मुझे एक छोटा-सा कक्ष मिल गया जिसका इस्तेमाल पिछले राहत कार्यों से बचे हुए सामान रखने के लिए हो रहा था। दान में मिले कपड़े और कम्बल असहाय खिलौनों के साथ पड़े थे।

कपड़ों और खिलौनों का ढेर बनाकर मैंने अपने लिए एक घोंसला बना लिया और अपने स्लीपिंग बैग में घुस गया। लोहे का डेक आरामदेह तो नहीं था और दूर से आती रोशनी का कुछ नहीं किया जा सकता था। लेकिन तब भी मैं जल्दी ही सो गया और मैंने सपना देखा कि मैं एक बवंडर की आँख से धरती को देख रहा हूँ, और मेरे चारों तरफ सब हिल रहा था। उस घुमावदार धुंध में मैंने उस आदमी को देखा जो तूफ़ान के बाद हमारे पास आया था, चोगा और पगड़ी पहने।

उसकी नज़र इतनी पैनी थी कि मैं अचकचा कर उठ गया और मैंने पाया कि तीन जोड़ी आँखें मुझे घूर रही थीं। वे बच्चों के खिलौने थे, दो जानवर और एक गुड़िया। वे कपड़ों के ढेर पर बैठे मुझे देख रहे थे।

मैं घबराकर उठ बैठा; क्या ये खिलौने मैंने वहाँ रखे थे? या फिर जब मैं सो रहा था तब कोई आया और उन्हें वहाँ रख गया? लेकिन ऐसा होता तो लोहे पर क़दमों की आहट से मेरी नींद ज़रूर टूटती।

मैं इतना बेचैन हो गया था कि सोना नामुमकिन था। मैंने जैकेट पहनी और सीढ़ियाँ चढ़कर ऊपर डेक पर चला गया।

रात की हवा ठंडी थी। मैंने गहरी साँस ली और जहाज़ के अग्रभाग की तरफ मुड़ा। वहाँ चाँद की रोशनी में चीनता का सिर और कन्धे देखकर मुझे आश्चर्य हुआ। वह व्हीलचेयर में बैठी थी और जीज़ा से बात कर रही थी।

वे बातों में लीन थीं। मैंने उन्हें अकेला छोड़ देना ही ठीक समझा। लेकिन मैं जैसे ही मुड़ा, जीज़ा की नज़र मुझ पर पड़ गई। उसने हाथ से इशारा करके मुझे बुलाया।

'मुझे लगता है, तुम भी सो नहीं पाये?' चीनता ने कहा।

'हाँ।'

चीनता पर चाँद की रोशनी चमचमा रही थी। मैंने देखा कि वह कहीं गुम थी।

'जीज़ा मुझे बता रही थी कि आज जब वह रोम में इम्मा को फोन करने की कोशिश कर रही थी तो कुछ घटा था...'

उन परेशानी भरे बीस मिनटों में, जब जीज़ा अपनी साथी से बात नहीं कर पा रही थी, उसने एक आवाज़ सुनी, एक लड़की की आवाज़, जिसने कहा, 'शान्त रहो ऐला—परेशान मत हो; वह ठीक हैं—तुम्हारे बच्चे। उनको कुछ नहीं हुआ है...'

जीज़ा ने सब तरफ देखा, लेकिन वहाँ कोई नहीं था।

'अजीब बात तो यह है,' जीज़ा ने कहा, 'कि एक ही इंसान मुझे ऐला बुलाता था। और वो थी चीनता की बेटी, लूचीआ। वो प्यार से मुझे ऐला बुलाती थी।'

चीनता मुस्कराई और सिर झटका; उसके बाल हवा में उड़ रहे थे।

'लूचीआ यहीं है,' उसने पूरे विश्वास के साथ कहा। 'मैं उसकी उपस्थिति को महसूस कर सकती हूँ।'

झलक

सब लोग हैरान थे। अगले दिन मौसम कुछ ज़्यादा ही अच्छा था।

मैं डेक पर था जब मैंने पिया को ऊपर आते देखा। उसका चेहरा एक बड़ी-सी कैनवास की टोपी से ढंका हुआ था। उसके गले में दूरबीन थी और कन्धे पर बैकपैक। लग रहा था वह काम पर जा रही है।

'अरे ये क्या? तुम वाक़ई में यहाँ डॉल्फिन ढूँढ़ने की कोशिश कर रही हो?'

'हाँ, देख ही लूँ,' पिया ने कन्धे उचकाते हुए कहा। 'नहीं तो टीपू की चिन्ता करती रहूँगी और पागल हो जाऊँगी।'

'लेकिन तुम्हें लगता है कि यहाँ डॉल्फिन दिखेंगी?' मैंने पूछा।

'क्यों नहीं?' उसने जवाब दिया। 'मेडिटरेनीयन में काफी व्हेल जैसी मछलियाँ हैं। और इस मौसम में बहुत-सी प्रवासन करती हैं।'

उसने अपना बैग अपने पैरों के पास रखा और जहाज़ के अग्रभाग पर खड़े होकर उसने दूरबीन को आँखों पर लगा क्षितिज की ओर देखना शुरू कर दिया।

लेकिन, पिया से पहले रफ़ी ने पहली झलक देखी। '*ओइजे,*' उसने अचानक कहा, 'वहाँ देखो, पिया दीदी। मुझे कुछ दिख रहा है।'

पिया की भौंहें चढ़ीं और उसने दूरबीन उस तरफ केन्द्रित की जिस तरफ रफ़ी इशारा कर रहा था। और कुछ ही पल बाद काफी हिचकिचाते हुए बोली, 'अरे वाह रफ़ी! *तोमार चोख ख़ूब भालो तो!* तुम्हारी नज़र तो बहुत तेज़ है!'

'क्या दिख रहा है?' मैंने पूछा।

'व्हेल जैसी मछलियों का समूह तो है आगे। लेकिन मैं कह नहीं सकती कि किस प्रजाति की हैं। अभी पहचानना मुश्किल है। मुझे तो विश्वास नहीं होता कि रफ़ी ने उन्हें बिना दूरबीन के देख लिया।'

उसने दूरबीन मुझे पकड़ाई, 'आप देखेंगे?'

मैंने अपना चश्मा ऊपर किया और आँखें सिकोड़ीं, लेकिन कोई फायदा नहीं हुआ: मुझे तो सब धुँधला दिख रहा था।

'जल्दी दिख जायेंगी,' पिया ने कहा। 'उसी दिशा में जा रही हैं जिसमें हम। जल्दी ही हम लोग एक-दूसरे के बगल में होंगे।'

उसने अपनी दूरबीन आगे समुद्र पर केन्द्रित की और थोड़ी देर में मुझे भी एक सफेद लहर दिखाई दी जहाँ गहरे रंग के घुमाव पानी की सतह पर उठ रहे थे।

'मेरे ख्याल से लॉन्ग-फ़िन्ड पायलट व्हेल हैं,' पिया ने उत्सुकता से कहा। 'पांच या छह हैं शायद। कभी-कभी सुन्दरबन में दिखती हैं, ख़ासकर तट के किनारे। अब तो नदी में ऊपर न के बराबर जाती हैं, हालाँकि उन्नीसवीं शताब्दी में कलकत्ता में भी दिख जाती थीं!'

वह रफ़ी की तरफ मुड़ी। 'तुमने इस तरह की व्हेल पहले देखी है? जिसके सिर के आगे ऐसा फूला हुआ गुब्बारा हो?'

उसने सिर हिलाकर कहा, 'हाँ, एक या दो बार।'

पिया ने अपने बैग से एक और दूरबीन निकाली और रफ़ी को दी। 'क्या एक हाथ से इसका इस्तेमाल कर पाओगे?'

'हाँ।'

'मेरे साथ देखोगे फिर?'

रफ़ी ने सिर हिलाकर हामी भरी और दूरबीन को तुरन्त आँखों पर लगा लिया। कुछ ही पलों में उसे एक और झलक मिल गई। 'वहाँ! वहाँ!'

पिया उस दिशा में मुड़ी जहाँ वह इशारा कर रहा था और दूरबीन को उस दिशा में फोकस किया। 'अरे!' उसने एक मिनट बाद कहा। 'यह तो शायद रिस्सो डॉल्फिन हैं!'

उसने रफ़ी की पीठ थपथपाई। 'गुड जॉब!'

थोड़ी देर में चीनता भी वहाँ आ गई। उसने कुछ देर पिया को देखा, फिर मेरी बाज़ू खींचकर झुकने को कहा ताकि मेरा कान उसके मुँह के पास हो।

'स्मार्ट गर्ल,' वह फुसफुसाई। 'यह लड़की तेज़ है।'

'वो तो है,' मैंने कहा।

उसने मेरा चेहरा पढ़ने की कोशिश की। 'तुम्हें पसन्द है, है न?'

मैंने सिर हिलाकर हामी भरी।

'तो? कुछ कर रहे हो इस बारे में?'

मैं हँस दिया। 'मुझे तो नहीं लगता कि उसे मुझमें कोई दिलचस्पी है।'

'बच्चों जैसी बातें मत करो, डियर,' चीनता ने कहा। 'यह दिल हथेली पर लेकर चलने वालों में से नहीं है। लेकिन मुझे लगता है कि यह तुम्हारे लिए अपने दिल का दरवाज़ा खोलेगी, शायद एक दरार भर। जब ये ऐसा करे, तो तुम क़दम आगे बढ़ाकर घुस जाना। समझे?'

'चीनता! मुझे तो नहीं लगता कि ऐसा कुछ होने वाला है!'

'लेकिन तुम उम्मीद कर रहे हो कि ऐसा हो,' चीनता ने कहा। 'है न?'

'शायद...'

'देखा!' चीनता मुस्कराई। 'तुम्हारे सौदागर ने अभी से ही तुम्हारी ज़िन्दगी बेहतर कर दी है, है न?'

'कैसे?'

'उसकी वजह से ही तो इस लड़की से मिले थे, नहीं?'

मौसम साफ हो गया था। लोग आपस में मिलजुल रहे थे। लुबना और पलाश अपने कार्यकर्ता साथियों से मिलने चले गये और जीज़ा जहाज़ पर अन्य पत्रकारों से मिलने।

दोपहर को खाने के समय जब हम चीनता के केबिन में इकट्ठा हो रहे थे, जीज़ा नीली नाव की ताज़ा ख़बर लेकर आयी। उसे यह ख़बर एक विदेशी संवाददाता ने दी थी, मिस्र से फोन करके।

सैटेलाइट से ली गई फोटो से पता लगा था कि नीली नाव ने सीनाई में अल-अरीश नामक शहर के पास से अपनी यात्रा शुरू की थी। यह इलाका अराजकता के लिए कुख्यात था, लेकिन कुछ साहसी संवाददाता वहाँ पहुँचने में सफल रहे थे। कुछ स्थानीय लोग उन्हें शहर से तीस किलोमीटर दूर एक उजाड़ इमारत पर ले गये थे। उन्होंने बताया कि यह एक कुख्यात कनेक्शन हाउस हुआ करता था जहाँ मानव तस्करों ने बड़ी संख्या में प्रवासियों को बन्दी बनाकर रखा था। इस जगह को मानव अंग व्यापार के केन्द्र के तौर पर जाना जाता था।

कनेक्शन हाउस बहुत चालाकी से बनाया गया था। प्रवासियों की कोठरियाँ ज़मीन के नीचे तहखाने में थीं, इसलिए नज़रों से बची रहती थीं। और ऊपर बनी इमारत बहुत साधारण-सी थी। एक साधारण घर। यहाँ पर तस्करों के कमरे थे। उस जगह को देखकर कोई भी उसके कनेक्शन हाउस होने पर शक नहीं कर सकता था।

उन स्थानीय लोगों ने बताया कि क़रीब तीन हफ्ते पहले काली खिड़कियों वाली मिनीवैन में प्रवासियों का नया समूह वहाँ लाया गया था। इस समूह में कई देशों के लोग थे—इथियोपियाई, एरिट्रियाई, सोमाली, अरबी और बंगाली। इनमें एक महिला भी थी। एक लम्बी इथियोपियाई महिला।

इन लोगों के आने के कुछ दिनों बाद उस घर में नौकर का काम करने वाला एक लड़का पास के गाँव में भागता हुआ आया था। उसने एक अजीब कहानी सुनाई। रात को कनेक्शन हाउस अचानक आये तूफ़ान की चपेट में आ गया था। तूफ़ान इतना शक्तिशाली था कि मकान ढह गया था। कुछ तस्कर मर गये और कुछ बेबस और लाचार हो गये। ज़मीन का एक हिस्सा भी उड़ गया था इसलिए शरणार्थी तहखाने से निकलकर तस्करों को काबू कर सके।

इसके बाद तस्करों के फोन छीनकर और उनके लैपटॉप से हार्ड डिस्क निकालकर उन्होंने अपने पुराने बन्दी बनानेवालों को नाव तक ले जाने को मजबूर किया था—यही वो नीली नाव है। उस लड़के ने बताया कि यह सब उस इथियोपियाई महिला के निर्देशों पर हुआ था। वही इन शरणार्थियों को नाव तक ले गई थी और जब सब नाव में चढ़ गये—सौ से ज़्यादा थे—नाव रात में निकल ली थी।

इस कहानी की पड़ताल करते हुए पत्रकारों ने मौसमी डाटा की जाँच की तो यह बात सच साबित हुई कि उस दिन तट के इस हिस्से पर तूफ़ान आया था। उन्हें पता चला कि इस तरह के तूफ़ान इस इलाके में आम हो गये थे और ऐसा मौसम के पैटर्न में आ रहे बदलाव की वजह से हो रहा था।

'क्या पता क्या हुआ,' जीज़ा ने कहा। 'लेकिन जो भी हो, लगता है कि इन शरणार्थियों के पास मानव तस्करी पर बहुत जानकारी है।' सब लोग जानते हैं कि तस्करों की पहुँच दूर-दूर तक है—केवल जुर्म की दुनिया में ही नहीं, बल्कि पुलिस और यूरोप की कई सरकारों तक भी। इस मिली भगत की पोल खुल सकती है। कहा जा रहा है कि इसी कारण से बहुत-सी सरकारें नीली नाव को आने नहीं दे रही हैं। शरणार्थियों के इस समूह को ज़रूरत से ज़्यादा मालूम है।

लुबना के पास भी ख़बर थी।

'कई तरह की अफवाहें फैली हुई हैं,' उसने कहा। 'लोग कह रहे हैं कि *लुकानिया* पर कमांडो आ जायेंगे, या फिर ड्रोन से हमला होगा।'

'सच में?'

उसने संजीदगी से सिर हिलाया। 'हाँ। और लगता है कि दक्षिणपन्थी हमसे कहीं ज़्यादा होंगे: कह रहे हैं कि उन लोगों ने जहाज़ों का एक बेड़ा किराये पर

लिया है। इसमें कोई आश्चर्य की बात नहीं क्योंकि दक्षिणपन्थी पार्टियों के पास अब इतना पैसा जो है। हो सकता है वो हमारा रास्ता रोकें, या हमें टक्कर मारें।'

'तुम्हें लगता है कि वो वाक़ई ऐसा करने की कोशिश करेंगे?'

'क्या पता। वो लोग कुछ भी कर सकते हैं। अब तो सब इस पर निर्भर है कि नौसेना क्या करती है। हम तो सिर्फ यही आशा कर सकते हैं कि एडमिरल विनयोवो धैर्य से काम लें।'

चीनता के कान खड़े हो गये। 'क्या कहा?' उसने कहा। 'क्या नाम बताया तुमने एडमिरल का?'

'उनका नाम है आल्सांद्रो दी विनयोवो,' लुबना ने कहा। 'आप यह नाम पहचानती हैं?'

'बिल्कुल!' चीनता ने ख़ुशी से अपनी व्हीलचेयर को थपथपाया। सांद्रो को मैं तब से जानती हूँ जब वह बच्चा था। दि विनयोवो परिवार वेनिस के पुराने परिवारों में से है। सांद्रो के अंकल सांता मारिया दे मिराकोलि चर्च के पादरी थे। कान्नारेजो में। और सांद्रो वहाँ सालों तक वेदी सहायक था। सबको लगता था कि वह भी पादरी बनेगा, लेकिन फिर उसे प्यार हो गया तो उसने नौसेना में जाने का फैसला कर लिया। वह अच्छा इंसान है; ईमानदार...'

उसकी बात खिड़की के बाहर देख रही पिया की चीख से कट गई। 'यह तो अविश्वसनीय है! देखो, सामने फिन व्हेल हैं!'

सब लोग डेक की रेलिंग की तरफ भागे और उसी समय एक विशाल व्हेल धीमी गति से पानी से निकली और वापस जा गिरी, इतनी ज़ोर से कि कुछ देर बाद लहरें *लुकानिया* से आ टकराईं।

'आऊ!' जीज़ा ने ज़ोर से कहा। 'ये सभी उसी दिशा में जा रही हैं जिसमें हम! अजीब बात है न?'

'नहीं, उतनी अजीब नहीं है,' पिया ने कहा। 'ज़ाहिर है हमारी तरह वो सिसिली जा रही होंगी। पश्चिमी भूमध्यसागर जाने के लिए उन्हें स्ट्रेट ऑफ़ सिसिली पार करना होगा। कभी-कभी तो ये समुद्री स्तनधारियों वाला दुनिया में सबसे व्यस्त रास्ता होता है।

एक घंटे बाद पिया ने फिर आवाज़ लगाई, 'दायीं तरफ स्पर्म व्हेल है!'

हम बाहर भागे। वहाँ हवा में पानी के फव्वारे छूट रहे थे।

'अद्‌भुत!' मैंने कहा। 'आज कितनी प्रजातियाँ देखीं?'

'अभी तक चार देख चुकी हूँ,' पिया ने कहा। 'और व्हेल की भूमध्यसागर में कुल आठ ही प्रजातियाँ हैं।'

'क्या, एक साथ इतनी सारी दिखना सामान्य बात है?' मैंने पूछा।

'ये तो इसपर निर्भर है कि सामान्य से आपका क्या मतलब है,' पिया ने कहा। 'मौसम के अनुसार ये बदलता रहता है।'

लुकानिया पर यात्रा कर रहे मीडियाकर्मियों में लुबना और पलाश की बहुत माँग थी। प्रवासन के मुद्दे को लेकर उनके कई साक्षात्कार लिए गये। लेकिन लुबना के विपरीत, पलाश अपनी पहचान छुपाने में सावधानी बरत रहा था। वह बिना नाम दिए, अज्ञात रूप से अपनी बात कहता और जब एक टीवी पत्रकार ने कैमरे पर आने को कहा तो उसने साफ मना कर दिया और लुबना को आगे कर दिया।

एक पत्रकार ने तो उससे पूछ भी लिया, 'आप इतने रहस्यात्मक क्यों हो रहे हैं?'

पलाश ने टालने के लिए कह दिया, 'बस मुझे चर्चा में आना पसन्द नहीं।'

बाद में वह मुझे सफाई देने आया। 'आपको लग रहा होगा मैं कोई गुंडा या बदमाश हूँ।'

'नहीं,' मैंने कहा। 'ऐसा तो नहीं है।'

दोनों ही अटपटे ढंग से चुप हो गये और उसके बाद पलाश मुझे डेक की रेलिंग के पास ले गया।

'दरअसल बात यह है कि मेरे परिवार को ये नहीं मालूम कि मैं यहाँ क्या कर रहा हूँ,' पलाश ने कहा।

'अच्छा? लेकिन ऐसा क्यों?'

'असल में मैं इटली पढ़ने के लिए आया था। और इस वजह से मैं दूसरे बंगाली प्रवासियों से अलग हूँ। बांग्लादेश में मेरे हालात इनसे बहुत अलग थे। इनमें से ज़्यादातर लोग गाँव या छोटे शहरों से हैं जबकि मेरे पिता ढाका में एक बैंक कर्मचारी हैं। मेरा बड़ा भाई सरकारी अफसर है, काफी ऊँचे पद पर। मैंने ढाका यूनिवर्सिटी में पढ़ाई की है और मैनेजमेंट की डिग्री भी है मेरे पास। कुछ साल मैंने एक बहुराष्ट्रीय कंपनी में मैनेजर के तौर पर काम भी किया। मैं रोज़ कार में बैठकर, सूट और टाई पहनकर काम पर जाता था।'

उसने अपने कपड़ों की तरफ इशारा किया। 'शायद वहीं से मुझे कोट-पैंट पहनने की आदत पड़ गई। लेकिन पता नहीं क्यों, मेरे लिए वो काफी नहीं था। मैं बहुत छोटी उम्र से बांग्लादेश से बाहर जाना चाहता था। मेरे कुछ क़रीबी दोस्त थे और हमने बचपन में ही तय कर लिया था कि हमें फ़िनलैंड जाना है।'

'फ़िनलैंड?' मैंने हैरान होते हुए पूछा, 'फ़िनलैंड क्यों?'

वह मुस्कराया। उसकी मुस्कराहट में ख़ुद के लिए ही व्यंग था।

'काफी अजीब लगता है—फ़िनलैंड जाने की चाह! लेकिन ढाका में बहुत से नौजवानों का यही सपना है। मेरे दोस्तों और मुझे फ़िनलैंड में वो सब कुछ

नज़र आता है जो ढाका में नहीं है—शान्त, साफ, ठंडा, खाली, बिना भीड़-भाड़ वाला। और फिर हमारे सबसे पहले मोबाइल नोकिआ कंपनी के थे—फ़िनलैंड में बने, सो उस देश के लिए एक आत्मीयता थी। ख़ैर जो भी कारण हो, हम सबको फ़िनलैंड जाना था। फ़िनलैंड हमारी कल्पना, हमारा सपना। हमारे साथ के एक लड़के को फ़िनलैंड की एक यूनिवर्सिटी में पढ़ने के लिए वज़ीफ़ा भी मिल गया। इससे हम बाक़ी लोगों का इरादा और पक्का हो गया, ख़ासतौर से जब हमारा दोस्त वहाँ से तस्वीरें भेजने लगा—हम तो इससे ज़्यादा ख़ूबसूरत किसी और जगह की कल्पना भी नहीं कर सकते थे! मैंने भी उसी वज़ीफ़े के लिए आवेदन दिया, कई बार, लेकिन मिला नहीं। मैंने तय कर लिया कि मैं अपने खर्चे पर जाऊँगा, यूरोप में कहीं भी और बाद में वहाँ से फ़िनलैंड चला जाऊँगा।

'मैं नौकरी कर रहा था। अच्छा कमा रहा था। मैंने पैसे बचाने शुरू किये। मैं जानता था कि मैं अपने परिवार से मदद की उम्मीद नहीं कर सकता था; वे मेरे विदेश जाने के खिलाफ थे और चाहते थे कि मैं बांग्लादेश में रहूँ। तो उन्हें बताये बिना ही मैंने यूरोप की यूनिवर्सिटियों में आवेदन भेजने शुरू कर दिए। यूनिवर्सिटी ऑफ़ पडोवा में मुझे दाखिला मिल गया, तो मैंने वहाँ जाने का फैसला किया। अपनी बचत और दोस्तों से लिए उधार की बदौलत मैंने अपना स्टूडेंट वीज़ा और हवाई जहाज़ का टिकट करवाया।

'लेकिन चीज़ें मेरे मन मुताबिक नहीं हुईं। मैंने इतालवी भाषा पढ़ी और अच्छा बोलना सीख गया—लेकिन पढ़ाई में मेरा प्रदर्शन ख़राब रहा। मैं चूक गया। मैंने एक साल कोशिश की फिर छोड़ दिया। मैंने वर्क परमिट के लिए आवेदन किया। वो अस्वीकार हो गया तो मैंने अपील की और लगातार करता गया। इस तरह चार साल गुज़र गये हैं और अभी कुछ भी तय नहीं है, न केवल इटली में अपने दर्जे को लेकर मैं अनिश्चित हूँ, बल्कि दूसरे बंगालियों के साथ भी मेरी अजीब स्थिति है।'

'वो क्यों?'

'क्योंकि, मैं उनसे हर तरह से अलग हूँ,' पलाश ने कहा। 'मेरा बंगाली उच्चारण, मेरे हाव-भाव, मेरी ज़िन्दगी। जब बात करता हूँ तो दूसरे लोगों को पता चल जाता है। फिर इन्हें पता लगता है कि मैं इनकी तरह नहीं आया था; कि मुझे कोई मुसीबत या कठिनाई का सामना नहीं करना पड़ा था। ये मान लेते हैं कि मैं इनकी तरह का काम नहीं करना चाहूँगा तो मुझे काम के बारे में बताते नहीं—मतलब किसी दुकानदार को कोई डिलीवरी बॉय चाहिए या कोई होटल के बाथरूम को साफ करने के लिए किसी को ढूँढ़ रहा है। यहाँ मैं ये सब काम ख़ुशी-ख़ुशी कर लूँगा, हालाँकि वहाँ, घर पर मैं किसी ऑफिस में क्लर्क की नौकरी पर भी नाक सिकोड़ता। लेकिन यहाँ मैं पिज़्ज़ा डिलीवरी करने या बर्तन

धोने में भी ख़ुश हूँ। मुझे तो ख़ुद भी विश्वास नहीं होता कि एक समय मैं मैनेजर था और सूट-टाई पहनता था।'

'तुम वापस क्यों नहीं चले जाते?' मैंने कहा। 'और वहाँ दूसरी नौकरी कर लो? तुम्हारा परिवार मदद कर देगा, दूसरी नौकरी तलाशने में, नहीं?'

वह मुस्कराया। मैंने देखा कि उसकी आँखें नम थीं।

'अब मेरे लिए वापस जाना नामुमकिन है। मेरे परिवार को अभी भी नहीं पता कि मैंने पढ़ाई छोड़ दी है और किसी तरह गुज़ारा कर रहा हूँ। मेरे माँ-बाबा तो कल्पना भी नहीं कर सकते कि उनका बेटा इस तरह के काम कर रहा है। उन्हें लगता है मैं अभी भी पढ़ रहा हूँ—और पढ़ाई-लिखाई ही मेरा काम है। अगर अब उन्हें सच बताता हूँ तो मुझे मानना पड़ेगा की अब तक झूठ बोलता आया हूँ; कि वो सही थे मुझे विदेश जाने से मना करने में; मानना पड़ेगा कि मुझसे बहुत बड़ी ग़लती हो गई और मुझे उनकी बात मान लेनी चाहिए थी। मुझे मानना पड़ेगा कि एक सपने के पीछे भागते हुए मैंने अपनी ज़िन्दगी बर्बाद कर ली।'

'तो तुम्हारा सपना एक श्राप था?'

'शायद,' पलाश ने थकी हुई आवाज़ में कहा। 'लेकिन सबका कोई सपना होता है, है न, और सपना क्या है, एक कल्पना, एक फंतासी? सोचो इतने लोग जो वेनिस घूमने आये हैं: यहाँ क्यों आए हैं, बस एक कल्पना के चलते ही न? उन्हें लगता है कि वे इटली के दिल तक पहुँच गये हैं, एक ऐसी जगह जहाँ वे इतालवी इतिहास को अनुभव करेंगे और असली इतालवी खाना खायेंगे। क्या वो जानते हैं कि यह सब मेरे जैसे लोगों की वजह से ही मुमकिन है? कि हम उनके लिए खाना पका रहे हैं, उनके बर्तन धो रहे हैं और बिस्तर बना रहे हैं? क्या वो जानते हैं कि कोई इतालवी अब यह सब काम नहीं करता? कि हम इस फंतासी को ज़िन्दा रखे हुए हैं, हालाँकि यह हमें नष्ट कर रही है? और क्यों नहीं? हर इंसान को सपने देखने का हक है, है न? मानवीय अधिकारों में सबसे महत्वपूर्ण है—यही तो हमें जानवरों से अलग करता है। आपने देखा नहीं, जब भी फोन या टीवी की स्क्रीन देखो कोई विज्ञापन कह रहा होता है कि अपने मन की करो; कि अपना सपना पूरा करो; कि "नामुमकिन कुछ नहीं"—"जस्ट डू इट!" क्या मतलब है इन सन्देशों का सिवाय यह कहने के कि सबको अपने सपने पूरे करने चाहिये? किसी भी इतालवी से पूछ लो, और वो कहेंगे कि उनका सपना है, शायद वो एंडीज़ पहाड़ देखने दक्षिण अमेरिका जाना चाहते हैं या फिर महल और जंगल देखने भारत। और अगर आप श्वेत हैं तो आसान है: जहाँ चाहो, जब चाहो जा सकते हो और मनमर्ज़ी कर सकते हो। हम नहीं कर सकते। जब मैं पीछे मुड़कर देखता हूँ और ख़ुद से पूछता हूँ कि मैं फ़िनलैंड क्यों जाना चाहता था, तो एक ही जवाब समझ में आता है: मैं जाना चाहता था क्योंकि दुनिया ने मुझे कहा कि मैं नहीं जा सकता था; क्योंकि मुझे मना किया

गया। जब आप किसी को किसी चीज़ से वंचित रखते हैं, तो वह और भी ज़्यादा आकर्षक हो जाती है।'

जब वह बोल रहा था मुझे अजीब-सा महसूस हुआ: मैं पलाश में ख़ुद को देख सकता था। मुझे अपनी जवानी की बेचैनी याद आयी और कैसे उसे सींचा था एक अत्यन्त प्रभावशाली दूसरे माध्यम ने—उपन्यास। उपन्यास, जो मैं पागलों की तरह पढ़ता था, ख़ासतौर से वो जो दूर-दराज़ की जगह के बारे में होते थे। मैंने अपने किशोरावस्था के सालों के बारे में सोचा जो मैंने कलकत्ता की गलियों में सस्ती पेपरबैक किताबें खोजने में बिताये थे। (आल्दो मानूतिउस ने शायद मेरे बारे में ही सोचा होगा जब उसने सस्ती किताबों को छापने की प्रक्रिया पर ज़ोर दिया था; उन किताबों का मुझे वैसा ही नशा था जैसा पलाश की पीढ़ी को फोन का है)।

उन दिनों कलकत्ता में किताबों की दुकानें बहुत कम थीं और वैसे भी वो किताबें मेरी हैसियत के बाहर थीं। इसलिए मैं लाइब्रेरी और सैकंड हैंड किताबों की दुकानों पर जाता। पढ़ना मेरे लिए शायद अपनी दुनिया की संकीर्णता से निकलने का रास्ता था। पर क्या मेरी दुनिया संकीर्ण प्रतीत होती थी क्योंकि मैं इतना ज़्यादा पढ़ता था? क्योंकि कोई भी वास्तविकता किताबों की दुनिया के आगे कहाँ खड़ी हो सकती है? जो भी हो, मेरे लिए तो उपन्यासों ने वही किया जिसकी अपेक्षा आलोचकों ने अठारहवीं शताब्दी में प्रेम कथा के प्रचलित होने से की थी: इन प्रेम कथाओं ने बेचैन करने वाले सपने और इच्छाएँ गढ़ दी थीं और ठीक उसी तरह उपन्यास शायद मेरी निर्मूलता का कारण भी बने।

अगर सिर्फ शब्दों का यह असर हो सकता था तो लगातार फोन और लैपटॉप पर दिख रहे वीडियो और तस्वीरों का क्या असर होगा? अगर यह सच है कि एक तस्वीर में हज़ार शब्दों की शक्ति होती है तो दुनिया के हर कोने में फैली करोड़ों तस्वीरों की क्या ताक़त होगी? वो किस क्षमता के सपने और इच्छाएँ जगाती होंगी? या कितनी बेचैनी पैदा करती होंगी?

सूर्यास्त के समय क़रीब बीस डॉल्फिन दिखाई दीं और *लुकानिया* के सामने, हमारी आँखों के ठीक सामने, उछलने-कूदने लगीं। पिया ने उनकी पहचान की—इस बार ये अलग प्रजाति की थीं—स्ट्राइप्ड डॉल्फिन और अब तो वह भी अचम्भित थी। 'यह तो किसी तरह का रिकॉर्ड होगा,' उसने कहा। 'हमने आधा दर्जन से ज़्यादा प्रजातियों की व्हेल देख ली हैं अब तक। अद्भुत हैं।'

'या फिर कोई चमत्कार?'

पिया के चेहरे की नसें तन गईं। 'कोई करिश्मा नहीं है! थोड़ा असाधारण है। मैंने ऐसी जगहें देखी हैं जहाँ एक घंटे में दर्जन भर अलग प्रजातियों की झलक पा लेते हैं।'

उछल-कूद करती डॉल्फिन्स ने जहाज़ पर मस्ती का माहौल बना दिया। लोग तालियाँ बजाने लगे। यह माहौल शायद उन जानवरों को भी छू गया क्योंकि उन्होंने तरह-तरह के करतब दिखाने शुरू कर दिए; कूदती, उछलती, कलाबाज़ी करती डॉल्फिन लोगों से नज़रें मिला रही थीं!

'काफी नाटकबाज़ होती हैं, ये स्ट्राइप्ड डॉल्फिन,' पिया ने थोड़ा चिढ़कर कहा। 'इन्हें दर्शकों को बाँधकर रखना आता है।'

'अच्छा?' मैंने कहा। 'पर इसका मतलब तो इनको इंसानी भावनाएँ समझ आती हैं?'

'ऐसा कुछ नहीं है,' पिया ने कहा। 'बस ये ऐसा करती हैं।'

डॉल्फिन की इस प्रदर्शनी ने *लुकानिया* का पूरा माहौल ही बदल दिया। डर और आशंका की जगह अब मौज-मस्ती ने ले ली। जल्द ही वाइन और ग्राप्पा की बोतलें खुल गईं और गैली में गर्मागर्म पास्ता के पतीले आ गये—कोई ईसाई संस्था अपने साथ बहुत सारा राशन लायी थी। थोड़ी देर में डेक पर गिटार और अकॉर्डियन की आवाज़ गूँजने लगी; बीच-बीच में कोई गा भी उठता।

आसमान एकदम साफ था और चाँद की रोशनी तेज़। अंधेरा होने के बाद भी डॉल्फिन *लुकानिया* के साथ चलती रहीं, रह-रहकर ऊपर उछलतीं, मानो हम पर नज़र रख रही हों।

इस बीच पिया मेरे लिए एक प्लेट भरकर पास्ता और एक गिलास वाइन ले आयी। हमने बिना कुछ कहे अपने (डिस्पोज़ेबल और ऑर्गनिक) गिलासों को ऊपर उठाकर चियर्स किया। हमने अपने घुटने कंबल में ढंक लिए थे और हमारे कन्धे हल्के से टकरा रहे थे जब हम पास्ता खाने में जुटे थे।

आख़री कौर खाने के बाद पिया ने अपना काँटा रखा और मेरी तरफ मुड़ी। 'एक बात बताइये दीन,' उसने कहा। 'क्या आप न्यूयॉर्क के अलावा कहीं और रह सकेंगे?'

मैं "ना" कहने ही वाला था कि तभी मुझे चीनता की बात याद आयी, दरवाज़ा खुलने की, एक दरार...

'तुम ऐसा क्यों पूछ रही हो?' मैंने सावधानी बरतते हुए पूछा।

'क्योंकि मुझे लगा कि शायद आपको यूजीन, ओरेगॉन पसन्द आये,' उसने कहा। 'वहाँ का मौसम अच्छा है और बहुत अच्छी लाइब्रेरी है। आप देख सकते हैं।'

'पता नहीं,' मैंने कहा। 'रहूँगा कहाँ?'

'आप मेरे साथ रह सकते हैं; मेरे पास एक गेस्ट रूम है,' उसने हिचकिचाते हुए कहा।

मेरा दिल इतना तेज़ धड़क रहा था कि मुझे लगा उसे सुनाई दे जायेगा। मैं जानता था कि ज़्यादा कुछ बोलने से वह बिदक सकती है इसलिए मैंने बस इतना ही कहा, 'हाँ, वो ठीक रहेगा।'

'और पता है क्या? अगर आपको यूजीन पसन्द आये और मेरे साथ और वक़्त बिताना चाहें तो और इन्तज़ाम भी किये जा सकते हैं। मेरे पड़ोस का आपर्टमेंट अभी खाली हुआ है।'

अपने अन्दर बढ़ती ख़ुशी को छुपाये रखना मेरे लिए बहुत मुश्किल था। अपनी आवाज़ को संजीदा रखने की कोशिश करते हुए मैंने कहा, 'हाँ, इस बारे में सोचा तो जा सकता है। मैं ब्रुकलिन में अपना घर किराये पर दे सकता हूँ—किराये से गुज़ारे के पैसे तो निकल आयेंगे।'

'सोचियेगा इस बारे में।'

'हाँ।'

मैं चुप हो गया। मेरा मन कृतज्ञता से भर गया—बन्दूक़ी सौदागर के प्रति, उसकी कहानी के प्रति, मनसा देवी के प्रति और उस नाग के प्रति भी; मानो इन्होंने कोई श्राप ख़त्म कर दिया हो और मुझे उससे मुक्त करा दिया था।

मेरी नज़रें चाँद की रोशनी में दमकते समुद्र की तरफ गईं। मुझे सौदागर की बंगाली दन्तकथाओं में अक्सर प्रयोग किये गये वाक्य का ख्याल हो आया: *ससागर बसुमती*—समुद्र से भरी पृथ्वी। उस पल मुझे महसूस हुआ कि मैं दुनिया की सबसे बेहतरीन चीज़ों के बीच था—खुला समुद्र, दूर नज़र आता क्षितिज, चमकती चाँदनी, गोते लगाती डॉल्फिन और मेरे चारों तरफ छलकती उम्मीद, अच्छाई, प्रेम, करुणा और उदारता।

तूफ़ान

अगले दिन सुबह जब हमारे सामने तरह-तरह की नावों, जहाज़ों की झालर लग गई तो रात की मौज मस्ती तुरन्त भुला दी गई। सब की सब किराये की नावें थीं जिन्हें कई तरह के कार्यकर्ताओं ने किराये पर लिया था: उनके विचार, उनकी मान्यता उन सब पर टंगे अलग-अलग झंडों और पोस्टरों से पता चल रहे थे।

वापस जाओ!

जगह नहीं है; वापस जाओ

कोई इंसान अवैध नहीं है

हम हैं मूल निवासी, इस महाद्वीप के असली मालिक

जलवायु प्रवासन = आक्रमण

शरणार्थी तुम्हारे दुश्मन नहीं हैं

अप्रवासी भी भगवान के बच्चे हैं

बहुत हुआ

इनको वापस भेजो, गर्भ-निरोधकों के साथ

जैसे-जैसे हम आगे पहुँचे साफ दिख रहा था कि दक्षिणपन्थी, अप्रवास विरोधी गुटों के पास हमसे ज़्यादा नाव और ज़्यादा समर्थक थे। जहाज़ों पर लहराते झंडों को देखकर तो लग रहा था कि उनके समर्थक बहुत दूर-दूर से आये थे—जर्मनी, हंगरी, रूस, सिंगापुर और ऑस्ट्रेलिया।

जैसे-जैसे ये जहाज़ नज़दीक आये *लुकानिया* का माहौल संजीदा होता गया। जब पता चला कि नाव के पीछे के हिस्से में डेक पर मीटिंग होनी है तो चीनता ने उसमें भाग लेने की ज़िद्द की, अपनी व्हीलचेयर में। मैं उसे वहाँ लेकर गया और उसकी व्हीलचेयर के पीछे खड़ा रहा और दूसरे यात्री हमारे चारों ओर पालथी मारकर बैठ गये।

ऐसी मीटिंग का मेरा अनुभव कॉलेज के समय का था जब नेता माइक के पीछे खड़े होकर चिल्लाते थे। यहाँ तो न नेता थे और न ही माइक। जो कोई बोलना चाहता था, वो हाथ उठाता था और सबने बारी-बारी से अपनी बात रखी। संयोगवश सब अंग्रेज़ी में बोल रहे थे, हालाँकि मूल रूप से अंग्रेज़ी भाषी दो-चार ही थे।

सबसे पहले एक लम्बी चौड़ी महिला ने अपनी बात रखी। उसने मैला-कुचैला-सा काफतान पहना हुआ था। टूटी अंग्रेज़ी में उसने कहा कि हमें सबसे पहले यह तय कर लेना चाहिए कि अगर कोई जहाज़ हमारा रास्ता रोके या टक्कर मारने की कोशिश करे, तो हमारी रणनीति क्या होगी। यह बात सबको मंजूर थी और फिर एक के बाद एक सभी वक्ताओं ने अपनी राय रखी। ज़्यादातर लोगों का मानना था कि हमें धैर्य रखना चाहिए और अहिंसक होना चाहिए। कुछ जवान गर्मजोशी से भरे कार्यकर्ताओं का मानना था कि अगर वे लोग हमारे ऊपर कुछ फेंकेंगे तो हमें भी उसी भाषा में जवाब देना होगा। लेकिन यह प्रस्ताव लोगों ने नकार दिया और तय हुआ कि अगर कोई जहाज़ हमारी तरफ बढ़ा और लगा कि वो हमला करेगा, तो हम सब हाथ पकड़ कर उस जहाज़ की तरफ मुँह करके खड़े हो जायेंगे, निडर, लेकिन हिंसा नहीं करेंगे।

अभी मीटिंग चल ही रही थी कि एक जहाज़ पीछे से हमारी तरफ बढ़ता नज़र आया। हम सब लोग डेक की रेलिंग तक गये और मेरे मना करने के बावजूद एक बार फिर चीनता ने भी जाने की ज़िद्द की।

जब वो जहाज़ हमारे क़रीब पहुँचा तो उसमें से गुस्से भरी आवाज़ें सुनाई पड़ीं। जब वे और पास आये तो उनके चेहरे साफ नज़र आ रहे थे। ज़्यादातर नौजवान थे और उनके चेहरों पर फुटबॉल क्लब के रंग लगे थे। बहुत से तो नशे में मालूम पड़ रहे थे।

जब वे नारे लगाने लगे—*'क्लोज़ बॉर्डर्स नाऊ! लीतालिआ अली इतलियानी!'* (सीमा अभी बन्द करो! इटली सिर्फ इतालवियों के लिए है)—एक-दूसरे का हाथ थामे हम लोगों ने उन्हें ज़ोरदार जवाब दिया—*'नो ज़ेनोफोबिया!*

नो टू हेट!' (ज़ेनोफोबिया बन्द करो! नफरत मुर्दाबाद!) लेकिन हमारे सामने जो घट रहा था उस दृश्य के सामने ये सभी नारे काफी साधारण मालूम पड़ रहे थे। कुछ अनिष्टकारी होता दिख रहा था और केवल इसलिए नहीं कि जिस गुस्से का प्रदर्शन किया गया वह डर से पैदा हुआ था।

मैंने रफ़ी की तरफ देखा; मुझे लगा कि यह सब देखकर वह परेशान हो गया होगा। लेकिन उसका चेहरा दमक रहा था और आँखों में चमक थी।

'याद है जब सौदागर वेनिस से भागने की कोशिश कर रहा था तो क्या हुआ था?'

'तुम्हारा मतलब जब उसके जहाज़ पर समुद्री डाकुओं ने हमला कर दिया था?'

'हाँ। हो सकता है वो यहीं पर हुआ हो, है न?'

हमारे चारों ओर मचे कोलाहल से सिर्फ पिया बेख़बर थी। उसकी नज़रें पानी पर टिकी हुई थीं और दूरबीन पकड़े उसके हाथ एकदम स्थिर थे।

'क्या तुम अभी भी डॉल्फिन्स और व्हेल्स देख पा रही हो?'

'हाँ, बहुत दूर हैं—वे दूसरे रास्ते चली गईं जब हम इन जहाज़ों के पास पहुँचे। लेकिन दिख तो अभी भी रही हैं।'

'जितनी कल थीं, उतनी ही हैं?'

'हाँ। बल्कि मैं तो कहूँगी कि ज़्यादा हैं—यह काफी बड़ा प्रवासन है।'

'अच्छा? तब तो हम क़िस्मत वाले हैं।'

'लेकिन वो तो नहीं हैं। पता नहीं क्या करेंगी जब आगे उन्हें युद्धपोत मिलेंगे।'

इतालवी जंगी जहाज़ दिखने के बहुत पहले ही हम समझ गये थे कि उनके आसपास के पानी में कुछ असाधारण घट रहा था। कुछ टीवी पत्रकार पहले ही वहाँ पहुँच चुके थे और वहाँ से सीधा प्रसारण कर रहे थे।

उस दिन सुबह *लुकानिया* पर एक बड़ी स्क्रीन लगा दी गई थी इसलिए हम लोग भी देख पा रहे थे। हम देख रहे थे कि किस प्रकार समुद्र के एक हिस्से में अविश्वसनीय और विस्मयकारी रूप से जान आ गई थी। सूरज की रोशनी में चमचमाता समुद्र शान्त था और सब तरफ फव्वारे-से छूट रहे थे, जब भी डॉल्फिन और व्हेल के समूह साँस लेने के लिए ऊपर उठते। बीच में एक डॉल्फिन पानी से उछलती और हवा में कलाबाज़ी लगाती। दो वर्ग किलोमीटर के दायरे में कई सौ डॉल्फिन्स और व्हेल्स रही होंगी।

'तुमने ऐसा पहले कभी देखा है क्या?' मैंने पिया से पूछा।

उसने सिर हिलाकर मना किया। 'मैंने इन्हें काफी तादात में इकट्ठा होते देखा है, लेकिन एक साथ इतनी प्रजातियाँ नहीं। सबसे अजीब बात तो ये है कि एक ही जगह घूम रही हैं।'

'तुम्हें क्या लगता है, क्यों?'

'मेरा अन्दाज़ा है कि वो नौ सेना के जहाज़ उनका रास्ता रोक रहे हैं।'

'लेकिन वो जहाज़ के बगल से होकर तो जा सकती हैं न?'

'हाँ, शायद।'

'तो ऐसा कर क्यों नहीं रहीं?'

'मेरे पास इसका जवाब नहीं है,' उसने थोड़ा चिढ़ते हुए कहा। 'इन मछलियों और इनके बर्ताव के बारे में अभी बहुत कुछ है जो हम नहीं जानते।'

जंगी जहाज़ हमें दोपहर में दिखाई दिए; चार थे, लाइन में लगे हुए और पूरब की ओर नज़र रख रहे थे। ऐसा लग रहा था मानो किसी दुश्मन सेना पर हमला करने को तैयार खड़े हों।

लुकानिया पर मौजूद कार्यकर्ताओं ने सोचा था कि जब नीली नाव आयेगी तो वे प्रत्यक्ष रूप से कार्यवाही कर लेंगे। लेकिन नौसेना ने उनके प्रयास पहले ही नाकाम कर दिए थे।

अभी जंगी जहाज़ काफी दूर थे जब ढेर सारी स्लेटी स्पीडबोट हमारी तरफ आयीं। भोंपू से आदेश देते हुए उन्होंने सब नावों को घेर लिया ताकि सब एक-दूसरे से और नौसेना के जहाज़ों से सुरक्षित दूरी बनाये रखें।

लुकानिया पर उस समय मायूसी छा गई जब ये यकीन हो गया कि हम महज़ दर्शक बनकर रह जायेंगे। लेकिन एक लिहाज़ से हम क़िस्मतवाले थे: *लुकानिया* ऐसी जगह खड़ा था कि जंगी जहाज़ों के आगे भी साफ नज़र आ रहा था।

नीली नाव का कोई नामोनिशान नहीं था—अभी कुछ घंटे और उसके यहाँ पहुँचने की उम्मीद नहीं थी। लेकिन हमारे सामने समुद्र के पानी में जो हो रहा था वो अपने आप में काफी दिलचस्प था। एक जंगल खड़ा हो गया था—डॉर्सल फिन्स (मछलियों की पीठ के ऊपर वाले पंख) और फव्वारों का।

पिया तो जैसे पागल हो रही थी, 'स्पर्म व्हेल...पायलट व्हेल...फिन व्हेल...बॉटलनोज़...सब हैं यहाँ! भूमध्यसागर की बस एक प्रजाति नहीं दिख रही यहाँ, क्यूविअर बीक्ड व्हेल!'

सूर्यास्त होने ही वाला था कि क्षितिज पर धुएँ की एक लकीर नज़र आयी। जिस

नाव के बेसब्री से इन्तज़ार में लग रहा था कि एक युग बीत गया हो, वो नाव तड़तड़ाती हुई प्रकट हुई। नीली नाव के पीछे, क़रीब एक किलोमीटर की दूरी पर कोस्ट गार्ड के कई जहाज़ थे—सब पर अलग-अलग झंडे लहरा रहे थे। यह बेचारी छोटी, मछली पकड़ने वाली, पतवार वाली नाव, जिसका नीला रंग उखड़ रहा था, इन सबके सामने बौनी-सी लग रही थी।

नीली नाव के डेक पर खड़े शरणार्थी हमें देख कर हाथ हिलाने लगे। इसके जवाब में *लुकानिया* पर ख़ुशी की लहर दौड़ गई। लेकिन यह ख़ुशी आस-पास की बाक़ी नावों से उठी गुस्से की आवाज़ों के बीच डूब गयी।

'जहाँ से आये हो, वहीं चले जाओ...! तुम्हारी यहाँ ज़रूरत नहीं...! यूरोप सिर्फ यूरोपियों के लिए...!'

नौ सेना के जहाज़ों के क़रीब पहुँचती हिलती-डुलती इस नीली नाव की गति कम होती गई। फिर उसका इंजन बन्द हो गया और वह अपने आप बहने लगी, व्हेल और डॉल्फिन्स के बीच, हवा में उछलते फव्वारों से घिरी हुई।

'कहीं इसकी टक्कर किसी ऊपर उठती व्हेल से न हो जाये,' पिया ने कहा। 'स्पर्म व्हेल या फिन व्हेल आसानी से यह नाव पलट सकती है।'

उसने दूरबीन आँख पर लगाई और नीली नाव के डेक को ध्यान से देखने लगी।

'चेहरे दिख रहे हैं क्या, पिया?'

'हाँ, कुछ-कुछ।'

'टीपू दिखा?'

'नहीं, अभी नहीं।'

लेकिन कुछ ही पल में रफ़ी ज़ोर से बोला, 'वो रहा! मुझे दिख गया! वहाँ, धुएँ की नली के बगल में!'

वह कूदने लगा, चिल्लाने लगा। पिया ने उसको गले लगाया; दोनों रो रहे थे, हँस रहे थे।

एक जर्मन टीवी पत्रकार संयोग से वहीं था। यह देख वह जीज़ा के पास गया और पूछा, 'क्या यह दोनों वाक़ई में उस नाव पर किसी को जानते हैं?'

'हाँ। नाव पर एक लड़का है और वो महिला उसकी माँ के समान है, उसकी परवरिश की है। और वो लड़का, जिसके हाथ पर पलस्तर चढ़ा है, वह उस लड़के का दोस्त है। दोनों बांग्लादेश से एक साथ निकले थे। बहुत बढ़िया कहानी है।'

'वाह! तुम्हें क्या लगता है, वो इंटरव्यू देंगे?'

'क्यों नहीं!' जीज़ा ने कहा। 'आप उनसे पूछ क्यों नहीं लेते?'

कुछ समय बाद पिया पूछने आयी। 'क्या रफ़ी और मुझे यह इंटरव्यू करना चाहिए?'

'बिल्कुल पिया!' मैंने कहा। जीज़ा ने आगे कहा, 'सब कुछ बताना—अपने और टीपू के बारे में और रफ़ी के साथ उसके रिश्ते के बारे में। शरणार्थियों को मानवीय चेहरा देने के लिए सब कुछ करना चाहिए। तुम उनपर मेहरबानी कर रही हो।'

पिया अभी भी हिचकिचा रही थी इसलिए मैंने कहा, 'ये एक अच्छी ह्यूमन इंटरस्ट स्टोरी होगी।'

'ह्यूमन इंटरस्ट, अच्छा?' पिया ने कहा। 'मेरी यूनिवर्सिटी के लोग फिर शायद ख़ुश हो जायेंगे।'

वह मुस्कराई और अपनी दूरबीन मुझे पकड़ा दी। 'इसको संभालकर रखना।'

शरणार्थियों पर दूरबीन फोकस करने में मैं बहुत सफल नहीं रहा: डेक पर खड़े चेहरे पानी के फव्वारों के चलते इतने धुँधले दिख रहे थे कि मैं पहचान ही नहीं पा रहा था। डूबते सूरज की लालिमा में नाव की धुँधली तस्वीर और उसके चारों तरफ उछलता, बहता पानी एक काल्पनिक और स्वप्निल दृश्य प्रस्तुत कर रहे थे। मुझे अतीत में कहीं और देखी तस्वीरों की हल्की-सी याद ताज़ा हो रही थी।

मेरे बगल में बैठी चीनता को भी कोई चित्र याद आ रहा था। 'दीनो,' उसने कहा। 'तुमने चित्रकार टर्नर की वो पेंटिंग देखी है, तूफ़ान के सामने ग़ुलामों से भरे जहाज़ की?'

'ओह, हाँ!' मैंने कहा। 'मैं भी उसी के बारे में सोच रहा था। और कुली-नावों की कुछ तस्वीरों के बारे में, जो मैंने देखी थीं।'

मुझे अहसास हुआ कि यह समानता संयोग नहीं थी। इन शरणार्थियों की हालत भी तो उन क़रारबद्ध मज़दूरों जैसी थी जिन्हें भारतीय महाद्वीप से दुनिया के कोने-कोने में ले जाया गया था, खेतों में काम करने के लिए। कुली भी जवान और ज़्यादातर मर्द थे; उस दौरान भी दलाल और बिचौलिये (दफादार और महाजन—भर्ती करनेवाले और कॉन्ट्रैक्टर) ही तो निर्वासन की उस मशीन के महत्वपूर्ण पुर्ज़े थे; और उस समय भी तो कर्ज़े और सूदखोरी निर्वासन की उस मशीन में तेल का काम करते थे। आज की तरह उस समय भी मानव तस्करी सबसे फायदे का सौदा थी।

उनकी यात्रा की परिस्थितियों में भी समानताएँ थीं। शरणार्थियों की तरह कुली भी भेड़ियों के रहमोकरम पर थे; वे भी छोटी-छोटी जगहों में ठूँस दिए जाते थे और न के बराबर राशन पर ज़िन्दा रहते। पिटाई और कोड़ों की मार; अपनों

को आँखों के सामने मरते देखना—यह सब कुली-नाव की सवारियों के लिए आम बात थी।

फिर भी दोनों में एक ख़ास फर्क था—क़रारबद्ध मज़दूर और उससे पहले ग़ुलाम वाली यह व्यवस्था, यूरोपीय साम्राज्यवादी ताक़तों द्वारा नियन्त्रित होती थी। कुलियों को तो अक्सर पता भी नहीं होता था कि वे कहाँ जा रहे हैं या वहाँ किन हालातों में रहेंगे। उन्हें तो अपनी क़िस्मत नियन्त्रित करने वाले कायदे-कानून की जानकारी भी नहीं थी।

दूसरी तरफ, कुलियों के औपनिवेशिक शासक *उनके* बारे में सब जानते थे। वह एक-एक चीज़ लिखते—कुली कहाँ से आये थे, किस जाति के थे, किस कुटुंब के थे। यहाँ तक कि उनके शरीर को भी ध्यान से देखा जाता था और शरीर पर ख़ास निशान और दाग को नोट किया जाता था। औपनिवेशिक सरकार ये तय करती थी कि वे कब और कहाँ जायेंगे; और वहाँ पहुँचने पर सरकारें ही तय करती थीं कि किस खेत में किस जमींदार के पास किसको रखा जायेगा।

लेकिन अब तो सब उलट गया था।

रफ़ी, टीपू और उनके साथी प्रवासियों ने अपनी यात्रा ख़ुद शुरू की थी, जैसे मैंने शुरू की थी, उनसे बहुत पहले। मेरी तरह उनकी यात्रा भी उनके अपने नेटवर्क से ही सार्थक हुई थी। मेरी तरह वे भी जहाँ जा रहे थे, उस देश के कायदे-कानून से भलीभाँति परिचित थे। बल्कि पश्चिम के देशों को उनकी तरफ आते ऐसे लोगों के बारे में बहुत कम जानकारी थी।

न मुझे, और न ही किसी दूसरे नौजवान प्रवासी को, जिसे मैं मिला था, दूसरों की इच्छापूर्ती के लिए किसी खेत नुमा मशीन के पुर्ज़े बनने के लिए दुनिया के एक कोने से भेजा गया था। ग़ुलाम और कुलियों ने गन्ना, तम्बाकू, कॉफ़ी, चाय, रबर के उत्पादन के लिए काम किया था; यह सब उन उपनिवेशकों के देश जाता था। महानगरों की लालसा और आकांक्षा की पूर्ती के लिए लोग एक महाद्वीप से दूसरे महाद्वीप जाते थे ताकि बिक्री हेतु उत्पादों की सदैव बढ़ती माँग के लिए उत्पादन किया जा सके। इस व्यवस्था में ग़ुलाम और कुली उत्पादक थे, उपभोक्ता नहीं; वे अपने मालिकों की आकांक्षाओं की बराबरी नहीं कर सकते थे।

लेकिन अब रफ़ी, टीपू और बिलाल जैसे नौजवानों को भी यही चीजें चाहिये थीं—स्मार्टफोन, कंप्यूटर, कार। और क्यों नहीं चाहते? बचपन से उन्हें जिन चित्रों ने लुभाया था वे चित्र खेत और नदियों के नहीं थे, बल्कि उनके फोन की स्क्रीन पर नज़र आनेवाले इन्हीं चीज़ों के चित्र थे जिनकी आज वे कामना करते हैं।

अब मुझे समझ आया कि हमारे आस-पास की नावों के गुस्से से भरे नौजवान इस टूटी-फूटी शरणार्थियों से भरी नाव से क्यों डर रहे थे: यह छोटी-सी

नाव यूरोप को आकार देने वाली सदियों पुरानी धारणा को उलटने का प्रतीक थी। दास प्रथा या ग़ुलामी के शुरुआती दिनों से यूरोप की औपनिवेशिक शक्तियों ने इतिहास में विश्वव्यापी पुनर्निर्माण का सबसे बड़ा और क्रूर प्रयोग किया था। व्यापार की खातिर उन्होंने बेहिसाब लोगों को एक महाद्वीप से दूसरे महाद्वीप पहुँचाया था और धरती की जनसांख्यिकीय रूपरेखा पूरी तरह बदल दी थी। लेकिन जहाँ वह दूसरे महाद्वीपों को पुनः बसा रहे थे, वहीं उन्होंने अपनी यूरोपीय महानगरीय इलाकों की शुभ्रता को बरक़रार रखने की भरपूर कोशिश की थी।

यह व्यवस्था अब पूरी तरह से उलट चुकी थी। जिस तन्त्र और तकनीकी जानकारी के चलते यह विशाल जनसांख्यिकीय दखलन्दाज़ी मुमकिन हो पायी थी—हथियार से लेकर जानकारी पर नियन्त्रण तक—अब वो बेकाबू हो गये थे; इन पर किसी का नियन्त्रण नहीं था।

इसलिए ये क्रुद्ध नौजवान इस छोटी-सी नीली नाव से इतना डरे हुए थे। इस नाव के अक्स में उन्हें सदियों पुरानी व्यवस्था टूटती दिख रही थी जिसकी वजह से सम्पूर्ण विश्व की तुलना में उन्हें विशेष अधिकार मिले थे। अपने दिल में वे जानते थे कि पहले जिन लोगों और संस्थाओं की वजह से उन्हें विशेषाधिकार मिले थे, अब वे उनसे उपलब्ध नहीं कर पायेंगे।

दुनिया बहुत बदल गई थी और बहुत तेज़ी से; अब की व्यवस्था इंसान को मालिक नहीं मानती थी; वे अपने ही आदेश मानती थी, जो शैतानों की तरह रहस्यमयी थे।

लुबना एकाएक दौड़ती हुई आयी। उसका चेहरा लाल था और आँखों में चमक थी।

'*आपनी जानतेन?*' उसने मुझसे पूछा। 'आपको यह सब पता था? रफ़ी और उसके दोस्त के बारे में? इस सबके बारे में?'

'हाँ, लगता तो है। क्यों?'

'उनकी कहानी दुनिया को भा गई है!' लुबना ने कहा। 'अभी इंटरव्यू ख़त्म भी नहीं हुआ है और हमें लगातार फोन आते जा रहे हैं। लोग चन्दा और मदद दोनों की पेशकश कर रहे हैं। पहले जिन संस्थाओं ने हमारे काम में कभी रुचि नहीं दिखाई अब वो मैसेज भेज रहे हैं। ये अविश्वसनीय है! हमने पहले ऐसा कुछ नहीं देखा...'

किसी चीज़ ने उसका ध्यान खींचा और वह मेरे पीछे क्षितिज की तरफ देखने लगी। उसके चेहरे के भाव अचानक बदल गये और आँखों पर हाथ रखकर वो डेक की रेलिंग के पास जाकर देखने लगी।

'वो क्या है वहाँ?'

मैंने मुड़कर देखा तो दक्षिण में क्षितिज पर एक धब्बा दिखाई दे रहा था।

'शायद बादल है।' मैंने कहा।

'नहीं, बादल नहीं हो सकता,' चीनता ने कहा। 'जिस तरह वो बढ़ रहा है, कुछ अलग मालूम पड़ता है—लगता है हमारी तरफ आ रहा है।'

धब्बा तेज़ी से फैल रहा था, क्षितिज पर फैलता दाग; हमारी तरफ बढ़ता हुआ। मैं तो सिर्फ नि:शब्द देखता रह गया।

'यह हो क्या सकता है?'

एकाएक पिया मेरे बगल में खड़ी हो गई। उसने मेरे हाथ से अपनी दूरबीन छीनी और उस ओर फोकस करने लगी।

'चिड़ियाँ,' उसने कहा। 'चिड़ियाँ हैं—लाखों की तादात में। नहीं। करोड़ों। यह उत्तर की ओर प्रवासन कर रही होंगी। हमारे ऊपर से होकर जायेंगी।'

रफ़ी भी वहीं आ गया था। ऊपर आकाश की तरफ देखते हुए उसने कहा, 'ठीक वैसा ही जैसा कहानी में था—समुद्र और आसमान के जीव निकल रहे हैं...'

हम सब अवाक् रह गये जब वो काला धब्बा आसमान में हमारी तरफ उड़ा चला आ रहा था, ऐसा लग रहा था मानो धरती का कोई अंग आकाश में उठ खड़ा हुआ हो और हमें छूने के लिए बढ़ रहा हो। सब कुछ थम-सा गया था, हवा भी। मुझे तो लगा कि मैंने साँस लेना बन्द कर दिया था।

'समय ख़ुद परम आनन्द में विलीन हो गया है,' चीनता ने धीमे से कहा। 'मैंने कभी नहीं सोचा था कि मैं अपनी आँखों से क्षितिज पर फैले हर्ष के इस क्षण की गवाह बनूँगी।'

फिर हमारे ऊपर करोड़ों चिड़ियाँ उड़ रही थीं, और नीचे नीली नाव के आसपास के पानी में डॉल्फिन्स के समूह हवा में कलाबाज़ी कर रहे थे और व्हेल मछलियाँ लहरों पर अपनी पूँछ थपथपा रही थीं।

'*ऊनो स्तोरमो,*' चीनता ने ऊपर देखते हुए कहा; उसने झुंड में उड़ते पक्षियों के लिए इतालवी शब्द इस्तेमाल किया था, अंग्रेज़ी के *स्टॉर्म* के क़रीब, जिसका मतलब था तूफ़ान। और मुझे लगा कि वह एकदम सही शब्द था, शायद इकलौता शब्द जो उस परिघटना को व्यक्त कर सकता था। तूफ़ान, जीवों का, *भूत का*।

अपनी दूरबीन को नीली नाव की तरफ करते हुए रफ़ी ने कहा, 'देखो! वहाँ देखो!'

उसकी उँगली उस नाव के आगे के भाग की तरफ इशारा कर रही थी जहाँ बीचोबीच चोगा पहने एक आकृति सीधी खड़ी थी।

'यह कोई औरत है!' पिया चिल्लाई।

'ये ज़रूर इथियोपियाई होगी,' रफ़ी ने कहा, 'जिसने टीपू को मिस्र बुलाया था।'

उस महिला ने हथेलियाँ ऊपर की तरफ करके अपने हाथों को कन्धों के बराबर उठाया। और तुरन्त ही हमारे ऊपर चक्कर काटते तूफ़ान में एक कीप-सी बन गई और नीचे की तरफ आने लगी, उस महिला के सिर के ऊपर एक घुमावदार प्रभामंडल बनाती हुई।

शायद वो पल भर के लिए ही एकदम स्थिर खड़ी रही होगी; उसके ऊपर चिड़ियाँ मंडरा रही थीं और नीचे डॉल्फिन और व्हेल नाव के चारों तरफ चक्कर काट रही थीं। इसके बाद और भी अजीब घटना घटी। शरणार्थियों की नाव के पास के पानी का रंग बदलने लगा। कुछ ही पलों में पानी अलौकिक हरे रंग की रोशनी से भर गया। उस चमकदार पानी में डॉल्फिन और व्हेल की आकृतियाँ साफ दिख रही थीं।

'बायोलूमिनेसन्स! जैव-सन्दीप्ति!' पिया ने कहा। 'मुझे तो विश्वास ही नहीं हो रहा।'

कुछ और पल हम लोग इस चमत्कार को आँखें गढ़ाए देखते रहे: ऊपर चक्कर काटता चिड़ियों का तूफ़ान, घूमते कीप सा, और नीचे चमकते हरे पानी में भीमकाय समुद्री जन्तुओं की मनोहर परछाइयाँ। फिर अचानक एक सायरन बजा और एडमिरल के जहाज़ से एक हेलीकॉप्टर उड़ा।

और मानो एक तूफ़ान-सा गुज़रा हो: चिड़ियाँ आगे उड़ गईं, पानी का चमकना बन्द हो गया और फव्वारे भी शान्त हो गये। जब हेलीकॉप्टर नीली नाव तक पहुँचा तो समुद्र स्थिर था और आसमान साफ।

नाव के ऊपर मंडराते हुए हेलीकॉप्टर ने बड़े से भोंपू से अंग्रेज़ी में ऐलान किया, 'हम इतालवी नौसेना से हैं और आपके बचाव के लिए आये हैं। आपको जल्द ही नौसेना के एक जहाज़ पर ले जाया जायेगा। सबसे पहले हम आपकी सुरक्षा चाहते हैं। कृपया घबराएँ नहीं और हमारे आदेशों का पालन करें। आपको डरने की ज़रूरत नहीं। अब आप सुरक्षित हैं।'

अभी यह शब्द पानी पर गूँज ही रहे थे कि दो *कटर*, मतलब नौसेना के छोटे जहाज़ शरणार्थियों की तरफ आते दिखाई दिए।

लुकानिया पर अविश्वसनीय सन्नाटा था। किसी को विश्वास ही नहीं हो रहा था। और फिर हमारे कंठ से राहत की हर्ष भरी आवाज़ निकली—लेकिन यह आवाज़ सुनाई ही दी थी कि किराये की नावों से उठते क्रोधित शोर में डूब गई। 'देशद्रोह...! इन्हें घर भेजो...! एडमिरल देशद्रोही है...! उसे सज़ा दो...!'

मुझे अहसास हुआ कि कोई मेरा हाथ दबा रहा है। देखा तो चीनता मुझे देखकर मुस्करा रही थी। 'मैंने क्या कहा था, दीनो? सांद्रो दी विनयोवो भला

आदमी है, सज्जन पुरुष, एक सच्चा वेनिसवासी। मुझे पूरा यकीन है कि उसने ही यह राहतकार्य का आदेश दिया होगा।'

हमारे बगल में रफ़ी और पिया एक-दूसरे को पकड़कर गोल-गोल घूम रहे थे। दोनों की आँखों से ख़ुशी के आंसू थम ही नहीं रहे थे। फिर पिया आयी और उसने मुझे बाहों में भर लिया। 'मुझे विश्वास नहीं हो रहा,' उसने ये कहते हुए मेरे गाल पर चूम लिया। 'आख़िरकार टीपू सुरक्षित है!'

जब कटर नीली नाव तक पहुँचे तो रात हो चुकी थी इसलिए राहत कार्य बड़ी-बड़ी स्पॉट लाइट में किया गया। जब सब शरणार्थियों को निकाल लिया गया तो विध्वंस विशेषज्ञ उस नीली नाव पर चढ़े। थोड़ी देर बाद कुछ छोटे-छोटे धमाके हुए और नीली नाव धीरे-धीरे डूबने लगी। कटर के डेक पर सारे शरणार्थी पंक्तिबद्ध खड़े अपनी नाव को डूबता देख रहे थे। बहुतों ने हाथ हिलाकर उसे अलविदा कहा।

एकाएक जीज़ा की आवाज़ *लुकानिया* में गूँजी, 'इधर आओ! इधर आओ! जल्दी आओ, एडमिरल प्रेस कॉन्फ्रेंस कर रहे हैं। आकर देखो।'

हम लोग डेक पर लगी स्क्रीन के पास पहुँचे तो हमने वर्दी पहने एक गम्भीर आदमी को पत्रकारों के सामने देखा। स्क्रीन पर नीचे चल रहे टिकर पर अनुवाद लिखा आ रहा था।

'एडमिरल, क्या आपने शरणार्थियों को बचाने के आदेश अपनी ज़िम्मेदारी पर दिए थे?'

'हाँ,' एडमिरल विनयोवो ने कहा। 'इसकी ज़िम्मेदारी सिर्फ मेरी है।'

शोर-शराबा होने लगा। अगला सवाल कुछ मिनटों बाद ही पूछा जा सका।

'लेकिन एडमिरल, आपके पास तो साफ आदेश थे कि इन शरणार्थियों को इटली पहुँचने से रोका जाये, यहाँ तक कि उन्हें किसी इतालवी जहाज़ पर भी नहीं चढ़ने दिया जाये। क्या आप जानते हैं कि आपने इन आदेशों का उल्लंघन किया है?'

'मैं नहीं मानता कि मैंने किसी आदेश का कोई उल्लंघन किया है।'

'लेकिन आप जानते हैं कि मन्त्री जी का आदेश था कि चाहे जो हो जाये इन शरणार्थियों को इटली में क़दम नहीं रखने दिया जाये?'

'माफ़ करियेगा,' एडमिरल ने कहा। 'लेकिन मैं साफ करना चाहूँगा। मन्त्री जी ने सार्वजानिक रूप से कहा था कि सिर्फ किसी चमत्कार के कारण इन शरणार्थियों को इटली में घुसने दिया जायेगा।'

सब चुप थे।

'और मेरा मानना है कि आज जो हमने देखा वो चमत्कार ही था।'

इसके बाद मचे हल्ले में पिया ने मुझे फुसफुसाकर कहा, 'ये ग़लत बोल रहे हैं। यहाँ जो कुछ भी हुआ उसके वैज्ञानिक तर्क हैं। यह महज़ असामान्य तरीके से प्रतिच्छेदन करने वाले प्रवासी पैटर्न की श्रृंखला थी और कुछ नहीं।'

'जैव-सन्दीप्ति भी?'

'बिल्कुल। इस तरह की जैव-सन्दीप्ति डाइनोफ्लैजिलेट (एक प्रकार का शैवाल) से होती है। और *डाइनो* की कुछ प्रजातियाँ प्रवासन के लिए जानी जाती हैं।'

'तुमने पहले कभी ऐसा कुछ सुना है?'

'नहीं,' पिया फुसफुसाई। 'लेकिन जानवरों के प्रवासन पर जलवायु परिवर्तन का बहुत असर पड़ा है इसलिए कुछ भी आश्चर्यजनक नहीं लगता। मुझे यकीन है कि भविष्य में हम ऐसी दिलचस्प घटनाएँ और देखेंगे।'

'लेकिन तुम्हें अजीब नहीं लगता पिया कि यह सब एक ही समय पर घटित हो रहा था?'

'पता नहीं,' पिया ने सिर हिलाते हुए कहा। 'सच में कुछ पता नहीं। मैं तो बस इतना कह सकती हूँ कि मैं शुक्रगुज़ार हूँ कि यह इस तरह हुआ।'

मैंने देखा कि पलाश मेरी बायीं तरफ आकर बैठ गया था और चुपचाप रो रहा था।

'*की होएछे पलाश?*' मैंने पूछा। 'तुम रो क्यों रहे हो? क्या हुआ?'

'यह करिश्मा है,' उसने जवाब दिया। 'करिश्मा *ही है!* हमने जो चाहा वो हो गया। दुनिया में पुनरुत्थान हो रहा है—ये वो पल हो सकता है जब सब कुछ बदल जायेगा...'

उधर स्क्रीन पर एक पत्रकार चिल्ला रहा था। 'मन्त्री जी ने अभी-अभी बयान दिया है कि आपने कानून तोड़ा है, एडमिरल और आपके खिलाफ कारवाई होगी। आप क्या कहना चाहेंगे?'

'मुझे कानून से डर नहीं, कानून पर भरोसा है,' एडमिरल ने कहा। वो एकदम सीधे खड़े थे। 'मैंने समुद्र, मानवता और ईश्वर के कानून का पालन किया है। अगर मुझ पर मुकदमा होता है तो उस कानून के प्रति मेरी जवाबदेही रहेगी।'

वहाँ हंगामा शुरू हो गया; पत्रकार सवाल दागे जा रहे थे।

'एडमिरल, आपको ये हक किसने दिया कि आप अपनी धार्मिक भावनाओं को अपने कर्त्तव्य से ऊपर रखने...?'

'एडमिरल, क्या ये सच है कि आपके दफ्तर में ला सालूते की अश्वेत मिरियम की तस्वीर टंगी है...?'

इन आख़री शब्दों से मुझे चीनता का ख्याल आया। मैंने नज़र घुमाई तो वो नहीं दिखी। मुझे अहसास हुआ कि मैंने उसे पिछले कुछ घंटों से नहीं देखा था।

मैंने डेक का चक्कर काटा, लेकिन चीनता कहीं नहीं दिखी। मुझे कुछ खटका और मैं उसके केबिन की तरफ़ बढ़ा। मैंने दरवाज़ा खटखटाया तो कोई जवाब नहीं मिला; हैंडल हिलाकर देखा तो दरवाज़ा खुला था। केबिन में अंधेरा था, लेकिन कोने में एक छोटा-सा बल्ब जल रहा था। चीनता अपने बंकर, यानी बिस्तर पर आँखें बन्द करके लेटी हुई थी और उसके सिर पर उसके सफेद बालों से प्रभामंडल बना हुआ था।

मुझे लगा सो रही है और मैं बाहर जाने ही वाला था कि उसने आँखें खोलीं और मुस्कराई। 'यहाँ आओ, दीनो।'

मैं पास गया और उसने मेरा हाथ अपने हाथ में लिया। 'कैसे हो, डियर?'

'ठीक हूँ, चीनता,' मैंने कहा। 'लेकिन तुम? तुम यहाँ एकदम अकेली क्यों हो? तुम हमारे साथ जश्न क्यों नहीं मना रहीं?'

'लेकिन मैं तो मना रही हूँ!' उसने कहा। उसके चेहरे पर असीम शान्ति थी। 'मैं अपनी बेटी, लूचीआ के साथ जश्न मना रही हूँ। वह यहीं है।'

'क्या...?'

उसने मेरे हाथ को हल्के से दबाया। 'उसे ढूँढ़ने की कोशिश मत करो, दीनो—तुम्हें नहीं दिखेगी। लेकिन मेरी बात पर यकीन करो, वह यहीं है।'

'यह पागलपन है, चीनता। वह यहाँ क्यों होगी?'

'वो मुझे लेने आयी है। अब समय हो गया है।'

'क्या मतलब है तुम्हारा, चीनता?' मेरी आवाज़ ऊँची के साथ रुआंसी हो रही थी। 'तुम कहीं नहीं जा रहीं, चीनता। तुम्हें बस एक डॉक्टर की ज़रूरत है! तुम्हारी तबियत ठीक नहीं।'

'नहीं, दीनो,' उसने शान्ति से कहा। 'तुम ग़लत हो। मैं एकदम ठीक हूँ। बल्कि इतनी अच्छी तो मैं कभी नहीं थी। और उसके लिए मैं तुम्हें शुक्रिया कहना चाहती हूँ। तुमने मुझे एक बहुत बड़ा तोहफा दिया है—जैसा मैं जानती थी कि तुम दोगे।'

'कैसा तोहफा? तुम क्या कह रही हो?'

'तुम जानते हो दीनो कि मुझे कभी-कभी वो होता है...पूर्वाभास। और जब हमने वहाँ मिडवेस्टर्न बर्फ के बीच पहली बार बात की थी तभी मुझे पूर्वाभास हुआ था। मैं जानती थी कि एक दिन तुम मुझे बहुत शानदार तोहफा दोगे, एक वरदान...मैं बस शुक्रिया कहना चाहती थी।'

मैं बेचैन हो रहा था और आगे सुन नहीं सकता था। 'चीनता, तुम्हें एक डॉक्टर की ज़रूरत है। मुझे जाकर ढूँढ़ना होगा।'

मैं केबिन से निकला और एक डॉक्टर के लिए आवाज़ देते हुए दौड़ता हुआ डेक पर गया। डेक पर इतना कुछ हो रहा था कि किसी ने मेरी तरफ ध्यान नहीं दिया। मुझे डॉक्टर ढूँढ़ने में पन्द्रह मिनट लग गये, वो भी जीज़ा की मदद से।

जब हम केबिन में पहुँचे तो मुझे डर खाये जा रहा था; मैं दरवाज़े पर ही रुक गया। डॉक्टर और जीज़ा अन्दर गये। मैं अन्दर जाने की हिम्मत ही नहीं कर सका। मैंने दरवाज़ा बन्द किया और आँखें बन्द करके इन्तज़ार करने लगा। अचानक चीनता की दोस्ती की यादें मेरे ज़ेहन में आने लगीं; उस बेहद ठन्डे दिन, जब हमने मिडवेस्ट लाइब्रेरी के बाहर उस गुफानुमा जगह में पहली बार बात की थी, से लेकर अभी थोड़ी देर पहले उसके द्वारा कहे गये शब्द: 'मैं जानती थी कि एक दिन तुम मुझे बहुत शानदार तोहफा दोगे।'

अब मुझे कुछ समझ आ रहा था कि उसने मुझसे दोस्ती करने की कृपा क्यों की थी: मानो उसे पूर्वाभास था कि हम लोग एक-दूसरे को *यहाँ* लायेंगे, देश और काल के इस सन्धि-स्थल पर—और जब तक यह नहीं होगा उसे अपनी बेटी से अलग होने के ग़म से छुटकारा नहीं मिलेगा। और उस समय, जब मुझे यह बात समझ में आयी तो मेरे कान में ला सालूते के शब्द गूँज रहे थे, उस जानी-पहचानी आवाज़ में—*उन्दे ओरीगो इन्दे सालूस*—'आरम्भ से ही आती है मुक्ति'। और मैं जान गया कि वह उस दिन मुझसे क्या कहना चाहती थी: कि हमारी मुक्ति की सम्भावना हमारे भविष्य में नहीं बल्कि हमारे अतीत में है, स्मृति से परे रहस्य में।

मुझे अचानक लगा कि किसी ने मेरा गाल हल्के से छुआ है। मैंने आँखें खोलीं और कहने ही जा रहा था—'चीनता?'—कि मुझे अहसास हुआ कि केबिन का दरवाज़ा खुलने की वजह से हवा का एक झोंका मुझे छूकर गुज़रा था।

जीज़ा ने दरवाज़ा खोला था और वह मेरे सामने आँखें पोंछती हुई खड़ी थी।

'हमने देर कर दी,' उसने कहा। 'चीनता चली गई।'

आभार

शाऊल बासी, हज़नाएना दालिया, एलिज़ाबेथ क्राउज़ेत-पवन, रोबेर्तो बेनादूचे, साहिल झा, आरोन लोबो, कनिष्क थरूर, अन्तोनिओ फ्रास्कीला, सारा सकराफिया, नोरमान गोबैती, चिवीतेला रानीएरी फाउंडेशन का बहुत-बहुत शुक्रिया।

अनुवादक की ओर से

हाल में किसी ने मुझे एक सवाल पूछा, 'आप कुछ मूल लिखने के बजाय अनुवाद में इतनी ऊर्जा क्यों लगाती हो?' मैंने ज़्यादा सोचा नहीं और जवाब दे दिया, 'जब मैं किसी विशेष पुस्तक पर काम करती हूँ, तो वह मेरी हो जाती है; मुझे लगता है कि जिस तरह से लेखक ने काम किया, मैं उनकी लेखन शैली को उसमें शामिल कर लूँ—लम्बे और घुमावदार वाक्य हों या छोटे-छोटे; जो ड्रामा हो वह छूटे नहीं।'

लेकिन यह सवाल मेरे दिमाग में घूमता रहा। आखिर मैं अनुवाद क्यों करती हूँ? थोड़ा सोचा तो उत्तर भी मिल गये। और काफी सरल थे। मैं अनुवाद करती हूँ क्योंकि मुझे दो भाषाओं के बीच झूलने में मज़ा आता है, शायद टेबल टेनिस खेलने जैसा। आप स्रोत भाषा में पाठ पढ़ते हैं और जब आप पढ़ रहे होते हैं, तो मन पहले ही लक्ष्य भाषा में वाक्य बनाना शुरू कर देता है। यह एक सहज क्रिया है जिसके लिए मेरे पास कोई स्पष्टीकरण नहीं है। मैंने अनुवाद में इतालवी, जर्मन, रूसी, फ्रेंच और स्पेनिश से बहुत सारे साहित्य का आनन्द लिया है और अब अनुवादक के रूप में यही आनन्द दूसरों तक पहुँचाने में मुझे बहुत ख़ुशी मिलती है।

अनुवादकों को अक्सर संजीदगी से नहीं देखा जाता। यह धारणा है कि अनुवाद सिर्फ भाषा के बारे में है—शब्दों के बारे में। सच्चाई यह है कि भाषा केवल शब्दों के बारे में नहीं है। वास्तव में भाषा के शब्द तो सिर्फ प्रतीक हैं उसके जो हम अपनी दुनिया में अर्थ को चित्रित करने के लिए इस्तेमाल करते हैं—चित्रों को प्रोजेक्ट करने के लिए—जो संदेश, अवधारणा या विचार को व्यक्त करते हैं। इसलिए अनुवादक सिर्फ भाषाओं या शब्दों का अनुवाद नहीं

करते हैं। वे विचारों का अनुवाद भी करते हैं। यदि कोई अनुवादक विचारों को नहीं बल्कि केवल भाषाओं को समझता है तो क्या होगा? इसका जवाब तो एक ही हो सकता है—सर्वनाश! क्योंकि अनुवाद शब्दों के बारे में नहीं है, बल्कि इस बारे में है कि शब्द किस बारे में हैं। भाषा समाज से निकलती है। शब्द एक भाषा से दूसरी में घूमते हैं और कई बार नई भाषा में अपने लिए घर बना लेते हैं। धीरे से जाते हैं और वहीं ठहर जाते हैं। कई फ्रेंच शब्द हैं जो अंग्रेज़ी में समा गये और अब हिन्दी में भी आ रहे हैं और अंग्रेज़ी के कई शब्द तो हिन्दी में आमतौर पर इस्तेमाल होते हैं। अनुवाद करते समय मेरी कोशिश रहती है कि मैं इन शब्दों के इस्तेमाल में तालमेल बैठा सकूँ। कुछ शब्द सीमा के दोनों ओर अडिग रहते हैं, तो उनकी भी इज़्ज़त होनी चाहिए!

मीनाक्षी ठाकुर का मैं शुक्रिया अदा करना चाहूँगी, मुझे यह उपन्यास अनुवाद करने का मौक़ा देने के लिए। एक यादगार अनुभव रहा। ऐसा लग रहा था कि हम लोग उपन्यास में ही जी रहे हैं। महामारी का विवरण तो जी भी रहे थे और लिख भी रहे थे! फिर तूफ़ान की बात उठी तो उसी दौरान अम्फान ने तबाही मचाई। कहानी में जलवायु परिवर्तन के जो किस्से अनूदित कर रही थी, वही हम असली ज़िन्दगी में जी भी रहे थे। एक मलाल ज़रूर था, और वो था अपनी सीमित हिन्दी शब्दावली का, ख़ास तौर से जब मौसम, भूगोल और पर्यावरण की बात हो। अंग्रेज़ी में पढ़ाई की और हिन्दी ख़ुद सीखी हिन्दी के उपन्यास पढ़कर। इसमें दिक्कत यह है कि शब्दावली बहुत सीमित हो जाती है। पर चलिए, उम्मीद है कि आप सबको पसन्द आयेगा। शुक्रिया प्रतिष्ठा सिंह का, इतालवी शब्दों के साथ मदद करने के लिए। ख़ास शुक्रिया मोनालू का। उसने इतालवी नाम और शब्दों का सही उच्चारण रिकॉर्ड करके भेजा। बस एक बार कहने भर से। और नीता गुप्ता, प्रकाशक, दोस्त और हौसला अफ़ज़ाई करने में सबसे आगे—उनका बहुत-बहुत शुक्रिया।

शुक्रिया मेरे परिवार का—ख़राब मूड, व्यस्तता और अनदेखी को बर्दाश्त करते रहे और हौसला बढ़ाते रहे। हालाँकि परिवार तो ऐसा ही होता है, लेकिन फिर भी, शुक्रिया तो बनता है। पोको लोको, छोटू और बिल्लो, हमारे दिल के तीन टुकड़े जो रात को जागने में साथ देते थे। सुकान्ति का शुक्रिया, घर संभालने और बढ़िया खाने के इन्तेज़ाम के लिए। सबसे महत्वपूर्ण, शुक्रिया आशुतोष, उन हज़ारों कप कॉफी के लिए, इस दुनिया के लिए जो साथ बसाई है और मेरी हिम्मत बनने के लिए।

मनीषा तनेजा